W0297609

SV

Band 267 der Bibliothek Suhrkamp

Marcel Proust

Eine Liebe von Swann

Deutsch von Eva Rechel-Mertens

Suhrkamp Verlag

Titel der französischen Originalausgabe:
A la recherche du temps perdu · I · Du côté de chez Swann
Paris. Gallimard

Siebzehntes und achtzehntes Tausend dieser Ausgabe: 1980
Der Text folgt der von Eva Rechel-Mertens übersetzten Proust-Ausgabe *Auf der Suche nach der verlorenen Zeit I*, Suhrkamp Verlag, 16. Tsd. 1961.
Alle Rechte vorbehalten durch Suhrkamp Verlag, Frankfurt am Main.
Druck: Nomos Verlagsgesellschaft, Baden-Baden. Printed in Germany.

Eine Liebe von Swann

Für die Zugehörigkeit zu dem ›kleinen Kreis‹, der ›kleinen Gruppe‹, dem ›kleinen Clan‹ der Verdurins genügte eine Bedingung, die jedoch unerläßlich war: man mußte schweigend ein Credo bekennen, zu dessen Glaubenssätzen gehörte, daß der junge Pianist, den Madame Verdurin in jenem Jahr protegierte und von dem sie zu sagen pflegte: ›Es sollte wirklich nicht erlaubt sein, daß jemand *so* Wagner spielen kann!‹, sowohl Planté wie Rubinstein in den Schatten stellte und daß Doktor Cottard als Diagnostiker weit besser als Potain sei. Jeder ›Neuling‹, den die Verdurins nicht davon überzeugen konnten, daß die Abendgesellschaften der Leute, die nicht bei ihnen verkehrten, todlangweilig seien, wurde gleich wieder von der Liste der Einzuladenden abgesetzt. Da die Frauen, verstockter als die Männer, nicht unverzüglich auf jede gesellschaftliche Neugier verzichten, sondern sich über die Annehmlichkeiten der anderen Salons selbst ein Urteil bilden wollten, waren die Verdurins, da sie andrerseits sehr wohl spürten, daß ein derart kritischer Geist und frivoler Eigensinn die übrigen anstecken und für die Orthodoxie ihrer kleinen Gemeinde verhängnisvoll werden könnte, dazu übergegangen, alle ihre ›Getreuen‹ weiblichen Geschlechts nach und nach abzubauen.
Wenn man von der jungen Frau des Doktors absah, waren die Verdurins in diesem Jahr (und das, obwohl Madame Verdurin selber tugendhaft war und aus respektablem, überaus reichem, wenn auch sonst völlig obskurem bürgerlichem Hause stammte, zu dem sie allmählich jede Verbindung abgebrochen hatte) beinahe ganz auf eine mehr oder weniger der Halbwelt zugehörige Person, eine Madame de Crécy, die Madame Verdurin mit ihrem Vornamen Odette anredete und als eine ›entzückende kleine Person‹ bezeichnete, und auf die Tante des Klavierspielers angewiesen, die sicher aus der Portierloge kam, Personen also, die die große Welt nicht kannten und denen man so leicht hatte weismachen können, die Prinzessin von Sagan und die Herzogin von Guermantes müßten arme Unglückliche bezahlen, damit sie für ihre Diners überhaupt

Gäste fänden, daß die ehemalige Concierge und die Kokotte, hätte man ihnen Einladungen zu jenen beiden großen Damen verschafft, sie sehr von oben herab abgelehnt haben würden.

Die Verdurins luden nicht zum Abendessen ein, man hatte bei ihnen sein ›Gedeck‹. Für den Verlauf des Abends gab es kein Programm. Der junge Pianist spielte, aber nur wenn ›ihm danach zumute war‹, denn auf niemanden wurde ein Zwang ausgeübt, oder wie Herr Verdurin sagte: ›Das Wohl unsrer Gäste geht uns über alles!‹ Wenn der Pianist den Walkürenritt oder die Tristan-Ouvertüre spielen wollte, erhob Madame Verdurin Einspruch, nicht weil ihr diese Musik mißfiel, sondern weil sie im Gegenteil zu stark auf sie wirkte. ›Wollen Sie absolut, daß ich meine Migräne bekomme? Sie wissen ja, es ist immer dasselbe, wenn er so etwas spielt. Ich weiß doch, was mich erwartet! Morgen früh, wenn ich aufstehen will, habe ich die Bescherung!‹ Wenn er nicht spielte, plauderte man, und einer der Freunde, meist der zur Zeit besonders in Gunst stehende Maler, gab dann, wie Herr Verdurin es nannte, ›ein tolles Ding zum besten, daß die Zuhörer vor Lachen den Mund nicht wieder zubrachten!‹, besonders Madame Verdurin, der – so sehr hatte sie sich angewöhnt, den figürlichen Ausdruck für ihre Gemütsbewegungen wörtlich zu nehmen – Doktor Cottard (damals noch ein junger Anfänger) tatsächlich eines Tages den Kiefer wieder einrichten mußte, den sie sich durch zu starkes Lachen buchstäblich ausgerenkt hatte.

Der Frack war verpönt, weil man ja ›unter sich‹ war, und um nicht den ›Langweilern‹ zu gleichen, die man mied wie die Pest und die nur zu großen Abendgesellschaften eingeladen wurden, welche jedoch so selten wie möglich stattfanden, eigentlich nur dem Maler zu Gefallen oder um dem Musiker eine Chance zu geben. Im übrigen unterhielt man sich mit Scharaden oder Soupers in Kostümen, bei denen man jedoch unter sich blieb und den ›kleinen Kreis‹ um keinen Fremden vermehrte.

Aber je größeren Raum die ›Getreuen‹ in Madame Verdurins Leben einnahmen, um so mehr bezeichnete sie alles als langweilig und unerwünscht, was ihre Freunde von ihr fernhielt oder in der Verfügung über ihre Zeit behindern konnte, sei es nun die Mutter des einen, der Beruf des anderen, oder bei einem dritten sein Landhaus oder seine schlechte Gesundheit. Wenn Doktor Cottard nach Tisch glaubte aufbrechen zu müssen, um zu einem Patienten zu eilen, der bedenklich darniederlag, so meinte Madame Verdurin: ›Wer weiß, vielleicht ist es besser für ihn, wenn Sie ihn heute abend nicht mehr stören; er schläft gewiß sehr gut ohne Sie; morgen früh gehen Sie dann gleich hin und finden ihn bei bester Gesundheit vor.‹ Von Anfang Dezember an war sie ganz krank bei dem Gedanken, ihre Getreuen könnten sie am Weihnachtstag und am 1. Januar ›versetzen‹. Die Tante des Pianisten wünschte, daß er an diesem Tage in der Familie bei ihrer Mutter speiste.

– Meinen Sie, Ihre Mutter stürbe davon, rief Madame Verdurin voller Härte aus, wenn Sie am Neujahrstag nicht bei ihr äßen wie die Leute in der *Provinz*?

Ihre Unruhe kehrte in der Karwoche wieder:

– Sie, Herr Doktor, ein Wissenschaftler, ein Freigeist, Sie kommen doch gewiß am Karfreitag wie an jedem anderen Tag? sagte sie im ersten Jahr zu Cottard in so bestimmtem Ton, als zweifle sie keinesfalls, wie die Antwort ausfallen werde. Aber sie zitterte doch, bis er sie gegeben hatte, denn wenn er nicht kam, lief sie Gefahr, ganz allein zu bleiben.

– Ich komme am Karfreitag ... mich verabschieden, denn wir verbringen die Ostertage in der Auvergne.

– In der Auvergne? Ja, wollen Sie sich denn von Flöhen und Wanzen auffressen lassen? Ich gratuliere Ihnen dazu.

Nach kurzem Schweigen meinte sie:

– Wenn Sie uns das wenigstens eher gesagt hätten, dann hätten wir einzurichten versucht, daß wie die Reise zusammen und einigermaßen komfortabel machten.

Ebenso wenn ein ›Getreuer‹ einen Freund oder eine ›Angestammte‹ einen Flirt hatte, die sie dazu hätten bringen können, die Verdurins zu ›versetzen‹, so pflegten diese, die nichts Erschreckendes daran fanden, daß eine Frau einen Liebhaber haben könnte, wofern sie ihn nur bei ihnen hatte, ihn in ihnen liebte und ihm nicht vor ihnen den Vorzug gab, zu sagen: ›Gut! Bringen Sie ihn doch mit, Ihren Freund.‹ Man ließ ihn dann versuchsweise kommen, um festzustellen, ob er auch vor Madame Verdurin keine Geheimnisse haben werde und überhaupt geeignet sei, in den ›kleinen Kreis‹ aufgenommen zu werden. Besaß er diese Voraussetzungen nicht, so wurde der Getreue, der ihn mitgebracht hatte, auf die Seite genommen, und man erwies ihm den Dienst, ihn mit dem Freund oder der Geliebten auseinanderzubringen. Im entgegengesetzten Falle avancierte der ›Neue‹ seinerseits zum Getreuen. Als daher nun in diesem Jahre die Halbweltdame Herrn Verdurin erzählte, sie habe die Bekanntschaft eines charmanten Menschen, eines gewissen Herrn Swann, gemacht, und zu verstehen gab, er würde sich glücklich schätzen, bei ihnen eingeführt zu werden, verwies Herr Verdurin ohne Verzug die Sache an die Kompetenz seiner Frau. (Er selbst hatte nie eine Meinung, bevor sich diese geäußert hatte; seine Rolle bestand vor allem darin, die Wünsche Madame Verdurins oder der Getreuen mit einem beachtlichen Aufwand an Erfindungsgabe in die Tat umzusetzen.)

– Madame de Crécy hier hat eine Bitte an dich. Sie würde dir gern einen ihrer Freunde, Monsieur Swann, vorstellen. Was meinst du dazu?

– Aber geh, wie könnte man einer so entzückenden kleinen Person etwas abschlagen. Schweigen Sie, Odette, Sie sind nicht gefragt, ich sage Ihnen, Sie sind eine entzückende kleine Person.

– Wenn Sie meinen, antwortete Odette in geziertem Bühnenton und setzte dann hinzu: Sie wissen, ›fishing for compliments‹ liegt mir fern.

– Gut, gut! Bringen Sie ihn doch mit, Ihren Freund, wenn er angenehm ist.
Natürlich hatte der ›kleine Kreis‹ keinerlei Beziehung zu den Kreisen, in denen Swann verkehrte, und Nur-Weltleute hätten gefunden, es lohne eigentlich nicht, eine solche Ausnahmestellung einzunehmen, wie er sie hatte, um nachher schließlich bei den Verdurins zu verkehren. Swann aber liebte die Frauen so sehr, daß er von dem Tage an, da er ungefähr alle Damen der Aristokratie kennengelernt hatte und alles wußte, was sie betraf, seine Mitgliedskarte für den Faubourg Saint-Germain, die fast einem Adelsbrief gleichkam, nur noch als eine Art von Tauschobjekt, als einen Kreditbrief ohne unmittelbaren Eigenwert betrachtete, der ihm jedoch erlaubte, in irgendeinem Provinznest oder in einem obskuren Winkel von Paris, wo die Tochter des Gutsbesitzers oder des Aktuars ihm gefallen hatte, eine Rolle zu spielen. Denn sein Liebesverlangen weckte dann von neuem in ihm eine Eitelkeit, die er an sich in der Praxis des Lebens lange schon abgelegt hatte (obwohl sie ihn ursprünglich zweifellos in diese mondäne Laufbahn hineingebracht hatte, in der er in oberflächlichen Vergnügungen die Gaben seines Geistes verschwendet und seine Kunstgelehrsamkeit dazu verwendet hatte, die Damen der Gesellschaft beim Ankauf von Bildern und bei der Ausstattung ihrer Stadtvillen zu beraten) und flößte ihm den Wunsch ein, in den Augen einer Unbekannten, in die er verliebt war, eine Eleganz zu betonen, die der Name Swann allein noch nicht genügend verbürgte. Er wünschte es um so mehr, wenn die Unbekannte von bescheidener Herkunft war. Ebenso wie ein kluger Mensch nicht in den Augen eines anderen Klugen dumm zu erscheinen fürchtet, wird ein eleganter Mann eine Verkennung seiner Eleganz nicht von seiten eines großen Herrn befürchten, sondern von einem ungehobelten Kerl. Dreiviertel der Spesen an Geist und Eitelkeitslügen, die seit Erschaffung der Welt von Leuten gemacht worden sind, die sich dadurch im Grunde nur selbst herabsetzen

konnten, sind für sozial Untergeordnete aufgewendet worden. Swann, der einer Herzogin gegenüber schlicht und sogar etwas nachlässig auftrat, zitterte davor, verkannt zu werden, und posierte, wenn er sich dem Zimmermädchen gegenüber fand.

Er war nicht wie viele Leute, die aus Trägheit oder aus dem resignierten Gefühl der Verpflichtung, die eine hohe soziale Stellung ihnen auferlegt, einem bestimmten Milieu verschrieben sind und auf die Vergnügungen verzichten, die das Leben ihnen außerhalb ihrer Stellung in der Gesellschaft, der sie bis zu ihrem Tode zäh verhaftet bleiben, bietet, und schließlich notgedrungen, wenn sie sich daran gewöhnt haben, die mittelmäßigen Zerstreuungen oder sogar die unerträglichen gesellschaftlichen Obliegenheiten, die damit verbunden sind, als Vergnügen bezeichnen. Swann jedenfalls machte keinen Versuch, die Frauen, mit denen er seine Zeit verbrachte, hübsch zu finden, sondern bemühte sich, seine Zeit mit solchen zu verbringen, die er reizend fand. Oft waren es Frauen von ziemlich vulgärer Schönheit, denn die physischen Eigenschaften, die er unbewußt suchte, standen in völligem Gegensatz zu solchen, die er an den von Meistern, welche er besonders schätzte, auf Bildnissen oder in Marmor dargestellten Frauen zu bewundern pflegte. Die Tiefe, die Schwermut des Ausdrucks kühlten seine Sinne ab, die andrerseits mit Leichtigkeit durch gesunde, rosige Körperfülle angesprochen wurden.

Wenn er auf Reisen eine Familie traf, deren Bekanntschaft zu suchen eigentlich nicht sonderlich elegant war, in der er aber eine Frau entdeckte, die irgendeinen ihm noch nicht bekannten Reiz aufwies, so wäre ihm der Gedanke, in seiner Welt zu bleiben, sich über das Verlangen, das sie aufkommen ließ, quasi hinwegzutäuschen und eine andere Art der Lust an die Stelle derjenigen zu setzen, die er nur bei ihr hätte finden können – etwa indem er eine frühere Geliebte kommen ließ – als eine ebenso feige Flucht vor dem Leben, ein ebenso törichter Verzicht auf eine neue Art von Glück erschienen, wie wenn er, anstatt aufs Land zu fahren, sich in sein Zimmer vergraben und Ansichten von Paris angeschaut hätte. Er baute nicht Hütten in dem, was er sich an Beziehungen geschaffen hatte, sondern schlug statt dessen lieber überall da, wo eine Frau ihm gefiel, eines jener leicht abzumontierenden Zelte auf, wie die Forschungsreisenden sie mitzuführen pflegen. Das, was darin nicht transportabel oder gegen neue Freuden austauschbar war, hätte er leichten Herzens wieder hergegeben, so beneidenswert es andern auch erscheinen mochte. Wie oft hatte er seinen Kredit bei einer Herzogin, der bei ihr in Form des seit Jahren gehegten Wunsches, ihm einen Gefallen zu tun, bestand, ohne daß sie je Gelegenheit dazu fand, mit einem Male zunichte gemacht, indem er sie in einer unverfrorenen Depesche um eine telegraphische Empfehlung an einen ihrer Verwalter bat, dessen Tochter ihm auf dem Lande angenehm aufgefallen war; es kam ihm dann nicht darauf an, zu handeln wie ein Verhungernder, der einen Diamanten für ein Stück Brot hergibt. Selbst hinterher noch amüsierte er sich, denn, wettgemacht durch erlesenstes Zartgefühl, gab es in seinem Inneren auch einen Zug von Brüskerie. Außerdem gehörte er zu der Kategorie von intelligenten Männern, die für ihr müßiges Dasein einen Trost und vielleicht auch eine Entschuldigung in der Idee suchen, daß dieser Müßiggang ihrem Geist Objekte bietet, die des Interesses mindestens ebenso würdig sind, wie die, die Kunst oder Wissenschaft ihnen an die Hand geben würden, und daß das ›Leben‹ interessantere und romantischere Situationen mit sich bringt als alle Romane. Er versicherte es wenigstens und behauptete es auch den gewitztesten seiner Freunde, zum Beispiel dem Baron de Charlus gegenüber, den er gern durch Erzählungen von pikanten Abenteuern amüsierte, die ihm zugestoßen waren, zum Beispiel, daß er einmal in der Eisenbahn die Bekanntschaft einer Dame gemacht, die er nachher mit zu sich in die Wohnung genommen hatte und die, wie er später erfuhr, die Schwester eines der europäischen Souveräne war, in dessen Händen in diesem Augenblick alle Fäden der europäischen Politik zusammenliefen, über die er so auf angenehmste Weise ständig auf dem laufenden war; oder daß es dank dem bizarren Spiel der Umstände von der Entscheidung des Konklave abhing, ob er der Liebhaber einer Köchin werden könnte.

Übrigens nötigte Swann keineswegs nur die glänzende Phalanx von tugendhaften alten Schloßherrinnen, Generälen und Mitgliedern der Académie Française, mit denen er besonders gut stand, in so zynischer Weise, ihm als Kuppler zu dienen. Alle seine Freunde waren gewöhnt, von Zeit zu Zeit Briefe von ihm zu erhalten, in denen er sie um ein Empfehlungs- oder Einführungsschreiben anging mit einem diplomatischen Geschick, das in der Beständigkeit, mit der es sich durch seine aufeinanderfolgenden Liebeleien und verschiedenartigsten Vorwände hindurch erhielt, mehr als irgendwelche taktischen Mißgriffe die stets gleichbleibende Identität seines Charakters und seiner Ziele enthüllte. Noch Jahre später, als ich anfing, mich für seine Wesensart wegen der Ähnlichkeiten zu interessieren, die sie auf ganz anderem Gebiet mit der meinigen hatte, habe ich mir oft erzählen lassen, daß mein Großvater (der es damals noch nicht war, denn schon in der Zeit kurz vor meiner Geburt begann eine große Liebesaffäre Swanns, die auf lange hinaus diese Praktiken unterband) wenn er von ihm einen Brief erhielt, sofort beim Anblick der Handschrift auf dem Briefumschlag rief: ›Da will Swann wieder etwas von mir: Achtung!‹ Sei es aus Mißtrauen, sei es aus jenem teuflischen Instinkt, der uns treibt, eine Sache nur denen anzubieten, die keine Lust darauf haben, setzten meine Großeltern dann selbst denkbar leicht zu erfüllenden Wünschen Swanns absolute Verständnislosigkeit entgegen, zum Beispiel der Bitte, ihn einer jungen Person vorzustellen, die jeden Sonntag bei uns zu Abend aß; wann immer er davon anfing, taten sie so, als sähen wir sie gar nicht mehr, wiewohl die ganze Woche davon die Rede war, wen man mit ihr zusammen einladen könnte; auf keinen Fall geben sie ihm, der so glücklich darüber gewesen wäre, den allerkleinsten Wink. Zuweilen kam es vor, daß irgendein mit meinen Großeltern befreundetes Ehepaar, das sich bis dahin immer beklagt hatte, daß sie Swann niemals sähen, plötzlich mit Befriedigung und vielleicht auch in dem Wunsch, Neid zu erregen, erzählte, daß er neuerdings ganz reizend zu ihnen sei und nicht mehr von ihnen wiche. Mein Großvater wollte ihnen das Vergnügen nicht verderben und warf meiner Großmutter deshalb nur einen Blick zu, während er vor sich hinsummte:

Welch ein Geheimnis ist's?
Ich kann es nicht begreifen.

oder:

Flüchtige Vision ...

oder:

In solchem Fall
Sieht man am besten nichts.

Ein paar Monate später fragte mein Großvater dann den neuen Freund von Swann: ›Nun, und Swann? Seht ihr ihn immer noch viel?‹ Meist machte der andere ein ziemlich langes Gesicht: ›Sprechen Sie seinen Namen nie mehr in meiner Gegenwart aus!‹ So war er eine Zeitlang täglicher Gast bei Verwandten meiner Großmutter gewesen, fast jeden Abend hatte er bei ihnen gespeist. Mit einem Male stellte er ohne Erklärung seine Besuche bei ihnen ein. Die Kusine meiner Großmutter glaubte, er sei krank, und wollte gerade zu ihr schicken, um sich nach seinem Befinden zu erkundigen, als sie in der Anrichte einen Brief von seiner Hand im Ausgabenbuch der Köchin herumliegen sah. Er teilte dieser Person darin mit, daß er Paris verlasse und nicht mehr kommen werde. Sie war seine Geliebte gewesen, und im Augenblick des Bruchs hatte er einzig sie zu benachrichtigen sich bemüßigt gefühlt.

War seine derzeitige Geliebte hingegen eine Dame der Gesellschaft oder aber eine Person von so bescheidener oder dunkler Herkunft, daß nichts im Wege stand, sie in die Gesellschaft einzuführen, kehrte er um ihretwillen in seine gewohnten Kreise zurück, aber nur an jene Schauplätze, an denen sie sich bewegte oder an die er sie verpflanzt hatte. ›Es hat keinen Zweck, hieß es dann, heute auf Swann zu warten; Sie wissen doch, es ist der Opernabend seiner Amerikanerin.‹ Er verschaffte ihr dann Zutritt zu den Salons, die besonders schwer zugänglich waren und in denen er seine festen Tage, einmal wöchentlich seine Tischeinladung oder seinen Pokerabend hatte; jeden Abend, nachdem zuvor eine leichte Wellung, die er an seinen in Bürstenform geschnittenen roten Haaren vornehmen ließ, dem lebhaften Blick seiner grünen Augen etwas mehr Milde verliehen hatte, wählte er eine Blume für sein Knopfloch aus und brach auf, um seine Geliebte bei der einen oder anderen der Frauen seiner Kreise zum Abendessen zu treffen; und bei der Vorstellung, wieviel Bewunderung jene im Mittelpunkt des gesellschaftlichen Interesses stehenden Leute, bei denen er tun und lassen konnte, was er wollte, ihm im Angesicht der Frau, die er liebte, zollen würden, fand er von neuem einen Reiz an diesem mondänen Leben, dem er sonst bereits so blasiert gegenüberstand; nun aber erschien ihm die von einer darin spielenden künstlichen Flamme warm und rosig durchschimmerte Substanz jener Welt wieder schön und kostbar zugleich, da eine neue Liebe mit in sie einbezogen war.

Aber während jede dieser Beziehungen und alle seine Flirts immer die mehr oder weniger geglückte Verwirklichung eines Traumes gewesen waren, der ihm beim Anblick eines Gesichtes oder einer Gestalt gekommen war, die er mühelos anziehend gefunden hatte, war Odette, als sie mit ihm eines Abends im Theater von einem seiner früheren Freunde bekannt gemacht wurde – dieser Freund hatte von ihr als einer entzückenden Person gesprochen, mit der sich vielleicht etwas anfangen ließe, sie aber gleichzeitig als schwerer zu erobern hingestellt, als sie in Wirklichkeit war, um sich selbst den Anschein um so größerer Liebenswürdigkeit zu geben, daß er sie mit ihm bekannt machte – sicherlich nicht ohne Reiz erschienen, aber doch mit einem Genre von Schönheit begabt, das ihn nicht eigentlich ansprach, keinen Wunsch in ihm weckte, sondern eher sogar eine gewisse physische Ablehnung bei ihm bewirkte, wie jeder Mann sie kennt, nur jeweils bei anderen Frauen, nämlich denen, die seinem Typ ganz und gar nicht entsprechen. Um ihm zu gefallen, hatte sie ein zu ausgesprochenes Profil, eine zu zarte Haut, zu vorstehende Backenknochen und zu müde Züge. Ihre Augen waren schön, aber so groß, daß sie sich selbst zu schwer zu sein schienen und dem übrigen Gesicht etwas Überanstrengtes, etwas von schlechtem Befinden oder schlechter Laune gaben. Kurz nach der Vorstellung im Theater hatte sie an ihn geschrieben und ihn gebeten, ihr doch seine Sammlungen zu zeigen, die sie riesig interessierten, ›sie, die zwar nichts davon verstehe, aber doch so schrecklich gern schöne Sachen sähe‹, und ihm erklärt, sie würde ihn gewiß besser kennen, wenn sie ihn in seinem ›home‹ gesehen habe, wo sie ihn sich so ›behaglich mit seinem Teetisch und seinen Büchern‹ vorstellte, obwohl sie ihm gegenüber ihr Erstaunen nicht verborgen hatte, daß er in einer Gegend von Paris wohne, wo es doch eher trist sein müsse und die ›so wenig smart sei, ausgerechnet er, denn er sei es selbst doch so überaus‹. Als er sie dann kommen ließ, hatte sie ihm beim Abschied ihr Bedauern ausgedrückt, daß sie nur so kurz in dieser Wohnung habe bleiben können, die überhaupt betreten zu dürfen sie doch so glücklich gemacht habe, wobei sie von ihm sprach, als bedeute er ihr mehr als andere, die sie kannte, und zwischen ihnen beiden eine romantische Verbindung herzustellen schien, die ihn lächeln machte. Aber in dem schon etwas illusionslosen Lebensalter, dem Swann sich näherte, wo man sich damit zu bescheiden weiß, selber verliebt zu sein und nicht auf allzuviel Gegenseitigkeit zu rechnen, kann eine solche betonte Nähe der Herzen, wenn sie auch nicht mehr wie in der ersten Jugend das Ziel ist, nach dem die Liebe notwendigerweise strebt, doch noch durch eine so wirksame Ideenassoziation mit dieser verbunden sein, daß sie die Ursache davon werden kann, wenn sie zuerst auftritt. Erst träumt man davon, das Herz der Frau zu besitzen, in die man sich verliebt; später das Gefühl, das Herz einer Frau zu besitzen, schon genügen, uns in sie verliebt zu machen. In dem Alter also, wo man annehmen müßte, daß, da man ja in der Liebe vor allem ein subjektives Vergnügen sucht, das Wohlgefallen an der Schönheit einer Frau den weitaus größten Anteil daran haben müßte, kann die Liebe – und zwar eine durchaus physisch betonte Liebe – entstehen, ohne daß ihr ein Begehren vorausgegangen ist. In dieser Epoche des Lebens ist man von der Liebe schon mehrmals angerührt worden; sie rollt nicht mehr aus sich selbst nach ihren eigenen unbekannten und schicksalsbedingten Gesetzen in unserem staunend und passiv davon betroffenen Herzen ab. Wir helfen nach, wir nehmen durch Hinzuziehen der Erinnerung und durch Suggestion Fälschungen daran vor. Wenn wir eines ihrer Symptome wiedererkennen, erinnern wir uns an andere und erwecken sie selbst zum Leben in uns. Da ihr ganzes Lied in unserem Herzen eingegraben ist, haben wir gar nicht nötig, daß eine Frau uns mehr als die erste Strophe davon rezitiert, damit wir – von der Bewunderung erfüllt, die wir der Schönheit zollen – selbst die Fortsetzung finden. Und wenn sie gleich in der Mitte beginnt – da, wo die Herzen sich nähern, wo man bereits davon spricht, daß man nur mehr füreinander lebt – so kennen wir diese Töne nun lange schon gut genug, um auf der Stelle mit dem Einsatz zu kommen, auf den unsre Partnerin wartet.

Odette de Crécy besuchte Swann bald noch ein weiteres Mal, dann fing sie an, öfter zu kommen; zweifellos erlebte er bei jedem dieser Besuche von neuem die Enttäuschung, ein Gesicht vor sich zu sehen, dessen Einzelheiten er inzwischen etwas vergessen und das er sich weder so ausdrucksvoll noch bei aller Jugend so verblüht vorgestellt hatte; er bedauerte, während er mit ihr sprach, daß ihre große Schönheit nicht von der Art war, für die er sich erwärmte. Man muß dazu noch bemerken, daß Odettes Gesicht noch magerer und schärfer schien, weil Stirn und Schläfen, das heißt gerade der einheitlichere und flächigere Teil des Gesichts, von der Masse des Haars überschattet war, das man damals lose in die Stirn fallend, hinten in aufgebauten ›Rollen‹ und über den Ohren in losen Löckchen trug; ihren Körper aber, der bewundernswert wohlgestaltet war, konnte man (infolge der damaligen Mode und obwohl sie eine der bestangezogenen Frauen von Paris war) nur mit Mühe in seiner Gesamtheit erraten, weil die wie über einem fingierten Bauch stark vorgewölbte Taille plötzlich in einer Spitze verlief, unter der das Gewoge doppelter Röcke sich zu entfalten begann, wodurch die Frau so aussah, als bestände sie aus mehreren schlecht zusammengefügten Teilen; Rüschen, Volants, Westchen verfolgten völlig unabhängig voneinander je nach der Laune ihrer Form oder der Konsistenz des Materials, aus denen sie hergestellt waren, eine Linie, die zu Schleifenbildungen oder Spitzengeriesel, Posamenten mit hängenden Jett-Tropfen führte, oder vorn an der Taille heruntergIitt, ohne sich nach dem lebendigen Körper zu richten, der sich je nachdem, ob die Architektur dieser Gebilde sich der seinigen zu sehr näherte oder zu weit davon entfernte, darin eingeschnürt oder verloren schien.

Aber wenn Odette gegangen war, lächelte Swann bei dem Gedanken an ihre Worte, daß ihr die Zeit so lang werden würde, bis er ihr erlaubte, wieder zu ihm zu kommen; er erinnerte sich an die besorgte schüchterne Miene, mit der sie ihn einmal bat, daß es doch nicht zu lange dauern möge, und ihre gleichzeitig in ängstlichem Flehen auf ihn gerichteten Blicke, die sie so rührend erscheinen ließen unter dem runden weißen Hütchen mit dem Strauß aus künstlichen Stiefmütterchen und den Bindebändern aus schwarzem Samt. »Und Sie, hatte sie hinzugesetzt, kommen wohl gar nicht einmal zu mir zum Tee?« Er hatte laufende Arbeiten vorgeschützt, eine Studie über Vermeer van Delft, die er in Wirklichkeit vor Jahren schon wieder aufgegeben hatte. »Ich verstehe ja, daß ich armes Geschöpf nicht gegen so große Gelehrte wie Sie aufkommen kann«, hatte sie zur Antwort gegeben. »Ich käme mir vor wie der Frosch vor dem Areopag. Und dabei würde ich mich so gern bilden, Wissen erwerben, eingeweiht sein. Ich denke es mir riesig amüsant, in alten Büchern zu stöbern und die Nase in vergilbte Papiere zu stecken«, hatte sie mit der selbstzufriedenen Miene einer eleganten Frau hinzugefügt, die von sich behauptet, es sei ihr größtes Vergnügen, ohne Angst vor Verunreinigung schmutzige Dinge anzufassen und zum Beispiel beim Kochen selbst ›mit Hand anzulegen‹. »Sie werden über mich lachen, aber von diesem Maler, der Ihnen keine Zeit für mich läßt (sie meinte Vermeer damit) habe ich noch gar nichts gehört; lebt er noch? Kann man in Paris Bilder von ihm sehen, ich möchte mir doch so gern vorstellen können, was Ihnen am Herzen liegt, ich möchte erraten, was sich hinter dieser großen Stirn zuträgt, die immer so viel denkt, und mir sagen können: Aha! Damit beschäftigt er sich jetzt. Es wäre wunderbar, mit Ihrer Arbeit auf diese Weise etwas verbunden zu sein.« Er hatte sich mit seiner Furcht vor neuen Freundschaften entschuldigt, mit dem, was er aus Courtoisie als seine Angst vor Kummer und Leid bezeichnete. »Sie fürchten sich vor einem starken Gefühl? Wie komisch, ich selbst wünsche mir gar nichts mehr als das, ich würde für mein Leben gern auf so etwas stoßen«, hatte sie mit so natürlicher, so überzeugter Stimme gesagt, daß es ihm ordentlich nahegegangen war. »Sie haben sicher einmal um eine Frau gelitten, und nun meinen Sie, alle sind so wie sie. Sie hat Sie gewiß nicht verstanden; Sie sind ein so ganz besonderer Mensch. Gerade das habe ich von Anfang an in Ihnen geliebt, ich habe gefühlt, daß Sie nicht sind wie die anderen alle.« – »Und dann«, hatte er zu ihr gesagt, »haben Sie doch auch – ich weiß ja, wie die Frauen sind – eine Menge anderer Abhaltungen, Sie sind sicher nur selten frei.«

– Ich? Im Gegenteil, ich habe niemals etwas vor! Ich bin immer frei, für Sie ganz bestimmt. Wann immer bei Tag oder Nacht es Ihnen angenehm wäre, mich zu sehen, lassen Sie mich nur holen, ich werde immer glücklich sein, so schnell wie möglich zu kommen. Werden Sie es auch tun? Wissen Sie, was nett von Ihnen wäre? Sie sollten sich Madame Verdurin vorstellen lassen, bei der ich jeden Abend bin. Denken Sie nur! Wenn wir uns da treffen könnten, und ich dürfte glauben, Sie kämen ein bißchen meinetwegen hin!

Zweifellos, wenn er in dieser Weise an ihre Unterhaltungen zurückdachte, wenn er sich so in Stunden des Alleinseins mit ihr beschäftigte, tauchte ihr Bild nur unter vielen anderen Frauenbildern in seinen romantischen Träumereien auf; aber wenn durch irgendwelche Umstände (oder vielleicht auch ohne das, denn Umstände, die sich in dem Augenblick einstellen, wo ein bis dahin latenter Zustand offen zutage tritt, können ihn ja in keiner Weise beeinflußt haben) das Bild von Odette de Crécy schließlich seine Träumereien beherrschte und diese von dem Gedanken an sie nicht mehr zu trennen waren, hatte die Unvollkommenheit ihres Körpers keine Bedeutung mehr, überhaupt die Frage nicht, ob er mehr oder weniger als ein anderer Swanns Geschmack entsprach, da er ja als der Körper derjenigen, die er liebte, von nun an als einziger imstande sein würde, ihm Lust oder Qual zu bereiten.

Mein Großvater hatte noch, was man von keinem ihrer gegenwärtigen Freunde hätte sagen können, die Eltern Verdurin gekannt. Aber er hatte jede Beziehung zu dem Sohn verloren, den er als den ›jungen Verdurin‹ bezeichnete und etwas summarisch, obwohl er mehrfacher Millionär geblieben war, als einen heruntergekommenen Bohemien betrachtete. Eines Tages erhielt er einen Brief von Swann, in dem dieser ihn fragte, ob er ihn nicht mit den Verdurins in

Verbindung bringen könne: ›Achtung! Achtung! hatte mein Großvater ausgerufen, ich wundere mich über gar nichs mehr, dahin mußte es kommen. Das ist ja das richtige Milieu für ihn! Erstens kann ich ihm den Gefallen nicht tun, ich kenne diesen Herrn gar nicht mehr. Und außerdem steckt dahinter bestimmt eine Weibergeschichte, zu so etwas gebe ich mich nicht her. Na gut! Das wird ja erfreulich werden für uns, wenn Swann sich mit diesen jungen Verdurins einläßt.‹

Auf die negative Antwort meines Großvaters hin hatte Odette es selbst übernommen, Swann bei den Verdurins einzuführen.

An dem Tage, als Swann zum ersten Male bei ihnen erschien, hatten Verdurins Doktor Cottard mit seiner Frau, den jungen Pianisten und seine Tante sowie den damals von ihnen hofierten Maler zu Tisch. Ein paar andere Getreue kamen später hinzu.

Doktor Cottard wußte niemals mit Sicherheit, in welchem Tone er jemandem antworten sollte, ob sein Gesprächspartner scherzte, oder ob das, was er sagte, womöglich ernst gemeint war. Auf alle Fälle fügte er dem sonstigen Ausdruck seines Gesichts ein bedingtes Lächeln hinzu, dessen abwartende Schläue ihn von jedem Vorwurf der Naivität freihalten mußte, falls die Äußerung, die man ihm gegenüber getan hatte, ironisch gemeint gewesen war. Aber um auch der umgekehrten Möglichkeit zu begegnen, wagte er niemals ein eindeutiges Lächeln auf seinem Antlitz erscheinen zu lassen; man traf infolgedessen immer bei ihm auf einen Ausdruck der Unsicherheit, in dem die unausgesprochene Frage lag: ›Ist das jetzt ernst gemeint?‹ Auch bei seinem Verhalten auf der Straße schwebte er stets in der gleichen Ungewißheit, sogar ganz allgemein im Leben überhaupt, so daß man ihn ebenso wie in einem Salon auch den Vorübergehenden, den Wagen, allen Ereignissen ein zweifelndes Lächeln entgegensetzen sah, das seinem Betragen von vornherein alles Unziemliche benahm, da es, selbst wenn es für den vorliegenden Fall nicht angebracht sein sollte, bewies, daß er es wußte und nur in unernster Absicht nebenher aufgesetzt hatte. Bei allen Gelegenheiten jedoch, wo eine freimütige Frage erlaubt zu sein schien, bemühte sich der Doktor, seinen Zweifel auf das Mindestmaß zu reduzieren und seine Bildung zu vervollkommnen.

In bezug auf Redensarten zum Beispiel war er unermüdlich auf Belehrung erpicht, denn da er oft hinter ihnen einen eindeutigeren Sinn vermutete, als sie eigentlich haben, hätte er gern genau gewußt, was mit denen gemeint war, die er am häufigsten hörte: die ›Beauté du diable‹ etwa, oder ›blaues Blut‹ haben, ›le quart d'heure de Rabelais‹, ›Arbiter elegantiarum‹, jemandem ›carte blanche‹ erteilen und andere ähnliche, und bei welchen Gelegenheiten er sie selbst in seine Reden einflechten könnte. Paßten sie gerade nicht, so brachte er Wortspiele an, die er aufgelesen hatte. Sprach man die Namen neuer Personen vor ihm aus, so begnügte er sich damit, sie im Frageton zu wiederholen und dadurch Erklärungen zu erlangen, um die er somit dennoch nicht ausdrücklich gebeten hatte.

So ließ er auf den Rat, den eine weitschauende Mutter ihm mitgegeben hatte, als er seine Provinz verließ, niemals eine Redensart oder einen Eigennamen, die jemand in seiner Gegenwart erwähnte, passieren, ohne den Versuch zu machen, sich genau über sie Auskunft zu holen.

Da ihm der kritische Sinn, den er allem gegenüber zu entfalten glaubte, völlig abging, war an ihm jene verfeinerte Höflichkeit, die darin besteht, daß man jemandem gegenüber, dem man gefällig ist, so tut, als habe man vielmehr ihm zu danken (wobei man natürlich nicht möchte, daß er es wirklich glaubt) ganz und gar verloren, insofern er alles wörtlich nahm. Wie verblendet auch Madame Verdurin in bezug auf ihn war, so hatte sie schließlich doch, obwohl sie ihn auch weiterhin als sehr gescheit ausgab, mit Unbehagen festgestellt, daß, als sie ihn in eine Orchesterloge einlud, um

Sarah Bernhardt zu sehen, und dabei aus Zartgefühl bemerkte: »Es ist wirklich zu nett von Ihnen, Doktor, daß Sie gekommen sind, sicher haben Sie Sarah Bernhardt schon furchtbar oft gesehen, und wir sind auch vielleicht etwas nah an der Bühne«, der Doktor, der die Loge mit einem Lächeln betreten hatte, für dessen deutlichere Akzentuierung oder Unterdrückung er abwartete, daß jemand, der dafür zuständig war, ihn über den Wert der Veranstaltung orientierte, ihr geantwortet hatte: »Ja, wir sind tatsächlich reichlich nah, und Sarah Bernhardt ist ja nun freilich schon ein bißchen passée. Aber Sie hatten doch gewünscht, daß ich käme. Ihre Wünsche sind für mich Befehl. Was würde man Ihnen zu Gefallen nicht tun!« Er hatte noch hinzugefügt: »Sarah Bernhardt? Das ist ja die ›goldene Stimme‹, nicht wahr? Man liest oft, sie ›spiele alle anderen an die Wand‹. Ein sonderbarer Ausdruck, nicht wahr?« letzteres in der Hoffnung auf einen Kommentar, der jedoch unterblieb.

– Weißt du, hatte Madame Verdurin darauf zu ihrem Gatten gesagt, ich glaube, wir machen einen Fehler, wenn wir dem Doktor gegenüber aus Bescheidenheit herabsetzen, was wir ihm bieten. Er ist halt ein Gelehrter, der außerhalb des praktischen Lebens steht. Er kennt den Wert der Dinge nicht und glaubt in dieser Hinsicht, was wir ihm darüber erzählen. – »Ich hatte nicht gewagt, dich darauf aufmerksam zu machen, aber ich habe es auch schon bemerkt«, pflichtete Verdurin ihr bei. Und am folgenden 1. Januar kaufte Herr Verdurin für Cottard, anstatt ihm einen Rubin für dreitausend Francs mit dem Bemerken zu schenken, es sei ja gar nicht der Rede wert, einen aufgearbeiteten Stein für dreihundert Francs und gab ihm dabei zu verstehen, man werde schwerlich einen schöneren finden.

Als Madame Verdurin angekündigt hatte, daß im weiteren Verlauf des Abends Herr Swann erscheinen würde, hatte der Doktor ausgerufen: »Swann?« in einem vor lauter Verwunderung geradezu brüsken Ton, denn die geringste Neuigkeit setzte diesen Mann, der sich immer auf alles vorbereitet glaubte, mehr als irgend jemanden in Erstaunen. Als niemand ihm Antwort gab, stieß er beinahe angstvoll hervor: »Swann? Aber wer ist denn das, Swann?«, doch er beruhigte sich sofort, als Madame Verdurin sagte: »Aber das ist doch der Freund, von dem Odette uns erzählte.« – »Ah! gut, gut. Dann ist ja alles in Ordnung«, antwortete der Doktor mit wiedergewonnener Ruhe. Der Maler hingegen war erfreut, daß Swann Madame Verdurin vorgestellt werden sollte, er nahm an, er sei in Odette verliebt, und er begünstigte gern alle Liaisons. »Mir macht nichts so viel Vergnügen, als wenn ich Ehen stiften kann«, vertraute er Doktor Cottard an, »ich habe schon viele zustande gebracht, selbst solche unter Frauen!«

Als Odette den Verdurins gesagt hatte, Swann sei sehr ›smart‹, hatten sie Angst bekommen, er könne ein ›Langweiler‹ sein. Er machte aber im Gegenteil einen ausgezeichneten Eindruck auf sie, bei dem, ohne daß sie es wußten, sein Umgang in den Kreisen der eleganten Gesellschaft indirekt mit im Spiele war. Er besaß nämlich selbst vor klugen Leuten, die aber nicht in der Gesellschaft verkehren, einen Vorteil, der allen gemeinsam ist, die es ihrerseits tun, nämlich daß sie diese nicht mehr infolge einer die Phantasie beherrschenden Sehnsucht danach überschätzen oder aus Widerwillen gänzlich bagatellisieren. Die Liebenswürdigkeit dieser Menschen, die von jedem Snobismus ebenso frei ist wie von der Furcht, allzu liebenswürdig zu scheinen, und die daher ganz unbefangen sind, hat die Leichtigkeit und spielerische Anmut von Leuten, deren guttrainierte Glieder genau das ausführen, was sie ausführen sollen ohne aufdringlich ungeschickte Teilnahme des übrigen Körpers. Die elementare Gymnastik des Weltmannes, die darin besteht, daß er dem jungen Unbekannten, der ihm vorgestellt wird, liebenswürdig die Hand reicht und dem Botschafter, dem man ihn vorstellt, eine reservierte Verbeugung macht, war bei Swann, ohne daß er es wußte, zum Prinzip seines gesellschaftlichen Verhaltens überhaupt geworden: Leuten gegenüber, welche Kreisen angehörten, die den seinen untergeordnet waren, wie die Verdurins und ihre Freunde, legte er instinktiv eine Beflissenheit an den Tag, machte er Avancen, die ihrer Meinung nach ein ›Langweiler‹ unterlassen hätte. Eine Anwandlung von kühler Zurückhaltung hatte er nur Doktor Cottard gegenüber, als dieser ihm mit den Augen zuzwinkerte und zweideutig dabei lächelte, bevor sie noch miteinander gesprochen hatten (eine Mimik, die Cottard selbst als ›abwartend‹ bezeichnete). Swann glaubte daraufhin, daß der Doktor ihn vermutlich kannte, weil er ihm an irgendeinem zweifelhaften Ort begegnet sei, obwohl er solche selbst sehr wenig aufzusuchen pflegte, da er überhaupt nicht in ›amüsierfreudigen‹ Kreisen verkehrte. Da er diese vertrauliche Anspielung geschmacklos fand, vor allem im Beisein von Odette, die vielleicht daraufhin eine schlechte Meinung von ihm hätte bekommen können, setzte er eine eisige Miene auf. Als er aber erfuhr, daß die neben ihm stehende Dame Madame Cottard sei, dachte er bei sich, ein so junger Ehemann könne unmöglich in Gegenwart seiner Frau an Amüsements von dieser Sorte rühren, und legte dem vertraulichen Lächeln des Doktors nicht mehr die gefürchtete Bedeutung unter. Der Maler lud Swann sofort ein, mit Odette sein Atelier zu besuchen; Swann fand ihn sehr nett. »Vielleicht werden Sie besser behandelt als ich«, sagte Madame Verdurin in einem Ton, als ob sie beleidigt wäre, »und bekommen das Porträt von Doktor Cottard zu sehen (sie selbst hatte es bei dem Maler bestellt). Achten Sie auch ja darauf, Monsieur Tiche«, erinnerte sie den Maler, den als ›Monsieur‹ zu bezeichnen ein als solcher anerkannter kleiner Scherz des ›Kreises‹ war, »den netten Blick von unserem Doktor wiederzugeben, dies Durchtriebene, Amüsante, das er nun mal hat. Sie wissen, ich lege besonderen Wert auf sein Lächeln; was ich von Ihnen will, ist nicht sein Porträt, vielmehr das Porträt seines Lächelns.« Und da diese Formel ihr sehr geglückt schien, wiederholte sie sie noch einmal mit lauter Stimme, um auch sicher zu sein, daß mehrere der Eingeladenen sie gehört hätten, ja sie ließ sogar eigens unter einem Vorwand ein paar von ihnen näher herantreten. Swann bat, mit allen bekannt gemacht zu werden, sogar mit einem alten Freund der Verdurins, Saniette, der durch seine Schüchternheit, sein schlichtes Auftreten und sein gutes Herz überall die Achtung eingebüßt hatte, die ihm seine gründliche Kenntnis der europäischen Archive, sein großes Vermögen und seine ausgezeichnete Familie einst eingetragen hatten. Er hatte beim Sprechen etwas Undeutliches, was ihn besonders anziehend machte, da es weniger einen Sprachfehler als vielmehr einen seelischen Vorzug verriet, gleichsam einen Rest von urtümlicher Unschuld, die er nie verloren hatte. Alle Konsonanten, die er nicht aussprechen konnte, standen für ebenso viele Härten, zu denen er nicht imstande war. Als Swann darum bat, ihm vorgestellt zu werden, kehrte Madame Verdurin die Rollen unwillkürlich um (so daß sie, als sie seinem Wunsche entsprach, in folgender Weise den Unterschied betonte: »Monsieur Swann, haben Sie wohl die Güte, mir zu erlauben, daß ich Ihnen unseren Freund Saniette vorstelle?«) aber er rief sofort bei Saniette eine leidenschaftliche Sympathie hervor, von der ihm Verdurins übrigens nie ein Wort sagten, denn sie waren Saniettes etwas überdrüssig und legten keinen Wert darauf, ihm Freunde zu gewinnen; Swann hingegen erwarb sich gleich darauf ihre volle Zuneigung, da er glaubte, auch darum bitten zu müssen, die Bekanntschaft der Tante des Pianisten zu machen. In Schwarz wie immer, weil sie der Meinung war, daß Schwarz stets richtig und stets am vornehmsten sei, hatte sie ein stark gerötetes Gesicht, wie sie es jedesmal nach dem Essen bekam. Sie verneigte sich respektvoll vor Swann, richtete sich dann jedoch gleich mit Würde wieder auf. Da sie keinerlei Bildung besaß und Angst vor Schnitzern hatte, sprach sie absichtlich möglichst undeutlich in der Hoffnung, daß, wenn sie etwas Falsches sagte, ihre

Rede in einem solchen Gemurmel untergehen würde, daß es nicht mehr mit Sicherheit festzustellen sei; dadurch war ihre Sprechweise allmählich zu einem bloßen unklaren Nuscheln geworden, aus dem sich von Zeit zu Zeit eine einzelne Vokabel heraushob, deren sie vollkommen sicher war. Swann glaubte, er könne sich im Gespräch mit Herrn Verdurin diskret über sie amüsieren, was dieser jedoch im Gegenteil sofort etwas übelnahm.

– Sie ist so eine herzensgute Frau, sagte er. Ich gebe zu, sehr brillant ist sie nicht; aber ich kann Ihnen nur sagen, wenn man allein mit ihr spricht, ist sie außerordentlich nett. – »Ich zweifle nicht daran«, beeilte sich Swann zu behaupten. »Ich wollte nur sagen, daß sie mir nicht geradezu ›enorm‹ vorkommt«, fügte er unter Betonung dieses Adjektivs hinzu, »was ja eher ein Kompliment sein mag!« – »Wissen Sie«, meinte Herr Verdurin noch, »Sie werden es kaum glauben, aber sie schreibt zum Beispiel auf eine ganz reizende Art. Ihren Neffen haben Sie noch nie gehört? Er ist ganz großartig, nicht wahr, Doktor? Soll ich ihn bitten, etwas zu spielen, Monsieur Swann?«

– Aber ich fände, das wäre wirklich ein Glück … leitete Swann seine Antwort ein, als der Doktor ihn mit spöttischer Miene unterbrach. Da er gelernt hatte, daß in der Unterhaltung jede Emphase, jeder Gebrauch von großen Worten aus der Mode gekommen sei, glaubte er, sobald er ein offenbar ernstgemeintes gewichtigeres Wort vernahm wie in diesem Falle das Wort ›Glück‹, daß derjenige, der es ausgesprochen hatte, ein braver Spießer sein müsse. Und wenn andererseits dies Wort noch in etwas vorkam, was er als ›Cliché‹ bezeichnete, so glaubte er, der Satz, wie allgemein üblich er auch im übrigen sein mochte, in dem es verwendet wurde, müsse komisch gemeint sein, und vollendete ihn ironisch mit dem Gemeinplatz, den er seinem Gesprächspartner damit in den Mund legte, wenn dieser auch nicht im entferntesten an ihn gedacht hatte.

– Ein Glück für Frankreich! rief er spöttisch lächelnd aus und hob dabei emphatisch die Hand.
Monsieur Verdurin konnte ein Lachen nicht unterdrücken.
– Was habt ihr denn da alle zu lachen, in eurer Ecke scheint es ja nicht trübselig zuzugehen, rief Madame Verdurin. Ihr glaubt wohl, es macht mir Spaß, hier ganz allein von allem ausgeschlossen zu sein, fügte sie in schmollendem Babyton hinzu.
Madame Verdurin saß auf einem hohen schwedischen Stuhl aus gewachstem Tannenholz, den ein Geiger jenes Landes ihr einst zum Geschenk gemacht hatte und den sie behielt, obwohl er wie ein Küchenschemel aussah und keineswegs zu den schönen alten Möbeln paßte, die Verdurins besaßen; aber sie legte Wert darauf, Geschenke, die ihre Getreuen ihr von Zeit zu Zeit zu machen pflegten, bei der Hand zu haben, damit die Spender bei ihren Besuchen das Vergnügen hätten, sie bei ihr wiederzufinden. Sie bemühte sich daher allerdings zu erreichen, daß man es lieber bei Blumen und Pralinés bewenden ließ, die irgendwann wieder verschwinden; es gelang ihr aber nicht recht, und so hatte sie bereits eine ganze Sammlung von Fußwärmern, Kissen, Stutzuhren, Wandschirmen, Barometern, Blumentopfhüllen in unzähligen Wiederholungen und die sowenig zusammengehörten wie Dinge auf einem Weihnachtstisch.
Von ihrem Hochsitz aus nahm sie lebhaft an den Gesprächen der Getreuen teil und belachte ihre Witze, aber seit der Kiefergeschichte verzichtete sie auf sehr nachdrückliche Heiterkeitsausbrüche und überließ sich statt dessen lieber einer konventionellen Mimik, die, unanstrengend und gefahrlos zugleich, auszudrücken schien, daß sie Tränen lache. Bei dem geringfügigsten Scherzwort, das ein Getreuer gegen einen ›Langweiler‹ oder einen früheren Getreuen vorbrachte, stieß sie – zur größten Verzweiflung übrigens von Monsieur Verdurin, der lange Zeit den Ehrgeiz gehabt hatte, für ebenso liebenswürdig zu gelten wie seine Frau, der aber, da er ernst-

lich lachte, schnell außer Atem geriet und so durch ihre List einer unaufhörlichen, wenn auch fiktiven Heiterkeit ins Hintertreffen geraten war – einen kleinen Schrei aus, drückte ihre Vogelaugen, die eine leichte Hornhautveränderung zu verschleiern begann, fest zu und barg plötzlich, als habe sie nicht mehr Zeit gefunden, ein unpassendes Schauspiel den Blicken zu entziehen oder einem tödlichen Anfall zu begegnen, das Gesicht in den Händen, so daß es völlig bedeckt und nichts mehr davon zu sehen war; es schien dann, als müsse sie die größten Anstrengungen machen, um einen Lachanfall zu unterdrücken, der, wenn sie sich ihm hemmungslos überlassen hätte, zu einer Ohnmacht geführt haben würde. Berauscht von der Heiterkeit der Getreuen, trunken von Kameradschaft, von Klatsch und dem traulichen Gefühl der Gemeinsamkeit hockte Madame Verdurin auf ihrem Sitz wie ein Vogel, dem man seinen Brocken in warmen Wein getaucht hat, und schluchzte förmlich vor Liebenswürdigkeit.

Indessen bat Monsieur Verdurin, nachdem er bei Swann um die Erlaubnis nachgesucht hatte, seine Pfeife anzünden zu dürfen (›bei uns macht man keine Umstände, wir sind ja unter uns‹) den jungen Musiker, sich an den Flügel zu setzen.

– Aber geh, so plage ihn doch nicht, er ist doch nicht hier, um sich quälen zu lassen, rief Madame Verdurin, ich will nicht, daß du ihn quälst!

– Aber wieso quäle ich ihn denn, entgegnete Monsieur Verdurin. Herr Swann kennt vielleicht unsere Entdeckung noch nicht, die Fis-Dur-Sonate; er könnte sie uns doch für Klavier arrangiert vorspielen.

– O nein! Auf keinen Fall meine Sonate! rief Madame Verdurin aus, ich will mir doch nicht vor lauter Weinen einen Schnupfen holen und nachher Gesichtsneuralgien wie das letzte Mal. Nein, ich bedanke mich bestens, darauf gehe ich nicht wieder ein; ihr seid wirklich zu nett, man sieht, daß nicht ihr nachher acht Tage das Bett hüten müßt!

Diese Szene, die sich regelmäßig wiederholte, sooft der Pianist spielen sollte, entzückte die Freunde des Hauses jedesmal in unverminderter Weise als ein Beweis der unwiderstehlichen Originalität der ›Padrona‹, wie man sie nannte, und ihrer musikalischen Empfindsamkeit. Diejenigen, die in der Nähe standen, gaben denen, die sich in größerer Entfernung kartenspielend oder rauchend aufhielten, einen Wink, sie sollten näher kommen, es sei etwas im Gange, indem sie, wie es im Reichstag bei interessanten Debatten geschieht, vernehmlich ›Hört, hört‹ murmelten. Am Tage darauf aber sprach man denen, die nicht hatten kommen können, sein Bedauern aus mit dem Bemerken, die Szene sei diesmal noch amüsanter als gewöhnlich verlaufen.

– Gut also, abgemacht, sagte Monsieur Verdurin, er spielt nur das Andante.

– Nur das Andante, wie kannst du so etwas sagen! rief Madame Verdurin. Gerade das setzt mir ja mehr als alles andere zu. Unser Hausherr versteht es wirklich! Das ist, als sagte er bei der ›Neunten‹: wir hören uns nur das Finale an, oder bei den Meistersingern ausschließlich die Ouvertüre.

Der Doktor hingegen redete Madame Verdurin zu, den Pianisten spielen zu lassen, nicht daß er die Aufregung, in die die Musik sie versetzte, für bloße Einbildung hielt – er stellte gewisse typische Symptome von Neurasthenie daran fest – sondern aus jener Gewohnheit heraus, die viele Ärzte haben, sofort ihre Vorschriften etwas zu lockern, wenn es sich – da ihnen das vorzugehen scheint – um irgendeine gesellschaftliche Veranstaltung handelt, bei der die Person, der sie anraten, doch einmal ihre Verdauungsbeschwerden oder ihre Grippe zu vergessen, eine Hauptrolle spielt.

– Diesmal werden Sie bestimmt nicht krank, Sie werden sehen, sagte er und versuchte es dabei mit einem suggestiven Blick. Und wenn Sie doch krank werden, dann pflegen wir Sie eben.

– Bestimmt? fragte Madame Verdurin, als könne man angesichts einer solchen Vergünstigung nicht länger widerstehen. Manchmal vergaß sie vielleicht auch für Augenblicke, weil sie es so oft behauptet hatte, daß es nur eine Lüge war, wenn sie sagte, sie würde krank, und nahm wirklich das seelische Verhalten einer Kranken an. Menschen aber, die es müde sind, die Seltenheit ihrer Anfälle immer nur ihrer eigenen Vorsicht zu verdanken, reden sich gern einmal ein, sie könnten ungestraft alles tun, was ihnen gefällt, wofern sie sich in die Hände eines Mächtigen begeben, der sie ohne ihr eigenes Zutun mit einem Wort oder einer Pille wieder auf die Beine bringt.

Odette hatte sich auf ein Tapisseriesofa beim Klavier gesetzt.

– Sie wissen ja, ich habe mein festes Plätzchen, sagte sie zu Madame Verdurin.

Diese sah, daß Swann auf einem Stuhl saß, und hieß ihn aufstehen:

– Da sitzen Sie nicht gut, setzen Sie sich doch zu Odette; nicht wahr, Odette, bei Ihnen ist doch noch ein bißchen Platz für Herrn Swann?

– Was für ein schönes Beauvais, bemerkte Swann, um etwas Nettes zu sagen, bevor er sich niederließ.

– Oh, das freut mich, daß Sie mein Sofa zu schätzen wissen, antwortete Madame Verdurin. Und ich kann Ihnen auch gleich sagen, wenn Sie etwas ebenso Schönes finden wollen, geben Sie es lieber von vornherein auf. Die haben so etwas nur einmal gemacht. Die kleinen Stühle sind auch einzig in ihrer Art. Sie müssen sie sich gleich einmal ansehen. Die Bronzeappliken passen jeweils als Attribut zu dem Mittelstück auf dem Sitz; Sie werden Ihren Spaß haben, wenn Sie sich das alles genau ansehen, ich sage Ihnen voraus, es wird ein Genuß für Sie sein. Allein schon die Bordüren da, sehen Sie sich nur die winzige Rebe auf dem weinroten Grund von ›Der Bär und die Trauben‹ an! Das ist noch gezeichnet, was? Was sagen Sie dazu? Zeichnen konnten die, nicht wahr? Sieht die kleine Traube nicht zum Anbeißen aus? Mein Mann behauptet immer, ich mache mir nichts aus Früchten, weil ich weniger esse als er. Aber nein, ich bin im Grunde versessener als irgend jemand darauf, nur muß ich sie nicht in den Mund stecken, um sie zu genießen; ich weide mich mit den Augen daran. Was habt ihr denn alle zu lachen? Fragen Sie den Doktor hier, er kann Ihnen sagen, daß die Trauben da alles Nötige für meine Gesundheit tun. Andere machen Kuren in Fontainebleau, mir genügt eine Beauvaiskur. Aber, Herr Swann, Sie kommen mir nicht aus dem Haus, ohne daß Sie die kleinen Bronzen auf den Rücklehnen angefaßt haben. Ist sie nicht wie Seide, diese Patina? Nicht so, mit der ganzen Hand, Sie müssen sie richtig befühlen.

– O Gott, wenn Frau Verdurin anfängt, die Bronzen zu streicheln, hören wir heute abend keine Musik, bemerkte der Maler.

– Schweigen Sie, Sie boshafter Mensch. Im Grunde, fügte sie zu Swann gewendet hinzu, verbietet man uns Frauen Dinge, die weit weniger verlockend sind als das; kein Körper hält den Vergleich damit aus. Als Verdurin mir noch die Ehre erwies, eifersüchtig zu sein – geh, sei wenigstens höflich und behaupte nicht, du seiest es niemals gewesen ...

– Aber ich habe ja gar nichts gesagt. Doktor, Sie sind mein Zeuge: habe ich etwas gesagt?

Swann befühlte aus Höflichkeit die Bronzeappliken und wagte nicht einmal, gleich wieder aufzuhören.

– Kommen Sie, das können Sie später noch tun; jetzt werden Sie selbst gestreichelt, und zwar im Ohr; Sie haben das sicher gern, stelle ich mir vor; hier dieser junge Mann wird es übernehmen.

Als aber der junge Pianist gespielt hatte, war Swann noch liebenswürdiger zu ihm als zu allen anderen, und zwar aus folgendem Grunde:

Im vorhergehenden Jahr hatte er bei einer Abendgesellschaft ein Musikwerk für Geige und Klavier gehört. Zunächst hatte ihn nur der materielle Reiz der von den Instrumenten entsandten Töne entzückt, und es war bereits ein großer Genuß für ihn gewesen, als unter der zarten, aber zäh sich durchsetzenden, lückenlos führenden Geigenstimme auf einmal der Klavierpart sich erhob, mit einem feuchten Plätschern, vielfarbig, in ungebrochenem Fluß, aber rhythmisiert wie das meergraue Wogen der vom Mondschein in eine weichere Tonart transponierten Brandung. Von einem gewissen Augenblick an aber hatte er, ohne daß er, was ihm eigentlich so gefiel, deutlich sich abzeichnen sah oder hätte benennen können, wie verzaubert die Melodie oder Harmonie – er wußte es selber nicht – festzuhalten versucht, die an sein Ohr drang und ihm die Seele auftat, so wie gewisse Rosendüfte in feuchter Abendluft die Eigentümlichkeit haben, die Nasenlöcher zu weiten. Vielleicht war es, weil er von Musik nichts verstand, daß er einen so unklaren Eindruck haben konnte, einen jener Eindrücke jedoch, die vielleicht die einzigen rein musikalischen sind, da sie an keine Dimension gebunden, da sie ursprünglich sind und nicht auf andere Eindrücke rückführbar. Ein Eindruck dieser Art ist einen Augenblick lang wirklich *sine materia.* Zweifellos neigen die einzelnen Töne, die wir hören, je nach Höhe und Stärke dazu, vor unseren Augen Flächen von verschiedener Größe zu bedecken, Arabesken zu beschreiben, Empfindungen von Breite, Zerbrechlichkeit, Massivität oder spielender Leichtigkeit zu vermitteln. Aber die Töne sind schon verrauscht, bevor noch die Empfindungen in uns so deutlich geworden sind, daß sie nicht von denen überflutet werden könnten, die aus den folgenden oder sogar schon zu gleicher Zeit erklingenden entstehen. Und dieser Eindruck würde auch weiterhin mit seinem schmelzenden Fluß die Motive umspülen, die sich für Augenblicke kaum sichtbar darüber erheben, um gleich wieder unterzutauchen und darin zu verschwinden, spürbar nur durch die ganz eigene Art von Glück, mit dem sie uns beschenken, unmöglich jedoch zu beschreiben oder zurückzurufen, zu benennen, ganz unsäglich mithin – wenn nicht das Gedächtnis wie ein Arbeitsmann inmitten der Flut an der Errichtung eines Fundamentes schaffte und einen

Abdruck jener flüchtigen Takte nähme, so daß wir sie mit den darauf folgenden zu vergleichen und von ihnen zu unterscheiden imstande sind. So war auch kaum für Swann der bezaubernde Eindruck vorbei, als sein Gedächtnis auf der Stelle eine summarische, vorläufige Transkription davon vornahm, auf die er immer wieder einen Blick werfen konnte, während das Stück noch weiterging, so daß der gleiche Eindruck, als er plötzlich wiederkehrte, schon nicht mehr ganz so ungreifbar war. Er hielt ihn sich jetzt in seiner Dauer, seiner Symmetrie, gleichsam graphisch dargestellt, in seinem Ausdruckswert vor und hatte damit schon etwas an der Hand, was nicht mehr reine Musik war, sondern Zeichnung, Architektur, etwas Gedankliches, mit dessen Hilfe es möglich ist, sich an Musik zu erinnern. Diesmal hatte er deutlich ein Thema herausgehört, das sich für Augenblicke aus dem Klanggewoge erhob. Es hatte ihm auf der Stelle ein Glück geschenkt, von dem er nichts gewußt hatte, bevor er diese Musik hörte, und von dem er auch spürte, daß nichts außer ihr es ihm würde schenken können; so ward er denn auch von einer ihm unbekannten Art von Liebe dafür erfüllt.

In langsamem Rhythmus führte das Thema ihn erst hier, dann dort, dann anderswohin diesem edeln, unbegreiflichen und doch deutlich bewußten Glück entgegen. Auf einmal aber, als er an einem bestimmten Punkte angekommen war, von dem aus er ihm gerade weiter folgen wollte, wechselte es nach sekundenlangem Zögern jäh die Richtung, und in einer neuen, rasch vorwärtsdrängenden, melancholischen, unermüdlichen, leisen Gangart eilte es ihm voraus auf neue Prospekte zu. Dann verschwand es ganz. Er wünschte sich leidenschaftlich, ihm noch ein drittes Mal zu begegnen. Und es tauchte auch wirklich wieder auf, doch ohne deutlicher zu ihm zu reden, ja vielleicht sogar, ohne daß es ihm ein so tiefes Glück schenkte wie zuvor. Zu Hause angekommen aber hatte er auch weiterhin das größte Verlangen danach verspürt, er war wie ein Mann, dessen Leben eine Vorübergehende, die er nur kurz

gesehen hat, mit der Vorstellung von einer neuen Schönheit beschenkt, die seine Empfänglichkeit bereichert, ohne daß er auch nur weiß, ob er die, die er nun schon liebt und deren Namen er nicht einmal kennt, je wiedersehen wird.
Selbst diese Liebe zu einem musikalischen Thema schien in Swann einen Augenblick lang eine Art von Verjüngung bewirken zu können. So lange schon hatte er darauf verzichtet, sein Leben auf ein ideales Ziel zu richten, hatte es vielmehr so ganz auf eine Abfolge von täglich sich erneuernden Befriedigungen abgestellt, daß er, ohne es sich jemals ausdrücklich zu sagen, die Meinung hegte, es werde bis zu seinem Ende immer so weitergehen; ja mehr noch: da er sich im Geiste nicht mehr mit großen Gedanken beschäftigte, hatte er aufgehört, an ihre Realität zu glauben, ohne daß er diese geradezu leugnete. Er gab sich daher gewöhnlich belanglosen Vorstellungen hin, bei denen er den Dingen nicht auf den Grund zu gehen brauchte. Ebenso wie er sich einerseits nicht fragte, ob er vielleicht besser daran getan hätte, sich nicht so völlig der Gesellschaft zu verschreiben, andererseits aber mit Sicherheit wußte, daß er, wenn er eine Einladung angenommen hatte, unbedingt auch hingehen, und daß er, wenn er nicht hinterher einen Besuch machte, wenigstens Karten abwerfen müsse, so bemühte er sich auch in der Unterhaltung, niemals mit innerer Anteilnahme eine Meinung über die Dinge auszusprechen, sondern nur sachliche Einzelheiten beizusteuern, die für sich selbst sprachen und ihm erlaubten, über seine Person gar nichts auszusagen. Er war überaus genau, wenn es sich um ein Kochrezept oder das Geburts- und Todesjahr eines Malers oder den Katalog seiner Werke handelte. Manchmal ließ er sich trotz allem so weit gehen,eine Meinung über ein Werk oder eine Lebensauffassung zu äußern, aber er tat es dann in ironischem Ton, so als stehe er eigentlich nicht ganz zu seinen Worten. Wie nun aber bei gewissen chronisch Kranken plötzlich der Aufenthalt in einer anderen Gegend oder eine von der gewohnten abweichende Diät manchmal eine

unerklärliche organische Umstellung bewirken, so daß diese Menschen noch einmal zu der bereits aufgegebenen Hoffnung zurückfinden, zu guter Letzt doch noch ein ganz neues Leben zu beginnen, so traf Swann in sich beim Erinnern des Themas, das er gehört hatte, und beim Anhören von ein paar Sonaten, die er sich hatte vorspielen lassen, um zu sehen, ob es nicht darin vorkäme, eine jener unsichtbaren Wirklichkeiten an, an die er nicht mehr glaubte; und als habe die Musik auf die seelische Verödung, an der er litt, eine Art von bindendem Einfluß (ähnlich der Bindung zwischen Elementarteilchen) verspürte er von neuem den Wunsch und fast auch die Kraft in sich, ihnen sein Leben zu weihen. Da es ihm aber nicht gelungen war, in Erfahrung zu bringen, von wem das Werk, das er gehört hatte, war, hatte er es sich nicht verschaffen können und dann schließlich vergessen. Er hatte wohl im Laufe der Woche ein paar Personen getroffen, die auch an jenem Abend dabeigewesen waren, und sie danach gefragt; aber manche von ihnen waren erst nach dem musikalischen Teil gekommen oder vorher gegangen; manche waren auch da, während die Sonate gespielt wurde, hatten aber während der Zeit in einem anderen Salon die Unterhaltung fortgesetzt, andere waren zwar geblieben, hatten aber nur den Anfang gehört. Die Gastgeber selbst wußten, daß es sich um ein neues Werk handelte, das die bei ihnen engagierten Künstler gern hatten spielen wollen; diese selbst befanden sich auf einer Konzertreise, kurz, Swann erreichte nichts. Er hatte viele musikalische Freunde, aber, obwohl er sich den besonderen und nicht wiederzugebenden Genuß in die Erinnerung zurückrufen konnte, den das Thema ihm verschafft hatte, und sein Diagramm deutlich vor sich sah, war er doch außerstande, es ihnen vorzusingen. Dann schließlich dachte er nicht mehr daran.

Als aber nun der junge Pianist bei Madame Verdurin kaum ein paar Minuten zu spielen begonnen hatte, fühlte Swann, wie nach einem zwei Takte hindurch angehaltenen Ton die geliebte Melodie, hinter dem weitgespannten Klang verborgen, der wie ein Vorhang vor dem Mysterium ihres Entstehens hing, heimlich raunend, luftig und duftgetränkt sich langsam loslöste und erschien. Sie war so unverkennbar in ihrem einzigartigen Reiz, der durch nichts zu ersetzen war, daß es Swann war, als habe er in einem befreundeten Salon eine Frau getroffen, die er auf der Straße bewundert und die jemals wiederzusehen er doch nie gehofft hatte. Schließlich entfernte sie sich wieder, bedeutungsvoll winkend, und ließ ihren Duft auf allen vielfältigen Wegen, die sie durchmaß, auf Swanns Zügen aber den Widerschein ihres Lächelns zurück. Jetzt konnte er nach dem Namen der Unbekannten fragen (er erfuhr, dies sei das Andante der Sonate für Violine und Klavier von Vinteuil) er hatte sie jetzt in der Hand, er konnte sie bei sich haben, sooft es ihm gefiel, und konnte versuchen, hinter ihre Sprache und ihr Geheimnis zu gelangen.

So kam es, daß Swann, als der Pianist geendet hatte, auf ihn zutrat und ihm auf eine Weise dankte, die in ihrer Lebhaftigkeit Madame Verdurin sehr gefiel.

– Er kann zaubern, nicht wahr? sagte sie zu Swann; sagen Sie selbst, kennt er seine Sonate, dieser Bursche da? Sie haben sicher nicht gewußt, daß ein Klavier das hergeben kann. Aber das ist ja wahrhaftig gar kein Klavierspiel mehr, bei Gott! Jedesmal bin ich wieder erstaunt, man meint ein Orchester zu hören. Es ist sogar schöner als Orchester, es ist noch vollkommener.

Der junge Pianist verbeugte sich; lächelnd und jedes Wort betonend, als äußere er etwas Geistvolles, sagte er:

– Sie sind sehr nachsichtig gegen mich, Madame.

Während Madame Verdurin zu ihrem Mann sagte: »Geh, hole ihm eine Orangeade, er hat es verdient«, erzählte Swann Odette, wie verliebt er schon lange in dieses kleine Thema sei. Als Madame Verdurin von weitem her bemerkte: »Nun, mir scheint, Odette, du bekommst da sehr schöne Dinge zu hören« und sie erwiderte: »Ja, sehr schöne«, war Swann von ihrer

Schlichtheit entzückt. Indessen erkundigte er sich nun nach Vinteuil, seinem Werk, der Lebensepoche, in der er diese Sonate komponiert habe, und was dies kleine Thema wohl für ihn bedeutet haben mochte; besonders das letztere wollte er sehr gern wissen.

Aber alle diese Leute, die behaupteten, den Komponisten zu bewundern (als Swann gesagt hatte, die Sonate sei wirklich schön, hatte Madame Verdurin laut ausgerufen: »Das glaube ich, daß sie schön ist! Aber man darf überhaupt nicht eingestehen, daß man die Sonate von Vinteuil nicht kennt, man hat kein Recht, sie nicht zu kennen«, und der Maler hatte hinzugesetzt: »Ah, ja! Das ist ein tolles Ding, nicht wahr? Nicht, was überall ›zieht‹ und ›gut und teuer‹ ist, nicht wahr? aber für einen Künstler wirklich ein starker Eindruck«) diese Leute schienen sich solche Fragen niemals gestellt zu haben, denn sie waren außerstande, darauf Antwort zu geben.

Swann machte noch eine oder zwei Bemerkungen über sein Lieblingsthema.

– Was Sie nicht sagen, meinte Madame Verdurin, das ist ja amüsant. Ich habe nie darauf achtgegeben: ich muß Ihnen auch gestehen, ich selbst lege keinen Wert darauf, mich in solche Spitzfindigkeiten zu verlieren; wir nehmen hier die Dinge nicht unter die Lupe und treiben keinerlei Haarspalterei, das ist nicht der Stil unsres Hauses. – Doktor Cottard warf ihr einen Blick staunender und eiferheißer Bewunderung zu, weil sie sich in lauter gängigen Redensarten so geschickt zu bewegen verstand. Im übrigen hüteten er und Madame Cottard sich mit jenem gesunden Sinn, der so oft im Volke zu finden ist, eine Meinung zu äußern oder Bewunderung zu heucheln, wo es sich um eine Musik handelte, von der sie sich gegenseitig, wenn sie wieder zu Hause waren, eingestehen mußten, daß sie sie ebensowenig verstanden wie die Malerei dieses ›Monsieur Tiche‹. Da die Menge von dem Charme, der Anmut, den Formen der Natur nur kennt, was sie den Clichés einer langsam verdauten Kunst verdankt, und jeder originale Künstler zuerst einmal diese Clichés verwirft, fanden Monsieur und Madame Cottard als echte Vertreter des Publikums an der Sonate von Vinteuil oder den Porträts des Künstlers nichts von dem, was für sie den Wohlklang der Musik oder die Schönheit der Malerei ausmachte. Wenn der Pianist die Sonate spielte, so schien es ihnen, als brächte er auf dem Klavier nur willkürlich Töne hervor, die nicht eine Abfolge der Bewegungen darstellten, an die ihr Ohr gewöhnt war, und als setzte der Maler seine Farben auf die Leinwand nur, wie es gerade kam. Wenn sie auf seinen Bildern eine Figur erkannten, so fanden sie sie klobig und gewöhnlich (das heißt, sie vermißten daran die Eleganz jener Schule der Malerei, mit deren Augen sie sogar auf der Straße die Menschen betrachteten) und nicht der Wahrheit entsprechend, als wisse Monsieur Tiche nicht, wie eine Schulter gebaut und daß das Haar der Frauen nicht mauvefarben ist.

Doch als sich die Getreuen nun wieder zerstreuten, hielt der Doktor eine günstige Gelegenheit für gekommen, und während Madame Verdurin ein abschließendes Wort über die Sonate von Vinteuil sagte, machte er es wie ein unerfahrener Schwimmer, der sich der Übung halber ins Wasser stürzt, aber lieber einen Augenblick wählt, wo nicht viele Leute da sind:

– Dann ist er also, was man einen Musiker ›di primo cartello‹ nennt! rief er in jäher Entschlossenheit aus.

Swann brachte nichts weiter heraus, als daß die erst vor kurzem erschienene Sonate von Vinteuil bei den Anhängern einer sehr fortschrittlichen, aber beim großen Publikum ganz unbekannten Richtung großen Eindruck gemacht habe.

– Ich kenne allerdings jemanden, der Vinteuil heißt, sagte Swann im Gedanken an den Klavierlehrer meiner Großtanten.

– Das ist er vielleicht? rief Madame Verdurin.

– O nein, gab Swann lachend zurück. Wenn Sie ihn zwei

Minuten gesehen hätten, würden Sie diese Frage ganz bestimmt nicht stellen.

– Die Frage stellen heißt sie also lösen? bemerkte der Doktor dazu.

– Aber er könnte ein Verwandter sein, fuhr Swann in seiner Betrachtung fort. Das wäre allerdings traurig genug, aber schließlich kann ein Genie einen Vetter haben, der ein alter Esel ist. Wenn das stimmte, würde ich freilich kein Opfer scheuen, damit der alte Esel mich dem Schöpfer der Sonate vorstellte; das erste bestände gleich darin, den Alten aufzusuchen, das wäre an sich schon arg genug.

Der Maler wußte, Vinteuil sei zur Zeit sehr krank und Doktor Potain fürchte, ihn nicht retten zu können.

– Was? rief Madame Verdurin aus, es gibt also wirklich noch Leute, die sich von Potain behandeln lassen?

– Madame Verdurin, gab Cottard in affektiertem Ton zu bedenken, Sie vergessen, daß Sie von einem meiner Kollegen sprechen, einem meiner Lehrer sogar, wenn ich so sagen darf.

Der Maler hatte gehört, Vinteuil sei von geistiger Umnachtung bedroht, und behauptete, man merke das auch an gewissen Stellen seiner Sonate. Swann fand diese Bemerkung nicht unbedingt abwegig, doch sie störte ihn, denn da reine Musik keine der logischen Beziehungen enthält, deren Verwirrung in der Sprache auf etwas Wahnhaftes hinweist, kam ihm der in einer Sonate sichtbar gewordene Wahnsinn ebenso unfaßbar vor wie der eines Hundes oder eines Pferdes, dessen Auswirkung dennoch freilich zu erkennen ist.

– Lassen Sie mich doch mit Ihren Lehrern zufrieden, Sie wissen zehnmal soviel wie er, antwortete Madame Verdurin dem Doktor im Tone einer Person, die den Mut ihrer Überzeugung besitzt und tapfer allen denen entgegentritt, die nicht der gleichen Ansicht sind wie sie. Sie bringen wenigstens Ihre Patienten nicht um!

– Aber Madame Verdurin, er ist Miglied der Akademie, entgegnete der Doktor in ironischem Ton. Wenn ein Patient nun einmal lieber von der Hand eines Fürsten der Wissenschaft stirbt... Es ist doch viel eleganter, wenn man sagen kann: ›Ich werde von Potain behandelt.‹

– Ach nein, eleganter ist das? fragte Madame Verdurin. Dann trägt man jetzt also auch Eleganz bei Erkrankungen, ja? Das wußte ich noch nicht... Nein, wie furchtbar komisch! rief sie plötzlich aus und verbarg das Gesicht in den Händen. Und ich arglose Person unterhalte mich darüber allen Ernstes mit Ihnen und merke nicht einmal, daß Sie mich zum besten halten.

Herr Verdurin, der es zu anstrengend fand, wegen einer solchen Kleinigkeit zu lachen, begnügte sich mit einem kräftigen Zug an seiner Pfeife und dachte kummervoll bei sich, daß es für ihn eben ganz unmöglich sei, in puncto Liebenswürdigkeit es seiner Frau annähernd gleichzutun.

– Sie müssen wissen, sagte Madame Verdurin zu Odette in dem Augenblick, als diese sich verabschiedete, Ihr Freund gefällt mir sehr. Er ist so einfach, so reizend; wenn Sie mehr solche Freunde haben, bringen Sie sie uns ruhig an.

Monsieur Verdurin gab zu bedenken, daß er immerhin kein Verständnis für die Tante des Pianisten gezeigt habe.

– Er hat sich hier bei uns noch etwas fremd gefühlt, dieser Mann, meinte Madame Verdurin, du kannst ja nicht verlangen, daß er das erste Mal schon den Ton des Hauses trifft wie Cottard, der seit Jahren zu unserm ›kleinen Kreis‹ gehört. Das erste Mal zählt noch nicht, außer um Fühlung zu nehmen. Odette, es ist abgemacht, daß er uns morgen im Châtelet trifft. Holen Sie ihn nicht vielleicht ab?

– Ach nein, er möchte das nicht.

– So, na gut! Wie Sie wollen. Hauptsache, daß er uns nicht im letzten Augenblick versetzt.

Zur großen Verwunderung von Madame Verdurin ›versetzte‹ er sie nie. Er traf sich mit ihnen an jedem beliebigen Ort, manchmal in Gaststätten der Banlieue, die man noch wenig besuchte, denn es war noch zu früh im Jahr, häufiger im

Theater, dem Madame Verdurin sehr zugetan war, und als sie eines Tages in ihrem eigenen Hause in seiner Gegenwart bemerkte, daß sie für die Premieren- und Galaabende gut einen Passierschein brauchen könnten und einen solchen zum Beispiel bei der Beerdigung von Gambetta sehr vermißt hätten, erklärte Swann, der niemals von seinen glanzvollen Beziehungen sprach, sondern nur von seinen weniger ansehnlichen, die er aus Takt erst recht erwähnte und unter die er sich im Faubourg Saint-Germain angewöhnt hatte, auch solche zu zählen, die er in Regierungskreisen besaß:

– Ich werde dafür sorgen. Sie haben ihn bestimmt rechtzeitig für die Neuinszenierung der ›Danicheffs‹, ich esse morgen mit dem Polizeipräfekten beim Präsidenten zu Mittag.

– Wieso beim Präsidenten? rief Doktor Cottard mit dröhnender Stimme aus.

– Ja, bei Monsieur Grévy, antwortete Swann etwas unangenehm berührt durch die Wirkung, die er mit seinen Worten hervorgebracht hatte.

Der Maler wendete sich dem Doktor zu und fragte in witzig gemeintem Ton:

– Haben Sie das oft?

Im allgemeinen pflegte Cottard, wenn er die gewünschte Erklärung erhalten hatte, nur zu sagen: ›Ach so! Ach so!‹ und sich wieder rasch zu beruhigen.

Diesmal aber verschafften ihm Swanns letzte Worte nicht die übliche Beschwichtigung, sondern versetzten ihn in geradezu maßloses Staunen darüber, daß ein Mann, mit dem er zu Abend aß, ein Mann, der weder Amt noch Würden besaß, mit dem Staatsoberhaupt verkehrte.

– Wieso Monsieur Grévy? Ja, kennen Sie ihn denn? fragte er Swann mit der verdutzten und ungläubigen Miene eines städtischen Beamten, von dem ein Unbekannter verlangt, er wolle zum Präsidenten der Republik geführt werden, und der bei diesen Worten merkt, ›mit wem er es zu tun hat‹ und dem armen Irren erklärt, er werde gleich empfangen werden, um ihn statt dessen in die Spezialabteilung des Polizeigewahrsams zu dirigieren.

– Ja, einigermaßen schon, wir haben gemeinsame Freunde (er wagte nicht zu sagen, daß es sich dabei um den Prinzen von Wales handelte); im übrigen ist es ganz leicht, bei ihm eingeladen zu werden, und ich kann Ihnen nur sagen, daß diese Dejeuners nicht sehr amüsant sind; übrigens geht es sehr einfach dabei zu, man ist immer nur zu acht Personen bei Tisch, antwortete Swann, der sich bemühte, den offenbar allzu lebhaften Glanz etwas abzuschwächen, den in den Augen seines Gesprächspartners Beziehungen zum Präsidenten der Republik zu besitzen schienen.

Cottard hielt sich denn auch an Swanns Worte und machte sich sofort die Meinung zu eigen, daß eine Einladung bei Monsieur Grévy nichts Besonderes, vielmehr ›gang und gäbe‹ sei. Auf der Stelle wunderte er sich gar nicht mehr, daß Swann ebensogut wie irgendein anderer ins Elysée zum Essen ging, und bedauerte ihn sogar gewissermaßen, daß er an Dejeuners teilnehmen müsse, die nach den eigenen Worten des Eingeladenen offenbar langweilig waren.

– Na also, gut, gut, schon recht, sagte er im Tone eines Zollbeamten, der eben noch argwöhnisch war, aber nach Abgabe der nötigen Erklärungen sein Placet erteilt und den Reisenden passieren läßt, ohne ihn seine Koffer öffnen zu lassen.

– Ja, das kann ich mir vorstellen, daß diese Mittagseinladungen langweilig sind, es ist wirklich rührend von Ihnen, daß Sie das auf sich nehmen, sagte Madame Verdurin, der der Präsident der Republik als ein besonders gefährlicher ›Langweiler‹ erschien, da er über Lockungen und Zwangsmittel verfügte, die, auf ihre Getreuen angewendet, sie möglicherweise dazu bringen würden, die Verdurins zu ›versetzen‹. Es heißt, er sei stocktaub und er soll mit den Fingern essen.

– Dann muß es allerdings kein großes Vergnügen sein, dort hinzugehen, sagte der Doktor mit einem Einschlag von Mitleid; als ihm dann noch einmal die Zahl von acht Geladenen einfiel, setzte er hinzu: »Das sind also sozusagen Mittagessen ›en petit comité‹, nicht wahr?« Er fragte das mit einer Lebhaftigkeit, bei der der Eifer des Linguisten noch die banale Neugier übertraf.

Aber das Prestige, das der Präsident der Republik in seinen Augen besaß, triumphierte doch sowohl über Swanns Bescheidenheit wie auch über die Mißgunst der Verdurins, denn bei jedem Abendessen warf künftig Cottard interessiert die Frage auf: »Werden wir heute abend Herr Swann in unserer Mitte sehen? Er ist mit Grévy befreundet. Offenbar ist er, was man einen Gentleman nennt?« Er ging sogar so weit, ihm eine Einladungskarte zu der Ausstellung für Zahnheilkunde anzubieten.

– Sie können mitbringen, wen Sie wollen, nur Hunde sind ausgeschlossen. Sie müssen verstehen, ich sage das, weil ich Freunde habe, die es nicht wußten und sich schwer in den Finger geschnitten haben.

Was Monsieur Verdurin betraf, so mußte er die üblen Wirkungen feststellen, welche auf seine Frau die Entdeckung von Swanns einflußreichen Beziehungen hatte, die jener sonst nie erwähnte.

Wenn nicht etwas außer dem Hause arrangiert war, traf Swann den ›kleinen Kreis‹ gewöhnlich bei den Verdurins selber an, aber er kam nur abends und fast nie schon zum Essen, obwohl Odette ihn häufig darum bat.

– Ich könnte sogar allein mit Ihnen essen, wenn Ihnen das lieber wäre, sagte sie.

– Und Madame Verdurin?

– Ach, nichts ist leichter als das. Ich brauche ihr nur zu sagen, mein Kleid sei nicht fertig gewesen oder mein Cab sei erst später gekommen. Da findet man doch immer was.

– Wie nett Sie sind.

Aber Swann sagte sich, daß Odette, wenn sie (dadurch, daß er immer erst bereit war, sie nach dem Abendessen zu treffen) merkte, er habe noch andere Vergnügungen, die er dem Zusammensein mit ihr vorzöge, seiner auf lange Zeit hinaus nicht müde werden würde. Außerdem war es ihm bedeutend lieber, den Beginn des Abends mit einer kleinen Arbeiterin zu verbringen, die, frisch und blühend wie eine Rose, an Schönheit in seinen Augen Odette bei weitem übertraf und in die er verliebt war, als mit ihr, die er ja außerdem mit Bestimmtheit doch noch hinterher sah. Aus dem gleichen Grunde wollte er nie, daß Odette ihn zu den Verdurins abholen kam. Die kleine Arbeiterin wartete auf ihn an einer Straßenecke, die Rémi, der Kutscher, kannte; sie stieg zu Swann ein und blieb in seinen Armen bis zu dem Augenblick, wo der Wagen bei den Verdurins hielt. Sobald er eintrat und Madame Verdurin, indem sie auf die Rosen zeigte, die er ihr am Morgen geschickt hatte, sagte: ›Ich bin Ihnen ernstlich böse‹ und ihm einen Platz neben Odette anwies, pflegte der Pianist für sie beide das Thema aus der Sonate von Vinteuil zu spielen, das gleichsam die Nationalhymne ihrer Liebe war. Er begann mit dem anhaltenden Tremolo einer Geige, das man ein paar Takte lang ohne Begleitung hört und das ganz im Vordergrund steht; dann auf einmal schien es einen Durchblick zu gewähren wie auf den Bildern von Pieter de Hooch der enge Rahmen einer Tür neue Perspektiven eröffnet; in der Ferne, in ganz anderem Ton und im samtigen Schein eines seitlich einfallenden Lichts tauchte die kleine Melodie dann auf, tänzerisch, eine Hirtin, zufällig, flüchtig erscheinend aus einer anderen Welt. Sie schritt im schlichten Faltengewand der Unsterblichen hin und teilte die Gaben ihrer Anmut mit einem unsagbaren Lächeln aus; doch glaubte Swann darin jetzt einen Anflug von leiser Enttäuschung zu spüren. Sie schien die Eitelkeit des Glückes zu kennen, zu dem sie doch die Wege wies. In ihrer lichten Grazie lag etwas Vollkommenes wie in der zarten Gelöstheit, die auf die Trauer folgt. Aber es machte ihm nichts aus, er sah sie weniger für sich – in dem, was sie für einen Musiker bedeuten konnte, der von ihm und von Odette nichts gewußt hatte, als er sie schuf, oder für alle anderen, die sie in Jahrhunderten hören würden – vielmehr als ein Unterpfand und Symbol seiner Liebe, das selbst die Verdurins und den jungen Pianisten gleichzeitig an Odette und an ihn denken ließ und damit ein gemeinsames Band um sie beide schlang; so hatte er denn auch, da Odette ihn aus Laune darum gebeten hatte, auf seinen Plan verzichtet, sich von einem Künstler die ganze Sonate vorspielen zu lassen, von der er immer nur die eine Stelle kannte. »Wozu brauchen Sie das übrige?« hatte sie gefragt. »Dies hier ist *unser* Stück.« Und da er sogar darunter litt, daß dies Thema in dem Augenblick, wo es so nah und doch auf dem Wege ins Unendliche an ihnen vorüberschritt, sich an sie wendete, ohne sie doch zu kennen, bedauerte er beinahe, daß es eine Eigenbedeutung, eine ihm innewohnende unverrückbare Schönheit ganz unabhängig von ihnen besaß, so wie man bei geschenktem Schmuck oder sogar den von einer geliebten Frau geschriebenen Briefen dem reinen Wasser des Steines oder den Wörtern der Sprache grollt, weil sie nicht ausschließlich aus dem Stoff einer flüchtigen Verbindung und eines bestimmten Wesens hervorgegangen sind.

Oft kam es vor, daß er sich so sehr mit der kleinen Arbeiterin verspätet hatte, bevor er zu den Verdurins ging, daß, wenn kaum das kleine Thema unter den Händen des Pianisten verklungen war, für Odette die Stunde des Aufbruchs kam. Er brachte sie bis zu der Tür ihres Hauses in der Rue La Pérouse hinter dem Arc de Triomphe. Und vielleicht, um nicht zuviel Gunst von ihr zu erbitten, opferte er das weniger notwendige Vergnügen, sie schon früher zu sehen und bereits mit ihr zusammen bei den Verdurins zu erscheinen, der Ausübung des Rechts, das sie ihm zuerkannte, mit ihr gemeinsam aufzubrechen, das ihm wichtiger schien, weil er dadurch das Gefühl haben durfte, daß niemand sie mehr sähe und sich zwischen sie und ihn stellen oder sie hindern könnte, noch länger mit ihm zusammen zu sein, wenn er sie verlassen hatte.

So kehrte sie immer in Swanns Wagen heim; eines Abends, als sie ausgestiegen war und er sich verabschiedete bis zum nächsten Tage, hatte sie rasch in dem kleinen Vorgarten eine letzte Chrysantheme gepflückt und ihm geschenkt, bevor er weiterfuhr. Er hielt sie während der Heimfahrt an die Lippen gepreßt, und als nach ein paar Tagen die Blume welk geworden war, verwahrte er sie behutsam in seinem Sekretär.
Doch niemals ging er zu ihr mit hinauf. Zweimal nur hatte er nachmittags an der Haupt- und Staatsaktion teilgenommen, die für sie der ›Tee‹ bedeutete. Die Stille und Leere der kurzen Straßen (die fast alle aus kleinen aneinanderstoßenden Privathäusern bestanden, deren Einförmigkeit unvermittelt von irgendeinem düsteren Kramladen unterbrochen wurde, der als ein beschämender Überrest Zeugnis von jenen entschwundenen Zeiten ablegte, wo dies noch ein übelbeleumdetes Stadtviertel war) der Schnee, der noch im Garten und auf den Bäumen lag, das inoffizielle Gewand der Jahreszeit, die Nähe der Natur gaben der Wärme, den Blumen, die den Eintretenden begrüßten, etwas um so Heimlicheres.
An dem links im Hochparterre gelegenen Schlafzimmer Odettes vorbei, dessen Rückseite auf eine kleine Parallelstraße ging, führte eine gerade Treppe zwischen dunkel gestrichenen Wänden, von denen orientalische Stoffe, türkische Rosenkränze und an einer Seidenschnur eine große japanische Laterne (die aber, um den Besuchern nicht die letzten Errungenschaften der Zivilisation vorzuenthalten, eine Gaslampe enthielt) herunterhingen, zum Salon und Wohnzimmer hinauf. Vor ihnen lag ein kleiner Garderoberaum, dessen Wand mit einer Art von vergoldetem Spalier bedeckt und von einem in seiner ganzen Länge rechteckigen Kasten begleitet war, in dem wie in einem Treibhaus jene großblumigen Chrysanthemen blühten, die zu jener Zeit noch selten waren, aber weit hinter denen zurückblieben, die heute die Kunst der Gärtner erzielt. Swann hatte an sich etwas gegen die Blume, die im Laufe des letzten Jahres derart in Mode gekommen war, aber

diesmal hatte es ihn gefreut, das Halbdunkel des Raumes von den duftigen, strahlenförmigen Blättern dieser Blüten, die an grauen Tagen um so leuchtender werden, in rosigen, orangenfarbenen und weißen Streifen aufgehellt zu sehen. Odette hatte ihn in einem Hausgewand aus rosa Seide, das den Hals und die Arme freiließ, empfangen. Sie hatte ihn auf einen Sitz neben sich in eine jener kleinen lauschigen Nischen gezogen, die in den Winkeln des Salons durch riesige Palmen in Topfhüllen aus chinesischem Porzellan oder durch Wandschirme, an denen Photographien, Bandschleifen und Fächer befestigt waren, erst geschaffen wurden. Dann aber hatte sie zu ihm gesagt: »Sie sitzen noch nicht gut, warten Sie, ich mache es Ihnen bequem«, und mit einem kleinen selbstzufriedenen Lächeln, als führe sie eine ganz neue eigene Erfindung vor, hatte sie hinter Swanns Kopf und unter seine Füße Kissen aus Japanseide geschoben, die sie vorher beliebig zurechtknüllte, so als verschwende sie absichtlich diese Schätze ohne Rücksicht auf ihren Wert. Aber als dann der Diener gekommen war und nacheinander die zahlreichen Lampen gebracht hatte, die, fast alle mit einer chinesischen Vase als Fuß, einzeln oder zu zweien auf verschiedenen Möbeln wie auf Altären aufgestellt in dem schon beinahe nächtlichen Dunkel des Winternachmittags einen um so dauerhafteren, rosigeren und menschlicheren Sonnenuntergang hervorzauberten – vielleicht auch in irgendeinem Verliebten, der unten auf der Straße vor dem Geheimnis dieser von den erhellten Fenstern gleichzeitig enthüllten und verborgenen Gegenwart stand, Träume aufsteigen ließen – hatte sie mit strengen Seitenblicken ihren dienstbaren Geist überwacht, um zu sehen, ob er auch jede auf ihrem geheiligten Platz niedersetzte. Sie meinte, wenn auch nur eine einzige nicht an der richtigen Stelle sei, werde der Gesamteffekt ihres Salons zerstört und ihr Porträt, das auf einer schrägen, mit Plüsch drapierten Staffelei stand, nicht das rechte Licht erhalten. So folgte sie fieberhaft den Bewegungen des derben Burschen und gab lebhaft ihrem Unwillen Ausdruck, weil er zu nahe an zwei großen Blumenschalen vorbeigestreift war, die sie aus Angst, er könne sie zu Schaden kommen lassen, selbst zu reinigen pflegte und die sie gleich darauf untersuchen ging, um zu sehen, ob er auch nicht etwa eine Ecke abgestoßen habe. Sie fand die Formen aller ihrer chinesischen Nippesfiguren ›amüsant‹, ebenso die der Orchideen, besonders der Cattleyas, die neben den Chrysanthemen ihre Lieblingsblumen waren, weil sie den großen Vorzug besaßen, nicht wie Blumen auszusehen, sondern als seien sie aus Seide oder Atlas gemacht. »Die da sieht aus, als wäre sie aus meinem Mantelfutter ausgeschnitten«, sagte sie zu Swann, indem sie auf eine Orchidee zeigte, und zwar mit einer gewissen Hochachtung vor einer Blume, die derartig ›schick‹ war, dieser eleganten, völlig unerwartet von der Natur ihr zum Geschenk gemachten Schwester, die auf der Stufenleiter der Schöpfung so weit von ihr entfernt war und doch so raffiniert, würdiger als viele Frauen, einen Platz in ihrem Salon zu erhalten. Sie zeigte ihm nacheinander feuerzüngige Drachen auf einem Porzellangefäß oder einem gestickten Wandschirm, die Blütenblätter eines Orchideenstraußes, ein Dromedar aus Silber mit schwarzer Emailauflage und eingesetzten Rubinenaugen, das auf ihrem Kamin mit einem Jadefrosch gute Nachbarschaft hielt, und tat abwechselnd so, als habe sie Angst vor dem bösen Ausdruck des einen oder als lache sie über das groteske Aussehen des anderen Untiers, als erröte sie über die Indezenz der Blumen oder als hege sie ein unwiderstehliches Verlangen, das Dromedar oder die Kröte zu küssen, die sie ›einfach süß‹ fand. Diese affektierten Gefühlsäußerungen standen in merkwürdigem Gegensatz zu gewissen echten Regungen aufrichtiger Verehrung, zum Beispiel für die Madonna di Laghetto, die sie vormals, als sie in Nizza wohnte, von tödlicher Krankheit geheilt habe, deren Bild sie immer in Gestalt einer Goldmünze auf sich trug und die sie für unbegrenzt wundertätig hielt. Odette bereitete Swann ›seinen‹ Tee und fragte ihn: »Zitrone oder

Rahm?« Wenn er ›Rahm‹ antwortete, setzte sie lachend hinzu: »Aber nur einen Tropfen!« Fand er ihn gut, so sagte sie: »Sehen Sie, ich weiß jetzt schon, wie Sie ihn gern trinken.« Dieser Tee war schließlich auch Swann als etwas so Kostbares erschienen wie ihr selbst, und so sehr hat die Liebe das Bedürfnis, sich eine Rechtfertigung und eine Garantie ihrer Dauer zu verschaffen durch Vergnügungen, die ohne sie keine solchen wären und mit ihr wieder aufhören es zu sein, daß er, als er sie um sieben Uhr verlassen hatte, um sich zu Hause umzuziehen, während der Fahrt in seinem Wagen in dem Übermaß an Freude, die dieser Nachmittag ihm bereitet hatte, sich mehr als einmal sagte: ›Es müßte wirklich sehr angenehm sein, so eine nette Person ganz für sich zu haben, bei der man etwas so Seltenes fände wie einen wirklich guten Tee.‹ Eine Stunde später erhielt er ein Wort von Odette; er erkannte gleich ihre große Schrift, in der eine gewisse affektierte englische Steifheit den formlosen Buchstaben, in denen vielleicht ein weniger voreingenommener Blick die Unordnung der Gedanken, die unzulängliche Erziehung, den Mangel an Offenheit und klarem Willen erkannt hätte, einen Anschein von Disziplin verlieh. Swann hatte sein Zigarettenetui bei Odette vergessen. ›Warum haben Sie nicht auch Ihr Herz bei mir liegen lassen, ich hätte Ihnen nicht erlaubt, es sich wiederzuholen.‹

Ein zweiter Besuch, den er ihr machte, war vielleicht noch bedeutungsvoller. Als er an diesem Tage zu ihr ging, hatte er sie sich wie jedesmal im voraus vorgestellt, und die Notwendigkeit, in der er sich befand, um ihr Gesicht hübsch zu finden, ihre Wangen, die so oft gelblich, schlaff und sogar mit kleinen roten Flecken übersät waren, nur auf den oberen, straffen und rosigen Teil zu beschränken, stimmte ihn traurig als ein Beweis dafür, daß das Ideal unerreichbar und das Glück recht mittelmäßig sei. Er brachte ihr einen Stich mit, den sie sehen wollte. Sie fühlte sich nicht recht wohl und empfing ihn in einem mauvefarbenen Morgenrock, dessen reichbestickte Enden sie wie einen Umhang über der Brust zusammenhielt. Neben ihm stehend ließ sie ihr gelöstet Haar offen an ihren Wangen niederhängen und bog das eine Knie in einer fast tänzerischen Pose, um sich desto bequemer über den Stich beugen zu können, den sie mit geneigtem Kopf betrachtete und den großen Augen, die so müde und leidvoll wirkten, wenn sie unangeregt war. Da auf einmal erkannte Swann, daß sie auf frappante Weise der Gestalt Sephoras, der Tochter Jethros auf einer der Fresken in der Sixtinischen Kapelle glich. Swann hatte schon immer die Neigung gehabt, in den Bildern der großen Meister nicht nur in allgemeinen Zügen die uns umgebende Wirklichkeit wiederzuerkennen, sondern auch gerade das, was am wenigsten allgemein zu sein scheint, nämlich die individuellen Züge der ihm bekannten Gesichter: so in einer Bildnisbüste des Dogen Pietro Loredan von Antonio Rizzo die vorspringenden Backenknochen, die schräg gestellten Brauen, kurz das schlagende Abbild seines Kutschers Rémi; mit den Farben Ghirlandajos fand er die Nase des Monsieur de Palancy dargestellt, in einem Porträt Tintorettos die füllige Wange mit dem Backenbartansatz, die gequetschte Nase, den durchdringender Blick, die verschwollenen Lider des Doktor du Boulbon. Vielleicht war es so, daß er im Grunde immer irgendwie bedauert hatte, sein Leben ganz auf das Gesellschaftliche und die Konversation beschränkt zu haben, und nun eine Art Ablaß von seiten der großen Künstler in der Tatsache fand, daß auch sie Gesichter mit Vergnügen betrachtet und in ihr Werk aufgenommen hatten, die diesem einen eigenartigen Zug von Wirklichkeit und Leben, eine gewisse Art von Modernität verleihen; vielleicht aber hatte er sich auch so sehr von der Frivolität der Weltleute erfassen lassen, daß er das Bedürfnis verspürte, in einem alten Kunstwerk solche vorgreifenden und verjüngenden Anspielungen auf ganz bestimmte Persönlichkeiten unserer Tage zu erkennen. Oder aber er hatte im Gegenteil so weit die Künstlernatur in sich bewahrt, daß individuelle charakteristische Züge ihm um so größeres Vergnügen bereiteten, wenn sie eine allgemeinere Bedeutung bekamen, sobald er sie nämlich isoliert, von allen Voraussetzungen befreit in der Ähnlichkeit eines älteren Bildniswerkes mit einem Original erkannte, das es gar nicht darstellte. Wie dem aber auch sei und vielleicht gerade, weil die Fülle der Eindrücke, von denen er neuerdings bewegt war, obwohl sie ihm eigentlich mehr aus der Neigung zur Musik erwachsen war, auch seine Liebe zur Malerei neu belebte, wurde das Vergnügen, das er in diesem Augenblick in der Ähnlichkeit Odettes mit der Sephora jenes Sandro di Mariano fand, dem man mit Vorliebe seinen volkstümlichen Beinamen Botticelli gibt, welcher an Stelle des wahren Werkes jenes Malers die banale und falsche Vulgärvorstellung von ihm zu benennen scheint, noch vertieft und sollte auf Swann einen nachhaltigen Einfluß ausüben. Er schätzte jetzt Odettes Gesicht nicht mehr nach der mehr oder weniger guten Beschaffenheit der Wangenpartie ein oder nach ihrer rein fleischlichen Weichheit, die er verspüren zu müssen glaubte, wenn er je wagen sollte, sie in einem Kuß mit seinen Lippen zu berühren, sondern als ein meisterhaft geführtes, schönes Linienwerk, dem seine Blicke folgten, indem sie seine verwickelten Kurven von der Neigung des Nackens bis zum Ansatz des fließenden Haares und der Wölbung der Augenlider begleiteten wie in einem Porträt von ihr, das ihren Typus erst klar und verständlich herausgestellt hätte.

Er schaute genauer hin; ein Freskenfragment bot sich in ihrem Antlitz und ihrem Körper dar, das er von da an immer darin wiederzuerkennen suchte, wenn er bei Odette war oder wenn er auch nur an sie dachte, und obwohl er auf das Werk des Florentiners zweifellos nur solchen Wert legte, weil er es in ihr wiederfand, so übertrug doch diese Ähnlichkeit auch auf sie eine besondere Schönheit und vermehrte ihre Kostbarkeit. Swann machte sich einen Vorwurf daraus, daß er den Rang eines Wesens verkannt hatte, das dem großen Sandro anbetungswürdig erschienen wäre, und er beglückwünschte sich, daß das Vergnügen, das er bei Odettes Anblick empfand, in einer ihm vertrauten ästhetischen Kultur eine Rechtfertigung fand. Er sagte sich, daß er, indem er Odette mit seinen Träumen vom Glück assoziierte, sich nicht mit einem so unvollkommenen Notbehelf abfand, wie er zunächst gemeint hatte, da diese Ideenverbindung seinen raffiniertesten Kunstansprüchen entgegenkam. Er vergaß dabei, daß Odette dadurch in keiner Weise mehr zu einer Frau wurde, die seinen Wünschen entsprach, da ja sein Liebesverlangen immer gerade in einem seinen ästhetischen Neigungen ganz entgegengesetzten Sinn orientiert war. Die Bezeichnung ›florentinisches Meisterwerk‹ erwies Swann einen überaus großen Dienst. Sie erlaubte ihm, Odettes Bild in eine Welt der Träume hineinzunehmen, zu der es bislang keinen Zugang gehabt hatte und in der es eine Veredelung erfuhr. Und während der rein körperliche Aspekt, den er von dieser Frau gehabt hatte, seine Zweifel über die Qualität ihrer Züge, ihres Körpers, ihrer Schönheit schlechthin unaufhörlich von neuem genährt und seine Liebe abgeschwächt hatte, wurden diese Zweifel hinfällig gemacht, seine Liebe befestigt, wenn er sich in ihrer Beurteilung auf die Gegebenheiten einer gesicherten Ästhetik stützen konnte, ganz zu schweigen davon, daß Kuß und Umarmung, die nur als etwas Natürliches und Mittelmäßiges erscheinen, wenn eine Frau mit welkenden Reizen sie gewährt, nun, wo sie zur Krönung der anbetenden Bewunderung für ein Meisterwerk wurden, für ihn etwas Übernatürliches und Köstliches bekamen.

Wenn er sich versucht fühlte zu bedauern, daß er seit Monaten nichts anderes mehr trieb, als sich mit Odette zu treffen, sagte er sich jedesmal, daß er recht hatte, seine Zeit einem unschätzbaren Kunstwerk zu widmen, das einmal ausnahmsweise aus einem anderen und besonders ansprechenden Stoff gefertigt war, ein äußerst seltenes Exemplar, dem er bald mit der Demut, dem rein geistigen Interesse und der Selbstlosigkeit des Künstlers, bald mit dem Egoismus, dem Stolz und der Begehrlichkeit des Sammlers huldigte.

An Stelle einer Photographie von Odette stellte er auf seinem Arbeitstisch eine Reproduktion der Tochter Jethros auf. Er bewunderte die großen Augen, das zarte Gesicht, das auf die Unvollkommenheit der Haut schließen ließ, das Haar, das in herrlichen Locken an den müden Wangen niederhing, und indem er das, was er bislang im rein ästhetischen Sinne schön gefunden hatte, auf die Vorstellung von einer lebenden Frau übertrug, machte er körperliche Vorzüge daraus, die er sich beglückwünschte in einem Wesen vereinigt zu finden, das er besitzen konnte. Aus der unbestimmten Sympathie, die uns vor ein Meisterwerk führt, das wir betrachten können, wurde nun, da er das fleischgewordene Original der Tochter Jethros kannte, ein Besitzverlangen, wie es Odette in ihrer nur körperlichen Erscheinung ihm zunächst nicht hatte einflößen können. Wenn er den Botticelli lange genug betrachtet hatte, dachte er an ›seinen‹ Botticelli, den er noch schöner fand; er zog die Photographie der Sephora näher an sich heran und glaubte, Odette ans Herz zu drücken.

Und doch hatte er nicht nur das Bedürfnis, einem gewissen Nachlassen im Verhalten von Odette so erfindungsreich zu begegnen, sondern auch einer gewissen eigenen Müdigkeit; er hatte das Gefühl, daß Odette, seitdem es ihr so leicht gemacht war, ihn zu sehen, ihm eigentlich nicht viel mitzuteilen hatte; er fürchtete, daß die nach und nach recht nichtssagend, einförmig und starr gewordene Art ihres Zusammenseins schließlich die romantische Hoffnung auf jenen Tag ersterben lassen könnte, wo sie ihm ihre Leidenschaft, die allein ihn verliebt gemacht und erhalten hatte, endlich erklären würde. Und um seine allzu einseitig gewordene seelische Sicht von Odette, von der er fürchtete, sie möchte ihn schließlich ermüden, etwas aufzufrischen, schrieb er ihr plötzlich einen Brief voll erfundener Vorwürfe und geheucheltem Groll, den er ihr vor dem Abendessen in ihr Haus bringen ließ. Er wußte, daß sie darüber erschrecken und ihm antworten würde, und hoffte, daß unter dem Druck der Furcht, sie könne ihn verlieren, ihrer Seele Worte entströmen würden, wie sie sie ihm noch niemals gesagt; tatsächlich hatte er auf diese Weise die zärtlichsten Briefe erhalten, die sie ihm überhaupt geschrieben hatte, von denen der eine, den sie ihm um die Mittagszeit aus der Maison Dorée geschickt hatte (es war an dem Tage des Paris-Murcia-Festes zum Besten der Hochwassergeschädigten von Murcia) mit den Worten begann: ›Lieber Freund, meine Hand zittert so sehr, daß ich kaum zu schreiben vermag‹; er hatte ihn im gleichen Fach aufbewahrt wie die verdorrte Chrysanthemenblüte. Oder wenn sie keine Zeit fände, ihm zu schreiben, so würde sie, wenn er bei den Verdurins erschiene, sofort auf ihn zukommen und sagen: ›Ich muß mit Ihnen sprechen‹, und er würde voller Neugier auf ihrem Gesicht und in ihren Worten zu erfassen suchen, was sie bisher vor ihm so konsequent in ihrem Herzen verbarg.

Schon wenn er dicht vor dem Hause der Verdurins angekommen war, fühlte er sich im Anblick der vom Schein der Lampen erhellten großen Fenster, deren Läden niemals geschlossen wurden, bei dem Gedanken bewegt, daß er sie in ihrem goldenen Schein in vollem Glanze vor sich sehen werde. Manchmal huschten schmal und schwarz die Schatten der Gäste vor dem schimmernden Licht vorbei wie die kleinen Gravüren, die man auf einzelnen Flächen eines sonst durchsichtigen Lampenschirms anbringt. Er versuchte, die Silhouette Odettes herauszuerkennen. Wenn er dann eintrat, blitzten unbewußt seine Augen in solcher Freude auf, daß Herr Verdurin zu dem Maler bemerkte: »Ich glaube, das hat gezündet.« Die Anwesenheit Odettes aber verlieh tatsächlich diesem Hause etwas für Swann, was keines von allen jenen ihm bot, in denen er verkehrte: eine Art von Empfangsapparatur, ein sensitives Nervensystem, das durch alle Räume lief und seinem Herzen unaufhörlich neue Emotionen verschaffte.

So führte bereits das bloße Funktionieren des gesellschaftlichen Organismus, den der ›kleine Kreis‹ darstellte, automatisch für Swann tägliche Begegnungen mit Odette herauf und gestattete ihm, Gleichgültigkeit der Frage gegenüber zu heucheln, ob er sie sehen würde, oder sogar ein gewisses Verlangen, sie lieber nicht zu sehen, das alles ohne jedes Risiko, da er ja, was er ihr auch im Laufe des Tages geschrieben haben mochte, sicher sein konnte, er werde sie zwangsläufig am Abend sehen und nach Hause begleiten.

Einmal aber, als er mit einem gewissen Mißbehagen an diese unvermeidliche gemeinsame Heimkehr gedacht hatte, war es ihm eingefallen, seine junge Arbeiterin bis zum Bois zurückzubegleiten, um den Augenblick seines Erscheinens bei den Verdurins etwas hinauszuschieben; er kam dort so spät an, daß Odette in dem Glauben, er käme nun nicht mehr, aufgebrochen war. Swann verspürte im Innern einen ausgesprochenen Schmerz; er zitterte, sich um ein Vergnügen gebracht zu haben, dessen Umfang er zum ersten Male richtig ermaß, da er bislang immer die Gewißheit gehabt hatte, sie, wann er wollte, sehen zu können – ein Zustand, der bei allen Vergnügungen verhindert, daß wir sie in ihrer wahren Bedeutung erkennen.

– Hast du gesehen, was für ein Gesicht er gemacht hat, als er merkte, sie ist nicht mehr da? sagte Verdurin zu seiner Frau, ich glaube, den hat es gepackt!

– Wer hat ein Gesicht gemacht? wollte Doktor Cottard unbedingt von ihm wissen; er war auf einen Sprung zu einem Patienten gegangen, kam nun zurück, um seine Frau abzuholen, und wußte nicht, von wem die Rede war.

– Wie, haben Sie nicht in der Tür einen Swann getroffen, wie ihn noch keiner gesehen hat ...

– Nein. War Herr Swann denn noch da?

– Nur auf einen Augenblick, sehr aufgeregt, sehr nervös. Sie verstehen: Odette war fort.

– Wollen Sie damit sagen, daß sie ihm ihre Gunst gewährt, daß er sein Schäferstündchen mit ihr bereits genossen hat?

fragte der Doktor in dem Bemühen, vorsichtig ein paar Redensarten zu erproben.

– Unsinn, es ist gar nichts zwischen ihnen passiert, und unter uns gesagt, finde ich, daß sie da einen Fehler macht und sich so richtig als das dumme Frauenzimmer aufführt, das sie im Grunde ist.

– Nun, nun, nun, meinte Herr Verdurin, was weißt denn du, ob wirklich gar nichts dahinter ist. Schließlich sind wir ja nicht dabei gewesen, nicht wahr?

– Aber mir hätte sie es gesagt, hielt Madame Verdurin ihm voller Stolz entgegen. Mir erzählt sie alles! Und weil sie im Augenblick niemanden hat, habe ich ihr geraten, mit ihm etwas anzufangen. Sie behauptet, sie könne nicht, sie habe zwar ein großes Faible für ihn, aber er sei so schüchtern mit ihr, da werde sie es auch, und dann liebe sie ihn auch nicht auf die Art, er sei eher so etwas wie ein höheres Wesen für sie; sie würde meinen, ihrem Gefühl für ihn seinen Schmerz zu nehmen, und was weiß ich noch. Dabei wäre er genau, was sie braucht.

– Du erlaubst, daß ich da nicht ganz deiner Meinung bin, sagte Monsieur Verdurin, mir gefällt dieser Herr nicht so recht, ich habe das Gefühl, er ist ein Poseur.

Madame Verdurin schien wie erstarrt, sie nahm die ausdruckslose Miene einer Bildsäule an, was ihr gestattete, so zu tun, als habe sie die ketzerische Bemerkung einfach nicht gehört; denn das Wort ›Poseur‹ deutete die Möglichkeit an, daß jemand bei ihnen ›posieren‹, das heißt, sich für ›mehr als sie‹ halten könne.

– Jedenfalls, wenn zwischen ihnen nichts ist, dann vermutlich nicht deswegen, weil dieser Herr sie für ›tugendhaft‹ hält, setzte Verdurin in ironischem Tonfall hinzu. Freilich kann man nicht wissen, denn offenbar glaubt er, sie sei gescheit. Ich weiß nicht, ob du den Vortrag gehört hast, den er ihr neulich abend über die Sonate von Vinteuil gehalten hat; ich habe Odette wirklich riesig gern, aber um mit ihr einen Gedankenaustausch über ästhetische Theorien zu pflegen, muß man schon ein ausgemachter Gimpel sein!

– Geh, sprich nicht so bös von Odette, sagte Madame Verdurin in ihrem Babyton. Sie ist eine reizende Person.

– Aber deswegen kann sie doch reizend sein; wir sagen doch auch nichts Böses von ihr, wir stellen nur fest, daß Tugend und Geist nicht ihre Stärke sind. Was meinen Sie, fragte er, zu dem Maler gewendet, legen Sie so großen Wert darauf, daß sie tugendhaft ist? Sie wäre dann vielleicht sehr viel weniger reizend, wer weiß?

Im Vorplatz war Swann dem Diener begegnet, der im Augenblick seines Kommens nicht dagewesen war und den Odette für den Fall, daß er doch noch käme, beauftragt hatte, ihm zu sagen – aber es war nun schon eine gute Stunde her – sie werde wahrscheinlich noch, bevor sie nach Hause ginge, bei Prévost eine Schokolade trinken. Swann eilte zu Prévost, aber sein Wagen wurde auf Schritt und Tritt durch andere Gefährte oder durch Passanten aufgehalten, in denen er nur unbequeme Hindernisse sah, die er mit Vergnügen überfahren hätte, doch sagte er sich, daß das Protokoll des Polizisten ihn noch mehr Zeit kosten würde, als wenn er die Fußgänger ruhig die Straße überqueren ließe. Er errechnete, wie lange er brauchen würde, und fügte vorsichtshalber zu jeder Minute ein paar Sekunden hinzu, um ja nicht zu wenig angesetzt zu haben und etwa seine Chance, rechtzeitig hinzukommen und Odette noch zu treffen, für größer zu halten, als sie in Wirklichkeit war. Wie ein Fieberkranker, der geschlafen hat und sich plötzlich über die Sinnlosigkeit seiner Traumvorstellungen klar wird, in denen er sich zuvor bewegte, ohne sich davon lösen zu können, stellte Swann mit einem Male die Seltsamkeit seiner Gedankengänge seit jenem Augenblick fest, als er bei den Verdurins erfuhr, Odette sei schon aufgebrochen, dazu die völlige Neuheit des Schmerzes, den er empfand, aber gleichwohl nur noch wie ein Erwachender sachlich konstatierte. Wie? Diese ganze Aufregung deswegen, weil er Odette erst morgen wiedersehen würde, das heißt, weil gerade das eingetreten war, was er noch vor einer Stunde gewünscht hatte, als er zu Madame Verdurin fuhr! Er mußte wohl oder übel feststellen, daß in diesem gleichen Wagen, der ihn jetzt zu Prévost trug, er selbst nicht mehr der gleiche war, nicht mehr allein, sondern von einem neuen Wesen begleitet, das ihm anhing, mit ihm verschmolz, von dem er sich nicht mehr freimachen konnte und mit dem er so behutsam umgehen mußte wie mit einem großen Maestro oder einem Leiden. Und dennoch kam ihm seit dem Augenblick, da er das Gefühl hatte, eine andere Person sei zu ihm hinzugetreten, sein Leben interessanter vor. Er malte sich kaum noch aus, daß diese eventuelle Begegnung bei Prévost (deren Erwartung die ihr vorausgehenden Minuten derartig von allem entblößte und entleerte, daß er keinen Gedanken und keine Erinnerung mehr darin fand, in denen er seinen Geist ausruhen lassen konnte) wenn sie zustande käme, genau wie die anderen sein werde, nämlich eigentlich nichts Besonderes. Wie jeden Abend, wenn er, sobald er Odette gegenübertrat, auf ihr wechselndes Gesicht einen Blick warf, den er gleich wieder abwendete aus Angst, sie könne darin etwas wie eine Aufforderung sehen und nicht mehr an seine Selbstlosigkeit glauben, würde er sogleich aufhören an sie zu denken, zu sehr damit beschäftigt, Vorwände zu erfinden, damit er sie nicht so bald verlassen müsse, und sich, ohne anscheinend besonderen Wert darauf zu legen, die Gewißheit zu verschaffen, daß sie am folgenden Tage bei den Verdurins sein werde: das heißt die Enttäuschung und die Marter, die für ihn die vergebliche Gegenwart dieser Frau bedeutete, der er sich näherte, ohne daß er doch wagte, sie in die Arme zu nehmen, für den Augenblick zu verlängern und einen weiteren Tag von neuem zu ertragen.

Bei Prévost war sie nicht: er wollte alle Restaurants an den Boulevards absuchen. Um Zeit zu gewinnen, schickte er, während er die einen übernahm, seinen Kutscher Rémi (den

Dogen Loredan von Rizzo) in die anderen; dann erwartete er ihn – er selbst hatte nichts erreicht – an einem vorher bestimmten Ort. Der Wagen kam nicht gleich, und Swann stellte sich den Augenblick seines Herannahens gleichzeitig so vor, daß Rémi ihm sagen würde: ›Die Dame ist da und da‹ und so, daß er von ihm hören mußte: ›Die Dame war in keinem der Cafés, in denen ich nachgeschaut habe.‹ Und so sah er auch das Ende dieses Abends vor sich, immer das gleiche und doch je nachdem ganz verschieden, ob ihm die jeder Angst ein Ende bereitende Begegnung mit Odette vorausgehen würde oder der erzwungene Verzicht darauf, sie heute noch zu finden, und das Sichergeben in eine Heimkehr, ohne daß er sie noch eimal gesehen hätte.

Der Kutscher kam zurück, aber in dem Augenblick, als er vor Swann stand, fragte dieser nicht: ›Haben Sie die Dame gefunden?‹ sondern sagte nur: »Erinnern Sie mich morgen daran, daß ich Holz bestelle, ich glaube, es geht zu Ende.« Vielleicht sagte er sich, daß wenn Rémi Odette in einem Café gefunden hätte, in dem sie nun auf ihn wartete, der unselige Abend sowieso bereits durch den Beginn der Verwirklichung eines glückseligen abgelöst sei, und daß er selbst jetzt gar keine Eile habe, sich eines Glücks zu versichern, das schon für ihn eingefangen war und nicht mehr entschlüpfen konnte. Aber es war auch ein Moment von Ermattung mit im Spiel; er trug in seiner Seele jenen Mangel an Elastizität, den andere in ihrem Körper haben, nämlich alle die, die in dem Augenblick, wo sie einem Stoß ausweichen oder einen Funken von ihrem Anzug abschütteln, das heißt, eine rasche Bewegung ausführen müßten, sich erst einmal Zeit lassen und eine Sekunde noch in der Lage verharren, in der sie sich vorher befanden, um gleichsam von da aus erst einen Anlauf zu nehmen. Zweifellos hätte er auf die Bemerkung des Kutschers: ›Die Dame ist da‹ zur Antwort gegeben: ›Ach ja, richtig, dieser Auftrag, den ich Ihnen gegeben hatte ... Soso, das hätte ich gar nicht gedacht‹, und hätte weiter von der Holzbestellung gesprochen, um vor seinem Bedienten seine innere Bewegung zu verbergen und sich selber Zeit zu lassen, mit der Unruhe Schluß zu machen und sich der Freude hinzugeben.

Aber der Kutscher kam ihm nur sagen, daß er sie nirgends gefunden habe, und als alter Diener äußerte er seine Meinung dazu:

– Ich glaube, Monsieur sollte es aufgeben und nach Hause fahren.

Aber die gleichmütige Haltung, die sich Swann mit Leichtigkeit gab, als Rémi an der Antwort, die er brachte, nichts mehr ändern konnte, verließ ihn bei diesem Versuch, ihn zum Verzicht auf seine Hoffnung und auf weiteres Suchen zu bewegen:

– Aber nicht doch, rief er aus, wir müssen die Dame finden, es ist von größter Wichtigkeit. Sie wäre wegen einer bestimmten Sache sehr ärgerlich und sicherlich gekränkt, wenn sie mich nicht sähe.

– Ich kann nicht verstehen, wieso die Dame gekränkt sein sollte, antwortete Rémi, wo sie doch selbst gegangen ist, ohne auf Monsieur zu warten, und wo sie gesagt hat, sie geht zu Prévost, und nachher war sie gar nicht da.

Die Lichter wurden übrigens jetzt fast überall gelöscht. Unter den Bäumen der Boulevards irrten nur noch vereinzelte Passanten in geheimnisvollem Dunkel kaum erkennbar umher. Manchmal ließ der schwarze Umriß einer Frau, die herantrat, ihm etwas zuflüsterte und ihn bat, sie nach Hause zu fahren, Swann zusammenzucken. Er streifte angstgepeinigt zwischen den dunkeln Gestalten einher, als suche er unter den Schatten des Totenreichs nach Eurydike.

Von allen Arten der Erzeugung von Liebe, von allen Wirkkräften zur Verbreitung dieser heiligen Raserei, ist sicher eine der zuverlässigsten der Sturm einer großen Erregung, der uns manchmal erfaßt. Dann fällt das Los unweigerlich auf die Person, mit der wir im Augenblick gerade gern zusammen sind, und auf einmal lieben wir sie. Es ist dabei gar nicht nötig, daß sie uns bis dahin mehr oder auch nur ebensosehr wie andere gefiel. Es mußte nur dazu kommen, daß unsere Neigung für sie plötzlich ausschließlich wurde. Diese Bedingung aber ist erfüllt, wenn – in dem Augenblick, da diese Person uns im Stich gelassen hat – in uns an Stelle des Trachtens nach den Vergnügungen, die ihr Umgang uns bot, ein ängstliches Bedürfnis entsteht, dessen Objekt sie selbst ist, ein absurdes Verlangen, dessen Erfüllung die Gesetze dieser Welt schwierig und dessen Heilung sie unmöglich machen – der unsinnige und schmerzliche Wunsch, sie zu besitzen.

Swann ließ sich zu den letzten Restaurants fahren. Der bloßen Hypothese des Glücks hatte er noch mit Ruhe entgegengesehen; jetzt aber verbarg er seine Unruhe nicht länger und verhehlte auch nicht, wie großen Wert er auf diese Begegnung legte: für den Fall des Erfolges versprach er seinem Kutscher eine Belohnung, als ob Rémi, wenn man in ihm den Wunsch, sie zu finden, nur richtig bestärkte, bewirken könne, daß Odette, wenn sie selbst schon nach Hause und schlafen gegangen war, sich doch in einem der Restaurants an den Boulevards befand. Er stieß bis zur Maison Dorée vor, ging zweimal zu Tortoni hinein und kam schließlich, ohne sie getroffen zu haben, mit großen Schritten und düsterem Blick aus dem Café Anglais heraus, um zu seinem an der Ecke des Boulevard des Italiens wartenden Wagen zu gelangen, als er auf eine Person stieß, die aus der entgegengesetzten Richtung kam: es war Odette; später erzählte sie ihm, sie habe, da sie bei Prévost keinen Platz gefunden, in der Maison Dorée soupiert in einer Nische, wo er sie nicht sehen konnte, und hätte nun gerade zu ihrem Wagen gehen wollen.

Sie war so wenig darauf gefaßt, ihn zu treffen, daß sie einen Augenblick lang wie erschrocken war. Er selbst aber hatte ganz Paris abgesucht, weniger weil er für möglich gehalten hatte, sie doch noch irgendwo zu treffen, als weil es ihm zu furchtbar war, darauf zu verzichten. Aber diese Freude, an deren Verwirklichung sein Geist nicht einen Augenblick an diesem Abend geglaubt hatte, kam ihm dadurch jetzt nur um so wirklicher vor; denn er hatte ja nicht durch das Vorhersehen von Wahrscheinlichkeiten daran mitgewirkt, sie bestand ganz unabhängig von ihm. Er brauchte nicht erst, um sie damit auszustatten – da ja die Freude selbst sie ausstrahlte und ihr Licht auf ihn fallen ließ – die Wahrheit aus seinem Geiste zu holen; sie leuchtete vielmehr von sich aus so hell, daß vor ihr wie ein Traum die Einsamkeit, die er gefürchtet hatte, zerstob, und ohne daran zu denken, benutzte er sie nun als tragenden Untergrund für seine Träumerei vom Glück. So läßt ein Reisender, der bei schönem Wetter an den Strand des Mittelmeers kommt, seine Augen von den Strahlen, die das leuchtende, dichte Azurblau der Fluten ihm entgegenschickt, eher unwillkürlich blenden, als daß er sie ausdrücklich mit den Blicken sucht.

Er stieg mit ihr in den Wagen ein, der auf sie wartete, und ließ den seinen hinterherfahren.

Sie hielt einen Strauß von Cattleyablüten in der Hand, und Swann sah durch ihr Spitzentuch hindurch, daß sie im Haar an einem Gesteck aus Schwanenfedern die gleichen Blumen trug. Unter ihrem Abendmantel hatte sie ein fließendes schwarzes Samtkleid an, das unter einer schrägen Raffung einen weißen Faillerock als großes Dreieck sehen ließ. Vorn in dem schwarzen Samtausschnitt kehrte weiße Seide als kleiner Einsatz wieder, an dem ebenfalls ein paar Blüten der gleichen Orchideensorte befestigt waren. Odette war kaum wieder zu sich gekommen von dem Schreck, den Swann ihr bereitet hatte, als das Pferd vor einem Hindernis scheute und auf die Seite sprang. Sie wurden auf der Bank beinahe von ihren Sitzen geschleudert.

Odette stieß einen Schrei aus und saß atemlos zitternd da.

– Es ist nichts, sagte er, haben Sie keine Angst.

Er faßte sie bei der Schulter und drückte sie sanft an sich, um sie festzuhalten; dann sagte er zu ihr:

– Vor allem sprechen Sie nicht, antworten Sie nur durch Zeichen, Sie sind ja noch ganz außer Atem. Es macht Ihnen doch nichts aus, wenn ich die Blumen an Ihrem Ausschnitt zurechtrücke, sie sind ganz in Unordnung gekommen durch den Stoß. Ich stecke sie etwas tiefer hinein, Sie verlieren sie sonst.

Und sie, die nicht gewöhnt war, daß die Männer mit ihr soviel Umstände machten, gab ihm nur lächelnd zur Antwort:

– Nein gar nicht, es macht mir nichts aus.

Durch ihre Worte eher verschüchtert, vielleicht auch in der Idee, mit diesem Vorwand aufrichtig gewirkt zu haben oder nachträglich schon selbst der Meinung, er sei es wirklich gewesen, rief er aus:

– Nein, nein, vor allem sagen Sie nichts, Sie strengen sich zu sehr an, machen Sie nur eine Bewegung, dann verstehe ich Sie sehr gut. Wirklich, macht es Ihnen nichts? Schauen Sie, hier ist ein bißchen ... ich glaube, es ist Blütenstaub, was da auf Sie gefallen ist; darf ich es mit der Hand wegwischen? Stört es Sie auch nicht? Bin ich vielleicht zu heftig? Es kitzelt wohl ein bißchen? Es ist nur, weil ich den Samt nicht zu stark reiben möchte. Aber sehen Sie, es war nötig, daß ich sie wieder festgesteckt habe, sie wären sonst heruntergefallen; ich glaube, wenn ich sie noch etwas tiefer hineinstecke ... Sagen Sie ernstlich, bin ich Ihnen auch nicht lästig damit? Auch nicht, wenn ich einmal daran rieche, ich möchte nur wissen, ob sie duften oder nicht. Ich habe es noch nie versucht, darf ich? Sie sagen es doch auch ganz offen, nicht wahr?

Lächelnd hob sie etwas die Achseln, so als wollte sie sagen: ›Sie sind ja komisch, Sie sehen doch, daß es mir gefällt.‹

Mit der anderen Hand strich er leise über ihre Wange hin; sie schaute ihm starr in die Augen, mit dem weichen ernsten Blick der Frauen des florentinischen Meisters, denen er sie so ähnlich fand; ihre schimmernden Augen, die so groß und langgezogen wie bei jenen waren, schienen sich aus dem Rande der Lider lösen zu wollen wie Tränen. Sie beugte den Hals, wie sie alle es tun, in den heidnischen Szenen so gut wie auf den religiösen Bildern. In einer Haltung, die sie zweifellos gewöhnlich einnahm, die sie für angebracht hielt in solchen Augenblicken und aufmerksam bedacht war, auch jetzt nicht zu vergessen, schien sie mit aller Macht ihr Gesicht von dem seinen fernzuhalten, als werde sie durch eine unsichtbare Kraft zu ihm gezogen. Aber schließlich hielt Swann es selbst, bevor sie es gleichsam entgegen ihrem Willen auf seine Lippen sinken ließ, einen Augenblick zwischen beiden Händen von sich ab. Er wollte seinem Denken Zeit lassen, den Traum, dem er so lange nachgehangen hatte, wiederzuerkennen und seiner Verwirklichung beizuwohnen wie eine Verwandte, die man herbeiruft, damit sie ihrerseits den Erfolg eines Kindes mitansieht, das ihrem Herzen nahesteht. Vielleicht heftete auch Swann auf dies Antlitz einer Odette, die ihm noch nicht gehört, die er noch nicht einmal geküßt hatte und die er zum letzten Male in dieser Weise sah, jenen Blick, mit dem man am Tage der Abreise eine Landschaft mit sich forttragen möchte, die man für immer verläßt.

Aber so schüchtern war er mit ihr, daß er, da er sie an jenem Abend schließlich doch besessen hatte, nachdem er damit angefangen hatte ihre Cattleyablüten zu arrangieren, sei es aus Furcht, sie zu kränken, sei es aus Besorgnis, er könne nachträglich als Lügner dastehen, sei es aus Mangel an Kühnheit, eine größere Anforderung an sie zu stellen als diese (die er auf alle Fälle wiederholen konnte, da ihm ja Odette beim ersten Male deswegen nicht böse gewesen war) in den nächsten Tagen jeweils denselben Vorwand benutzte. Wenn sie Cattleyas am Kleide trug, sagte er: »Schade, heute abend brauchen die Cattleyas keine Nachhilfe; sie sind nicht herausgerutscht wie neulich; dennoch glaube ich, die hier sitzt nicht ganz richtig. Darf ich sehen, ob sie nicht stärker duften als die anderen?« Oder wenn sie keine hatte: »Ach! keine Cattleyas heute, da habe ich ja gar nichts bei Ihnen zu tun.« Auf diese Weise behielt er eine Weile die gleiche Ordnung der Dinge bei wie am ersten Tage; er fing jedesmal mit dem leichten Berühren von Odettes Brust und Hals mit Fingern und

Lippen an, jedesmal war dies der Beginn seiner Zärtlichkeiten; und viel später noch, als das Zurechtrücken der Cattleyas (oder die daraus resultierende symbolische Handlung) längst abgekommen war, war doch die Metapher ›Cattleya spielen‹ eine schlichte Vokabel geworden, die sie schließlich ganz gedankenlos zur Bezeichnung des Aktes des physischen Besitzens benutzten – bei dem man übrigens nichts besitzt – und die in ihrem Sprachgebrauch fortlebte, wo sie noch eine letzte Erinnerung an jene vergessene Gewohnheit aufrechterhielt. Vielleicht bedeutete auch diese besondere Art, den Liebesvorgang zu bezeichnen, nicht genau das gleiche wie andere Synonyme. Man mag in bezug auf die Frauen noch so blasiert sein und den Besitz der verschiedensten von ihnen immer als das gleiche altbekannte Erlebnis ansehen, er wird doch zu einem neuen Genuß, wenn es sich um schwer zu erobernde Frauen handelt – oder solche, die man dafür hält – wenn man nämlich gezwungen ist, ihn durch irgendeine unvorhersehbare Einzelheit des Umganges mit ihnen herbeizuführen, wie es am ersten Abend für Swann das Ordnen der Cattleyablüten war. Zitternd hoffte er an jenem Abend (Odette, sagte er sich, konnte sich allenfalls dadurch bestimmen lassen, aber es nicht erraten) daß der Besitz dieser Frau aus den großen lila Blütenblättern hervorgehen sollte; und die Lust, die er bereits verspürte und die Odette, dachte er, vielleicht nur duldete, weil sie noch nichts davon wußte, schien ihm deswegen – wie es dem ersten Manne vorgekommen sein mag, als er sie inmitten des irdischen Blumenparadieses erlebte – eine Lust, die es bislang für ihn noch nicht gegeben hatte, die er erst neu zu schaffen wünschte, eine Lust – wovon ja auch der besondere Name, den er ihr gab, eine letzte Spur bewahrte – die völlig neu und einzigartig war.

Jetzt mußte er jeden Abend, wenn er sie nach Hause gebracht hatte, mit ihr ins Haus gehen, und oft begleitete sie ihn im Negligé zurück bis an den Wagen und küßte ihn vor den Augen des Kutschers, wozu sie dann bemerkte: ›Was soll mir das ausmachen, was gehen die andern mich an?‹ An den Abenden, wo er nicht zu den Verdurins ging (was jetzt öfter vorkam, seitdem er Odette auf andere Weise sehen konnte) den immer seltener werdenden Abenden, wo er seine gewohnten Gesellschaftskreise aufsuchte, bat sie ihn doch, ehe er nach Hause zurückkehrte, noch bei ihr vorbeizukommen, wie spät es auch werden möchte. Es war Frühling, ein klarer, kalter Frühling. Wenn er eine Gesellschaft verließ, stieg er in seine Viktoria, breitete eine Decke über seine Beine, antwortete den Freunden, die zu gleicher Zeit gingen und ihn aufforderten, mit ihnen nach Hause zu fahren, er könne nicht, er habe nicht die gleiche Richtung, und der Kutscher fuhr dann im Trab davon, er wußte, wohin es ging. Sie waren sehr erstaunt, und in der Tat war Swann nicht mehr der gleiche. Niemand bekam mehr einen Brief von ihm, in dem er um die Vermittlung der Bekanntschaft irgendeiner Frau bat. Er wandte keiner mehr seine Aufmerksamkeit zu und hielt sich von den Orten fern, wo man Begegnungen dieser Art hat. In einem Restaurant oder auf dem Lande nahm er eine Haltung ein, die derjenigen, an der man ihn noch kurz zuvor erkannt und von der man geglaubt hatte, sie sei untrennbar von ihm, genau entgegengesetzt war. So sehr schafft eine neue Leidenschaft in uns etwas wie einen neuen und ganz anderen Charakter, der unseren sonstigen ersetzt und die bis dahin unveränderlichen Zeichen, an denen er kenntlich war, zerstört! Statt dessen wurde es jetzt ein feststehender Zug bei Swann, daß er, wo er sich auch befinden mochte, hinterher Odette noch traf. Der Weg, der zwischen ihnen beiden lag, war der, den er unweigerlich durchlief und der damit zur rasch und unwiderstehlich wirkenden Neigungsebene seines Lebens wurde. Tatsächlich wäre er manchmal, wenn es irgendwo spät geworden war, lieber unmittelbar nach Hause gegangen, ohne erst die lange Fahrt zu machen; er hätte dann eben Odette erst am nächsten Tage gesehen; aber die bloße Tatsache, daß er sich zu ungewöhnlicher Stunde die Mühe machte, zu ihr zu gehen, und sich dabei vorstellte, wie seine Freunde sagten: ›Er hat jetzt gar keine Zeit, offenbar ist da eine Frau, die ihn zwingt, immer noch zu ihr zu kommen, wenn es auch noch so spät am Abend ist‹, gab ihm das Gefühl, daß er das Leben der Männer führte, in deren Dasein eine Liebesaffäre eine Rolle spielt und für die das Opfer an Ruhe und sonstigen Interessen, das sie für einen Traum der Lust und der Liebe bringen, einen großen intimen Reiz besitzt. Dann trat ein Zustand ein, in dem, ohne daß er sich darüber Rechenschaft gab, die Gewißheit, sie erwarte ihn, sie sei nicht anderswo mit anderen, er brauche nicht nach Hause zurückzukehren, ohne sie gesehen zu haben, jene bereits vergessene, aber immer zum Wiederaufflackern bereite Angst neutralisierte, die er an jenem Abend verspürt hatte, als er Odette nicht mehr bei den Verdurins fand, deren jetzige Beschwichtigung aber derartig wohltuend für ihn war, daß man es Glück nennen konnte. Vielleicht lag es nur an dieser Angst, daß Odette für ihn so wichtig hatte werden können. Die menschlichen Wesen sind uns gewöhnlich so gleichgültig, daß, wenn wir in eines von ihnen solche Möglichkeiten des Leidens und der Freude hineingelegt haben, es uns einer anderen Welt anzugehören scheint, sich mit Poesie umgibt und unser Leben zu einer tief bewegenden weiten Landschaft macht, in der es uns je nachdem näher oder ferner ist. Swann konnte sich nicht ohne innere Erregung fragen, was in künftigen Jahren Odette für ihn bedeuten mochte. Manchmal, wenn er in diesen kühlen Nächten den leuchtenden Mond sah, der seine Helligkeit zwischen seinen Blicken und den öden Straßen ergoß, dachte er an jenes andere klare und wie der Mond leicht rosig getönte Antlitz, das eines Tages in seiner Vorstellung aufgestiegen war und seitdem auf die Welt ein geheimnisvolles Licht warf, in dem er sie erblickte. Wenn er nach der Stunde ankam, da Odette ihre Bedienten zu Bett geschickt hatte, ging er, bevor er an der Vorgartenpforte schellte, erst ein Stück die Straße entlang, an der zwischen den ganz gleichen, aber dunkeln Fenstern der anstoßenden Villen das einzig erleuchtete ihres Schlafzimmers lag. Er klopfte an die Scheibe, sie beantwortete diese Botschaft und erwartete ihn auf der anderen Seite an der Eingangstür. Er fand auf ihrem Flügel offen ein paar Stücke liegen, die sie besonders liebte, den ›Rosenwalzer‹ oder ›Armer Tor‹ von Tagliafico (den man nach ihrem schriftlich aufgezeichneten letzten Willen bei ihrer Beerdigung spielen sollte) und er bat sie, statt dessen das kleine Thema aus der Sonate von Vinteuil zu spielen, obwohl Odette sehr schlecht Klavier spielte; aber die schönste Ansicht, die wir von einem Werke haben, ist oft die, welche sich aus den falschen Tönen aufbaut, die ungeschickte Finger einem verstimmten Klavier entlocken. Das kleine Thema gehörte für Swann auch weiterhin mit seiner Liebe zu Odette zusammen. Er fühlte ganz genau, daß diese Liebe etwas war, was keiner objektiv vorhandenen und von anderen als ihm feststellbaren Sache entsprach; er war sich darüber klar, daß Odettes Vorzüge es nicht rechtfertigten, daß die in ihrer Nähe verbrachten Augenblicke ihm so wertvoll waren. Und oft, wenn die positive Intelligenz in Swann ausschließlich die Oberhand bekam, wollte er nicht länger so viele geistige und gesellschaftliche Interessen diesem eingebildeten Vergnügen opfern. Aber sobald er das kleine Thema hörte, wußte es sich in ihm den nötigen Platz zu schaffen, die Proportionen seiner Seele verwandelten sich; ein breiter Raum entstand darin für einen Genuß, der gleichfalls keiner äußeren Gegebenheit entsprach, der sich aber, anstatt völlig individuell zu sein wie der der Liebe, für Swann als eine den konkreten Dingen überlegene Art von Wirklichkeit darstellte. Solch ein Verlangen nach einem unbekannten Reiz weckte das kleine Thema in ihm, ohne ihm dabei etwas Bestimmtes als Erfüllung zu geben, so daß die Seelenbezirke Swanns, in denen das kleine Thema die Sorge um materielle Interessen, alle menschlichen und allgemeingültigen Erwägungen ausgelöscht hatte, leer und offen dalagen und es ihm freistand, den Namen Odettes in sie einzutragen. Außerdem fügte das kleine Thema zu dem etwas Flüchtigen und Enttäuschenden, das Odettes Zuneigung für ihn hatte, seine geheimnisvolle Wesenssubstanz hinzu und verschmolz damit. Wenn man Swanns Antlitz betrachtete, solange er das kleine Thema hörte, hätte man meinen können, ein schmerzstillendes Mittel, das er eingenommen, ließe ihn freier atmen. Tatsächlich glich das Vergnügen, das die Musik ihm schenkte und das bald bei ihm zu einem wirklichen Bedürfnis wurde, dem Vergnügen, das er vielleicht gehabt hätte, mit Düften zu experimentieren, mit einer Welt in Verbindung zu treten, für die wir nicht gemacht sind, die uns formlos erscheint, weil unsere Augen sie nicht wahrnehmen, und ohne Gehalt, weil sie sich unserer Einsicht entzieht, kurz, in die wir mit keinem unserer Sinne eindringen können. Das bedeutete eine große Ruhe und eine geheimnisvolle Erneuerung für Swann – für ihn, dessen Augen, wiewohl zartsinnige Liebhaber der Malerei, dessen Geist, obwohl ein feiner Beobachter der Sitten, für immer die unzerstörbare Spur der Dürre seines Lebens an sich trugen – durch die er sich in ein der Menschheit fremd gegenüberstehendes, blindes, aller logischen Fähigkeiten beraubtes Geschöpf verwandelt fühlte, fast wie das Einhorn der Legende ein Fabelwesen, das die Welt nur mit dem Gehör wahrnimmt. Da er aber in dem kleinen Thema einen Sinn suchte, in den seine Intelligenz nicht einzudringen vermochte, fand er einen seltsamen Rausch darin, seiner innersten Seele alle Hilfen vernunftbestimmten Denkens zu entziehen und sie einzig durch den engen Weg, den dunkeln Filter des Klanges hindurchpassieren zu lassen. Er begann zu verspüren, wieviel Schmerzliches, vielleicht sogar im geheimen Unbeschwichtigtes auf dem Grunde der Süße dieses Themas lag, aber er litt darunter nicht. Was machte es, daß es ihm sagte, die Liebe sei etwas Zerbrechliches, die seine war so stark! Er spielte mit der Trauer, die von ihm ausging, er fühlte sie über sich hinweggehen, doch mehr wie ein Streicheln, welches das Bewußtsein seines Glücks nur tiefer und süßer machte. Er ließ es sich von Odette zehnmal, zwanzigmal vorspielen und verlangte dazu, daß sie ihn außerdem küßte. Jeder Kuß weckt den nächsten. Ach! in diesen ersten Zeiten einer Liebe sprießen die Küsse von ganz allein! Sie wuchern so dicht einer am andern auf; man hätte ebensoviel Mühe, die Küsse, die man sich in einer Stunde gibt, zu zählen, als wolle man die Zahl der Blumen auf einer Maienwiese ermitteln. Dann machte sie manchmal Miene abzubrechen und sagte: »Wie soll ich denn spielen, wenn du mich festhältst? Ich kann doch nicht alles zugleich; du mußt schon wissen, was du eigentlich willst; soll ich das Thema spielen oder nett zu dir sein?« Er wurde dann böse, und sie lachte hellauf, ihr Lachen steckte ihn an in einem Regen von Küssen. Oder aber sie sah ihn unmutig an, er sah wieder ein Gesicht vor sich, das gut im ›Leben Mose‹ von Botticelli hätte figurieren können, er suchte ihm seinen Platz darin und gab dem Nacken Odettes die dafür nötige Biegung; und wenn er sie dann in Wasserfarben nach Art des Quattrocento auf die Wand der Sixtina gemalt hatte, berauschte ihn die Vorstellung, daß sie doch gleichzeitig hier und jetzt am Klavier saß, ganz bereit, von ihm geküßt und geliebt zu werden, die Vorstellung ihrer körperhaften, lebendigen Anwesenheit also mit einer solchen Macht, daß er sich mit verstörtem Blick und verbissenem Gesicht auf diese Jungfrau Botticellis stürzte und sie in die Wangen kniff. Wenn er sie dann verlassen hatte, nicht ohne gleich darauf zurückgekehrt zu sein, um sie noch einmal zu küssen, weil er vergessen hatte, in seiner Erinnerung irgendeine Besonderheit ihres Duftes oder ihrer Züge mitzunehmen, fuhr er in seiner Viktoria heim und segnete Odette, weil sie ihm diese täglichen Besuche erlaubte, die ihr seiner Meinung nach eigentlich kein so großes Vergnügen bereiten konnten, aber ihn – indem sie ihm jede Gelegenheit benahmen, wieder an dem Leiden zu kranken, das bei ihm ausgebrochen war, als er Odette an jenem Abend bei den Verdurins nicht traf – vor Eifersucht bewahrten und ihm dazu verhelfen würden, ohne weitere solcher Anfälle durchmachen zu müssen, deren schmerzhafter erster dann der einzige blieb, bis ans Ende dieser einzigartigen Stunden seines Lebens zu gelangen, die beinahe so verzaubert waren wie jene, in denen er bei Mondschein durch Paris gefahren war. Wenn er dann bei der Rückkehr merkte, daß das Nachtgestirn jetzt eine andere Stellung zu ihm einnahm und sich nur eben über dem Horizont befand, und fühlte, daß seine Liebe ebenfalls unveränderlichen Naturgesetzen gehorchte, fragte er sich, ob er nicht bald das geliebte Gesicht nur noch einen fernen und unbedeutenderen Platz würde einnehmen sehen, und wie nahe es daran sein mochte, keinen Zauber mehr zu entsenden. Denn Swann fand ihn jetzt, seitdem er verliebt war, wieder in den Dingen, wie zu der Zeit, da er als junger Mensch sich für einen Künstler gehalten hatte; doch war es der gleiche Zauber nicht mehr; dieser hier ging nur von Odette für ihn aus. Er fühlte die Inspiriertheit seiner Jugend, die durch ein Leben in der Gesellschaft verschüttet war, wieder in sich zu neuem Leben erwachen, aber sie trug nun den Widerschein eines bestimmten Wesens an sich und war von ihm geprägt; und in den langen Stunden, die bei ihr zu verbringen ihm jetzt ein so zartes Vergnügen bereitete, wurde er, allein mit seiner Seele und ihrem Heilungsprozeß, nach und nach wieder er selbst, aber für eine andere.

Er ging immer nur abends zu ihr, und er wußte nichts davon, wie sie ihre Zeit am Tage verbrachte, nicht mehr als von ihrer Vergangenheit, das heißt so wenig, daß ihm sogar jene kleine als Ausgangspunkt dienende Information fehlte, die uns erlaubt, uns vorzustellen, was wir nicht wissen, und uns Lust macht, es näher zu erfahren. Daher fragte er sich auch gar nicht, was sie tun mochte, noch wie ihr Leben früher gewesen war. Er lächelte manchmal, wenn er daran dachte, daß man vor ein paar Jahren, als er sie noch nicht kannte, ihm von einer Frau gesprochen hatte, die, wenn er sich recht erinnerte, nur sie gewesen sein konnte, als von einer Kokotte, einer ausgehaltenen Person, einer jener Frauen, denen er damals noch, da er wenig Zeit in ihrer Gesellschaft verbracht hatte, jenen uneingeschränkt und von Grund auf verdorbenen Charakter beigelegt hatte, den lange Zeit hindurch die Phantasie gewisser Romanciers ihnen andichtete. Er sagte sich dann, daß man oft wirklich nur das Gegenteil von dem anzunehmen braucht, was die Welt einer Person nachsagt, um sie richtig zu beurteilen, zumal wenn er mit einem solchen Charakter den Odettes verglich, die so gut, naiv, fürs Ideale begeistert und so völlig unfähig war, einmal nicht die Wahrheit zu sagen, daß er, als er sie eines Tages, um allein mit ihr zu Abend zu essen, gebeten hatte, an die Verdurins zu schreiben, sie sei krank, sie am nächsten Tage vor Frau Verdurin, die sie fragte, ob es ihr besser gehe, erröten, stammeln und ihr Gesicht so deutlich den Kummer und die Qual widerspiegeln sah, die eine Lüge für sie bedeutete; während sie in ihrer Antwort erfundene Details über ihre angebliche Unpäßlichkeit des Vorabends häufte, sah sie aus, als bitte sie mit flehentlichen Blicken und tief bekümmerter Stimme wegen ihrer unaufrichtigen Worte um Verzeihung.

An gewissen, jedoch seltenen Tagen kam sie schon am Nachmittag zu ihm und unterbrach ihn in seinen Träumereien oder bei der Arbeit an seiner Studie über Vermeer, die er wieder aufgenommen hatte. Es wurde ihm dann gemeldet, Madame de Crécy warte auf ihn im kleinen Salon. Er suchte sie dort auf, und wenn er die Tür öffnete, glitt beim Anblick Swanns über Odettes rosiges Gesicht ein Lächeln, das die Form des Mundes, den Blick der Augen, die Rundung der Wangen veränderte. Sobald er allein war, sah er dies Lächeln vor sich, dazu jenes, das sie am Abend vorher gehabt, ein anderes, mit dem sie ihn bei dieser oder jener Gelegenheit empfangen hatte, oder das, mit dem sie damals im Wagen seine Frage beantwortete, ob es sie auch nicht störe, wenn er sich an den Cattleyas zu schaffen machte; das Leben Odettes in der übrigen Zeit aber war für ihn, da er nichts davon wußte, mit seinem farblos neutralen Ton wie jene Blätter Watteaus, auf denen man überall in Dreifarbenzeichnung auf chamoisfarbenem Papier unzählige Studien eines Lächelns sieht. Manchmal aber zeichnete in eine Ecke ihres Lebens, das Swann ganz leer erschien – obwohl sein Verstand ihm sagte, daß es das nicht sei, da er es sich nicht vorstellen konnte – ein Freund, der, seine Liebe ahnend, sich wohl hütete, etwas anderes als Belanglosigkeiten von ihr zu erzählen, die Silhouette einer Odette ein, die er am gleichen Vormittag zu Fuß habe die Rue Abbattucci hinaufgehen sehen in einem mit Skunks besetzten Besuchskleid, einem Rembrandthut und an der Brust einen Veilchenstrauß. Diese harmlose Skizze hatte für Swann etwas Bestürzendes, weil er daraus mit einem Male ersah, daß Odette ein Leben besaß, das nicht allein ihm gehörte; er hätte gern gewußt, wem sie wohl in dieser Toilette hatte gefallen wollen, die er an ihr nicht kannte; er nahm sich vor, sie danach zu fragen, wohin sie in jenem Augenblick ging, als ob es in dem ganzen farblosen – beinahe nicht vorhandenen, da für ihn unsichtbaren – Leben seiner Geliebten außerhalb jener verschiedenen Arten von Lächeln, die sie an ihn wendete, nur eine Sache gäbe: ihren Besuchsgang unter einem Rembrandthut, mit einem Veilchenstrauß an der Brust.

Abgesehen davon, daß er sie bat, das kleine Thema von Vinteuil an Stelle des ›Rosenwalzers‹ zu spielen, versuchte Swann sie nicht in der Wahl ihrer Musikstücke zu beeinflussen, ebensowenig wie er in der Literatur ihren schlechten Geschmack zu verbessern bemüht war. Daß sie nicht gescheit sei, war ihm vollkommen klar. Als sie ihm sagte, sie würde so gern sehen, daß er von Literatur mit ihr spräche, hatte sie sich vorgestellt, sie werde durch ihn heroische und romantische Couplets in der Art des Vicomte de Borelli, womöglich noch rührendere, kennenlernen. Über Vermeer van Delft fragte sie ihn aus, ob er um eine Frau gelitten, ob eine Frau ihn inspiriert habe, und als Swann ihr gestand, daß er darüber nichts wisse, hatte sie jedes Interesse an dem Maler verloren. Oft sagte sie: »Ich glaube natürlich, es gäbe wirklich nichts Schöneres als die

Poesie, wenn nur alles wahr wäre und die Dichter wirklich dächten, was sie sagen. Oft sind das aber Leute, die nur auf ihren Vorteil bedacht sind. Ich weiß Bescheid, eine Freundin von mir hat so eine Art von Dichter geliebt. In seinen Versen war immer nur von Liebe, Himmel und Sternen die Rede. Eines Tages aber sind ihr die Augen aufgegangen! Um mehr als dreihunderttausend Francs hat der Mensch sie gebracht.«
Wenn Swann dann versuchte, ihr klarzumachen, worin künstlerische Schönheit eigentlich bestehe, auf welche Weise man Gedichte und Bilder bewundern müsse, hörte sie nach kürzester Zeit nicht mehr zu, sondern sagte: »Jaja ... so habe ich es mir nicht vorgestellt.« Wenn er dann spürte, wie enttäuscht sie war, sprach er lieber die Unwahrheit und sagte ihr, daß das ja alles gar nichts sei, daß er nur jetzt keine Zeit habe, auf den Kern der Sache zu kommen, es gäbe aber natürlich noch etwas anderes. Dann fiel sie ihm rasch ins Wort: »Etwas anderes? Was? ... Dann sage es mir doch«, aber er sagte es nicht, da er wußte, wie unzureichend und wie anders, als alles was sie erhoffte, es ihr erscheinen würde, wieviel weniger aufregend und ergreifend; außerdem fürchtete er, sie könne zugleich mit der Kunst auch die Liebe sehr viel illusionsloser sehen.
Tatsächlich fand sie, daß Swann in geistiger Hinsicht ihren Erwartungen nicht entsprach. »Du bist immer so kühl in allem, ich weiß gar nicht, was ich aus dir machen soll.« Mehr wunderte sie sich über seine Gleichgültigkeit in Gelddingen, seine Freundlichkeit gegen jedermann, über sein Zartgefühl. Und es kommt tatsächlich häufig auch bei größeren Männern, als Swann einer war, vor, bei einem Gelehrten, einem Künstler, daß, wenn er nicht überhaupt von seiner Umgebung verkannt wird, dasjenige Gefühl, welches beweist, daß seine geistige Überlegenheit dennoch Eindruck macht, nicht Bewunderung für seine Ideen ist, sondern die Achtung, die man seiner Güte entgegenbringt. Achtung empfand Odette auch vor der Stellung, die Swann in der Gesellschaft einnahm, aber

sie wünschte nicht, von ihm in sie eingeführt zu werden. Vielleicht empfand sie, daß es ihm möglicherweise mißglücken könnte, vielleicht fürchtete sie auch, daß er, wenn er dort von ihr spräche, Enthüllungen provozierte, die sie scheuen mußte. Jedenfalls hatte sie ihn gebeten, nie ihren Namen auszusprechen. Der Grund, weshalb sie nicht in der Gesellschaft erscheinen wollte, war, wie sie ihm sagte, ein weiter zurückliegendes Zerwürfnis mit einer Freundin, die, um sich zu rächen, später schlecht von ihr gesprochen habe. »Aber es haben doch nicht«, hielt Swann ihr vor, »alle Leute deine Freundin gekannt.« – »Doch, doch, es bleibt immer etwas hängen, die Menschen sind ja so schlecht.« Einerseits verstand Swann diese Geschichte nicht ganz, andererseits aber wußte er, daß solche Axiome wie ›Die Menschen sind schlecht‹, oder ›Es bleibt immer etwas hängen‹ im allgemeinen für wahr gehalten werden; es mußte also Fälle geben, auf die sie anwendbar waren. War Odettes Fall einer davon? Er fragte es sich, aber verweilte nicht lange bei diesem Gedanken, denn auch er unterstand jener Schwerfälligkeit des Geistes, die schon auf seinem Vater gelastet hatte, wenn er sich einem schwierigen Problem gegenübersah. Außerdem flößte diese Welt, die sie so fürchtete, Odette vielleicht kein großes Verlangen ein, denn um für sie vorstellbar zu sein, war sie von der, die sie kannte, allzu weit enfernt. Dennoch war Odette, obwohl sie in mancher Hinsicht wirklich einfach geblieben war (sie hatte zum Beispiel als Freundin eine nicht mehr arbeitende kleine Schneiderin beibehalten, deren steile, dunkle und von üblen Gerüchen erfüllte Treppe sie fast täglich erklomm) leidenschaftlich auf ›Schick‹ bedacht, aber sie hatte davon nicht den gleichen Begriff wie die ›Welt‹. Für diese ist der Schick die Ausstrahlung einiger weniger Personen, die bis in eine ziemlich entfernte Zone hineinreicht – mehr oder weniger abgeschwächt je nach der Distanz, in der man sich von dem unmittelbaren Umgang mit ihnen befindet – das heißt innerhalb des Kreises ihrer Freunde oder der Freunde ihrer Freunde, deren Namen eine bestimmte Liste ergeben. Die Angehörigen jener Gesellschaftskreise haben diese Liste im Kopf, sie besitzen in solchen Dingen eine Art von Gelehrsamkeit, aus der sie einen bestimmten Begriff von Geschmack und Takt ableiten, so daß Swann zum Beispiel, ohne daß er sein Wissen um das gesellschaftliche Leben zu Hilfe nehmen mußte, ohne weiteres, wenn er in einer Zeitung die Namen der Personen las, die an einem Diner teilgenommen hatten, sagen konnte, wie ›schick‹ dies Diner gewesen sei, so wie ein Literaturkenner bereits beim Lesen irgendeines einfachen Satzes die literarischen Qualitäten seines Autors richtig einzuschätzen weiß. Odette aber gehörte zu den Personen (die außerordentlich zahlreich vertreten sind, was auch die Weltleute darüber denken mögen, und die es in jeder Gesellschaftsklasse gibt), die über diese Grundbegriffe nicht verfügen und sich einen ganz anderen Schick vorstellen, der je nach dem Milieu, dem sie angehören, ein verschiedenes Gesicht bekommt, aber auf alle Fälle dadurch gekennzeichnet ist – ob es nun der ist, von dem Odette träumte, oder eine Spielart, vor der Madame Cottard sich beugte – daß er für alle unmittelbar zugänglich ist. Der andere, der der ersten Gesellschaft, ist es tatsächlich auch, wenn auch nur mit einer gewissen Verzögerung. Odette sagte zum Beispiel von jemandem:

– Er geht immer nur dahin, wo es schick ist.

Und wenn Swann sie fragte, was sie damit meine, so gab sie etwas geringschätzig zurück:

– Aber mein Gott, wo es eben schick ist, hinzugehen! Wenn du in deinem Alter erst lernen mußt, was schick ist, was soll ich dir dann sagen? Sonntags morgens zum Beispiel die Avenue de l'Impératrice, um fünf Uhr rund um den See im Bois, am Donnerstag das Edentheater, Freitag das Hippodrom, dann die Bälle . . .

– Was für Bälle denn?

– Na, die Bälle, die in Paris gegeben werden, die Bälle, die schick sind, eben. Zum Beispiel Herbinger, du weißt doch, wer das ist, der bei einem Börsenmakler ist? Aber doch, natürlich, das mußt du doch wissen, das ist eine der bekanntesten Persönlichkeiten von Paris, so ein großer Blonder; er ist solch ein Snob, daß er immer eine Blume im Knopfloch hat, einen Scheitel am Hinterkopf und helle Überzieher; er ist ewig mit dieser gemalten alten Person unterwegs, die er zu jeder Premiere führt. Gut! Also der hat neulich abend einen Ball gegeben, da war alles, was schick ist in Paris. Ich kann gar nicht sagen, wie gern ich hingegangen wäre! Aber man mußte an der Tür seine Einladungskarte vorzeigen, und ich habe keine mehr bekommen können. Im Grund ist mir jetzt ebenso lieb, daß ich nicht hingehen konnte. Es muß zum Umkommen gewesen sein, ich hätte nichts gesehen. Es ist mehr, um sagen zu können, man sei bei Herbinger gewesen. Du kannst dir denken, daß mir das was ausgemacht hätte! Im übrigen kannst du sicher sein, daß von hundert, die erzählen, sie seien dort gewesen, die Hälfte mindestens die Unwahrheit sagt ... Aber das wundert mich wirklich, daß jemand, der so smart ist wie du, nicht dagewesen ist.

Swann gab sich keine Mühe, ihr eine andere Vorstellung von dem, was schick ist, beizubringen, denn er sagte sich, daß auch die seine nicht richtig, jedenfalls ebenso töricht und ohne wirkliche Bedeutung sei; so fand er kein Interesse daran, seine Geliebte zu belehren, und nach ein paar Monaten interessierte sie sich für die Leute, mit denen er verkehrte, nur wegen der Karten für die besten Plätze beim Rennen und der Premierenbilletts, die er ihr durch sie beschaffen konnte. Sie wünschte, daß er so nützliche Verbindungen pflegte, aber andererseits neigte sie dazu, sie an sich für wenig schick zu halten, besonders nachdem sie auf der Straße die Marquise von Villeparisis in einem schwarzen Wollkleid und einem Kapotthut gesehen hatte.

– Aber die sieht ja aus wie eine Logenschließerin, wie eine alte Portierfrau, Darling! Und das will eine Marquise sein! Ich bin zwar nicht Marquise, aber ich weiß nicht, was man mir geben müßte, damit ich in solchem Aufzug auf die Straße ginge!

Sie verstand nicht, daß Swann dies Haus am Quai d'Orléans bewohnte, das sie, ohne es ihm zu sagen, für sehr unwürdig hielt.
Gewiß, sie tat so, als ob sie für ›Antiquitäten‹ etwas übrig habe, sie nahm eine entzückte und kennerhafte Miene an, wenn sie sagte, sie habe den ganzen Tag ›gestöbert‹ und nach ›interessanten alten Sachen‹ gesucht, Sachen ›aus der Zeit‹. Obwohl sie so etwas wie eine Ehrensache daraus machte (offenbar befolgte sie damit einen Grundsatz, den sie von zu Hause mitbekommen hatte) niemals auf Fragen zu antworten oder über den Gebrauch, den sie von ihren Tagen machte, ›Rechenschaft abzulegen‹, erzählte sie Swann doch einmal von einer Freundin, bei der sie eingeladen war und bei der alles ›aus der Epoche‹ gewesen sei. Es gelang Swann aber nicht, aus ihr herauszubringen, welche Epoche es denn sei. Immerhin behauptete sie nach einigem Nachdenken, es sei ›mittelalterlich‹ gewesen. Darunter verstand sie, daß die Wände getäfelt waren. Etwas später einmal kam sie auf ihre Freundin zurück, und in dem zögernden Ton und mit der selbstverständlichen Miene, mit der man jemanden nennt, in dessen Gesellschaft man am Abend zuvor gespeist hat, ohne vorher seinen Namen gehört zu haben, den die gegenwärtigen Gastgeber aber offenbar für jemand so Berühmten halten, daß sie schon wissen werden, von wem man spricht, sagte sie: »Sie hat ein Eßzimmer . . . aus dem . . . aus dem achtzehnten Jahrhundert!« Übrigens fand sie es schauderhaft, kahl, als sei das Haus nicht fertig geworden, den Frauen stand es nicht zu Gesicht, das setzte sich sicher nicht durch! Endlich ein drittes Mal, als sie wieder darauf zurückkam, zeigte sie Swann die Adresse des Mannes, der das Eßzimmer gemacht hatte und den sie auch gern kommen lassen wollte, sobald sie einmal Geld hätte, um zu sehen, ob er ihr nicht eines einrichten könne, sicher nicht genau das gleiche, aber eines, von dem sie träumte und für das leider die engen Dimensionen ihrer Villa nicht recht ausreichten, mit hohen Anrichten, Renaissance-

möbeln und Kaminen wie im Schloß von Blois. An jenem Tage ließ sie vor Swann auch durchblicken, was sie von seinem Hause am Quai d'Orléans hielt; als er die Freundin Odettes getadelt hatte, daß sie sich nicht lieber für Louis XVI entschieden habe – denn, sagte er, wenn das jetzt auch nicht gemacht wird, kann es doch reizend sein – anstatt für falsches Dix-huitième, antwortete sie: »Du kannst ja nicht verlangen, daß sie wie du unter lauten kaputten Möbeln und abgenutzten Teppichen lebt«, wobei ihr bürgerlicher Sinn für Wohlanständigkeit sich doch als stärker erwies als die angebliche Kunstliebhaberei der Kokotte.

Menschen, die auf Antiquitäten Jagd machten, die Dichter verehrten und niedrige Berechnungen verschmähten, von Ehre und Liebe träumten, stellten in ihren Augen eine der übrigen Menschheit überlegene Elite dar. Es war gar nicht nötig, daß man wirklich solche Gefühle hegte, wofern man sie nur im Munde führte; als ein Mann ihr beim Abendessen gestanden hatte, daß er zu Fuß durch die Straßen von Paris ginge, sich die Finger in alten Lädchen schmutzig mache, daß er niemals in diesem von kommerziellen Interessen beherrschten Jahrhundert zu Ansehen kommen werde, denn er sei nun einmal von jedem Eigennutz frei und passe damit nicht in die Zeit, sagte sie, als sie nach Hause kam: »Was für ein wundervoller Mensch, so zartsinnig, ich hätte das gar nicht von ihm gedacht!« und sie fühlte sich auf einmal für ihn von den freundschaftlichsten Gefühlen beseelt. Wenn man aber wie Swann solche Neigungen zwar besaß, jedoch nicht davon sprach, ließ es sie völlig kalt. Zweifellos mußte sie anerkennen, daß Swann in Gelddingen großzügig sei, aber mißmutig setzte sie hinzu: »Ach, bei ihm ist das etwas anderes«; tatsächlich wurde ihre Phantasie nicht durch die praktische Betätigung der Selbstlosigkeit angesprochen, sondern nur durch das betreffende Vokabular.

Da er oft bemerken mußte, daß er ihren Träumen nicht entsprach, suchte er wenigstens zu erreichen, daß sie sich wohl bei ihm fühlte, und trat daher ihren trivialen Vorstellungen von den Dingen nicht entgegen, auch nicht dem schlechten Geschmack, den sie durchweg bewies und den er im übrigen liebte wie alles, was von ihr kam; ja, diese selben Dinge entzückten ihn schließlich sogar, weil sie ebenso viele persönliche Züge darstellten, dank denen diese Frau für ihn greifbar, sichtbar wurde. Wenn sie also glücklich aussah, weil sie zur ›Reine Topaze‹ gehen konnte, oder ihr Blick ernst, sorgenvoll und eigensinnig wurde aus Angst, sie könne das Blumenfest oder auch nur die Teestunde im ›Thé de la Rue Royale‹ mit Muffins und Toast versäumen, deren regelmäßiger Besuch ihr unerläßlich für die Aufrechterhaltung ihres Rufes als elegante Frau zu sein schien, war Swann davon entzückt, wie wir es angesichts der Natürlichkeit eines Kindes oder des sprechenden Ausdrucks bei einem Bildnis sind, und sah so deutlich die wahre Seele seiner Geliebten auf ihrem Gesicht erscheinen, daß er nicht widerstehen konnte, sie darauf mit einem Kuß zu berühren. »Ah! Sie möchte auf das Blumenfest geführt werden, die kleine Odette, sie will sich bewundern lassen; ja, was soll man da tun, sie wird eben hingeführt.« Da Swann etwas kurzsichtig war, mußte er sich damit abfinden, zu Hause bei seinen Arbeiten eine Brille, und wenn er in Gesellschaft ging, ein Monokel zu tragen, das ihn weniger entstellte. Als sie es zum erstenmal in seinem Auge sah, verhehlte sie ihre Freude nicht: »Also man kann nicht anders sagen, für einen Mann ist das doch riesig schick! Wie gut du damit aussiehst! Wie ein richtiger Gentleman. Jetzt müßtest du nur noch einen Adelstitel haben!« fügte sie mit einem leisen Anflug von Bedauern hinzu. Er hatte gern, daß Odette so war, ebenso wie er eine Bretonin, die er etwa geliebt hätte, gern eine Spitzenhaube tragen sehen und ihren Glauben an Geister hätte bekennen hören. Bis dahin hatte bei ihm wie bei vielen Männern, deren Kunstgeschmack sich unabhängig von ihrer Sinnlichkeit entwickelt, ein bizarrer Gegensatz zwischen dem bestanden, was den einen und die andere befriedigte; im Verkehr mit Frauen suchte er immer derbere, bei den Kunstwerken immer raffiniertere Genüsse; so führte er ein kleines Dienstmädchen in eine Orchesterloge zur Aufführung eines dekadenten Stücks, das er gern sehen wollte, oder in eine Impressionistenausstellung, im übrigen überzeugt, daß eine Dame der kultivierten Gesellschaft nicht mehr davon verstanden, aber nicht so reizend dazu geschwiegen hätte. Seitdem er aber Odette liebte, war es für ihn etwas so Beglückendes, mit ihr zu sympathisieren, eines Sinnes mit ihr zu sein, daß er ein tiefes Vergnügen darin fand, nicht nur ihre Gewohnheiten nachzuahmen, sondern auch ihre Meinungen anzunehmen, selbst wenn sie ihn, da sie ja nicht in seiner Intelligenz verwurzelt waren, nur an seine Liebe erinnerten, um derentwillen er für sie eingenommen war. Wenn er zum zweitenmal in ›Serge Panine‹ ging oder Gelegenheiten suchte, Olivier Metra dirigieren zu sehen, so geschah das alles um des erwärmenden Gefühls willen, mit allen Auffassungen Odettes aufs engste verbunden zu sein, ihre Neigungen zu teilen. Ein Zauber, der darin bestand, daß sie ihn Odette näherbrachten, machte die Werke oder die Stätten, die sie liebte, geheimnisbeladener für ihn als die Reize von weit schöneren, die ihn aber nicht mit ihr in Beziehung setzten. Da ihm im übrigen die geistigen Überzeugungen seiner Jugend abhanden gekommen waren und seine weltmännische Skepsis nach und nach ihre Stelle eingenommen hatte, meinte er (oder wenigstens hatte er es so oft gedacht, daß er es jetzt auch sagte) daß die Dinge, die uns gefallen, nicht in sich selbst einen absoluten Wert tragen, sondern daß alles Sache der Epoche, der Klasse und der wechselnden Moden sei, von denen die gewöhnlichste ebensoviel tauge wie die scheinbar distinguierteste. Und da er außerdem fand, daß die Wichtigkeit, die Odette der Frage beilegte, ob sie Eintrittskarten für eine Vorbesichtigung haben konnte, an sich nicht lächerlicher sei als das Vergnügen, das er früher daran gehabt hatte, beim Prinzen von Wales zu dejeunieren, so meinte er auch nicht, daß ihre Bewunderung für Monte Carlo oder den Rigi unvernünftiger sei als seine Neigung für Holland, das sie sich häßlich vorstellte, oder für Versailles, das sie trübselig fand. Er gab es daraufhin auch auf, jene Stätten zu besuchen, und sagte sich dabei, daß es ihretwegen geschehe, da er nun einmal nur mit ihr empfinden und lieben wolle.

Wie alles, was Odette umgab und gewissermaßen die einzige Art und Weise darstellte, auf die er sie sehen und mit ihr verplaudern konnte, liebte er auch die Gesellschaft der Verdurins. Bei ihnen und auf dem Grunde aller Unterhaltungen, Abendessen, musikalischen Darbietungen, Spiele, Kostümfeste, Landpartien, Theaterbesuche, selbst der sehr seltenen ›großen Soireen‹, die für die Langweiler gegeben wurden, war für ihn die Gegenwart Odettes, ihr Anblick, die Unterhaltung mit ihr ein unschätzbares Geschenk, das ihm die Verdurins in Form einer Einladung machten; mehr als irgendwo sonst gefiel er sich in dem ›kleinen Kreis‹; er suchte ihm daher auch wirkliche Verdienste zuzuschreiben, denn so konnte er sich vorstellen, daß er ihn aus bloßer Neigung sein Leben lang besuchen werde. Da er sich nun aus Angst, daß er es doch nicht glauben würde, nicht einzureden wagte, er werde Odette immer und ewig lieben, sah er sich gleichwohl unter der so willkommenen Voraussetzung, daß er zeitlebens zu den Verdurins gehen würde (eine Vorstellung, die a priori auf geringere prinzipielle Einwendungen in seinem Geiste stieß) auch in Zukunft Odette jeden Abend treffen; das kam vielleicht nicht ganz auf dasselbe heraus, als wenn er sie immer liebte, aber für den Augenblick, solange er sie noch liebte, verlangte er nichts weiter als zu glauben, er werde nicht etwa eines Tages aufhören, sie zu sehen. ›Was für ein reizvolles Milieu‹, sagte er sich. ›Im Grunde führt man dort das einzig wahre Leben! Wieviel geistreicher, wieviel kunstverständiger geht es dort zu als in der großen Welt! Wie aufrichtig ist bei all ihren kleinen, etwas lächerlichen Übertreibungen diese Madame Verdurin in ihrer Liebe zur

Malerei, zur Musik! Welche Leidenschaft für die Werke der Künstler und welch Bemühen, ihnen selbst recht angenehm zu sein! Sie hat eine falsche Vorstellung von der Gesellschaft, aber wieviel unrichtiger noch stellt die Gesellschaft sich die Künstlerkreise vor! Vielleicht sind meine geistigen Ansprüche im Gespräch nicht sonderlich groß, aber ich unterhalte mich wirklich sehr gern mit Doktor Cottard, wenn er auch dumme Kalauer macht. Und was diesen Maler angeht, so fällt er einem gewiß etwas auf die Nerven, wenn er besonders verblüffen will, dafür aber ist er im Grunde einer der klügsten Menschen, die ich überhaupt kenne. Und vor allem fühlt man sich dort frei, man tut ganz zwanglos, was man will, ohne sich zu genieren. Wieviel gute Laune wird jeden Tag in diesem Salon verausgabt. Ich werde ganz entschieden, von wenigen Ausnahmen abgesehen, nur noch in diesem Milieu verkehren und es mehr und mehr zum Schauplatz meines Lebens wählen.‹

Da die Vorzüge, die er den Verdurins beimaß, nur der Abglanz des immer wiederkehrenden Genügens war, das seine Liebe zu Odette bei ihnen gefunden hatte, wurden diese Vorzüge um so ernsthafter, tiefer, lebenswichtiger, je mehr seine Freuden es wurden. Da Madame Verdurin Swann zuweilen das schenkte, was allein für ihn das Glück bedeutete – wenn sie an irgendeinem Abend, wo er sich unruhig fühlte, weil Odette mit einem der Gäste mehr als mit den andern gesprochen hatte, und er in seiner Gereiztheit gegen sie nicht die Initiative ergreifen wollte, sie zu fragen, ob sie mit ihm nach Hause führe, ihm Frieden und Freude zurückgab, indem sie unbefangen sagte: »Odette, Sie nehmen ja Herrn Swann mit, nicht wahr?« und wenn er sich beim Nahen des Sommers zunächst angstvoll gefragt hatte, ob Odette nicht ohne ihn verreisen würde, Madame Verdurin sie alle beide einlud, zu ihr aufs Land zu kommen – ließ Swann unbewußt seine eigennützige Dankbarkeit von seiner Intelligenz Besitz ergreifen und seine Ideen derartig überfluten, daß er Madame Verdurin als eine große Seele hinzustellen begann. Wenn irgendeiner seiner alten Kameraden von der Ecole du Louvre ihm von noch so kultivierten oder hervorragenden Leuten sprach, antwortete er jedesmal: »Mir sind die Verdurins tausendmal lieber.« Und in einer etwas hochtrabenden Weise, die ganz neu an ihm war, setzte er hinzu: »Sie sind wirklich großherzige Menschen, und Seelengröße ist im Grunde das einzige, was gilt und was die Menschen hier auf Erden auszeichnen kann. Siehst du, es gibt eben nur zwei Klassen von Menschen: großherzige und solche, die es nicht sind; ich bin jetzt in einem Alter, wo man sich ein für allemal entscheiden muß, wen man liebt und wen man mit Nichachtung straft; man fängt dann an, sich an die zu halten, die man liebt, und um die Zeit wettzumachen, die man mit andern vergeudet hat, schwört man sich, sie bis zu seinem Lebensende nicht wieder zu verlassen. Gut! fügte er dann mit jener leichten Rührung hinzu, die man empfindet, wenn man unbewußt etwas sagt, nicht weil es wahr ist, sondern weil man der eigenen Stimme lauscht, als käme sie von einem anderen, die Würfel sind gefallen, ich habe mich für die großherzigen Seelen entschieden und will nur noch in der Atmosphäre der Seelengröße leben. Du fragst mich, ob Madame Verdurin eigentlich gescheit sei. Ich versichere dir, daß sie mir Beweise eines Seelenadels gegeben hat, einer Größe des Herzens, die man nicht ohne ein dementsprechendes Niveau des Denkens erreicht. Ganz zweifellos besitzt sie ein eminentes Kunstverständnis, aber ich finde sie da nicht einmal am bewundernswertesten. Irgendeine auf erfinderische und ganz ausgesuchte Weise gütige kleine Tat, die sie mir zuliebe ausgeführt hat, eine wirklich vom Genie des Herzens her inspirierte Aufmerksamkeit, irgendeine im engen Rahmen erhabene Geste enthüllen ein tieferes Verstehen unserer Existenz als alle Traktate der Philosophie.«

Er hätte sich gleichwohl sagen können, daß es alte Freunde seiner Familie gab, die ebenso schlicht waren wie die Verdurins,

Jugendkameraden, die ebensosehr für die Kunst entflammt waren, daß er noch andere Wesen mit großem Herzen kenne und sie dennoch, seitdem er sich für die Schlichtheit, die Kunst und die Seelengröße entschieden hatte, niemals zu sehen versuchte. Aber jene kannten Odette nicht, und wenn sie sie gekannt hätten, hätten sie keinen Wert darauf gelegt, ihn näher mit ihr zusammenzubringen.
So gab es zweifellos in dem ganzen Milieu der Verdurins keinen einzigen Getreuen, der sie so sehr liebte oder so sehr zu lieben glaubte wie Swann. Und doch hatte Monsieur Verdurin, wenn er sagte, Swann passe ihm nicht so recht, nicht nur seine eigenen Gedanken ausgedrückt, er erriet auch die seiner Frau! Ganz offenbar hegte Swann für Odette eine zu spezielle Art von Zuneigung und hatte versäumt, Madame Verdurin täglich neu zu seiner Vertrauten zu machen; zweifellos trug sogar die Zurückhaltung, mit der er von der Verdurinschen Gastfreundschaft Gebrauch machte – sah er doch oft aus irgendeinem Grunde, den sie nicht erraten konnten, davon ab, bei ihnen zu Abend zu essen, worin sie dann seinen Wunsch zu erkennen glaubten, keine Einladung von sogenannten ›Langweilern‹ zu versäumen – ferner auch die trotz aller Vorsichtsmaßnahmen, die er traf, um sie zu verbergen, fortschreitende Entdeckung seiner glänzenden Situation in der Gesellschaft zu einer gewissen Gereiztheit der Stimmung gegen ihn bei. Aber der tiefere Grund war ein anderer. Sie hatten sehr bald heraus, daß es in ihm eine undurchdringliche Vorbehaltssphäre gab, in der er sich immer wieder selbst eingestand, daß die Prinzessin von Sagan nicht grotesk und Cottards Art zu scherzen nicht so ungemein witzig sei; schließlich, und obwohl er immer liebenswürdig blieb und sich niemals gegen die Dogmen des Hauses auflehnte, doch eine gewisse Unmöglichkeit, sie ihm aufzuzwingen und ihn dazu zu bekehren, wie sie ihnen noch bei niemand vorgekommen war. Sie hätten ihm verziehen, daß er in Langweilerkreisen verkehrte (denen er ja übrigens im

Grunde seines Herzens die Verdurins und den gesamten ›kleinen Kreis‹ bei weitem vorzog), wenn er des guten Beispiels wegen eingewilligt hätte, sie in Gegenwart der Getreuen kurzweg zu verleugnen. Aber sie hatten einsehen müssen, daß ein solches ausdrückliches Abschwören bei ihm nicht zu erreichen war.

Wie anders dagegen ein ›Neuer‹, den Odette sie einzuladen gebeten hatte, obwohl sie ihm erst ein paarmal begegnet war, und auf den sie große Hoffnungen setzten, ein Graf von Forcheville! (Es stellte sich heraus, daß er ausgerechnet der Schwager von Saniette war, was die Getreuen mit Erstaunen erfüllte: der alte Archivar hatte ein so bescheidenes Auftreten, daß sie immer geglaubt hatten, er stände sozial unter ihnen, und nicht auf die Erkenntnis gefaßt waren, daß er einer reichen und vergleichsweise aristokratischen Gesellschaftsschicht angehörte.) Zweifellos war Forcheville ein gewaltiger Snob, was von Swann niemand behaupten konnte, und sicher war er weit davon entfernt, wie dieser die Verdurins über alle anderen zu stellen. Aber er besaß nicht die natürliche Delikatesse, die Swann daran hinderte, sich der offenkundig falschen Kritik anzuschließen, die Madame Verdurin an ihm bekannten Leuten übte. Was die anmaßenden und vulgären Reden, die der Maler an gewissen Tagen vom Stapel ließ, und die commis-voyageurhaften Späße Cottards anbetraf, für die Swann, der die beiden gern mochte, zwar leicht Entschuldigungen fand, denen Beifall zu spenden er jedoch weder das Herz noch das Maß an Heuchelei besaß, so gestattete Forcheville sein intellektuelles Niveau, von den ersteren, ohne sie übrigens zu verstehen, überwältigt und zur Bewunderung hingerissen zu sein, und die anderen unbedingt zu goutieren. Gleich das erste Verdurinsche Abendessen, bei dem Forcheville zugegen war, stellte alle diese Unterschiede klar heraus, ließ die Besonderheiten jedes einzelnen deutlich hervortreten und beschleunigte, daß Swann in Ungnade fiel.

An diesem Abendessen nahm außer den angestammten Besuchern ein Professor der Sorbonne namens Brichot teil, der die Bekanntschaft von Monsieur und Madame Verdurin in einem Badeort gemacht hatte und der, hätten ihn nicht seine Hochschulverpflichtungen und gelehrten Arbeiten zu sehr in Anspruch genommen, gern oft zu ihnen gekommen wäre. Er besaß nämlich jene an Aberglauben grenzende Neugier auf das Leben, die, mit einer gewissen Skepsis dem eigenen Studiengebiet gegenüber gepaart, in allen Berufszweigen gewissen der Intelligenz zugehörigen Männern, Medizinern, die nicht an die ärztliche Wissenschaft, Lyzealprofessoren, die nicht an den lateinischen Aufsatz glauben, das Ansehen von großangelegten, glänzenden und sogar überlegenen Naturen geben kann. Bei Madame Verdurin legte er den größten Wert darauf, seine Vergleiche immer den aktuellsten Gebieten zu entnehmen, wenn er von Philosophie oder Geschichte sprach, erstlich, weil er glaubte, sie seien nur eine Vorbereitung auf das Leben, und außerdem, weil er sich einbildete, in dem ›kleinen Clan‹ alles das in praxi zu finden, was er nur aus Büchern kannte; dann vielleicht auch, weil er, da er gewissen Gebieten gegenüber äußerste Zurückhaltung anerzogen bekommen und unbewußt beibehalten hatte, den Universitätslehrer abzulegen glaubte, wenn er sich hier Freiheiten gestattete, die ihm im Gegenteil als solche nur erschienen, weil er im Grunde blieb, was er war.

Gleich zu Beginn des Essens, als Monsieur de Forcheville zu Madame Verdurin, an deren rechter Seite er saß und die zu Ehren des ›Neuen‹ beträchtlichen Toilettenaufwand trieb, sagte: »Dies weiße Kleid ist originell, solch blanker Taft hat Stil«, hatte der Doktor, der ihn unaufhörlich im Auge behielt – so neugierig war er darauf, wie jemand beschaffen sein mochte, den er als einen ›von‹ bezeichnete – und auf eine Gelegenheit brannte, mit ihm in Kontakt zu kommen, nur den Klang der Wörter ›blanker … Stil‹ erhascht, und ohne die Nase vom Teller zu heben gefragt: »Blanka? Von Kastilien? Meint er Blanka von Kastilien?« und darauf mit gesenktem

Kopf nach beiden Seiten lächelnd unsichere Blicke ausgesendet. Während Swann durch sein gequältes und vergebliches Bemühen zu lächeln deutlich zu erkennen gab, daß er dies Wortspiel albern fand, hatte Forcheville gezeigt, daß er die Feinheit der Anspielung zu schätzen wußte, und gleichzeitig Lebensart bewiesen, indem er eine Heiterkeit, deren unbefangene Äußerung Madame Verdurin entzückte, in den richtigen Grenzen hielt.

– Was sagen Sie zu so einem Gelehrten? hatte sie Forcheville gefragt. Man kann nicht zwei Minuten ernst sein mit ihm. Erzählen Sie so etwas auch Ihren Leuten im Krankenhaus? fügte sie zu dem Doktor gewendet hinzu, das müßte ja ein fideler Aufenthalt sein. Ich sehe schon kommen, daß ich mich eines Tages auch dort einliefern lasse.

– Ich glaube gehört zu haben, daß der Doktor von dieser alten Beißzange Blanka von Kastilien sprach. Stimmt das, Madame? fragte Brichot Madame Verdurin, die vor Lachen beinahe sterben wollte und mit geschlossenen Augen ihr Gesicht in den Händen verbarg, so daß man nur noch erstickte Schreie vernahm.

– Mein Gott, Madame, ich habe aber wirkliche etwaige fromme Seelen nicht verletzen wollen, falls es solche in dieser Tafelrunde gibt, *sub rosa* ... Ich muß übrigens anerkennen, daß unsere – ach, und wie! – wundervolle athenische Republik in der Gestalt dieser obskurantischen Capetingerin den ersten Polizeipräfekten ehren könnte. Doch, doch, mein teurer Gastgeber, fuhr er mit erhobener Stimme und deutlicher Betonung jeder Silbe als Antwort auf einen Einwurf von Herrn Verdurin fort. Die so wohldokumentierte Chronik von Saint-Denis läßt in dieser Hinsicht keine Zweifel bestehen. Niemand wäre besser am Platze als Patronin eines laizistischen Proletariats als diese Mutter eines Heiligen, den sie übrigens abscheulich behandelt hat, wie uns Abt Suger und andere Leute vom Schlage des heiligen Bernhard berichten; denn ihr hat es jeder auf seine Weise gegeben.

– Wer ist dieser Herr? wollte Forcheville von Madame Verdurin wissen, er scheint sehr kompetent zu sein.
– Wie, Sie kennen den berühmten Brichot nicht, er ist in ganz Europa berühmt.
– Ach so! Das ist Bréchot, rief Forcheville aus, der nicht recht hingehört hatte; Sie müssen mir noch von ihm erzählen, fügte er hinzu, während er den berühmten Mann mit weitaufgerissenen Augen musterte. Es ist immer interessant, mit einem Mann am Tisch zu sitzen, von dem soviel gesprochen wird. Aber sagen Sie, Sie haben ja da wirklich einen ganz auserlesenen Kreis beisammen. Bei Ihnen langweilt man sich nicht.
– Oh, Sie müssen wissen, bemerkte Madame Verdurin bescheiden, es herrscht eben hier vor allem ein allgemeines gegenseitiges Vertrauen. Jeder spricht, wovon er sprechen mag, und daher geht es lebhaft zu. Was Brichot betrifft, so ist das heute noch gar nichts. Ich habe ihn hier bei uns schon so glänzend erlebt, daß alles einfach hingerissen war; bei anderen freilich ist er nicht der gleiche, er ist nicht immer so brillant, man muß dann die Worte aus ihm herausziehen; er kann geradezu langweilig sein.
– Merkwürdig! wunderte sich Forcheville.
Eine Art von Geist, wie Brichot sie verzapfte, hätte in der Clique, in der Swann seine Jugend verbracht hatte, als pure Dummheit gegolten, wiewohl sie mit wirklicher Intelligenz vereinbar ist. Die des Professors hätte in ihrer substantiellen Ungebrochenheit wahrscheinlich an sich manche Leute von Welt neidisch machen können, die Swann geistvoll fand. Er war aber selbst so stark von den Vorlieben und Abneigungen dieser Kreise infiziert, wenigstens in allem, was mit dem gesellschaftlichen Leben zusammenhing, jedoch auch mit demjenigen der angrenzenden Gebiete, das eigentlich mehr dem Bereich der Intelligenz zugeordnet werden sollte, nämlich der Konversation, daß er die Witzeleien Brichots nur pedantisch, gewöhnlich und zum Übelwerden indezent fand. Außerdem

verletzte ihn dank seiner Gewöhnung an gute Manieren der barsche, militärische Ton, den der streitbare Universitätsmann gern jedem gegenüber anschlug, an den er sich unmittelbar wendete. Schließlich war wohl auch Swann an diesem Abend ganz besonders die gewohnte Nachsicht abhanden gekommen, als er sah, wieviel Liebenswürdigkeit Madame Verdurin für diesen Forcheville aufwendete, den Odette bizarrerweise mit ins Haus gebracht hatte. Etwas befangen Swann gegenüber hatte sie ihn beim Kommen gefragt:

– Wie finden Sie meinen Gast?

Und er, dem zum ersten Male der Gedanke kam, daß Forcheville, den er schon lange kannte, eigentlich ein schöner Mann war und einer Frau gefallen könnte, hatte geantwortet: »Gräßlich!« Gewiß fiel es ihm nicht ein, Odettes wegen eifersüchtig zu sein, aber er fühlte sich an diesem Abend nicht so glücklich wie sonst, und als Brichot, der angefangen hatte, die Geschichte der Mutter Blankas von Kastilien zu erzählen, die »mit Heinrich Plantagenet schon jahrelang zusammengelebt hatte, ehe sie ihn heiratete« – in dem forschen Ton, in dem man sich dem Fassungsvermögen eines Bauern anpaßt oder einen alten Soldaten zum Reden ermuntern will, Swann mit den Worten: »Nicht wahr, Monsieur Swann?« dazu anregen wollte, nach dem Fortgang der Geschichte zu fragen, verdarb dieser zum großen Verdruß der Gastgeberin dem Professor die Pointe, indem er antwortete, man möge sein geringes Interesse an Blanka von Kastilien entschuldigen, aber er habe eine Frage an den Maler auf dem Herzen. Dieser hatte nämlich am Nachmittag die Ausstellung eines mit Herrn Verdurin befreundeten, aber kürzlich verstorbenen Künstlers besucht, und nun hätte Swann gern (denn er schätzte seinen Geschmack) von ihm gewußt, ob sich in den letzten Bildern von seiner Hand wirklich noch etwas ganz anderes gezeigt habe als jene Virtuosität, die in den früheren Werken bereits verblüffend gewesen war.

– In dieser Hinsicht war er ja immer außergewöhnlich stark,

aber es schien mir nicht eigentlich eine Kunst zu sein, die man ›erhebend‹ nennen könnte.
– Erhebend ... ein erhebendes Schauspiel, bei dem das Herz jedes guten Franzosen höher schlagen muß, fiel Doktor Cottard ihm mit fingiertem Ernst und erhobenem Arm ins Wort.
Die ganze Tischrunde lachte.
– Was habe ich gesagt? Man kann nicht ernst bleiben, wenn er da ist, sagte Madame Verdurin zu Forcheville. Ehe man es sich versieht, hat er ein Wortspiel bei der Hand.
Sie hatte aber wohl bemerkt, daß Swann als einziger den Mund nicht verzogen hatte. Es freute ihn allerdings auch nicht sehr, daß Cottard ihn vor Forcheville zum Gegenstand der allgemeinen Heiterkeit machte. Der Maler aber, der wahrscheinlich in interessanter Weise auf Swanns Worte geantwortet hätte, wäre er mit ihm allein im Raum gewesen, legte es jetzt lieber darauf an, von den Tischgästen bewundert zu werden, indem er sich weiter über die Geschicklichkeit des verewigten Meisters ausließ.
– Ich bin ganz nahe herangetreten, sagte er, um zu sehen, wie es gemacht ist, ich habe mir fast die Nase plattgedrückt. Aber nichts zu machen! Man kann nicht sagen, ob er Kleister, Juwelen, Seife, Bronze, Sonnenstrahlen oder Dreck dazu nimmt!
– Dreck und Speck ... rief Cottard so verspätet aus, daß niemand verstand, was er eigentlich wollte.
– Es sieht aus, wie mit gar nichts gemacht, fuhr der Maler fort, es ist ebenso unmöglich, den Trick herauszubekommen wie bei der ›Nachtwache‹ oder den ›Vorsteherinnen‹, und dabei ist er stärker als Rembrandt oder Frans Hals. Es ist alles beisammen, weiß Gott, das kann man füglich behaupten.
Und wie die Sänger, wenn sie beim höchsten Ton angelangt sind, den ihre Kehle hergibt, mit Kopfstimme und piano weitersingen, begnügte er sich jetzt damit, vor sich hinzu-

murmeln, und unter fortwährenden Heiterkeitsausbrüchen, als sei diese Art von Malerei vor lauter Vollkommenheit schon nur noch komisch zu nehmen, fuhr er fort:

– Das riecht gut, steigt einem in den Kopf, es benimmt den Atem, es wird einem heiß und kalt dabei, aber weiß der Teufel, wie es zustande gekommen ist; es ist Hexerei, Betrug, ein Mirakel und – hier platzte er vollends mit seinem Gelächter heraus – einfach unanständig gut! Dann hielt er inne, hob gewichtig den Kopf, schlug einen tiefen Baßton an, den er klangvoll zu machen versuchte, und setzte hinzu: »und so uranständig gemalt.«

Abgesehen von dem Augenblick, wo er gesagt hatte: stärker als die ›Nachtwache‹ – eine Lästerung, die einen Protest bei Madame Verdurin auslöste, für die die ›Nachtwache‹ neben der ›Neunten‹ und der ›Nike von Samothrake‹ das größte Meisterwerk des Universums war – und von dem Worte ›Dreck‹, bei dem Forcheville einen Blick in die Runde warf, um festzustellen, ob der Ausdruck durchging, um gleich darauf ein zurückhaltendes, aber verbindliches Lächeln auf seinen Lippen erscheinen zu lassen, hatten alle Anwesenden außer Swann mit verzückt bewundernden Blicken an dem Maler gehangen.

– Wie amüsant er ist, wenn er sich so ins Zeug legt, rief, als er geendet hatte, Madame Verdurin aus, begeistert, daß ihre Tischgesellschaft gerade an dem Tage so interessant war, wo Monsieur de Forcheville zum ersten Male zugegen war. Und du, was sitzt du denn da und staunst wie der Ochs vorm Tor? fragte sie ihren Mann. Du weißt doch schließlich, wie glänzend er spricht. – Man sollte wirklich meinen, er hörte Sie zum erstenmal. Wenn Sie ihn gesehen hätten, während Sie sprachen, er trank jedes Wort förmlich in sich hinein. Und morgen wird er alles wiedererzählen, was Sie gesagt haben, ohne ein einziges Wort zu vergessen.

– Aber nein, Spaß beiseite, setzte der Maler noch einmal von seinem Erfolg berauscht an, es kommt mir vor, als glaubten

Sie, ich mache nur Redensarten oder übertreibe vielleicht; ich werde Sie alle selbst hinführen, ich wette tausend gegen eins, daß Sie mindestens so verblüfft sind wie ich!

– Aber wir glauben gar nicht, daß Sie übertreiben, wir möchten nur, daß Sie essen und daß mein Mann ebenfalls ißt; reichen Sie Monsieur noch einmal die Seezunge, Sie sehen doch, daß der Fisch auf seinem Teller kalt geworden ist. Wir haben gar keine Eile, Sie servieren ja, als ob es brennt, warten Sie doch etwas, bevor Sie den Salat anbieten.

Madame Cottard, die an sich zurückhaltend war und wenig sprach, verfügte gleichwohl über einen gewissen Aplomb, wenn dank einer glücklichen Eingebung ihr das richtige Wort einfiel. Sie wußte, daß sie Erfolg haben würde, das stärkte ihr Selbstvertrauen, und was sie dann tat, betrieb sie weniger, um zu glänzen, als um der Laufbahn ihres Mannes förderlich zu sein. Sie ließ daher das Wort ›Salat‹, das Madame Verdurin soeben ausgesprochen hatte, nicht ungenützt passieren.

– Es ist doch kein ›japanischer Salat‹? warf sie, zu Odette gewendet, mit halblauter Stimme ein.

Entzückt und verwirrt über ihre eigene Schlagfertigkeit und Kühnheit, mit der sie eine so diskrete aber doch vollkommen eindeutige Anspielung auf das neue aufsehenerregende Stück von Dumas gemacht hatte, brach sie in helles Backfischlachen aus, das zwar nicht sehr geräuschvoll, aber so unwiderstehlich war, daß sie sich ihm ein paar Augenblicke hemmungslos überließ. »Wer ist diese Dame? Sie ist witzig«, stellte Forcheville fest.

– Nein, aber wir werden Ihnen einen vorsetzen, wenn Sie alle am Freitag zum Abendessen kommen.

– Ich werde Ihnen sehr provinziell vorkommen, Monsieur, sagte Madame Cottard zu Swann, aber ich habe diese berühmte ›Francillon‹, von der alle Welt spricht, noch nicht einmal gesehen. Der Doktor ist hingegangen (ich erinnere mich sogar, daß er das besondere Vergnügen hatte, jenen Abend mit Ihnen zu verbringen) und ich muß gestehen, ich hätte nicht sehr vernünftig gefunden, wenn er noch einmal Plätze genommen hätte, um es mit mir zu sehen. Offenbar hat man ja im Théâtre-Français nie seine Zeit verloren, es wird dort immer so gut gespielt, aber da wir sehr liebenswürdige Freunde haben (Madame Cottard nannte selten einen Namen, sondern sprach immer nur von ›sehr lieben Freunden‹ oder von ›einer meiner Freundinnen‹, weil sie das ›distinguierter‹ fand, und zwar in einem gekünstelten Ton und mit dem Anspruch einer Person, die Leute eben nur namentlich nennt, wenn sie mag), die oft eine Loge haben und dann auf den guten Gedanken kommen, uns zu den neuen Stücken mitzunehmen, bei denen es sich lohnt, darf ich sicher sein, früher oder später auch ›Francillon‹ zu sehen und mir selbst meine Meinung darüber bilden zu können. Allerdings muß ich gestehen, daß ich mir im Augenblick recht dumm vorkomme, denn in allen Salons, die ich besuche, ist immer nur von diesem fatalen japanischen Salat die Rede. Man wird es nun schon allmählich leid, fügte sie mit einem Blick auf Swann hinzu, der für eine so brennend aktuelle Angelegenheit nicht in dem Maße interessiert zu sein schien, wie sie geglaubt hatte. Allerdings kommt man dabei manchmal auf ganz lustige Gedanken. So hat eine meiner Freundinnen, die immer sehr originell ist, immer Mittelpunkt, immer viele Leute um sich hat, behauptet, sie habe bei sich im Hause diesen japanischen Salat bereiten lassen, genau mit den Zutaten, die Alexandre Dumas in seinem Stück erwähnt. Sie hatte ein paar Freundinnen eingeladen, die ihn essen sollten. Leider war ich nicht dabei. Aber sie hat uns hinterher alles genau erzählt; es scheint abscheulich geschmeckt zu haben, wir haben Tränen gelacht. Aber Sie wissen ja, es kommt immer auf die Art und Weise an, wie man so etwas erzählt, meinte sie, als sie Swanns immer noch abwesende Miene bemerkte.

In der Idee, daß es vielleicht sei, weil er ›Francillon‹ nicht mochte, setzte sie hinzu:

– Im übrigen glaube ich, ich werde eine Enttäuschung erleben. Ich kann mir nicht denken, daß es so gut ist wie ›Serge Panine‹, wofür ja Madame de Crécy so schwärmt. Das ist aber auch ein ernsthaftes Thema, etwas, worüber man nachdenken kann; der Gedanke jedoch, die Bühne des Théâtre-Français zu benutzen, um ein Salatrezept mitzuteilen! Wenn ich da an ›Serge Panine‹ denke ... Es ist ja auch wie alles, was aus Georges Ohnets Feder kommt, so ausgezeichnet geschrieben. Ich weiß nicht, ob Sie den ›Hüttenbesitzer‹ kennen, den ich persönlich noch höher schätze als ›Serge Panine‹.

– Sie werden verzeihen, sagte Swann mit ironisch lächelnder Miene zu ihr, wenn ich Ihnen gestehe, daß mein Mangel an Bewunderung für die beiden Meisterwerke ungefähr der gleiche ist.

– Wirklich? Und was haben Sie dagegen einzuwenden? Ist es vielleicht ein Vorurteil? Sind sie Ihnen zu traurig? Ich persönlich finde ja allerdings, man kann über Romane und Theaterstücke nie streiten. Jeder hat da seinen Standpunkt, und Sie finden unter Umständen gräßlich, was mir sehr gut gefällt.

Sie wurde durch Forcheville unterbrochen, der sich persönlich an Swann wandte. Während Madame Cottard von ›Francillon‹ sprach, hatte Monsieur de Forcheville Madame Verdurin seine Bewunderung für das ausgedrückt, was er den kleinen ›Speech‹ des Malers nannte.

– Dieser Herr hat eine Leichtigkeit der Rede, und ein Gedächtnis dabei, hatte er zu Madame Verdurin bemerkt, als der Maler geendet hatte, wie man sie selten trifft! Weiß Gott, ich beneide ihn darum. Er würde ein ausgezeichneter Kanzelredner sein. Man muß sagen, daß Sie an ihm und diesem Monsieur Bréchot da zwei Nummern haben, die beide gleich gut sind, ich weiß nicht einmal, ob nicht an bloßer Zungengewandtheit der Maler den Professor noch um eine Nasenlänge schlägt. Es klingt bei ihm alles natürlicher, nicht so gesucht. Er hat ja da nebenher ein paar etwas realistische

Ausdrücke gebraucht, aber was wollen Sie, das ist heute Mode; ich habe jedenfalls selten jemand gesehen, der den Spucknapf so geschickt zu halten versteht, wie wir bei uns im Regiment sagten, wo ich nämlich einen Kameraden hatte, an den dieser Herr mich erinnert. Er konnte über jeden beliebigen Gegenstand, dies Glas hier zum Beispiel, stundenlang daherreden; nein, nicht über das Glas hier, was sage ich, aber zum Beispiel über die Schlacht bei Waterloo, über was Sie wollen, konnte er auf der Stelle Dinge von sich geben, auf die man niemals gekommen wäre. Swann war übrigens im gleichen Regiment, er muß ihn auch kennen.

– Sehen Sie Herrn Swann oft? fragte Madame Verdurin.

– O nein, antwortete Monsieur de Forcheville, und da er, in der Absicht Odette näherzukommen, zu Swann liebenswürdig sein und die Gelegenheit, ihm zu schmeicheln, nicht außer acht lassen wollte, gedachte er von dessen gesellschaftlichen Beziehungen zu sprechen, aber doch im Tone eines Mannes von Welt, nämlich als kritisiere er ihn freundschaftlich und nicht, als beglückwünsche er ihn dazu wie zu einem unverhofften Erfolg; er rief ihm also zu: »Nicht wahr, Swann, ich sehe Sie nie? Wie soll man Sie auch sehen. Dieser Kerl steckt ja die ganze Zeit bei den La Trémoïlle, den des Laumes et cetera ...« eine Unterstellung, die um so irriger war, als seit einem Jahr ungefähr Swann kaum noch irgendwohin als zu den Verdurins ging. Aber schon der Name von ihnen unbekannten Personen wurde bei diesen mit einem Schweigen der Mißbilligung aufgenommen. Herr Verdurin, der den peinlichen Eindruck fürchtete, den Namen von ›Langweilern‹, noch dazu in dieser taktlosen Weise im Angesicht aller Getreuen vorgebracht, auf seine Frau machen könnten, warf heimlich einen äußerst besorgten Blick nach ihr hin. Er konstatierte sofort, daß sie unter allen Umständen entschlossen war, nicht Stellung dazu zu nehmen, ja von der ihr zu Ohren kommenden Neuigkeit nicht berührt zu werden, nicht einmal dazu zu schweigen, sondern sie einfach nicht gehört

zu haben, so wie wir es machen, wenn ein Freund, der einen Fehler begangen hat, in die Unterhaltung eine Entschuldigung einfließen läßt, die, nähme man sie einfach unwidersprochen hin, man gelten zu lassen schiene, oder wenn man vor uns den verpönten Namen eines Undankbaren erwähnt. Damit ihr Schweigen nicht nach Beistimmung aussähe, sondern nur den Charakter des nichtwissenden Schweigens der leblosen Dinge hätte, hatte Madame Verdurin aus ihren Mienen Leben und Bewegung ausgelöscht; ihre gewölbte Stirn war nur eine schöne Studie von einer Schädelbuckelung, in die der Name jener La Trémoïlle, bei denen Swann sich unaufhörlich aufhielt, nicht hatte eindringen können; ihre leicht gerümpfte Nase ließ einen wirklich lebenswahren Nasenflügel erkennen; ihr halb geöffneter Mund sah aus, als ob er gleich sprechen wolle. Ihr Gesicht war nur noch ein Wachsabdruck, eine Gipsmaske, eine Bildnisstudie für ein Baudenkmal, eine Büste für das Palais de l'Industrie, vor der das Publikum sich wahrscheinlich in Bewunderung darüber stauen würde, welche nahezu päpstliche Majestät der Künstler in seinem Bemühen, die unbeschreibliche Würde der Verdurins im Gegensatz zu der der La Trémoïlle oder des Laumes auszudrücken, denen sie sicher ebensogut wie allen ›Langweilern‹ der Erde das Wasser reichen konnten, der Weiße und Strenge des Steins hatte aufprägen können. Schließlich aber kam Leben in den Marmor, und man vernahm, daß einem schon wirklich vor gar nichts grausen mußte, wenn man zu diesen Leuten ging, denn die Frau sei immer betrunken und der Mann so dumm, daß er Kollidor anstatt Korridor sage.
– Man könnte mir noch etwas dazu geben, ich würde so etwas hier bei mir nie empfangen, schloß Madame Verdurin mit einem zurechtweisenden Blick auf Swann.
Freilich konnte sie nicht hoffen, er werde die Unterwerfung so weit treiben, wie die Tante des Pianisten in frommer Unschuld tat, als sie in die Worte ausbrach: ›Haben Sie so etwas schon gehört? Man wundert sich wahrhaftig, daß es noch

Leute gibt, die mit denen reden! Ich glaube, ich hätte geradezu Angst, wie leicht kann da etwas passieren! Wie können nur Leute so unvernünftig sein, solchen Menschen auch noch nachzulaufen.‹ Warum aber antwortete er nicht wenigstens wie Forcheville: ›Mein Gott, sie ist eine Herzogin! Es gibt eben Leute, denen das noch Eindruck macht!‹ worauf Madame Verdurin geantwortet hatte: ›Dann sollen sie nur glücklich werden damit!‹ Statt dessen begnügte sich Swann mit einem Lächeln, das offenbar besagte, solche Behauptungen seien zu extravagant, um sie ernst zu nehmen. Monsieur Verdurin, der weiter heimlich den Blick an seiner Frau hängen ließ, stellte mit Bedauern und vollstem Verständnis fest, daß in ihr der Zorn eines Großinquisitors wütete, dem es nicht gelingt, die Ketzerei auszurotten; und um möglicherweise Swann zu einem ausdrücklichen Widerruf zu bewegen, da der Mut der eigenen Meinung denen, in deren Gegenwart man sich dazu bekennt, immer als feige Berechnung erscheint, wendete er sich an ihn:

– Sprechen Sie sich nur offen aus, wir sagen es nicht weiter.

Worauf Swann erwiderte:

– Aber ich habe keine Angst vor der Herzogin (wenn Sie von den La Trémoïlle sprechen). Ich kann Ihnen nur sagen, daß jeder gern ihr Haus besucht. Ich will nicht behaupten, daß sie ›bedeutend‹ ist (er sprach das Wort ›bedeutend‹ aus, als sei es ein lächerliches Wort, denn auch seine Sprechweise hatte noch Spuren von Gewohnheiten beibehalten, die jene gewisse von der Liebe zur Musik her geprägte innere Erneuerung ihn eigentlich im Augenblick hatte aufgeben lassen – er sprach jetzt seine Meinung manchmal mit Wärme aus –) aber aufrichtig gesagt, sie ist sehr gescheit und der Herzog im wahrsten Sinne ein gebildeter Mann. Sie sind ganz reizende Menschen.

Es ging so weit, daß Madame Verdurin in dem Bewußtsein, durch diesen einen Ungetreuen an der Verwirklichung der moralischen Einheit des ›kleinen Kreises‹ gehindert zu werden,

aus Wut gegen diesen Starrkopf, der nicht sah, wie sie unter seinen Worten litt, ihm heftig entgegenschleuderte:
– Finden Sie sie, wie Sie wollen, aber wenigstens sagen Sie es uns nicht!
– Es kommt ganz darauf an, was man Gescheitheit nennt, bemerkte Forcheville, der nun seinerseits glänzen wollte. Kommen Sie, Swann, erklären Sie uns, was nennen Sie gescheit?
– Endlich! rief Odette. Immer bitte ich ihn, daß er einmal mit mir von solchen Dingen spricht, aber er tut es nie.
– Aber doch ... protestierte Swann.
– Alles Angabe! Das ist nicht wahr, rief Odette.
– Angabe der Adresse? fragte der Doktor zurück.
– Besteht für Sie, fragte Forcheville, die Gescheitheit in dem mondänen Geschwätz der Leute, die sich beliebt machen wollen?
– Essen Sie lieber Ihren Nachtisch, damit Ihr Teller abgenommen werden kann, bemerkte Madame Verdurin in scharfem Ton zu Saniette hin, der, in Nachdenken versunken, mit Essen aufgehört hatte. Dann schämte sie sich wohl selbst ihres Tons und setzte versöhnlich hinzu: »Es macht natürlich nichts, Sie haben Zeit, ich meinte nur der andern wegen, es hält das Servieren so auf.«
– Es gibt da, sagte Brichot, indem er jede Silbe einzeln skandierte, eine sehr bemerkenswerte Definition der Intelligenz bei diesem anarchistischen Leisetreter Fénelon ...
– Achtung! ermahnte Forcheville den Doktor und Madame Verdurin, jetzt kommt die Definition der Intelligenz bei Fénelon, das ist interessant, man hat nicht alle Tage Gelegenheit, so etwas zu hören.
Aber Brichot wartete erst noch auf die von Swann. Doch dieser reagierte nicht und brachte dadurch das brillante Wortgefecht zum Scheitern, das Madame Verdurin ihrem Gast Forcheville so gern vorgeführt hätte.
– Natürlich, jetzt macht er es wieder wie mit mir, rief Odette mißgelaunt, es ist mir nur lieb zu sehen, daß ich nicht die ein-

zige bin, zu der er sich nicht herabläßt, über so etwas zu sprechen.

– Diese La Trémouaille, die uns Madame Verdurin als so wenig empfehlenswert hinstellt, fragte Brichot wieder mit starker Markierung der Silben, sind das Nachkommen von denen, die diese gute snobistische Sévigné so gerne kennenlernen wollte, weil es vor ihren Bauern trefflich aussehen würde? Sicherlich hatte die Marquise auch noch einen anderen Grund, denn da sie die Seele eines Blaustrumpfs besaß, ging ihr ein Stoff zum Schreiben über alles andere. In dem Tagebuch aber, das sie regelmäßig ihrer Tochter schickte, figuriert Madame de La Trémouaille als eine Person, die durch ihre ausgezeichneten verwandtschaftlichen Beziehungen über alles auf dem laufenden ist und die ganze auswärtige Politik bestimmt.

– Nein, nein, ich glaube nicht, daß das dieselbe Familie ist, warf Madame Verdurin aufs Geratewohl ein.

Saniette, der, nachdem er überstürzt dem Diener seinen noch vollen Teller übergeben hatte, von neuem in brütendes Nachdenken versunken war, tauchte wieder daraus auf, indem er lachend eine Geschichte von einem Diner mit dem Herzog von La Trémoïlle erzählte, bei dem dieser nicht gewußt habe, daß George Sand das Pseudonym einer Frau sei. Swann, der eine gewisse Sympathie für Saniette hegte, glaubte ihm über die geistige Kultur des Herzogs Details geben zu sollen, aus denen hervorging, daß eine solche Unwissenheit von dessen Seite praktisch unmöglich sei; plötzlich aber stockte er, denn er begriff, daß Saniette gar keine Beweise brauche, sondern selbst sehr gut wußte, daß seine Geschichte unrichtig sei, aus dem guten Grunde, weil er sie erst soeben erfunden hatte. Der gute Mann litt darunter, daß die Verdurins ihn so langweilig fanden, und in dem Bewußtsein, daß er bei diesem Abendessen noch weniger glanzvoll als sonst gewesen sei, hatte er, bevor es zu Ende ging, auch einmal etwas Amüsantes vorbringen wollen. Er streckte so schnell die Waffen und sah dabei so unglücklich aus, da der erhoffte Erfolg ihm nicht zuteil geworden war; auch wich er Swann so ängstlich aus, damit dieser nicht auf einem Widerruf bestände, der schon gar nicht mehr nötig war, indem er sagte: »Schon gut, schon gut; auf alle Fälle, wenn ich mich täusche, ist es ja kein Verbrechen, nicht wahr«, daß Swann am liebsten behauptet hätte, die Geschichte sei wahr und wirklich ganz köstlich. Der Doktor, der ihnen zuhörte, hatte das Gefühl, es sei hier ganz am Platze zu sagen: ›Se non è vero‹, aber er war des genauen Wortlauts nicht sicher und fürchtete, sich dabei zu verheddern.

Nach dem Essen trat Forcheville von sich aus zu dem Doktor.

– Muß mal gar nicht übel gewesen sein, diese Madame Verdurin; jedenfalls eine Person, mit der man sich unterhalten kann, was mir die Hauptsache ist. Jetzt fängt sie ja offen gestanden an, etwas rundlich zu werden. Aber diese Madame de Crécy scheint eine kluge kleine Person zu sein, alles was recht ist! Man merkt gleich, die hat einen scharfen Blick! Wir sprechen von Madame de Crécy, sagte er zu Monsieur Verdurin, der in diesem Augenblick mit der Pfeife im Munde zu ihnen trat. Ich stelle mir vor, so als Frau ...

– Ist sie mir lieber im Hemd als manche andre im Abendkleid, fiel Cottard lebhaft ein; seit Sekunden schon brannte er darauf, daß Forcheville Luft schöpfte und er diese Redensart anbringen konnte, die er fürchtete nicht mehr loszuwerden, wenn inzwischen die Unterhaltung eine andere Richtung nahm; nun versuchte er, sie mit der Munterkeit und dem Aplomb vorzubringen, hinter denen sich die Mischung aus Unbeteiligtheit und Lampenfieber verbirgt, die man hat, wenn man etwas rezitiert. Forcheville kannte den Witz und belachte ihn. Herr Verdurin sparte mit seiner Heiterkeit nicht, denn er hatte neuerdings eine symbolische Ausdrucksweise dafür gefunden, die zwar anders als die von seiner Frau verwendete, doch ebenso einfach und eindeutig war. Kaum hatte er die Kopf- und Schulterbewegungen eines Menschen ausgeführt, der sich vor Lachen schütteln will, als er auch schon zu husten begann, wie wenn ihm bei allzu heftigem Lachen der Tabakrauch seiner Pfeife in die Kehle gekommen sei. Indem er diese im Mundwinkel festhielt, führte er beliebig lange seine Komödie der Heiterkeit auf. So wirkten er und Madame Verdurin, die auf der andern Seite des Zimmers eine Geschichte des Malers anhörte und gerade die Augen schloß, um dann ihr Gesicht in den Händen zu verbergen, wie zwei Theatermasken, die auf verschiedene Weise das Lachen verkörpern sollen.

Monsieur Verdurin hatte übrigens gut daran getan, die Pfeife nicht aus dem Munde zu nehmen, denn Cottard, der sich einen Augenblick entfernen mußte, tat dies mit halblauter Stimme und mit einer Umschreibung kund, die er erst jüngst in sein Repertoire aufgenommen hatte und nun jedesmal zum besten gab, bevor er einen gewissen Ort aufsuchte: ›Ich sollte mal nach den Pferden sehen‹; die Folge war, daß Herrn Verdurins Husten gleich von neuem einsetzte.

– Tu doch die Pfeife aus dem Mund, du siehst, du wirst noch ersticken, wenn du dein Lachen so verschluckst, bemerkte Madame Verdurin, die den Likör anbot.

– Was für ein reizender Mensch ist Ihr Mann, er kann von seinem Geist noch andern etwas abgeben, erklärte Forcheville, zu Madame Cottard gewendet. – Vielen Dank, gnädige Frau. Ja, ein alter Soldat wie ich ist immer für einen Tropfen zu haben.

– Monsieur de Forcheville ist von Odette entzückt, sagte Verdurin zu seiner Frau.

– Sie hat mir gerade gesagt, sie würde gern einmal mit Ihnen zum Dejeuner kommen. Wir werden das irgendwie einrichten, aber Herr Swann braucht es nicht zu merken. Sie müssen nämlich wissen, er ist leicht verschnupft. Aber deswegen müssen Sie natürlich doch auch abends kommen, wir hoffen Sie oft hier zu sehen. Wenn es jetzt warm wird, essen wir häufig irgendwo im Freien. Mögen Sie das auch, so ein kleines Diner im Bois? Gut, gut, das wird reizend werden. Wollen Sie wohl mal Ihren Beruf ausüben! rief sie dem kleinen Pianisten zu, um einem neuen Gast vom Range Forchevilles gleichzeitig ihren Geist und ihre unumschränkte Macht über die Getreuen zu beweisen.

– Monsieur de Forcheville wollte mir gerade etwas Schlimmes über dich sagen, empfing Madame Cottard ihren Mann, der soeben wieder den Salon betrat.

Und er, noch ganz befangen in der Vorstellung, die ihn seit Beginn des Abends beherrschte, nämlich daß Forcheville ja ›adlig‹ sei, zu ihm:

– Ich behandle zur Zeit eine Baronin, eine Baronin Putbus; die Putbus waren doch schon bei den Kreuzzügen mit dabei, nicht wahr? In Pommern haben sie einen See, der zehnmal so groß ist wie die Place de la Concorde. Ich behandle sie wegen ihrer Gicht, sie ist eine reizende Dame. Übrigens kennt sie auch Madame Verdurin, glaube ich.

Das hatte zur Folge, daß Forcheville, als er sich einen Augenblick darauf wieder allein mit Madame Cottard befand, das günstige Urteil über ihren Mann noch etwas abrunden konnte:

– Er ist außerdem interessant, man sieht, er kommt unter die Leute. Ja, diese Ärzte haben es gut, die sammeln Erfahrungen.

– Ich werde das Thema aus der Sonate für Herrn Swann spielen, sagt der Pianist.

– Teufel, das wird doch nicht auch so eine Schlange wie die Kreuzottersonate sein? fragte Forcheville, um ebenfalls einen Geistesblitz von sich zu geben.

Dem Doktor war dies Wortspiel neu, er verstand es nicht und meinte, Forcheville habe sich geirrt. Er trat rasch neben ihn und berichtigte:

– Aber es heißt doch Kreutzersonate, flüsterte er ihm eifrig, ungeduldig und gleichzeitig triumphierend zu.

Forcheville erklärte ihm, daß es ein Witz sein sollte. Der Doktor wurde rot.

– Sie müssen doch zugeben, Doktor, daß der Einfall gelungen ist?

– Natürlich, ich kannte es schon, behauptete Cottard.

Aber dann schwiegen sie; unter dem Beben der Geigentremoli, die es mit ihrem zwei Oktaven darüber liegenden lang angehaltenen Klang beschützten – und von deren Höhe gesehen es wirkte wie in einer Gebirgslandschaft hinter der scheinbaren, schwindelnden Unbeweglichkeit eines Wasserfalls zweihundert Fuß tiefer die winzige Gestalt einer Spaziergängerin – tauchte, fern, bezaubernd hinter dem unsichtbaren, von unaufhörlich niederströmenden Klängen gewobenen Perlenvorhang die kleine Weise auf. Und Swann beschwor sie in seinem Herzen wie eine Vertraute seiner Liebe und eine Freundin Odettes, ihr zu sagen, sie möge doch auf diesen Forcheville nicht hören.

– Ah, sieh da! Sie kommen aber spät, sagte Madame Verdurin zu einem Getreuen, den sie erst für ›nach Tisch‹ eingeladen hatte, wir haben heute ›einen‹ unvergleichlichen Brichot gehabt, er strömte über von Geist! Leider ist er jetzt fort. Nicht wahr, Herr Swann? Ich glaube, Sie sind ihm heute zum erstenmal begegnet, setzte sie hinzu, um ihn darauf aufmerksam zu machen, daß er diese Bekanntschaft einzig ihr verdanke. Nicht wahr, er war doch köstlich, unser Brichot?

Swann verbeugte sich höflich.

– Nein? hat er Sie nicht interessiert? fragte Madame Verdurin sehr kühl.

– Aber doch, gnädige Frau, gewiß, ich war entzückt. Er ist vielleicht für meinen Geschmack ein bißchen zu selbstsicher und zu jovial. Mir wäre es lieber, er würde mit seinem Urteil etwas mehr zögern und etwas milder sein, aber er weiß offenbar so viel und scheint wirklich ein trefflicher Mann zu sein.

Man brach allgemein sehr spät auf.

– Ich habe selten Madame Verdurin so in Fahrt gesehen wie

heute abend, waren die ersten Worte, die Cottard an seine Frau richtete.

– Wer ist eigentlich diese Frau Verdurin? Bißchen Halbseide, was? fragte Forcheville den Maler, dem er vorgeschlagen hatte, mit zu ihm einzusteigen.

Odette sah ihn mit Bedauern scheiden, sie wagte nicht, Swann allein nach Hause fahren zu lassen, aber im Wagen war sie schlecht gelaunt, und als er fragte, ob er noch mit zu ihr kommen solle, sagte sie ihr ›Selbstverständlich‹ mit einem Achselzucken der Ungeduld. – Als alle Gäste gegangen waren, bemerkte Madame Verdurin ihrem Mann gegenüber:

– Hast du gesehen, wie albern Swann gelacht hat, als wir von Madame La Trémoïlle gesprochen haben?

Sie hatte festgestellt, daß Swann und Forcheville mehrmals von diesem Namen das ›de‹ ausgelassen hatten. Da sie mit Sicherheit annahm, daß sie es täten, um ihre Unabhängigheit von Titeln zu beweisen, wollte sie diese Kühnheit nachahmen, hatte aber nicht recht begriffen, wie sie grammatisch zu handhaben sei. Da nun aber ihre gewohnte fehlerhafte Ausdrucksweise stärker als ihre republikanische Bürgergesinnung war, sagte sie auch immer einmal wieder die ›de La Trémoïlle‹ oder vielmehr benutzte sie eine in den Konzertcafés und in Textunterschriften der Witzblätter übliche Abkürzung, bei der das ›de‹ beinahe verschwand, die ›d'La Trémoïlle‹, dann aber besann sie sich wieder und sagte: ›Madame La Trémoïlle‹. ›Die Herzogin‹, wie Swann sagt, setzte sie in ironischem Ton und mit einem Lächeln hinzu, das besagte, sie zitiere hier nur und nehme keinesfalls eine so naive und lächerliche Bezeichnung auf sich.

– Ich kann dir nur sagen, ich habe ihn außergewöhnlich dumm gefunden.

– Er ist nicht offen, er ist ein Mensch, der immer Vorbehalte macht, er will das eine tun und das andre nicht lassen. ›Wasch mir den Pelz, aber mach mich nicht naß.‹ Wie anders ist Forcheville da! Das ist doch noch ein Mann, der rundheraus seine Meinung äußert, ob sie einem zusagt oder nicht. Der andere ist nicht Fleisch, nicht Fisch. Odette scheint mir übrigens jetzt recht für Forcheville eingenommen zu sein. Und überhaupt, wenn Swann bei uns den Mann von Welt spielen will und tut, als ob er bei Herzoginnen aus und ein geht, so hat der andere doch wenigstens ein Adelsprädikat; er ist immerhin Comte de Forcheville, fügte er mit der Miene eines Eingeweihten hinzu, der über die Geschichte dieses Grafentitels bestens informiert ist und seinen Wert genau einzuschätzen weiß.

– Ich kann dir nur sagen, bemerkte Madame Verdurin noch, er hat sogar versucht, gegen Brichot allerlei giftige und lächerliche Unterstellungen vorzubringen; er hat gesehen, daß der Professor bei uns im Hause gern gesehen ist, es war also eine Art, uns selber anzugreifen und unsere Gesellschaft herabzusetzen. Das ist so einer, der einem ins Gesicht freundlich tut und schlecht über einen redet, sobald man den Rücken kehrt.

In Wirklichkeit gab es keinen Getreuen, der weniger übelwollend gewesen wäre als gerade Swann; aber die andern übten alle die Vorsicht, ihre Medisancen mit bekannten Witzeleien und einem kleinen Schuß von Rührung und Herzlichkeit zu versehen, während der mindeste Vorbehalt, den Swann machte und der keine solche konventionellen Floskeln enthielt wie: ›Ich will gewiß nichts Böses sagen‹, da er diese für unter seiner Würde hielt, als Perfidie erschien. Es gibt Schriftsteller von einer gewissen Eigenart, bei denen die geringste Kühnheit das Publikum empört, weil sie nicht zuvor seinem Geschmack geschmeichelt und ihm die Gemeinplätze serviert haben, an die es nun einmal gewöhnt ist; auf die gleiche Weise hatte Swann Madame Verdurin gegen sich eingenommen. Wie bei jenen Autoren war es auch bei Swann das Ungewohnte seiner Redeweise, das an schwarze Absichten bei ihm glauben ließ.

Swann wußte noch nichts von der Ungnade, die ihm von den Verdurins drohte; noch immer sah er ihre lächerlichen Seiten auf Grund seiner Liebe in rosigem Licht.

Odette traf er meist nur am Abend; am Tage aber, wo er fürchtete, ihr lästig zu fallen, wenn er sie besuchte, hätte er doch gern ihre Gedanken unablässig mit seiner Person beschäftigt gewußt und suchte nach Gelegenheiten, sich in einer ihr angenehmen Weise darin einen Platz zu verschaffen. Wenn ihm in der Auslage eines Blumengeschäftes oder eines Juweliers eine Pflanze oder ein Schmuckstück gefiel, dachte er auf der Stelle daran, sie Odette zu schicken, und stellte sich dabei das Vergnügen vor, das sie ihr verschaffen würden, und wie sie doch mit vermehrter Zärtlichkeit seiner gedenken müßte; dann ließ er sie rasch zu ihr in die Rue la Pérouse bringen, um den Augenblick nicht länger hinauszuschieben, wo sie etwas von ihm erhalten und er sich dadurch näher bei ihr fühlen würde. Vor allem wollte er, daß sie sein Geschenk bekam, bevor sie das Haus verließ, damit ihre Dankbarkeit ihm eine um so freundlichere Begrüßung sichern würde, wenn er sie bei den Verdurins traf; oder, wer weiß, wenn der Lieferant sich entsprechend beeilte, könnte er vielleicht noch vor dem Abendessen ein Briefchen von ihr bekommen, oder womöglich machte sie sich sogar noch rasch selbst zu ihm auf, um ihm mit diesem nicht vorgesehenen Besuch ihren Dank auszudrücken. Wie er früher mit Odettes Natur durch Reaktionen der Verstimmung Experimente angestellt hatte, so suchte er jetzt durch die der Dankbarkeit aus ihr versteckte Gefühlselemente hervorzuholen, die sie ihm bislang noch nicht offenbart hatte.

Oft war sie in Geldverlegenheit und bat ihn dann, wenn ein Gläubiger drängte, ihr schnell zu Hilfe zu kommen. Er war darüber glücklich wie über alles, was Odette eine gewichtige Vorstellung von seiner Liebe oder auch nur von seinem Einfluß, seiner Nützlichkeit für sie geben konnte. Zweifellos, wenn man ihm zu Anfang gesagt hätte: ›Deine Stellung gefällt ihr‹, oder jetzt: ›Sie liebt dich deines Geldes wegen‹, so hätte er es nicht geglaubt, wäre aber nicht einmal sehr unzufrieden gewesen, daß andere sich vorstellten, sie hänge aus Snobismus oder um des Geldes willen an ihm, da auch das eine Form der Verbundenheit mit ihr gewesen wäre. Aber selbst wenn es stimmte, hätte er vielleicht nicht unter der Entdeckung gelitten, daß Odettes Liebe zu ihm auf einer solideren Basis beruhe als auf der der Annehmlichkeit des Umgangs mit ihm oder der Vorzüge, die sie an ihm finden mochte: der Eigennutz, gerade der Eigennutz würde vielleicht am ehesten dafür sorgen, daß niemals der Tag erschiene, an dem sie versucht sein könnte, den Verkehr mit ihm abzubrechen. Im Augenblick, wenn er sie mit Geschenken überschüttete, ihr Gefälligkeiten erwies, konnte er sich auf Grund von Vorzügen, die außerhalb seiner Person lagen, nichts mit seiner Intelligenz zu tun hatten, von dem erschöpfenden Bemühen erholen, ihr durch sich selbst zu gefallen. Und gerade dies Lustgefühl, verliebt zu sein, nur einer Liebe zu leben, an deren Wirklichkeit er manchmal zweifelte, der Preis, den er als Amateur an immateriellen Gefühlen dafür zahlte, erhöhte in seinen Augen ihren Wert – so wie Leute, die im Grunde nicht ganz gewiß sind, ob das Schauspiel des Meeres und das Geräusch der Brandung denn eigentlich so köstlich seien, sich von der erlesenen Qualität ihrer rein ideellen Freuden dadurch überzeugen, daß sie für hundert Francs am Tage ein Hotelzimmer mieten, das ihnen erlaubt, in diesen Genuß zu kommen.

Eines Tages, als Überlegungen dieser Art seinen Blick noch einmal auf die Erinnerung an jene Zeiten zurücklenkten, wo man ihm von Odette als einer ausgehaltenen Person gesprochen hatte, und als er sich gerade von neuem darin gefiel, jenen seltsamen Typus der ausgehaltenen Frau – ein schillerndes Amalgam aus unbekannten, dämonischen Elementen, wie eine Gestalt aus den Bildern von Gustave Moreau mit giftigen Blüten geschmückt, unter die kostbare Kleinodien geflochten waren – jener Odette gegenüberzustellen, über deren Gesicht er das gleiche Mitgefühl für einen Unglücklichen, die gleiche Art von Empörung über eine Ungerechtigkeit oder von Dankbarkeit für eine empfangene Wohltat wie früher über das seiner Mutter, seiner persönlichen Freunde hatte hingleiten sehen, jener Odette, deren Bemerkungen sich oft auf die Dinge bezogen, die er am besten kannte, seine Sammlungen, sein Schlafzimmer, seinen alten Diener, auf den Bankier, der seine Papiere verwaltete, erinnerte ihn gerade diese letztere Vorstellung von dem Bankier daran, daß er eigentlich hätte Geld abheben sollen. Denn wenn er in diesem Monat Odette in ihren materiellen Schwierigkeiten weniger großzügig beistände als im letzten, wo er ihr fünftausend Francs gegeben hatte, wenn er ihr nicht eine Diamantenschnur schenkte, die sie sich wünschte, würde er möglicherweise bei ihr auch nicht die gleiche Bewunderung für seine Freigebigkeit ernten und jene Dankbarkeit, die ihn so glücklich machte, und liefe damit Gefahr, in ihr den Glauben zu erwecken, daß seine Liebe zu ihr, da ihre Bestätigung nachließ, nicht mehr ganz dieselbe sei. Da auf einmal fragte er sich, ob nicht gerade darin eben das ›Aushalten‹ bestehe (als ob nämlich dieser Begriff des Aushaltens sich nicht aus geheimnisvollen und perversen Elementen herleitete, sondern vielmehr dem ganz alltäglichen privaten Bereich seines Lebens angehöre, so wie jener im Hause verwahrte und vertraute, zerrissene und wieder geklebte Tausendfrancsschein, den sein Kammerdiener nach Empfang der Summe für die laufenden Monatsausgaben und seinen Lohn wieder in die Lade des alten Schreibtisches gelegt hatte, aus der Swann ihn nahm, um ihn mit vier anderen an Odette zu schicken) und ob man nicht auf Odette, seitdem er sie kannte (denn nicht einen Augenblick argwöhnte er, daß sie jemals zuvor von einem anderen als ihm Geld angenommen habe) jene Bezeichnung anwenden könnte, die er für ganz unvereinbar mit ihrer Person angesehen hatte, nämlich die des Ausgehaltenseins. Er hing dem Gedanken nicht weiter nach, denn eine gewisse angeborene, immer wiederkehrende und der Vorsehung in die Hände arbeitende Trägheit des Geistes trat in diesem Augenblick bei ihm in Aktion und löschte seinen ganzen Scharfsinn mit solcher Plötzlichkeit aus, wie man später, als es überall elektrische Beleuchtung gab, ein ganzes Haus im Nu in Dunkel versetzen konnte. Sein Denken tastete einen Augenblick noch in dieser Finsternis umher, er setzte die Brille ab und rieb die Gläser, fuhr sich mit der Hand über die Augen und sah erst wieder Licht, als er sich einer ganz neuen Vorstellung gegenüberfand, nämlich der Frage, ob er nicht versuchen solle, Odette im nächsten Monat sechs- oder siebentausend Francs zu schicken wegen der Überraschung und Freude, die eine solche Sendung bei ihr auslösen würde.

Wenn er am Abend nicht bis zu dem Augenblick, wo es Zeit wurde, Odette bei den Verdurins oder in einem der sommerlichen Restaurants zu treffen, die sie gern im Bois oder noch lieber in Saint-Cloud aufsuchten, zu Hause blieb, begab er sich zum Abendessen in eines jener eleganten Häuser, in denen er früher so viel verkehrt hatte. Er wollte nicht ganz mit Menschen den Kontakt verlieren, die – wer konnte es wissen – vielleicht Odette eines Tages nützlich werden könnten und dank denen er ihr schon heute oft gefällig zu sein vermochte. Zudem hatte ihm die lange Gewöhnung an die Welt und den Luxus gleichzeitig mit ihrer Verachtung doch auch das Bedürfnis danach eingeflößt, so daß in dem Augenblick, wo die bescheidensten Behausungen ihm genau ebenso gut erschienen waren wie die fürstlichen Besitzungen, seine Sinne doch derartig an diese letzteren gewöhnt waren, daß er nur mit einigem Unbehagen sich die ersteren zu seinem Aufenthalt erwählt hätte. Er hatte – sogar in einem Maße, das diese sich gar nicht hätten vorstellen können – genau die gleiche Achtung für irgendwelche Kleinbürger, die im fünften Stock Aufgang D linker Flur eine kleine Tanzgesellschaft gaben, wie für die Prinzessin von Parma, die in Paris die elegantesten Feste veranstaltete; aber er hatte nicht das Gefühl, auf einem Ball zu sein, wenn er sich mit den Vätern im Schlafzimmer der Dame des Hauses aufhielt, und der Anblick der mit Handtüchern zugedeckten Waschgeschirre und der als

Kleiderablagen hergerichteten Betten, auf deren Plumeaus sich Überzieher und Hüte häuften, verursachte ihm das gleiche Erstickungsgefühl, das heute Menschen, die seit zwanzig Jahren an elektrisches Licht gewöhnt sind, bei einer qualmenden Lampe oder einem schwelenden Nachtlicht verspüren.

An den Tagen, wo er außerhalb aß, ließ er um halb acht anspannen; beim Ankleiden dachte er an Odette und fühlte sich somit nicht allein, denn das unaufhörliche Denken an sie gab den Augenblicken, die er ferne von ihr verbrachte, den gleichen Reiz, wie die ihn besaßen, wo er mit ihr zusammen war. Er stieg in den Wagen, aber er spürte, daß dieser Gedanke mit ihm eingestiegen war und sich auf seinen Knien niederließ wie ein Lieblingstier, das man überallhin mitnimmt und das er sogar unbemerkt von den Gästen bei Tische bei sich behalten würde. Er hegte und pflegte ihn und überließ sich dabei auf Grund eines vagen Gefühls der Mattigkeit einem leichten Zittern, das seinen Hals und seine Nase verkrampfte und ganz neu an ihm war, während er das Sträußchen Akelei in seinem Knopfloch befestigte. Da er sich seit einiger Zeit schon leidend und traurig fühlte, besonders seit jenem Tage, da Odette den Verdurins besagten Forcheville vorgestellt hatte, hätte Swann sich gern ein paar Tage auf dem Lande ausgeruht. Aber er fand nicht den Mut, Paris einen einzigen Tag zu verlassen, wenn Odette da war. Es war jetzt warm, die schönsten Tage des Frühlings hatten eingesetzt, und wenn er steinerne Straßen durchfuhr, um ein ringsum geschlossenes Stadtpalais aufzusuchen, sah er unaufhörlich jenen Park vor Augen, den er nahe bei Combray besaß, wo man schon um vier Uhr nachmittags, da, wo es zu einer Spargelpflanzung ging, dank dem Wind, der über die Felder von Méséglise kam, unter einer Weißbuchenhecke die gleiche Kühle genießen konnte wie am Ufer eines von Vergißmeinnicht und Schwertlilien eingerahmten Sees, und wo beim Abendessen der Tisch von Girlanden aus Johannisbeerzweigen und Rosen eingefaßt war, die sein Gärtner anordnete.

Wenn die Zusammenkunft im Bois oder in Saint-Cloud schon frühzeitig angesetzt war, brach er so unmittelbar nach dem Essen auf – besonders wenn es aussah, als ob es regnen und möglicherweise die Rückfahrt der ›Getreuen‹ schon eher erfolgen könnte – daß einmal die Prinzessin des Laumes (bei der spät zu Abend gegessen wurde und die Swann noch vor dem Mokka verlassen hatte, um sich zu den Verdurins auf die Insel im Bois zu begeben) bemerkte:

– Ich muß schon sagen, wenn Swann dreißig Jahre älter wäre und an der Blase litte, würde man ihn ja entschuldigen, wenn er sich derartig rasch empfiehlt. Aber ihm ist das ganz gleich.

Er sagte sich, daß er den Zauber des Frühlings, den er in Combray nicht genießen durfte, wenigstens auf der Ile des Cygnes oder in Saint-Cloud finden müsse. Aber da er an nichts anderes als an Odette denken konnte, wußte er nicht einmal, ob er den Duft der Blätter verspürt habe oder ob Mondschein gewesen sei. Er wurde mit dem kleinen Thema aus der Sonate begrüßt, das im Garten auf dem Klavier des Restaurants intoniert wurde. War keins vorhanden, so scheuten die Verdurins keine Mühe, um aus einem der Zimmer oder dem Speisesaal ein solches ins Freie schaffen zu lassen. Das bedeutete nicht etwa, daß Swann wieder in Gnaden aufgenommen wäre, ganz im Gegenteil. Aber die Idee, ein sorgfältig vorbereitetes Vergnügen für jemanden zu organisieren, selbst wenn sie ihn nicht recht mochten, ließ bei ihnen während der Zeit, die sie für die Veranstaltung brauchten, noch einmal flüchtige und nur der Gelegenheit dienende Gefühle der Sympathie, ja Herzlichkeit aufkommen. Manchmal sagte er sich, daß nun wiederum ein Frühlingsabend dahingehe, und versuchte sich zu zwingen, auf die Bäume und den Himmel achtzugeben. Aber die Aufregung, in die ihn Odettes Gegenwart versetzte und dazu ein leichtes fiebriges Unbehagen, das ihn in letzter Zeit kaum noch verließ, benahm ihm die Ruhe und das Wohlgefühl, die im Grunde für Natureindrücke die unerläßliche Voraussetzung sind.

Eines Abends, als Swann eine Einladung zum Essen bei den Verdurins angenommen hatte, sprach er während der Mahlzeit davon, daß er am folgenden Tage an einem Bankett alter Kameraden teilnehmen müsse. Odette hatte ihm vor versammelter Tafelrunde und damit auch vor Forcheville, der jetzt einer der Getreuen war und noch vor dem Maler, sogar vor Cottard rangierte, zur Antwort gegeben:
– Ja, ich weiß, Sie haben Ihr Bankett; da sehe ich Sie also erst hinterher bei mir, aber kommen Sie nicht zu spät.
Obwohl Swann bislang noch niemals die Freundschaft Odettes für diesen oder jenen ›Getreuen‹ ernstlich beargwöhnt hatte, bereitete es ihm doch ein tiefes Glücksgefühl, als er sie in dieser Weise vor allen Anwesenden seelenruhig und unbefangen ihre regelmäßigen abendlichen Rendezvous und seine daraus hervorgehende Sonderrolle bei ihr eingestehen hörte. Gewiß hatte Swann oft genug gedacht, daß Odette eigentlich keine bemerkenswerte Frau sei und daß seine Macht über ein Wesen, das ihm so weit unterlegen war, nichts so Schmeichelhaftes habe, daß er sie im Angesicht der ›Getreuen‹ bekanntgegeben wünschte; aber seitdem er bemerkt hatte, wie vielen Männern Odette als eine entzückende und begehrenswerte Frau erschien, hatte der Zauber, den für jene ihr Körper besaß, in ihm ein quälendes Bedürfnis geweckt, sie bis in die letzten Winkel ihres Herzens hinein sich völlig zu unterwerfen. Gleichzeitig hatte er begonnen, den am Abend bei ihr verbrachten Minuten einen unschätzbaren Wert beizumessen, jenen Augenblicken, da er sie auf seine Knie nahm, sie sagen ließ, was sie über diese oder jene Sache denke, und wo er im Geiste die Dinge an sich vorbeiziehen ließ, die die einzigen auf Erden waren, deren Besitz er noch wichtig nahm. Nach diesem Abendessen zog er sie daher auf die Seite, dankte ihr gerührt und machte dabei den Versuch, ihr durch seine sorgfältig abgestufte Dankbarkeit die verschiedenen Grade von Freuden, die sie ihm bereiten konnte, zu verdeutlichen, deren höchste darin bestand, ihm, solange seine Liebe währen und

ihn in dieser Hinsicht verwundbar machen würde, die Leiden der Eifersucht zu ersparen.

Als er am folgenden Tage nach dem Bankett das Restaurant verließ, regnete es in Strömen, und er hatte nur den offenen Wagen bei sich; ein Freund schlug ihm vor, ihn in seinem Wagen nach Hause zu fahren, und da ihm Odette, indem sie ihn zu kommen bat, die Gewißheit gegeben hatte, daß sie niemand erwarte, wäre er ruhigen Gemütes und zufriedenen Herzens lieber, als im Regen noch einmal aufzubrechen, gleich zu Bett gegangen. Aber vielleicht würde sie, wenn sie sah, daß er gar nicht so großen Wert darauf zu legen schien, ausnahmslos bei ihr die letzten Stunden des Abends zu verbringen, auch nachlässiger darin werden, sie für ihn freizuhalten, und das am Ende gerade einmal, wenn er es besonders ersehnte.

Er war erst nach elf Uhr bei ihr, und als er sich entschuldigte, daß er nicht eher habe kommen können, klagte sie, es sei in der Tat sehr spät, das Gewitter habe ihr zugesetzt, sie fühle sich benommen im Kopf, und bereitete ihn gleich darauf vor, daß sie ihn nicht länger als eine halbe Stunde dabehalten, sondern um Mitternacht nach Hause schicken werde; kurz darauf wurde sie müde und wollte gerne schlafen.

– Also keine Cattleya heut abend? fragte er, und ich hatte doch so auf eine kleine liebe Cattleya gehofft.

Etwas mißmutig und nervös antwortete sie ihm:

– Aber nein, Liebling, keine Cattleya heut abend, du siehst doch, wie angegriffen ich bin!

– Vielleicht hätte es dir gut getan, aber ich will dich nicht quälen.

Sie bat ihn, bevor er ging, das Licht auszumachen, er selbst zog die Bettvorhänge zu und ging. Aber als er zu Hause war, kam ihm auf einmal der Gedanke, daß Odette vielleicht an diesem Abend noch jemand erwartete, daß sie ihn nur gebeten habe, das Licht auszulöschen, damit er glaube, sie wolle wirklich schlafen, und gleich nachdem er gegangen, es wieder angemacht und jenen andern eingelassen hätte, dem die Nacht bei ihr zugedacht war. Es war jetzt etwa anderthalb Stunden her, daß er sie verlassen hatte; nun ging er noch einmal aus dem Haus, nahm einen Fiaker und ließ ihn ganz in ihrer Nähe halten in einer kleinen Straße, die im rechten Winkel auf die hinter ihrem Hause entlangführende stieß, in der er manchmal an ihr Schlafzimmerfenster klopfte, damit sie ihm öffnen käme; er stieg aus dem Wagen, das ganze Viertel lag finster und öde da, er hatte nur ein paar Schritte zu machen und stand bereits fast vor ihrem Haus. In der Dunkelheit aller dieser Fenster, hinter denen seit langem das Licht gelöscht war, sah er nur ein einziges, aus dem – zwischen den Fensterläden, die eine goldene, geheimnisvolle Frucht zusammenzupressen schienen – das Licht aus dem Innern des Zimmers träufelte mit jenem sanften Schein, der ihn an so vielen Abenden, wenn er es schon von fernher bemerkte, erfreut und ihm angekündigt hatte: ›Sie ist da und wartet auf dich‹; jetzt aber quälte es ihn vielmehr, weil es zu sagen schien: ›Sie ist da mit dem, auf den sie gewartet hat.‹ Er wollte wissen, wer es war; er schlich an der Mauer entlang bis an das Fenster, aber durch die schrägen Latten der Läden sah er nichts; er hörte nur das Murmeln von Stimmen in der Stille der Nacht. Er konnte sich nicht verhehlen, daß er litt beim Anblick dieses Lichts, in dessen goldenem Schimmer sich hinter dem Fensterrahmen das unsichtbare, verhaßte Paar bewegte, beim Anhören dieses Gemurmels, das die Gegenwart jenes anderen kundtat, der nach seinem Weggang gekommen war, beim Gedanken an die Falschheit Odettes und des Glücks, das sie mit jenem anderen zu genießen gedachte.

Und doch war er zufrieden, daß er gekommen war: die Unruhe, die ihn gezwungen hatte, noch einmal auszugehen, hatte von ihrer Qual verloren, was sie an Gewißheit gewann, jetzt wo das andere Leben Odettes, das er bis zu diesem Augenblick nur jäh und ohnmächtig geahnt hatte, auf einmal im vollen Lampenlicht vor ihm lag, arglos gefangen in diesem Raum, in den er überraschend treten und wo er es mit Händen greifen konnte; aber besser wäre vielleicht, an die Läden zu klopfen, wie er öfter tat, wenn es sehr spät geworden war; so würde wenigstens Odette erfahren, daß er Bescheid wußte, daß er das Licht gesehen, die murmelnden Stimmen gehört, und während er sie sich eben noch vorgestellt hatte, wie sie sich über seine Illusionen lustig machten, sah er jetzt die beiden vor sich, blind in Irrtum befangen, alles in allem getäuscht durch ihn, den sie ferne geglaubt und der nun schon wußte, er werde gleich darauf an die Läden klopfen. Vielleicht war das, was er in diesem Augenblick als beinahe angenehm empfand, nicht die Beschwichtigung eines Zweifels oder eines Schmerzgefühls, sondern eine Genugtuung seines Intellekts. Wenn, seitdem er liebte, die Dinge wieder etwas von dem beglückenden Interesse bekommen hatten, das sie früher für ihn besaßen, aber doch nur da, wo sie ihr Licht von der Erinnerung an Odette her erhielten, so wurde jetzt eine andere Fähigkeit seiner erkenntnishungrigen Jugend wieder neu belebt, der leidenschaftliche Drang nach Wahrheit, einer Wahrheit jedoch, die, da sie zwischen ihm und seiner Geliebten stand, ihr Licht von ihr erhielt, einer individuellen Wahrheit also, deren einziges, unerhört kostbares Objekt von schon wieder fast ideeller Schönheit Odettes Handlungen waren: ihre Beziehungen, Pläne, ihre Vergangenheit. Zu jeder anderen Zeit seines Lebens waren Swann die täglichen kleinen Verrichtungen und Taten einer anderen Person völlig unwichtig erschienen; erzählte man ihm darüber irgendwelchen Klatsch, so fand er ihn keineswegs interessant, und während er zuhörte, war er nur mit dem oberflächlichsten Teil seiner Aufmerksamkeit dabei; es war für ihn ein Augenblick, in dem er sich jedesmal etwas niveaulos fühlte. Aber in dieser seltsamen Phase der Liebe wird das Individuelle derartig bedeutungsvoll, daß die Neugier, die Swann im Hinblick auf die geringfügigsten Beschäftigungen einer Frau in sich erwachen fühlte, genau die gleiche war, die früher geschichtliche Tatsachen in ihm ausgelöst hätten. Und Handlungen, deren er sich bislang geschämt haben würde – spionierend vor einem Fenster stehen und morgen vielleicht, wer weiß, geschickt gleichgültige Menschen zum Reden bringen, die Dienstboten für sich gewinnen, an den Türen horchen – würden ihm nur noch ebensogut wie das Entziffern von Texten, das Vergleichen von Augenzeugenberichten und die Interpretation von Baudenkmälern als durchaus ernstzunehmende Methoden wissenschaftlicher Forschung erscheinen, die für die Findung der Wahrheit vortrefflich geeignet wären.

Im Begriff, an die Läden zu pochen, hatte er eine Anwandlung von Scham bei dem Gedanken, daß Odette damit wissen würde, daß er mißtrauisch gegen sie geworden, zurückgekommen und auf der Straße vor ihrem Fenster sei. Sie hatte ihm oft gesagt, wie abscheulich sie eifersüchtige Liebhaber fände, die einem nachspionierten. Was er zu tun vorhatte, war recht ungeschickt, sie würde ihn fortan verachten, während sie noch in diesem Augenblick, solange er nicht geklopft hatte, ihn vielleicht liebte, selbst wenn sie ihn betrog. Wie viele Glücksmöglichkeiten geben wir so für das ungeduldige Verlangen nach einem Vergnügen her, das auf der Stelle erreichbar ist. Doch der Wunsch, die Wahrheit zu kennen, blieb der stärkere Impuls und in seinen Augen beinahe der edlere. Er wußte, daß die Wirklichkeit aller Umstände, die er für sein Leben gern genau rekonstruiert hätte, hinter jenem lichtdurchwobenen Fenster so offen lesbar dalag, als sei es die goldverzierte Einbanddecke eines der Manuskripte, gegen deren reichen künstlerischen Schmuck selbst der Gelehrte, der etwas darin nachschlägt, nicht gleichgültig bleiben kann. Er verspürte eine brennende Lust, die erregende Wahrheit aus diesem einzigartigen, vergänglichen, kostbaren Exemplar zu erfahren, das aus einem so warm schimmernden, köstlichen Stoff bestand. Was er vor den beiden voraushatte – es war ihm überaus wichtig, ihnen gegenüber im Vorteil zu sein – bestand vielleicht weniger darin, die Wahrheit zu wissen, als vielmehr ihnen zeigen zu können, daß sie ihm nicht verborgen sei. Er stellte sich auf die Zehenspitzen und klopfte. Es schien ihn niemand zu hören; er klopfte stärker, hielt inne. Eine Männerstimme, aus deren Klang er zu erraten versuchte, welchem der ihm bekannten Freunde Odettes sie angehören mochte, rief:

– Wer ist da?

Er war nicht recht sicher, wer es war. Er klopfte noch einmal. Das Fenster ging auf, dann die Läden. Jetzt war es zu spät, noch zurückzuweichen, und da sie doch alles erfahren würde, und um nicht gar zu unglücklich, eifersüchtig und neugierbesessen zu wirken, rief er nur obenhin und scheinbar heiter zurück:

– Lassen Sie sich nicht stören, ich kam nur gerade hier vorbei und sah Licht, da wollte ich mich erkundigen, ob es Ihnen auch nicht etwa schlechter ginge.

Er schaute hin. Vor ihm standen zwei alte Herren am Fenster, der eine hielt eine Lampe in der Hand; Swann blickte in ein Zimmer, das ihm unbekannt war. Da er es gewöhnt war, wenn er sehr spät kam, Odettes Zimmer unter vielen fast gleichen als einziges noch beleuchtet zu finden, hatte er sich getäuscht und an das nächste geklopft, das bereits zum Nachbarhause gehörte. Er entfernte sich unter Entschuldigungen und kehrte nach Hause zurück, glücklich darüber, daß die Befriedigung seiner Neugierde die Intaktheit seiner Liebesbeziehung klargestellt habe und daß er Odette, nachdem er ihr gegenüber seit so langem schon eine Art Gleichgültigkeit an den Tag gelegt, nicht durch seine Eifersucht den Beweis geliefert habe, daß er sie zu sehr liebte, einen Beweis, der unter Liebenden denjenigen Teil, der ihn erhält, für alle Zeiten davon dispensiert, auch nur genug zu lieben. Er sagte zu ihr nichts von diesem mißglückten Unternehmen und dachte selbst nicht mehr daran. Aber für Augenblicke berührte sein Denken doch die Erinnerung, die es ursprünglich nicht in sich aufgenommen hatte, stieß sich daran und trieb sie weiter in sich hinein; Swann verspürte dann einen jähen, heftigen Schmerz, den er so wenig durch Denken herabmindern konnte, als sei er physisch bedingt; aber bei einem physischen Schmerz kann das Denken, gerade weil er unabhängig davon ist, verweilen, kann feststellen, daß er nachgelassen, daß er für eine Sekunde vollkommen aufgehört habe. Jenen Schmerz aber, den er empfand, schuf das Denken jedesmal neu, indem es sich damit befaßte. Und wenn er im Gespräch mit seinen Freunden sein geheimes Leiden vergaß, so genügte manchmal ein Wort, daß sein Gesicht einen veränderten Ausdruck bekam wie das eines Verwundeten, dessen schmerzendes Glied ein Ungeschickter gedankenlos berührt. Wenn er Odette verließ, war er glücklich, er fühlte sich ruhig, er rief sich ihr Lächeln, spöttisch, wenn sie von diesem oder jenem sprach, zärtlich für ihn selbst, das Gewicht ihres Antlitzes, das sie aus seiner Achse verschob, um es ihm entgegenzuneigen und dann fast willenlos auf seine Lippen sinken ließ, die ersterbenden Blicke, die sie in seinen Armen liegend ihm zugeworfen hatte, während sie fröstelnd ihr geneigtes Haupt an seiner Schulter verbarg, ins Gedächtnis zurück.

Zugleich aber nahm als Schattenbild seiner Liebe auch seine Eifersucht in ihren Bestand jenes Lächeln auf, das sie ihm am gleichen Abend geschenkt hatte – und das jetzt umgekehrt Swann zu verspotten und sich mit Liebe für einen anderen anzufüllen schien – die Neigung des Kopfes, der fremden Lipppen entgegensinken wollte, und alle Zärtlichkeiten, die sie je für ihn gehabt und nun einem andern zuzuwenden schien. Alle Erinnerungen an die Lust, die er mit ihr gekostet hatte, waren jetzt ebenso viele skizzenhafte ›Entwürfe‹ gleich denen, die man für die Einrichtung eines Hauses vorgelegt bekommt, und nach denen Swann sich nun eine Vorstellung von den leidenschaftlichen, schmachtenden Attitüden machen konnte, die sie für andere einnahm. Beinahe kränkte er sich jetzt nachträglich um jeden Genuß, den er bei ihr gefunden, jede Liebkosung, die sie erdacht und deren Süße er ihr unvorsichtigerweise ausdrücklich bekräftigt hatte, jeden besonders anmutigen Reiz, den er an ihr entdeckt hatte, denn er war sich bewußt, daß diese alle gleich darauf nur ebenso viele neue Werkzeuge für sein Martyrium abgeben würden.

Dies wurde noch grausamer, als ihm die Erinnerung an einen kurzen Blick kam, den er zufällig und zum erstenmal vor ein paar Tagen aus Odettes Augen aufgefangen hatte. Es war nach dem Essen bei den Verdurins. Sei es, daß Forcheville in dem Gefühl, sein Schwager Saniette sei bei seinen Gastgebern nicht sehr gern gesehen, ihn als Zielscheibe wählte, um vor ihnen auf seine Kosten zu glänzen, sei es, daß er gereizt war durch eine ungeschickte Bemerkung von seiner Seite, die übrigens unbemerkt an den Anwesenden vorübergegangen war, da sie gar nicht wußten, welche Anzüglichkeit sie – völlig entgegen der Absicht dessen, der sie vorgebracht hatte – enthalten mochte, sei es endlich, daß er seit längerer Zeit eine Gelegenheit suchte, einen Mann aus dem Hause zu entfernen, der ihn zu genau kannte und der ihn mit seiner Feinfühligkeit in gewissen Augenblicken schon durch seine bloße Gegenwart genierte, jedenfalls antwortete Forcheville auf Saniettes ungeschickte Worte so grob, ja beleidigend, wobei ihn der Schrecken, der Schmerz, das stumme Flehen des andern nur immer kühner machten, daß der Unglückliche, nachdem er Madame Verdurin gefragt, ob er bleiben solle, und keine Antwort erhalten hatte, sich verlegen stotternd mit Tränen in den Augen empfahl. Odette hatte ungerührt diese Szene mit angesehen, aber als die Tür sich hinter Saniette wieder schloß, hatte sie, indem sie den gewohnten Ausdruck ihres Gesichtes etwas herabminderte, um sich mit Forcheville auf dem gleichen niedrigen Niveau zu finden, in ihren Augen ein verschwiegenes Lächeln aufzucken lassen, mit dem sie dem Beleidiger zu seiner Kühnheit gratulierte und zugleich das Opfer mit Ironie bedachte; sie hatte Forcheville einen Blick des Einverständnisses im Schlechten zugeworfen, der so deutlich besagte: ›Wenn das keine Hinrichtung war, kenne ich mich nicht aus. Haben Sie seine Jammermiene gesehen? Er weint ja‹, daß Forcheville, als seine Augen diesem Blick begegneten, plötzlich in seinem wirklichen oder vorgeblichen Grimm trotz seines roten Kopfes völlig ernüchtert war und lächelnd sagte:

– Er hätte nur höflich zu sein brauchen, dann säße er noch hier; eine kleine Zurechtweisung kann in keinem Alter etwas schaden.

Eines Tages, als Swann mitten am Nachmittag ausgegangen war, um einen Besuch zu machen, aber die Person, die er antreffen wollte, nicht zu Hause fand, kam er auf den Gedanken, zu dieser Stunde, wo er sonst nie zu Odette ging, sie jedoch mit Bestimmtheit ihre Siesta haltend oder vor der Teestunde noch ein paar Briefe schreibend zu Hause wußte und so das Vergnügen haben konnte, sie zu sehen, ohne sie zu stören, sich zu ihr zu begeben. Der Hausmeister sagte ihm, er glaube, sie sei da; er schellte, meinte ein Geräusch zu hören, auch Schritte, aber niemand machte ihm auf. Unruhig und verstimmt begab er sich in die kleine Straße hinter dem Hause und trat vor Odettes Schlafzimmerfenster; die Vorhänge hinderten ihn daran, ins Innere zu sehen, er pochte nachdrücklich an die Scheiben und rief; niemand öffnete. Er sah, daß die Nachbarn sein Treiben beobachteten. Er ging also fort und dachte, er habe sich schließlich doch vielleicht mit Bezug auf die Schritte getäuscht; aber die Sache ging ihm so sehr nach, daß er an nichts anderes denken konnte. Eine Stunde später war er wieder da. Diesmal traf er sie an; sie sagte ihm, sie sei zu Hause gewesen, als er vorhin schellte, habe aber geschlafen; das Schellen habe sie aufgeweckt, sie habe erraten, daß es Swann sei und sei ihm nachgelaufen, aber da war er schon fort. Sie habe ihn auch an die Scheiben klopfen hören. Swann erkannte in diesem Zugeständnis gleich eines jener Tatsachenfragmente, die die Lügner, wenn sie gestellt werden, mit einem Gefühl der Beruhigung in ihre falsche Darstellung aufnehmen, um diese dadurch der Wahr-

heit ähnlicher zu machen. Gewiß verstand Odette sehr gut, etwas, was sie getan hatte aber nicht eingestehen wollte, für sich zu behalten. Sobald sie aber demjenigen gegenüberstand, den sie belügen wollte, wurde sie von Unruhe gepackt, vergebens suchte sie ihre Gedanken zusammenzuhalten, ihr Erfindungsgeist und ihr Scharfsinn waren völlig gelähmt, sie spürte eine Leere in ihrem Kopf, andererseits mußte sie doch irgend etwas sagen, und dann kam ihr gerade nur die Sache in den Sinn, die sie verbergen wollte, die jedoch eben auf Grund ihres Wahrseins haften geblieben war. Sie entnahm dann daraus eine an sich unwichtige Einzelheit und sagte sich, daß es alles in allem so besser sei, weil ein nachprüfbares Detail ungefährlicher sei als ein falsches. ›Das wenigstens ist wahr, sagte sie sich, er kann sich ja danach erkundigen, dann wird er sehen, daß es wahr ist, daran kann er nichts merken.‹ Aber sie täuschte sich, gerade daran merkte man es; sie machte sich nicht klar, daß diese wahre Einzelheit Ecken und Kanten hatte, die eben nur in die entsprechenden Teile des wahren Tatbestandes hineinpaßten, aus dem sie sie willkürlich herausgelöst hatte, und der überstehende Teil oder die nicht ausgefüllten leeren Stellen jeweils enthüllen würden, daß sie nicht dorthin gehöre. ›Sie gibt zu, daß sie mich hat läuten und danach klopfen hören, und behauptet sogar, sie hätte mich gern gesehen, dachte Swann. Das stimmt aber nicht damit zusammen, daß sie mich nicht eingelassen hat.‹
Aber er machte sie auf diesen Widerspruch nicht aufmerksam, denn er glaubte, daß Odette, wenn man sie in Ruhe ließe, vielleicht eine weitere Lüge vorbringen werde, die einen schwachen Hinweis auf die Wahrheit enthielte; sie sprach; er unterbrach sie nicht, sondern nahm mit sehnsüchtiger and schmerzlicher Andacht die Worte in sich auf, die sie sagte und in denen er (gerade weil sie sie beim Sprechen dahinter zu verstecken suchte) undeutlich wie unter dem heiligen Schleier den Abdruck, die ungenau nachgezeichneten Konturen jener so unendlich kostbaren, aber ach! unauffindbaren Wahrheit

verborgen wußte: – was sie um drei Uhr getrieben hatte, als er gekommen war – über die er stets nur Lügen hören würde, unlesbare, aber göttliche Spuren dessen, was nur noch in der hehlerischen Erinnerung jenes Wesens existierte, das diese Wahrheit betrachtete, ohne sie schätzen zu können, und das sie ihm bestimmt niemals preisgeben würde. Gewiß hatte er wohl augenblicksweise eine ahnende Vorstellung davon, daß die täglichen Beschäftigungen Odettes nicht aufregend interessant seien und daß die Beziehungen, die sie zu anderen Männern haben mochte, nicht unbedingt von Natur aus und für jedes denkende Wesen tödliche Trauer aushauchen müßten, die mit dem Rausch des Selbstmords geladen sei. Er war sich dann darüber klar, daß dieses Interesse, diese Trauer nur in ihm selbst als eine Art Krankheit bestanden und daß nach deren Heilung die Handlungen Odettes, die Küsse, die sie ausgeteilt haben mochte, wieder so gleichgültig werden würden wie die einer andern Frau. Aber daß die schmerzliche Neugier, die Swann jetzt in sich trug, ihre Ursache nur in ihm selbst hatte, war nicht dazu angetan, ihm als unsinnig erscheinen zu lassen, daß er diese Neugier wichtig nahm und alles tat, um sie zu befriedigen. Das kam daher, daß Swann jetzt in einem Alter angelangt war, dessen Philosophie – begünstigt durch die der Epoche und auch durch die des Milieus, in dem Swann einen so großen Teil seines Lebens verbracht hatte, jener Coterie um die Prinzessin des Laumes, in der es für ausgemacht galt, daß man in dem Maße gescheit ist, wie man an allem zweifelt und nichts als wirklich und unbestreitbar ansieht als die Neigungen jedes einzelnen – schon nicht mehr die der Jugend ist, sondern die positivistische, fast medizinische solcher Menschen, die, anstatt das Objekt ihres Strebens aus sich heraus zu verlegen, bemüht sind, aus ihren bereits verflossenen Jahren einen festen Bestand an Gewohnheiten und Leidenschaften zu entnehmen, die sie selbst als charakteristisch und ihrer Person inhärent betrachten können und deren Zufriedenstellung durch die

Art von Dasein, das sie führen, sie bewußt im Auge behalten. Swann fand es weise, in seinem Leben dem Leiden, das für ihn darin bestand, nicht zu wissen, was Odette getan hatte, seinen Platz einzuräumen wie dem erneuten Ausbruch eines Ekzems, an dem er litt, sobald das Wetter feucht wurde, und in seinem Budget jeweils einen beträchtlichen flüssigen Betrag vorzusehen, um über den Gebrauch, den Odette von ihren Tagen machte, Auskünfte zu erhalten, ohne die er sich unglücklich fühlen würde, so wie er sich auch immer eine Reserve für die Befriedigung anderer Bedürfnisse gehalten hatte, von denen er mit Sicherheit einen Genuß erwarten konnte, wenigstens solange er noch nicht verliebt gewesen war, wie zum Beispiel seine Sammlungen und eine gute Küche.

Als er Odette adieu sagen und nach Hause zurückkehren wollte, bat sie ihn, noch zu bleiben, hielt ihn mit lebhaften Worten zurück und nahm ihn beim Arm, als er die Tür öffnen und das Haus verlassen wollte. Aber er gab nicht acht darauf, denn es ist unvermeidlich, daß wir in der Fülle der Gebärden und Reden, der kleinen Zwischenfälle, die eine Unterhaltung mit sich bringt, ohne daß irgend etwas besonders unsere Aufmerksamkeit weckt, nah an solchen Phänomenen vorübergehen, die eine Wahrheit enthalten, nach der unser Argwohn überall forscht, und daß wir uns gerade bei denen aufhalten, hinter denen sich im Gegenteil nichts verbirgt. Dauernd wiederholte sie ihm: »Wie schade, daß ich dich, wo du doch sonst nie am Nachmittag kommst, dieses einzige Mal, wo du es doch getan hast, nun nicht gesehen habe.« Er wußte ganz gut, daß sie in ihn nicht verliebt genug war, um so lebhaft zu bedauern, seinen Besuch versäumt zu haben; aber da sie gutmütig war, das Bedürfnis hatte, ihm angenehm zu sein, und oft darunter litt, wenn sie ihm eine Freude verdorben hatte, fand er ganz natürlich, daß sie es auch diesmal in dem Bewußtsein tat, ihn darum gebracht zu haben, eine Stunde mit ihr zu verleben, was für ihn – nicht für sie – ein großes Vergnügen war. Doch immerhin war die Sache so wenig wichtig, daß ihre unausgesetzt tiefbetrübte Miene etwas auffallend schien. Sie erinnerte so noch mehr, als er es gewöhnlich schon fand, an die Frauengestalten des Malers der ›Primavera‹. Sie hatte in diesem Augenblick das niedergeschlagene, kummervolle Gesicht, das diesen Frauen das Aussehen gibt, als laste ein Schmerz auf ihnen, der zu schwer für sie ist, auch wenn sie nur einfach das Jesuskind mit einem Granatapfel spielen lassen oder zuschauen, wie Moses Wasser in einen Trog schüttet. Er hatte schon einmal eine so tiefe Traurigkeit bei ihr gesehen, wußte aber nicht mehr recht, wann. Plötzlich erinnerte er sich: es war, als Odette gelogen hatte, als sie nämlich am Tage nach jenem Abendessen, dem sie unter dem Vorwand einer Unpäßlichkeit, in Wirklichkeit aber, um mit Swann zusammenzusein, ferngeblieben war, mit Madame Verdurin gesprochen hatte. Sicher hätte sie sich als eine noch so gewissenhafte Frau wegen einer so harmlosen Unwahrheit keine Gedanken zu machen brauchen. Die aber, die Odette gewöhnlich vorbrachte, waren weniger harmlos und dazu bestimmt, Enthüllungen vorzubeugen, die ihr bei den einen oder anderen schreckliche Unannehmlichkeiten hätten bereiten können. So hatte sie von vornherein, wenn sie log, in ihrer Angst und dem Gefühl, daß es mit ihrer Verteidigung ziemlich schwach bestellt sei, auch weil sie dem Erfolg mißtraute, große Lust zu weinen, mehr oder weniger aus Müdigkeit, wie Kinder, die nicht geschlafen haben. Außerdem war sie sich bewußt, daß ihre Lüge im allgemeinen eine schwere Kränkung des Mannes bedeutete, für den sie sie erfand und dessen Zorn sie vielleicht über sich ergehen lassen müßte, wenn sie nicht glaubhaft log. Sie fühlte sich dann gleichzeitig demutsvoll und schuldig ihm gegenüber, und wenn es sich nun auch nur um eine unbedeutende konventionelle Lüge handelte, verspürte sie durch eine Gefühls- und Erinnerungsassoziation großes Unbehagen wie bei etwas, was über ihre Kräfte ging, und Reue wie nach wirklicher Schuld.

Welche Lüge mochte sie wohl jetzt für Swann ersinnen, die sie derart bedrückte und ihren Blick so schmerzbewegt, ihre Stimme so wehmütig machte, als ob die Last, die ihnen beiden zugemutet wurde, allzu schwer für sie sei, so daß sie um Gnade flehten? Er kam auf den Gedanken, daß sie ihm nicht nur die Wahrheit über den Vorfall vom heutigen Nachmittag zu verbergen suchte, sondern etwas Neueres, etwas, was vielleicht noch nicht einmal eingetreten war, was noch vor ihr lag, was ihm jene Wahrheit aber offenbaren könnte. In diesem Augenblick ging draußen die Schelle. Odette hörte nicht zu sprechen auf, aber ihre Worte kamen wie ein Stöhnen aus ihrem Mund; ihr Bedauern darüber, daß sie Swann am Nachmittag nicht gesehen, ihm nicht geöffnet habe, nahm jetzt den Ton von echter Verzweiflung an.

Man hörte, wie die Eingangstür wieder geschlossen wurde, und dann ein Räderrollen, als führe jemand ab – der Jemand sicherlich, dem Swann nicht begegnen durfte – nachdem man ihm gesagt, Odette sei nicht zu Hause. Da hatte Swann bei dem Gedanken, daß er durch sein bloßes Kommen zu einer Stunde, zu der er gewöhnlich nicht erschien, offenbar eine Menge Dinge in Verwirrung gebracht hatte, von denen er nichts wissen sollte, ein Gefühl der Mutlosigkeit, fast der Trostlosigkeit. Aber da er Odette liebte und die Gewohnheit hatte, alle seine Gedanken immer auf sie zu richten, empfand er auf einmal das Mitleid, das er mit sich selbst hätte haben können, nur für sie und murmelte: »Arme Kleine!« Als er schließlich ging, ergriff sie mehrere Briefe, die auf ihrem Schreibtisch lagen, und fragte ihn, ob er sie zur Post geben könne. Er nahm sie, und als er zu Hause ankam, merkte er, daß er sie noch immer bei sich trug. Er ging damit zur Post, zog sie aus der Tasche und schaute, bevor er sie in den Kasten warf, die Adressen an. Sie waren alle für Lieferanten bestimmt bis auf einen, der an Forcheville gerichtet war. Er hielt ihn in der Hand, dann sagte er sich: ›Wenn ich sehen könnte, was darin steht, wüßte ich, wie sie ihn anredet, wie sie mit ihm spricht, ob etwas zwischen ihnen besteht. Vielleicht ist es geradezu ein Vergehen Odette gegenüber, wenn ich ihn nicht ansehe, denn dies ist die einzige Art, mich von einem Verdacht zu befreien, mit dem ich ihr vielleicht Unrecht tue, der auf alle Fälle aber geeignet ist, ihr weh zu tun, und den ich auf keine Weise loswerden kann, wenn der Brief erst im Kasten ist.‹

Er ging von der Post aus unmittelbar nach Hause, trug den Brief aber bei sich. Er zündete eine Kerze an und hielt den Umschlag davor, denn zu öffnen wagte er ihn nicht. Zuerst konnte er nichts lesen, aber das Papier war dünn, und wenn er es ganz fest auf der harten Karte aufliegen ließ, die sich darin befand, konnte er die letzten Worte, eine sehr kühle Schlußformel, erkennen. Hätte, anstatt daß er einen an Forcheville gerichteten Brief las, dieser einen für Swann bestimmten in die Hände bekommen, würde er dort weit zärtlichere Worte gefunden haben. Er faßte jetzt die Karte, die in dem etwas zu großen Briefumschlag hin- und herrutschte, ganz fest und rückte dann nacheinander die Zeilen unter den Teil, wo das Papier nicht doppelt lag und unter dem einzig er die Schrift erkennen konnte.

Dennoch bekam er nicht alles heraus. Es machte aber eigentlich nichts, denn er hatte genug gesehen, um sich klar darüber zu sein, daß es sich um eine ganz belanglose kleine Sache handelte, die mit Liebesbeziehungen nichts zu tun haben konnte; es stand irgend etwas darin, was sich auf einen Onkel Odettes bezog. Swann hatte zwar am Anfang die Worte: ›Ich habe recht gehabt‹ gelesen, aber verstand nicht, womit Odette recht gehabt haben wollte, als auf einmal ein Wort, das er zunächst nicht hatte erkennen können, deutlich wurde und den Sinn der ganzen Sache erhellte: ›Ich habe recht gehabt, die Tür zu öffnen, es war mein Onkel.‹ Die Tür zu öffnen! Dann war Forcheville also da, als Swann läutete und sie ihn hatte gehen lassen, daher auch das Geräusch, das er zu hören meinte.

Darauf las er den ganzen Brief; zum Schluß entschuldigte sie sich, ihn so formlos behandelt zu haben, und sagte ihm, er habe bei ihr seine Zigaretten liegen lassen; es war der gleiche Satz, den sie an Swann nach einem der ersten Male geschrieben hatte, wo er zu ihr gekommen war. Aber für Swann hatte sie damals noch hinzugesetzt: ›Hätten Sie doch Ihr Herz dagelassen, ich hätte Ihnen nicht erlaubt, es sich wiederzuholen.‹ Nichts dergleichen für Forcheville, überhaupt keine Anspielung, die auf irgend etwas zwischen ihnen Bestehendes hingedeutet hätte. In Wahrheit war ja auch Forcheville in diesem Fall der Betrognere, da Odette ihm schrieb, um ihn glauben zu machen, der Besucher sei ihr Onkel gewesen. Schließlich war er es gewesen, Swann, der Mann, der ihr wichtig war und um dessentwillen sie den anderen aus dem Hause schickte. Und doch, wenn nichts zwischen Odette und Forcheville war, warum hatte sie dann nicht gleich aufgemacht, und warum sagte sie: ›Ich habe recht gehabt, die Tür zu öffnen, es war mein Onkel‹; wenn sie im Augenblick nichts Unrechtes tat, wie hätte Forcheville selbst sich erklären sollen, daß sie überhaupt die Tür hätte nicht öffnen können? Trauernd, verwirrt und doch glücklich saß Swann mit seinem Brief, den Odette ihm unbesorgt mitgegeben hatte, ein so unbedingtes Vertrauen setzte sie in seine Diskretion; aber hinter diesem glasklaren Vertrauen gerade zeigte sich ihm mit dem Geheimnis eines Vorgangs, hinter den er niemals zu kommen glaubte, ein wenig von dem Leben Odettes wie in einem kleinen erhellten Ausschnitt mitten im Unbekannten. Seine Eifersucht weidete sich daran, ganz als habe sie ein Eigenleben, das sich begierig auf alles stürzte, wovon sie sich nähren könnte, und wäre es auf Kosten seiner Lebenskraft. Jetzt hatte sie Nahrung bekommen, und Swann würde nun anfangen, sich jeden Tag wegen der Besuche zu beunruhigen, die Odette um fünf Uhr erhielt; er würde zu erkunden versuchen, wo Forcheville sich zu jener Stunde aufgehalten hatte. Denn Swanns Zärtlichkeit behielt unablässig ihren gleichen Charakter bei, den ihr schon zu Anfang die

Unwissenheit darüber, wie Odette ihre Tage verbrachte, zusammen mit jener Trägheit des Denkens gegeben hatte, die ihn hinderte, dem Nichtwissen durch Phantasie etwas zu Hilfe zu kommen. Er war zunächst auf Odettes Leben in seiner Gesamtheit nicht eifersüchtig, sondern einzig auf die Momente, in denen – wie er vielleicht auf Grund eines falsch interpretierten Umstandes vermutete – Odette ihn betrügen könnte. Wie ein Polyp, der erst den einen, dann einen zweiten und dritten Fangarm ausstreckt, heftete sich seine Eifersucht zunächst an diese Fünfuhrstunde und dann allmählich auch an andere Zeiten. Doch Swann erfand sich seine Leiden nicht selbst. Sie waren nur die Erinnerung, die Fortsetzung eines Leidens, das ihm von außen her zugefügt war.

Dort wurde es ihm nun aber auch auf allen Seiten zuteil. Er wollte Odette von Forcheville lösen, ein paar Tage mit ihr an die Riviera fahren. Aber er glaubte, daß alle Männer im Hotel ihr nachstellten und sie selbst ihre Gesellschaft suchte. So sah man ausgerechnet ihn, der auf Reisen stets die Bekanntschaft neuer Leute und gesellige Treffpunkte gesucht hatte, menschenscheu die Gesellschaft fliehen, als habe sie ihn tödlich verletzt. Wie hätte er auch nicht zum Misanthropen werden sollen, wo er doch in jedem Mann einen Eventualliebhaber von Odette sehen mußte? So kam es, daß Swanns Eifersucht – noch mehr als vordem seine beglückte, heitere Neigung für Odette – seinen Charakter verwandelte und von Grund auf auch für die Augen der anderen das äußere Bild seines Wesens veränderte.

Vier Wochen nach dem Tage, da er Odettes Brief an Forcheville gelesen hatte, ging Swann zu einem Abendessen, das die Verdurins im Bois veranstalteten. In dem Augenblick, als zum Aufbruch gerüstet wurde, bemerkte er, daß Madame Verdurin noch beratend mit mehreren Gästen zusammenstand, und er meinte zu hören, wie der Pianist daran erinnert wurde, daß er am folgenden Tage an einem Ausflug nach Chatou teilnehmen solle; Swann war nicht eingeladen.

Die Verdurins hatten nur halblaut und in allgemeinen Wendungen gesprochen, der Maler aber in seiner Zerstreutheit rief:

– Er braucht kein Licht, er soll nur die Mondscheinsonate spielen, damit man etwas sehen kann.

Madame Verdurin, die Swann zwei Schritte von sich entfernt stehen sah, nahm den gewissen Ausdruck an, in dem der Wunsch, den Sprecher zum Schweigen zu bringen, und der in den Augen des Zuhörenden harmlos auszusehen, in einem vollkommen nichtssagenden Blick sich gegenseitig aufheben, ein ohne Wimpernzucken gegebenes Zeichen des Einverständnisses verbirgt sich unter dem Lächeln vollendeter Unschuld, dies Mienenspiel, das allen Leuten gemeinsam ist, die merken, daß soeben ein Fauxpas unterlaufen ist, enthüllt ihn auf der Stelle wo nicht denen, die ihn begangen haben, so doch wenigstens dem, der das Objekt davon ist. Odette zeigte jetzt die Miene einer Verzweifelten, die den Kampf gegen die erdrückenden Schwierigkeiten des Daseins aufgibt, und Swann zählte angstvoll die Minuten, die ihn von dem Augenblick trennten, da er nach Verlassen des Restaurants auf der Heimfahrt mit Odette von ihr Erklärungen verlangen und ihr zureden konnte, am folgenden Tage nicht mit nach Chatou zu gehen oder dafür zu sorgen, daß er eingeladen würde, kurz, in ihren Armen die Angst, die ihn befiel, würde beschwichtigen können. Endlich ließ man die Wagen vorfahren. Madame Verdurin sagte zu Swann:

– Also adieu denn, auf bald, nicht wahr? wobei sie ihn durch die Liebenswürdigkeit ihres Blicks und ein gezwungenes Lächeln hindern wollte, zu bemerken, daß sie nicht wie sonst immer zu ihm sagte: ›Morgen also in Chatou, und übermorgen wieder bei uns.‹

Herr und Frau Verdurin ließen Forcheville mit in ihren Wagen steigen, Swanns Wagen stand in der Reihe hinter dem ihren, und er wartete nur, daß sie abfahren würden, um Odette in den seinen steigen zu lassen.

– Odette, wir nehmen Sie mit, sagte Madame Verdurin, wir haben noch ein Plätzchen für Sie neben Monsieur de Forcheville.

– Ja, danke, antwortete Odette.

– Wie denn, ich denke, ich fahre Sie heim, rief Swann, alle Scheu beiseite lassend aus, denn der Wagenschlag war geöffnet, die Sekunden gezählt, und er konnte nicht ohne sie nach Hause fahren in dem Zustand, in dem er war.

– Aber Madame Verdurin fordert mich doch auf ...

– Kommen Sie, Swann, Sie können gut einmal allein nach Hause fahren, wir lassen sie Ihnen so oft, bemerkte Madame Verdurin.

– Aber ich wollte Madame de Crécy etwas Wichtiges sagen.

– Ach was! Dann schreiben Sie es ihr eben ...

– Adieu, sagte Odette und reichte ihm die Hand.

Er versuchte zu lächeln, sah aber niedergeschmettert aus.

– Hast du bemerkt, was Swann sich jetzt uns gegenüber herausnimmt? sagte Madame Verdurin zu ihrem Mann, als sie zu Hause waren. Als wir Odette mit zu uns in den Wagen genommen haben, sah er aus, als wollte er mich fressen. Er benimmt sich wirklich unerhört! Wir sind ja schließlich nicht dazu da, bei uns Rendezvous zu vermitteln! Ich verstehe nicht, daß Odette sich diese Manieren gefallen läßt. Er tut ihr gegenüber wirklich so, als gehöre sie ihm. Ich werde Odette meine Meinung sagen, ich hoffe, sie wird mich verstehen.

Noch immer wütend fügte sie kurz darauf hinzu:

– Nein, wirklich, so ein Miststück, so ein elendes! und gebrauchte dabei, ohne es zu wissen und vielleicht dem gleichen dunkeln Trieb nach Rechtfertigung gehorchend wie Françoise in Combray, wenn das Huhn nicht sterben wollte, fast die gleichen Worte, die die letzten Zuckungen eines wehrlosen Tieres im Todeskampf der Bäuerin entlocken, die ihm den Hals umdrehen will.

Als Madame Verdurins Wagen abgefahren war und Swanns

eigener vorfuhr, fragte der Kutscher bei seinem Anblick ob Monsieur auch nicht krank oder etwas Arges geschehen sei.

Swann schickte ihn fort, er wollte gehen; zu Fuß begab er sich durch den Bois nach Hause. Unterwegs sprach er laut mit sich selbst, in dem gleichen etwas affektierten Ton, in dem er bisher die Reize des ›kleinen Kreises‹ analysiert oder die Großherzigkeit der Verdurins in den Himmel gehoben hatte. Aber wie die Reden, das Lächeln, die Küsse Odettes ihm, wenn sie anderen galten, jetzt ebenso verhaßt waren, wie sie ihm früher beglückend erschienen waren, so zeigte sich ihm der Salon der Verdurins, der ihm bislang amüsant vorgekommen, von wahrem Kunstverständnis getragen und einem hohen geistigen Niveau bestimmt, nun, da Odette dort einen anderen als ihn treffen und unbehindert mit ihrer Liebe bedenken würde, in seiner Lächerlichkeit, seiner Dummheit, seiner Schamlosigkeit.

Mit Abscheu stellte er sich den morgigen Abend in Chatou vor. ›Überhaupt schon diese Idee, nach Chatou zu gehen Wie die Krämer nach Ladenschluß! Sie sind wirklich Spießbürger, wie sie im Buche stehen, sie existieren eigentlich nicht sie stammen aus einem Stück von Labiche!‹

Cottards würden da sein, vielleicht auch Brichot. ›Das ist doch wirklich etwas Groteskes, das Leben dieser Leutchen, die unaufhörlich zusammen sein müssen und sich verloren fühlten, wenn sie sich morgen nicht alle wieder in Chatou träfen! Ach! Auch der Maler würde anwesend sein, der so gern ›Ehen stiftete‹ und Forcheville sicher einlud, mit Odette sein Atelier zu besuchen. Er sah Odette in einer etwas zu eleganten Toilette bei dieser Landpartie, ›denn sie ist ja so gewöhnlich diese arme Kleine, und vor allem so dumm!!!‹

Er hörte im Geiste die Witzeleien, die Madame Verdurin nach dem Essen zum besten geben würde, die ihn allerdings welchen ›Langweiler‹ sie auch als Zielscheibe haben mochten bislang amüsiert hatten, weil er Odette darüber lachen, mit ihm, fast in ihm lachen sah. Jetzt hatte er das Gefühl, daß Odette eher veranlaßt würde, über ihn zu lachen. ›Was für eine schäbige Art von Belustigung!‹ sagte er zu sich mit einer Miene so leidenschaftlichen Abscheus, daß er selbst ein Gefühl der Muskelverrenkung bis in den gegen den steifen Kragen zurückgedrückten Hals verspürte. ›Wie kann nur ein Menschenwesen, das nach dem Bilde Gottes geschaffen ist, an diesen widerwärtigen Scherzen auch noch Vergnügen finden? Jede etwas empfindliche Nase würde sich angewidert von solchem Unrat abwenden. Es ist unglaublich zu denken, daß jemand nicht begreifen kann, daß er sich, wenn er sich dazu herabwürdigt, über einen Mitmenschen zu lächeln, dem er eben noch die Hand gedrückt hat, in eine Gosse begibt, aus der er sich beim besten Willen nicht wieder herausarbeiten kann. Ich lebe zu viele tausend Meter über diesen Niederungen, wo in solchem schmutzigen Gewäsch herumgeplantscht wird, als daß die Spritzer mich treffen könnten, wenn diese Verdurin ihre dummen Bemerkungen macht, rief er, hob den Kopf und straffte die Schultern nach hinten. Gott ist mein Zeuge, daß ich mich redlich bemüht habe, Odette aus diesem Sumpf herauszuziehen und sie in eine edlere und reinere Atmosphäre emporzuheben. Aber die menschliche Geduld hat Grenzen, und meine ist zu Ende‹, sagte er sich, als ob die Aufgabe, die er sich stellte, Odette einer Atmosphäre sarkastischer Äußerungen über die lieben Nächsten zu entreißen, schon länger als seit einigen Minuten datiere, und als ob er sie nicht erst auf sich genommen habe, seitdem er denken mußte, daß diese Sarkasmen ihn selbst zum Gegenstand haben und Odette ihm entfremden könnten.

Er sah den Pianisten im Begriff, die Mondscheinsonate zu spielen, und die Miene Madame Verdurins bei der Behauptung, daß die Beethoven-Musik ihr sicher eine Nervenkrise verursachen würde. »Idiotin! Lügnerin!« rief er aus, »und so was behauptet, die Kunst zu lieben!« Und zu Odette wird sie, nachdem sie geschickt ein paar lobende Worte über

Forcheville bei ihr angebracht hat, sagen: ›Sie machen sicher neben sich ein bißchen Platz für Monsieur de Forcheville ...‹ Im Dunkeln! Kupplerin, Hurenmutter! – ›Kupplerisch‹ nannte er jetzt auch die Musik, die die beiden einladen würde, miteinander zu schweigen, zu träumen, sich in die Augen zu blicken und bei der Hand zu nehmen. Er fand jetzt, daß die Strenge gegen die Kunst, wie Plato, Bossuet, die alte französische Erziehung sie proklamierten, auch ihr Gutes hätte.

Alles in allem erschien ihm das Leben, das man bei den Verdurins führte und das er so oft als das ›wahre Leben‹ bezeichnet hatte, jetzt als das schlimmste von allen, und der ›kleine Kreis‹ als ein unvorstellbar niedriges Milieu. ›Er ist wirklich‹, dachte er bei sich, ›die unterste Stufe auf der sozialen Leiter, der letzte Dantesche Höllenkreis. Kein Zweifel, daß der erhabene Text sich auf die Verdurins bezieht! Man mag über die Menschen der guten Gesellschaft denken, wie man will, aber auf alle Fälle sind sie doch etwas anderes als dieses Pack; sie beweisen ihre Klugheit damit, daß sie es ablehnen, die Bekanntschaft dieser Kreise zu machen, sich auch nur die Fingerspitzen an solchem Umgang zu beschmutzen! Welche weise Einsicht liegt in dem Noli me tangere des Faubourg Saint-Germain!‹ Seit langem hatte er die Alleen des Bois verlassen, er war jetzt fast bei seinem Hause angelangt, aber noch hielt die Trunkenheit des Schmerzes und die leidenschaftliche Unaufrichtigkeit bei ihm an und strömte ihren Rausch in dem verlogenen Tonfall und dem künstlich hochgeschraubten Klang seiner eigenen Stimme immer machtvoller aus; laut perorierte er in der Stille der Nacht: »Die große Welt hat ihre Fehler, die niemand besser kennt als ich, aber es gehören ihr doch lauter Leute an, bei denen gewisse Dinge eben unmöglich sind. Diese oder jene elegante Frau, die ich kannte, war von Vollkommenheit weit entfernt, aber schließlich war doch in ihr ein fester Bestand an Takt vorhanden, eine gewisse Loyalität, die sie unter allen Umständen unfähig gemacht hätte, eine Schurkerei zu begehen, und die einen Abgrund zwischen ihr und einer Megäre wie der Verdurin schafft. Verdurin! Was für ein Name! Oh, man kann wirklich sagen, sie sind vollkommen in ihrer Art, schon beinahe wieder schön! Gottlob, es war die höchste Zeit, daß ich aufhörte, mich mit diesem infamen Abschaum der Menschheit einzulassen.«

Aber ebenso wie die Tugenden, die er vor kurzem noch den Verdurins nachrühmte, selbst wenn sie darüber verfügten, ohne ihre Begünstigung und Förderung seiner Liebe nicht ausreichend gewesen wären, um bei Swann jenen verzückten Zustand zu erzeugen, in dem er sich gerührt über ihre Großherzigkeit ausließ, die unabhängig von ihrer Betätigung an anderen ihm selbst nur durch Odette bewußt werden konnte – ebenso hätte die Unmoral, die er neuerdings an ihnen entdeckte, wenn sie nicht Odette mit Forcheville und ohne ihn selbst eingeladen hätten, nicht vermocht, seine Entrüstung zu entfesseln und ihn gegen ihre ›Infamie‹ in dieser Weise aufzubringen. Swanns Stimme war hierin durchaus einsichtiger als er selbst, denn sie lehnte es ab, jene Worte voller Abscheu gegen das Verdurinsche Milieu und voller Freude darüber, daß er endlich mit ihnen fertig sei, anders als in einem künstlichen Ton wiederzugeben, so als wären sie eher dazu gewählt, seinen Zorn verrauchen zu lassen als um seine Gedanken auszudrücken. Diese waren tatsächlich, während er sich jenen Invektiven überließ, mit etwas ganz anderem beschäftigt, denn als er, vor seinem Hause angekommen, kaum das Eingangstor hinter sich geschlossen hatte, schlug er sich an die Stirn, ließ sich noch einmal öffnen, trat hinaus und rief, diesmal mit seiner natürlichen Stimme: »Ich glaube, jetzt weiß ich ein Mittel, wie ich doch zu dem Diner in Chatou eingeladen werden kann!« Aber das Mittel taugte offenbar nichts, denn Swann wurde nicht geladen; Doktor Cottard, der, zu einem schweren Krankheitsfall in die Provinz gerufen, die Verdurins ein paar Tage nicht gesehen, auch an dem

Ausflug nach Chatou nicht teilgenommen hatte, meinte am darauffolgenden Tage, als er bei ihnen seinen gewohnten Platz am Tisch einnahm:

– Nun, werden wir Herrn Swann heute abend sehen? Er ist ja wohl eine Art persönlicher Freund von ...

– Das will ich nicht hoffen! rief Madame Verdurin. Gott bewahre uns davor, er ist tödlich langweilig, dumm und außerdem unerzogen.

Cottard bekundete nach diesen Worten gleichzeitig sein Staunen und seine Unterwürfigkeit wie angesichts einer Wahrheit, die zwar allem widersprach, was er bislang geglaubt hatte, aber durch den Augenschein doch unwiderleglich bewiesen war: mit betroffener und ängstlicher Miene senkte er den Kopf wieder über seinen Teller und brachte als Antwort einzig ein »Tjaajajaja ... ja ... ja« hervor, bei dem seine Stimme in geordnetem Rückzug ihr ganzes Register in einer nach seinem Innern zu absteigenden Tonfolge durchlief. Von Swann war nicht mehr die Rede bei Verdurins.

Von nun an wurde dieser Salon, in dem Swann und Odette sich vordem getroffen hatten, ihren Begegnungen hinderlich. Sie sagte nicht mehr zu ihm wie in der ersten Zeit ihrer Liebe: »Wir sehen uns ja auf alle Fälle morgen, Verdurins geben ein Souper«, sondern: »Morgen abend können wir uns nicht sehen, es wird bei Verdurins soupiert.« Oder Verdurins hatten vor, Odette zur Opéra-Comique in ›Die Nacht der Kleopatra‹ mitzunehmen, und Swann las in ihren Augen jene Herzensangst, er könne sie bitten, nicht mitzugehen, die ihn früher unwiderstehlich verlockt haben würde, sie rasch vom Antlitz der Geliebten wegzuküssen; jetzt aber irritierte sie ihn. ›Und dennoch‹, sagte er sich, ›ist es nicht etwa Groll, was ich empfinde, wenn sie der Versuchung erliegt, in dieser Musik herumzuplätschern, die doch nichts weiter ist als ein seichter Morast, aber ich gräme mich, nicht meinetwegen, sondern um ihretwillen, wenn ich mitansehen muß, wie sie nun mehr als ein halbes Jahr lang täglich mit mir zusammen war und sich nicht einmal so weit geändert hat, daß sie aus sich heraus diesen Victor Massé als unmöglich empfindet! Sie hat auch nicht begriffen, daß es Abende gibt, an denen ein Wesen von einigem Zartgefühl auf ein Vergnügen verzichten muß, wenn es darum gebeten wird. Sie müßte auch einmal sagen können: ich komme nicht mit, und wenn es aus Klugheit wäre, denn von ihrer Antwort hängt ja ab, wie man sie endgültig klassifiziert.‹ Und wenn er sich dann selbst überredet hatte, daß er einzig um über Odettes seelische Qualitäten ein günstigeres Urteil fällen zu können gewünscht hätte, sie bliebe bei ihm, anstatt in die Oper zu gehen, versuchte er es bei ihr mit dem gleichen Räsonnement, das er sich selbst gegenüber angewendet hatte, und auch dem gleichen Maß an Unaufrichtigkeit, einem größeren sogar, denn jetzt wollte er sie bei ihrer Eigenliebe fassen.

– Ich schwöre dir, sagte er ein paar Minuten, bevor sie zum Theater aufbrach, als ich dich bat, nicht auszugehen, wünschte ich mir für mich selbst von Herzen, du würdest ablehnen, denn ich habe heute abend tausend andere Dinge vor, und es wäre für mich sehr schwierig und eher ärgerlich gewesen, wenn du entgegen allen Erwartungen geantwortet hättest, du gingest nicht. Aber es kommt ja nicht nur auf meine Pläne und Vergnügungen an, ich denke dabei auch an dich. Du erlebst vielleicht eines Tages, daß ich mich für immer von dir trenne, und dann würdest du mir mit Recht einen Vorwurf daraus machen, daß ich dich nicht in den entscheidenden Stunden gewarnt habe, wo ich fühlte, daß ich drauf und dran war, über dich ein strenges Urteil zu fällen, dem die Liebe nicht lange standhält. Siehst du, ›Die Nacht der Kleopatra‹ (was für ein Titel!) spielt dabei an sich gar keine Rolle. Was ich aber wissen muß, ist, ob du wirklich auf einer so niederen geistigen Stufe stehst, ob du ein Wesen mit so geringem Charme sogar, so untergeordnet in jedem Sinne bist, daß du auf ein Vergnügen nicht verzichten kannst. Wenn das so ist, wie könnte man dich dann lieben, denn dann bist du ja nicht einmal eine wirkliche Person, ein deutlich, eindeutig bestimmtes Geschöpf, wenn auch unvollkommen, so doch möglicherweise zu vervollkommnen. Du bist wie gestaltloses Wasser, das immer dahin rinnt, wo es nach unten geht, ohne Erinnerungsvermögen und Verstand wie ein Aquarienfisch, der hundertmal am Tage gegen die Scheibe stößt, die er immer wieder für Wasser hält. Begreifst du nicht, daß deine Antwort zur Folge haben wird, daß ich dich – ich will nicht sagen, auf der Stelle zu lieben aufhöre, natürlich – aber doch weniger verführerisch finde, wenn ich nämlich einsehen muß, daß du kein selbständiger Mensch bist, sondern weniger als ein Ding? Natürlich hätte ich dich lieber, ohne eine Wichtigkeit daraus zu machen, darum gebeten, auf ›Die Nacht der Kleopatra‹ (da ich ja dir zuliebe meine Lippen mit diesem unmöglichen Titel besudeln muß) zu verzichten, in der stillen Hoffnung, daß du doch gehen würdest. Da ich aber weiß, daß ich deiner Antwort solche Bedeutung beilegen und so schwerwiegende Konsequenzen daraus ziehen werde, fand ich loyaler, dich vorher darauf aufmerksam zu machen.

Odette gab bereits seit ein paar Sekunden Zeichen der Betroffenheit und Unsicherheit von sich. Wenn ihr auch der eigentliche Sinn dieser Rede entging, so begriff sie doch, daß sie offenbar zu jener Art von Vorhaltungen oder Szenen gehörte, aus deren Vorwürfen und Beschwörungen sie bei ihrer Übung im Umgang mit Männern, ohne auf Einzelheiten achtzugeben, zu schließen gelernt hatte, daß diese sie ihr nicht halten würden, wenn sie nicht verliebt in sie wären, und daß sie selbst, gerade weil sie verliebt in sie waren, nicht nötig hatte, darauf einzugehen, denn sie waren es bestimmt hinterher nur noch mehr. So hätte sie auch Swanns Erörterungen mit der größten Ruhe angehört, wenn sie nicht gesehen hätte, wie die Zeit verging, und daß sie, wenn er auch nur noch kurze Zeit weiterredete, wie sie ihm mit zärt-

lichem Lächeln zu verstehen gab, »noch die Ouvertüre versäumen würde!«
Ein andermal sagte er ihr, wodurch sie am ehesten seine Liebe verlieren werde, sei, daß sie nicht aufhören könne zu lügen. »Selbst ganz einfach vom Standpunkt der Koketterie aus«, sagte er zu ihr, »mußt du doch verstehen, wie sehr du an Verführungskraft verlierst, wenn du dich so weit erniedrigst, dich auf Lügereien einzulassen? Wieviel könntest du durch ein offenes Eingeständnis wieder gutmachen; Wirklich, du bist doch weniger gescheit, als ich immer glaubte!« Aber vergebens setzte ihr Swann in dieser Weise alle Gründe auseinander, weshalb sie nicht lügen sollte; sie hätten bei Odette vielleicht ein System des Lügens zunichte machen können, doch das besaß sie nicht; sie begnügte sich damit, in jedem einzelnen Falle, wo sie wünschte, daß Swann über irgend etwas, was sie getan hatte, in Unkenntnis blieb, es ihm nicht zu sagen. So war die Lüge für sie ein Auskunftsmittel für besondere Fälle; und was allein darüber entscheiden konnte, ob sie sich ihrer bedienen solle oder die Wahrheit gestehen, war ebenfalls ein Grund von jeweils besonderer Art, nämlich die mehr oder weniger große Gefahr, Swann könnte entdecken, daß sie nicht die Wahrheit sprach.
In körperlicher Hinsicht machte sie eine schlechte Phase durch: sie wurde dicker, und der schmerzvolle Gesichtsausdruck, die staunenden, träumerischen Blicke, die früher ihren Reiz ausgemacht hatten, schwanden mit ihrer ersten Jugend dahin. Auf diese Weise wurde sie Swann gerade in dem Zeitpunkt so besonders teuer, als er sie sozusagen weniger anziehend fand. Er schaute sie lange an, um den Zauber wiederzufinden, den sie früher für ihn hatte, aber er entdeckte ihn nicht. Es genügte ihm aber zu wissen, daß in dieser neuen Verkleidung wie in einer Schmetterlingspuppe doch immer die gleiche Odette lebte, der gleiche stets sich entziehende, ungreifbare, verstockte Wille, um mit der gleichen Leidenschaft sie irgendwie fassen zu wollen. Dann betrachtete er Photogaphien, die

vor zwei Jahren aufgenommen waren, und erinnerte sich, wie zauberhaft sie gewesen war. Das tröstete ihn dann ein wenig darüber, daß er sich ihretwegen soviel Kummer und Sorge machte.

Wenn die Verdurins sie nach Saint-Germain, nach Chatou oder Meulan mitnahmen, schlugen sie in der schönen Jahreszeit oft an Ort und Stelle vor, man wolle dort übernachten und erst am nächsten Tag wieder nach Hause fahren. Madame Verdurin suchte die Bedenken des Pianisten zu beschwichtigen, dessen Tante in Paris zurückgeblieben war.

– Sie wird entzückt sein, daß sie Sie einmal los ist für einen Tag. Wie soll sie sich denn beunruhigen, wo sie doch weiß, daß Sie mit uns hier sind; im übrigen bin ich bereit, alles auf meine Kappe zu nehmen.

Wenn es ihr aber nicht gelang, machte sich Monsieur Verdurin auf und suchte nach einem Telegraphenbüro oder einem Boten und erkundigte sich dann, wer von den ›Getreuen‹ jemanden zu benachrichtigen wünsche. Odette lehnte dankend ab und sagte, sie habe niemandem etwas auszurichten, denn Swann hatte sie ein für allemal erklärt, sie könne ihm nicht vor aller Augen eine Depesche schicken, ohne sich zu kompromittieren. Manchmal blieb sie mehrere Tage fort; die Verdurins nahmen sie mit, um die Gräber von Dreux zu besichtigen oder in Compiègne auf den Rat des Malers hin die Sonnenuntergänge im Wald zu bewundern, wo man dann bis zum Schloß von Pierrefonds vordrang.

– Wenn man denkt, daß sie in meiner Gesellschaft wirkliche Kunstdenkmäler besichtigen könnte, mit mir, der ich zehn Jahre lang Architektur studiert habe und von wer weiß wie bedeutenden Persönlichkeiten angefleht werde, sie nach Beauvais oder Saint-Loup-de-Naud zu führen, während ich es für sie ganz allein tun würde! statt dessen aber berauscht sie sich mit diesem ungehobelten Pack nacheinander an den abscheulichen Kreationen eines Louis-Philippe und an dem, was Viollet-le-Duc angerichtet hat! Mir scheint, man braucht kein

Künstler zu sein, um auch ohne eine besonders feine Nase nicht ausgerechnet in Latrinen, in nächster Nähe menschlicher Entleerungen, sein Naturgefühl zu befriedigen.

Aber wenn sie nach Dreux oder Pierrefonds gegangen war – ohne, ach, ihm zu erlauben, als wenn es nur zufällig wäre, ebenfalls dort zu erscheinen, weil das, wie sie sagte, ›einen schlechten Eindruck machen würde‹ – versenkte er sich in den berauschendsten Liebesroman, den es gibt, den Fahrplan, der ihn über die Möglichkeiten, am Nachmittag, am Abend, am Morgen sogar in ihre Nähe zu gelangen, unterrichtete! Bot er nur die Möglichkeit? Fast mehr, er erteilte sogar die Genehmigung. Denn schließlich war der Fahrplan und waren die Züge ja selbst nicht umsonst gemacht. Wenn man das Publikum vermittels der Buchdruckerkunst davon verständigte, daß um acht Uhr morgens ein Zug abging, der um zehn in Pierrefonds war, so war doch nach Pierrefonds zu fahren damit eine erlaubte Handlung, für die die Genehmigung Odettes überflüssig war; eine Handlung außerdem, die einen ganz andern Grund haben konnte als den Wunsch, dort Odette anzutreffen, da ja auch Leute, die Odette gar nicht kannten, sie tagtäglich vollzogen, in hinlänglich großer Zahl sogar, daß es die Mühe lohnte, eine Lokomotive zu heizen.

Im Grunde konnte sie ihn also nicht hindern, nach Pierrefonds zu gehen, wenn er Lust dazu hatte! Und tatsächlich verspürte er gerade Lust und wäre, auch wenn er Odette nicht gekannt hätte, jetzt eben dort hingefahren. Schon längst wollte er sich eine genauere Anschauung von dem Stand der Restaurierungsarbeiten Viollet-el-Ducs verschaffen. Und bei dem jetzt herrschenden Wetter hatte er ein unwiderstehliches Bedürfnis, im Walde von Compiègne einen Spaziergang zu machen.

Es war wirklich Pech, daß sie ihm den einzigen Ausflug untersagen wollte, der ihn heute lockte. Heute! Wenn er trotz ihres Verbotes hinführe, könnte er sie *heute* noch sehen! Aber wenn sie in Pierrefonds irgendeinem gleichgültigen Menschen begegnet wäre, hätte sie gesagt: ›Ach, sieh da, das sind Sie ja!‹ und hätte den Betreffenden gebeten, sie doch im Hotel aufzusuchen, in dem sie mit den Verdurins abgestiegen war, während sie im Gegenteil beim Anblick Swanns natürlich böse sein und sich sagen würde, daß er ihr nachgefahren sei; sie würde ihn weniger lieben, sich vielleicht erzürnt von ihm wenden, wenn sie ihn bemerkte. ›Ich habe also nicht mehr das Recht, einmal zu verreisen!‹ würde sie bei der Rückkehr zu ihm sagen, während in Wirklichkeit er es war, der nicht mehr verreisen durfte!

Einen Augenblick lang hatte er die Idee, um nach Compiègne oder Pierrefonds gehen zu können, ohne daß es so aussah, als wolle er dort nur Odette begegnen, sich von einem seiner Freunde mit dorthin nehmen zu lassen, dem Marquis de Forestelle zum Beispiel, der ein Schloß in der Gegend besaß. Dieser, dem er von seinem Plan Mitteilung machte, ohne den Grund zu nennen, zeigte sich nicht besonders erbaut und wunderte sich im stillen, daß Swann zum ersten Male seit fünfzehn Jahren sich endlich bereit erklärte, seinen Besitz anzuschauen, aber da er, wie er ihm gesagt hatte, sich nicht lange aufhalten wollte, versprach er, mit ihm ein paar Tage lang Spaziergänge und Ausflüge zu machen. Swann sah sich im Geiste dort mit Monsieur de Forestelle. Welches Glück würde es ihm schon bedeuten, selbst bevor er Odette erblickte und selbst, wenn er sie überhaupt nicht sah, den Fuß auf jenen Boden zu setzen, auf dem er, wenn ihm auch nicht genau die Stelle bekannt war, an der sie sich zu dieser oder jener Zeit gerade befinden mochte, doch überall die Möglichkeit ihres plötzlichen Erscheinens in erregender Weise würde gegenwärtig fühlen: auf dem Hofe des Schlosses, das schön für ihn geworden war, weil er ihretwegen es nunmehr besichtigen ging, auf allen Straßen der Stadt, die ihm daraufhin auf einmal romantisch vorkamen, auf jedem Waldweg, den ein warm und zärtlich getönter Sonnenuntergang mit rosigem Schimmer übergoß – ebenso viele wechselnde Freistätten, an die sich n der ungewissen Allgegenwart seiner Hoffnungen sein glückliches, schweifendes, vielfältig gewordenes Herz nunmehr flüchten konnte. ›Vor allem‹, würde er zu Monsieur de Forestelle sagen, ›wollen wir aufpassen, daß wir nicht Odette und Verdurins begegnen; ich habe erfahren, daß sie ausgerechnet heute in Pierrefonds sind. Man sieht sich wirklich genug in Paris, es wäre die Mühe nicht wert hinauszufahren, wenn man hier keinen Schritt machen kann, ohne einander zu treffen.‹ Und sein Freund würde nicht verstehen, weshalb er, nachdem er nun einmal da war, zwanzigmal seine Pläne änderte und die Speisesäle sämtlicher Hotels von Compiègne inspizierte, ohne sich zu entschließen, in einem davon sich niederzulassen, obwohl von den Verdurins keine Spur zu erblicken war, so daß es schließlich aussehen würde, als suche er, was er zu meiden behauptete und wovor er tatsächlich wieder flüchtete, sobald er es gefunden, denn wäre er der kleinen Gruppe begegnet, so hätte er sich geflissentlich von ihr ferngehalten, völlig zufrieden damit, daß er Odette gesehen und sie ihn gesehen hätte, zumal in einer Situation, in der er sie gar nicht weiter beachtete. Doch nein, sie würde sicher erraten, daß er nur ihretwegen kam. Und als Monsieur de Forestelle ihn schließlich abholen kam, sagte er zu ihm: »Ach nein, ich kann heute nicht nach Pierrefonds fahren, Odette ist nämlich gerade dort.« Dabei war Swann trotz allem glücklich in dem Bewußtsein, daß wenn allein von allen Sterblichen er nicht das Recht besaß, an diesem Tage in Pierrefonds zu sein, so deswegen, weil er tatsächlich für Odette von allen anderen Menschen verschieden, nämlich ihr Liebhaber war und diese seine Ausnahmestellung gegenüber dem allgemeinen Recht auf Bewegungsfreiheit nur eine der Formen der Versklavtheit der Liebe, an der ihm mehr als an allem lag. Ganz entschieden war es besser, nicht einen Bruch mit Odette zu riskieren, vielmehr in aller Geduld auf ihre Rückkehr zu warten. Er verbrachte seine Tage über einer Karte des Waldes von Compiègne, als sei sie die ›Carte du Tendre‹ aus dem

Roman der Mademoiselle de Scudéry, und umgab sich mit Photographien von Schloß Pierrefonds. Sobald der Tag erschien, an dem sie allenfalls hätte zurück sein können, schlug er wieder den Fahrplan auf und rechnete sich aus, welchen Zug sie nehmen könnte, und wenn sie ihn etwa verpaßte, welch andere ihr noch blieben. Er verließ das Haus nicht aus Furcht eine Depesche zu versäumen, und wagte nicht zu Bett zu gehen für den Fall, daß sie mit dem letzten Zuge zurückkäme und ihm die Überraschung bereiten wollte, ihn mitten in der Nacht gleich noch aufzusuchen. Gerade im Augenblick hörte er an der Außentür schellen; es kam ihm vor, als werde lange nicht aufgemacht, er wollte schon den Portier wecken und stellte sich ans Fenster, um Odette zu rufen, falls sie es wirklich wäre, denn trotz aller Anweisungen, die er unten im Hause mindestens zehnmal persönlich erteilt hatte, war es immer noch möglich, daß jemand behauptete, Monsieur sei gar nicht da. Es war ein Bedienter, der spät nach Hause kam. Swann lauschte auf das unaufhörliche rasche Vorüberrollen der Wagen, auf das er sonst überhaupt nicht achtgegeben hatte. Er hörte jeden einzelnen von ferne kommen, sich nähern, an seiner Tür vorüberfahren, ohne daß er hielt, und eine Botschaft weitertragen, die nicht für ihn bestimmt war. Er wartete die ganze Nacht, und zwar völlig vergebens, denn die Verdurins hatten ihre Rückkehr vorverlegt, Odette war seit mittag schon in Paris; sie war nicht auf den Gedanken gekommen, ihn zu benachrichtigen; da sie nicht wußte, was sie anfangen sollte, war sie am Abend allein ins Theater gegangen und nun seit langem schon zu Hause; sie lag zu Bett und schlief.

Sie hatte nicht einmal an ihn gedacht. Solche Augenblicke aber, wo sie sogar die Existenz von Swann vergaß, waren nützlicher für sie, erfüllten besser den Zweck, Swann fester an sie zu ketten, als alle ihre Koketterie. Denn auf diese Weise lebte er immer von neuem in jener schmerzlichen Unruhe, die schon die Macht besessen hatte, seine Liebe zur Entfaltung zu bringen an jenem Abend, als er Odette nicht bei den Verdurins angetroffen und den ganzen Abend lang gesucht hatte. Er aber hatte nicht wie ich in meiner Kindheit in Combray glückliche Tagesstunden, in denen man die Leiden vergißt, die erst der Abend wieder bringen wird. Seinen Tag verlebte er ohne Odette; in manchen Augenblicken sagte er sich dann, daß es ebenso unvernünftig sei, eine hübsche Frau in Paris allein ausgehen zu lassen, als wenn man ein Juwelenkästchen mitten auf die Straße stellt. Dann war er voller Entrüstung gegen alle Vorübergehenden, als seien sie sämtlich Diebe. Doch ihr gestaltloses Kollektivgesicht entzog sich seiner Phantasie und bot keine Nahrung für seine Eifersucht. Die Vorstellung davon ermüdete sein Denken so sehr, daß er sich mit der Hand über die Augen fuhr und ausrief: »In Gottes Namen« wie diejenigen, die, nachdem sie leidenschaftlich das Problem der Realität der Außenwelt oder der Unsterblichkeit der Seele zu erfassen versucht haben, ihrem erschöpften Hirn die Entspannung schlichten Glaubens gestatten. Doch immer war der Gedanke an die Abwesende mit den alltäglichsten Vorgängen von Swanns Dasein – seinem Frühstück, dem Empfang der Post, jedem Ausgang, dem Schlafengehen – gerade durch den Kummer, den es ihm bereitete, sie ohne sie zu vollziehen, so unauflöslich verknüpft, wie in der Kirche von Brou die Initialen Philiberts des Schönen mit denen der Margarete von Österreich, die sie aus Trauer um ihn überall miteinander verflocht. An manchen Tagen blieb er nicht zu Hause, sondern speiste zu Mittag in einem nahen Restaurant, dessen gute Küche er früher geschätzt hatte, in das er aber jetzt nur noch auf Grund eines jener gleichzeitig mystischen und spielerischen Einfälle ging, die man ›romantisch‹ nennt, nämlich weil dies Restaurant (das heute noch existiert) denselben Namen trug wie die Straße, in der Odette wohnte: Lapérouse. Manchmal kam sie nach einer kurzen Abwesenheit erst nach Tagen auf den Gedanken, sie könne ihn wissen lassen, daß sie wieder in Paris sei. Dann sagte sie ihm ganz einfach, ohne wie früher die Vorsicht zu gebrauchen, sich für alle Fälle mit einem Zipfelchen Wahrheit zu bedecken, sie sei gerade eben erst mit dem Morgenzug angekommen. Die Worte waren eine Lüge, wenigstens für Odette keiner Tatsache entsprechend, sie hatten nicht wie wahre Worte einen Stützpunkt in der Erinnerung ihrer Ankunft auf dem Bahnhof; sie konnte sich sogar, was sie damit sagte, in dem Augenblick, da sie es behauptete, nicht einmal vorstellen, denn was sie wirklich im Moment der Ankunft des Zuges getan hatte, rief ein ganz anderes Bild in ihr wach. In Swanns Geist aber begegneten ihre Worte überhaupt keinem Widerstand, sondern sie setzten sich darin unbeweglich fest als eine so unbezweifelbare Tatsache, daß er, hätte ein Freund ihm gesagt, er sei mit dem gleichen Zuge angekommen und habe Odette nicht gesehen, überzeugt gewesen wäre, daß der Freund sich in Tag und Stunde geirrt, da seine Rede sich nicht mit den Worten Odettes in Einklang bringen ließ. Diese Worte wären ihm nur als Lügen erschienen, wenn er von Anfang an die Vorstellung gehabt hätte, sie seien es. Um zu glauben, daß sie die Unwahrheit sage, mußte er zuvor einen bestimmten Verdacht gefaßt haben. Diese Voraussetzung genügte dann allerdings auch, um alles, was Odette sagen mochte, verdächtig erscheinen zu lassen. Nannte sie einen Namen, so handelte es sich gewiß um den eines Liebhabers von ihr; hatte diese Überzeugung einmal in ihm Platz gegriffen, so plagte er sich Wochen damit; einmal wendete er sich sogar an ein Auskunftsbüro, um die Adresse eines Unbekannten ausfindig zu machen und zu erfahren, was er dann und dann getan habe, und hatte die Idee, daß er nur aufatmen könne, wofern der Betreffende sich auf Reisen befinde; schließlich erhielt er die Mitteilung, es handle sich um einen vor zwanzig Jahren verstorbenen Onkel Odettes.

Obwohl sie ihm im allgemeinen mit der Behauptung, es würde Gerede geben, nicht gestattete, sich irgendwo am dritten Ort mit ihr zu zeigen, kam es doch vor, daß er auf einer Gesellschaft, zu der er ebenso wie sie eingeladen war – bei Forcheville, bei dem Maler, oder auf einem Wohltätigkeitsfest in einem Ministerium – zu gleicher Zeit erschien wie sie. Er sah sie dann, wagte aber nicht dazubleiben, aus Furcht, sie könne ärgerlich sein, weil es so aussähe, als wolle er sie bei Vergnügungen beobachten, die sie mit anderen teilte, und die ihm – während er sich in tiefer Unruhe zu Bett begab, so wie ich ein paar Jahre später, wenn er bei uns in Combray zu Abend aß – grenzenlos erschienen, da er ja ihr Ende nicht sah. Ein- oder zweimal aber erlebte er an solchen Abenden Freuden von der Art, daß man, weil sie so große Beschwichtigung mit sich bringen, versucht sein könnte, sie als ruhiges Glück zu bezeichnen, wenn sie nicht einen so heftigen Rückstoß bei der Wiederkehr der nur zeitweilig aufgehaltenen Beängstigung nach sich zögen. Er hatte sich bei einem Atelierfest des Malers kurz gezeigt und wollte gerade gehen; Odette ließ er bei diesem Fest als eine strahlende Fremde umgeben von Männern zurück, denen ihre Blicke und ihre Heiterkeit, die nicht für ihn bestimmt waren, irgendwelche Freuden zu verheißen schienen, zu denen es hier oder anderswo (vielleicht später auf dem ›Bal des Incohérents‹, wie er zitternd befürchtete) kommen würde und die bei Swann mehr Eifersucht wachriefen als die körperliche Vereinigung selbst, weil er sie sich schwerer vorzustellen vermochte; er war schon an der Tür des Ateliers, als er sich zurückgerufen hörte, und zwar mit den folgenden Worten (die, indem sie das Fest eben um jenes Ende verkürzten, das ihm so furchtbar war, es rückblickend harmlos und Odettes Heimfahrt aus einer unbegreiflichen und erschreckenden zu einer traulichen und bekannten Sache machten, die er neben sich in seinem Wagen verspüren würde als ein Stück Alltagsleben, und die sogar Odette selbst weniger strahlend und heiter und ihr ganzes Auftreten nur als eine Verkleidung erscheinen ließen, die sie einen Augenblick lang für ihn selbst und nicht im Hinblick auf rätselhafte Vergnügungen, deren sie offenbar schon müde war, angelegt hätte)

die Odette ihm nachsandte, als er bereits auf der Schwelle war: »Können Sie nicht vielleicht noch fünf Minuten warten, ich gehe nämlich auch, dann könnten wir zusammen nach Hause fahren, und Sie kämen noch ein bißchen mit zu mir?«
Allerdings hatte Forcheville einmal gebeten, gleichfalls mitgenommen zu werden, aber als er, vor Odettes Tür angelangt, um die Erlaubnis nachgesucht hatte, mit hereinkommen zu dürfen, hatte Odette ihm auf Swann verweisend gesagt: »Ja, wissen Sie, das hängt von diesem Herrn hier ab, da müssen Sie ihn schon fragen! Gut, kommen Sie auf einen Sprung, wenn Sie wollen, aber nicht lange, denn ich sage Ihnen gleich, er plaudert am liebsten ganz ungestört mit mir und hat nicht gern, daß gleichzeitig mit ihm andere Besucher da sind. Ach! wenn Sie diesen Mann so kennten wie ich! Nicht wahr, my love, nur ich kenne Sie ganz genau?«
Swann war dann vielleicht noch mehr als über diese vor Forcheville an ihn gerichteten Worte der Zärtlichkeit, der betonten Vorliebe, über eine gewisse Kritik gerührt wie etwa folgende: ›Ich bin sicher, Sie haben Ihren Freunden noch nicht wegen des Diners am Sonntag geschrieben. Gehen Sie nicht hin, wenn Sie nicht mögen, aber höflich sollten Sie wenigstens sein‹, oder : »Haben Sie auch Ihren Essay über Vermeer hier gelassen, damit Sie morgen ein bißchen daran weiterarbeiten? Nein, wie faul ist doch dieser Mann! Ich werde Sie zum Arbeiten bringen, Sie werden sehen!‹ die bewiesen, daß Odette genau über seine gesellschaftlichen Verpflichtungen und seine Kunststudien auf dem laufenden war, daß sie beide eine Art von gemeinsamem Leben führten. Während sie so sprach, schenkte sie ihm ein Lächeln, mit dem sie ihm ganz zu gehören schien.
In solchen Augenblicken, während sie ihnen eine Orangeade bereitete, geschah etwas, wie wenn ein schlecht eingestellter Reflektor zunächst um irgendeinen Gegenstand her auf der Wand große phantastische Schatten entstehen läßt, die sich dann zusammenschieben und ganz in ihn hineinschlüpfen:

alle die aufregenden und furchtbaren Vorstellungen, die Swann sich von Odette machte, schwanden dahin und wurden wieder eins mit der reizvollen Gestalt, die er vor sich sah. Er hatte dann ganz kurz eine Vision, als sei diese bei Odette im sanften Licht der Lampe verbrachte Stunde nicht eine künstliche Veranstaltung für ihn (dazu bestimmt, jene erschreckende und unbeschreiblich anziehende Sache zu überdecken, an die er unaufhörlich denken mußte, ohne sie sich richtig vorstellen zu können, nämlich eine Stunde des wahren Lebens von Odette, wenn er nicht anwesend war) mit Theaterrequisiten und Früchten aus Papiermaché, sondern vielleicht ganz ernstlich eine Stunde aus diesem wahren Leben selbst; als würde sie, wenn er nicht dagewesen wäre, Forcheville den gleichen Sessel hingeschoben und ihm nicht ein unbekanntes Getränk, sondern ganz die gleiche Orangeade gemischt haben; als sei die von Odette bewohnte Welt nicht jene andere, erschreckende und übernatürliche Welt, in der er sie im Geiste unaufhörlich sah und die vielleicht nur in seiner Einbildung existierte, sondern die wirkliche Welt, und nicht mit einer ganz besonderen Art von Trauer versetzt, sondern ein Bereich, in dem der Tisch, an dem er schreiben, und das Getränk, von dem er kosten konnte, einfach enthalten war; dazu alle diese Gegenstände, die er mit ebenso großer Neugier wie Bewunderung und Dankbarkeit betrachtete, denn wenn sie dadurch, daß sie seine Träume aufgesogen hatten, ihn von ihnen befreiten, so wurden sie selbst dadurch reicher, zeigten ihm ihre greifbare Wirklichkeit, beschäftigten seinen Geist und wurden plastischer für seinen Blick, während sie seinem Herzen Beruhigung verschafften. Ach! Wenn das Schicksal ihm gestattet hätte, ein und dieselbe Wohnung mit Odette zu haben, bei ihr zu Hause zu sein, und wenn er die Dienstboten nach dem Menü für das Mittagessen befragte, zu wissen, daß er den Speisezettel Odettes erfuhr, oder sobald Odette am Vormittag in der Avenue du Bois de Boulogne spazierengehen wollte, als guter Ehemann, auch wenn er keine

Lust hätte, sie begleiten und ihren Mantel tragen zu müssen, wofern es ihr zu warm würde, und wenn sie nach dem Abendessen im Schlafrock zu Hause bleiben wollte, gezwungen zu sein, bei ihr zu bleiben und zu tun, was sie wünschte, wie hätten dann alle die kleinen Nichtigkeiten in Swanns Leben, die ihm jetzt traurig schienen, ganz im Gegenteil, weil sie gleichzeitig einen Teil von Odettes Leben bildeten, selbst die persönlichsten – wie diese Lampe, die Orangeade, der Sessel, an die sich soviel Träume geheftet und die soviel Verlangen verwirklichten – eine Art von übermächtiger Süße und geheimnisvoller Intensität in sich aufgenommen.

Gleichwohl ahnte er, daß das, was er ersehnte, diese Ruhe, der Frieden, für seine Liebe keine günstige Atmosphäre bedeutet hätten. Wenn Odette aufhören würde, für ihn eine stets abwesende, ersehnte, traumhafte Erscheinung zu sein, wenn das Gefühl, das er für sie hatte, nicht mehr in jener geheimnisvollen Unruhe wurzelte, die das Thema der Sonate ihm mitteilte, sondern in Zuneigung und Dankbarkeit, wenn sich zwischen ihnen normale Beziehungen herausbildeten, die seinem Wahn und seiner Trauer ein Ende bereiteten, dann würden ihm zweifellos Odettes Handlungen in sich selbst ganz uninteressant erscheinen – wie er schon jetzt manchmal ahnte, daß sie in Wirklichkeit seien, zum Beispiel an jenem Tage, als er durch den Briefumschlag hindurch die an Forcheville gerichteten Zeilen gelesen hatte. Wenn er sein Leiden so sachlich beobachtete, als habe er es sich zu Studienzwecken selber durch Impfung beigebracht, mußte er sich sagen, daß er, einmal geheilt, alles, was Odette beträfe, als gleichgültig ansehen werde. Aber aus dem Grunde seines krankhaften Zustandes heraus fürchtete er wie den Tod eine solche Heilung, die in der Tat das Ende von allem bedeutet hätte, was er im Augenblick war.

Nach diesen ruhigen Abenden war Swanns Argwohn beschwichtigt; er segnete Odette, und am folgenden Morgen schickte er ihr die schönsten Juwelen zu, weil ihre Güte am

Abend zuvor entweder seine Dankbarkeit oder den Wunsch, sie immer neu zu erleben, oder einen Paroxysmus der Liebe in ihm bewirkt hatte, den er ausströmen mußte.
Zu anderen Zeiten aber überfiel der Schmerz ihn von neuem, er bildete sich dann ein, Odette sei Forchevilles Geliebte, und damals, als beide ihn im Bois, in Verdurins Landauer sitzend, am Vorabend des Festes in Chatou, zu dem er nicht eingeladen war, und als er sie vergeblich mit solcher Verzweiflung im Herzen gebeten hatte, mit ihm heimzufahren, daß es sogar dem Kutscher aufgefallen war, einsam und unterlegen hatten stehenlassen, habe sie gewiß zu Forcheville auf ihn weisend gesagt: ›Jetzt ist er aber wütend!‹, und zwar mit dem gleichen blitzenden, boshaften, gewöhnlichen und hinterhältigen Blick wie an jenem Abend, als Saniette durch Forcheville aus dem Haus Verdurin vertrieben worden war.
Dann verabscheute Swann Odette. ›Ich bin ja auch zu dumm‹, sagte er sich, ›ich zahle mit meinem Geld das Vergnügen der anderen. Aber sie wird doch gut tun, den Bogen nicht zu überspannen, denn es könnte dann so weit kommen, daß ich ihr nichts mehr gebe. Auf alle Fälle werde ich im voraus schon einmal alle zusätzlichen Freundlichkeiten unterlassen! Wenn ich denke, daß ich gestern erst, als sie davon sprach, sie habe Lust, eine Saison in Bayreuth mitzumachen, so einfältig war, ihr vorzuschlagen, ich könne ja für uns beide eines der hübschen Schlösser des Königs von Bayern in der Umgebung mieten! Dabei schien sie noch nicht einmal so besonders entzückt, sie hat weder ja noch nein gesagt; ich kann nur hoffen, sie verzichtet darauf, großer Gott! Vierzehn Tage lang Wagner mit ihr hören, die so viel davon versteht wie die Kuh vom Zitherspielen, das wäre ein Genuß!‹ Und da sein Haß wie seine Liebe nach einer Entladung drängten, gefiel er sich darin, seine Einbildungskraft auch im Bösen immer weiter zu stimulieren, weil er, je mehr Perfidien von Odettes Seite er sich vorstellte, desto größeren Abscheu empfand, und wenn sie – wie er sich auszumalen versuchte – in Wirklichkeit vorhan-

den wären, eine Gelegenheit fände, sie zu strafen und seinem wachsenden Groll Genüge zu tun. So ging er also so weit, sich vorzustellen, er bekäme einen Brief von ihr, in dem sie ihn bäte, ihr das Geld für die Miete dieses Schlosses bei Bayreuth zur Verfügung zu stellen, ihn aber gleichzeitig davon in Kenntnis setzte, daß er selbst nicht mitkommen könne, weil sie Forcheville und den Verdurins versprochen habe, sie zu sich einzuladen. Oh! Wie gern hätte er gesehen, sie brächte diese Kühnheit auf! Welch innige Freude würde es für ihn sein, abzulehnen und eine gehässige Antwort zu stilisieren, deren einzelne Wendungen er bereits mit Behagen auswählte und vor sich hinsagte, als habe er jenen Brief in Wirklichkeit schon erhalten!

Am folgenden Tage traf er ein. Sie schrieb ihm, Verdurins und ihre Freunde hätten den Wunsch geäußert, den Wagneraufführungen beizuwohnen, und, wenn er ihr das Geld schikken wollte, würde sie endlich einmal, nachdem sie so oft ihr Gast gewesen sei, das Vergnügen haben, sie ihrerseits einzuladen. Ihn selbst erwähnte sie mit keinem Wort, sie betrachtete es als selbstverständlich, daß die Gegenwart der anderen die seine ausschließen würde.

Da hatte er nun also Gelegenheit, die schreckliche Antwort, von der er am Abend zuvor jedes Wort festgelegt hatte, ohne daß er zu hoffen wagte, er werde sie jamals verwenden können, ihr überbringen zu lassen. Ach! er konnte sich freilich sagen, daß sie mit dem Geld, das sie hatte oder doch leicht auftreiben konnte, sehr wohl imstande sein werde, dennoch in Bayreuth irgendein Haus zu mieten, wenn sie Lust dazu hätte, ausgerechnet sie, die nicht fähig war, Bach von Clapisson zu unterscheiden. Immerhin würde sie dort etwas weniger üppig leben als sonst. Wenn er ihr nicht ein paar tausend Francs geschickt hätte, so würde sie nicht die Möglichkeit gehabt haben, jeden Abend in einem Schloß ein elegantes Souper zu arrangieren, nach welchem sie sich vielleicht einfallen ließe – was sie möglicherweise bisher noch nicht getan hatte –

Forcheville in die Arme zu sinken. Jedenfalls würde nicht er, Swann, diese verhaßte Reise bezahlen! – Oh, daß er sie verhindern könnte! Wenn sie sich doch den Fuß vor der Abfahrt verstauchte, wenn doch der Kutscher, der sie mit dem Wagen zum Bahnhof bringen sollte, um irgendeinen Preis dafür zu haben wäre, sie an einem Ort abzusetzen, wo sie die ganze Zeit in völliger Zurückgezogenheit leben müßte, diese hinterhältige Person mit dem spießgesellenhaften Lächeln für Forcheville in ihren gleißenden Emailaugen, die Odette seit achtundvierzig Stunden in Swanns Meinung geworden war.

Doch war sie es nie sehr lange; nach ein paar Tagen bereits verlor der schillernde arglistige Ausdruck ihrer Augen seinen hinterhältigen Glanz, das Bild einer Odette, die zu Forcheville sagte: ›Wie wütend er ist!‹ begann zu verblassen und schließlich ganz zu verschwinden. Statt dessen kam allmählich wieder sanft schimmernd das Antlitz der anderen Odette zum Vorschein, der Odette, die auch ein Lächeln an Forcheville wendete, aber ein Lächeln, in dem nur für Swann Zärtlichkeit lag, wenn sie sagte: ›Bleiben Sie nicht lange, dieser Herr hier hat nicht gern Besucher, wenn er Lust hat, bei mir zu sein. Ach! Wenn Sie ihn kennten, wie ich ihn kenne!‹, das gleiche Lächeln, mit dem sie Swann für irgendein Zeichen besonderen Zartgefühls dankte, das sie so sehr an ihm schätzte, für einen Rat, den sie von ihm erbeten hatte in einer so wichtigen Angelegenheit, daß sie sich dabei nur auf ihn verließ.

Dann fragte er sich, wie er dieser Odette einen so empörenden Brief hatte schreiben können, wie sie ihn zweifellos niemals von ihm erwartet hätte und durch den er gewiß von dem hohen Piedestal herabgestiegen war, auf dem er bei ihr dank seiner Güte und Anständigkeit sonst stand. Er würde ihr jetzt sicher weniger teuer sein; denn gerade auf Grund jener Eigenschaften, die sie weder bei Forcheville noch bei sonst jemand gefunden hatte, liebte sie ihn ja. Ihretwegen bezeigte ihm Odette so oft eine Freundlichkeit, die ihm im Augenblick seiner Eifersucht unbedeutend erschien, weil sie kein Zeichen des Verlangens nach ihm war und sogar eher Neigung als eigentlich Liebe verriet, deren Wichtigkeit er aber im gleichen Verhältnis von neuem empfand, wie das Nachlassen seines Argwohns, das oft auch noch durch die Ablenkung bei der Lektüre eines kunstgeschichtlichen Werkes oder in einem Gespräch mit einem Freunde beschleunigt wurde, seine Leidenschaft minder anspruchsvoll in bezug auf Erwiderung machte.

Jetzt war Odette nach diesen Schwankungen wieder ganz von selbst auf dem Platz angelangt, von dem Swanns Eifersucht sie einen Augenblick lang hatte vertreiben können; und in der Sicht, die für ihn die reizendste war, stellte er sie sich mit aller Zärtlichkeit geschmückt und einem Blick der Verheißung so entzückend vor, daß er nicht anders konnte als die Lippen zum Küssen spitzen, als sei sie da und er könne sie in die Arme nehmen; für diesen betörend liebevollen Blick hegte er ebensoviel Dankbarkeit gegen sie, als habe er ihn in Wirklichkeit von ihr erhalten und nicht nur seine Einbildungskraft habe ihn ihm vorgetäuscht, um seinen Wünschen Genüge zu tun.

Welchen Kummer mochte er ihr bereitet haben! Sicherlich fand er gute Gründe für seinen Groll gegen sie, aber sie hätten nicht genügt, dies Gefühl bei ihm auszulösen, wenn er sie nicht so sehr liebte. Hatte er nicht ebenso großen Verdruß durch andere Frauen erfahren, denen er gleichwohl heute noch jederzeit gern gefällig wäre und im Grunde nicht zürnte, weil er sie nicht mehr liebte? Sollte er eines Tages Odette gegenüber ebenso gleichgültig werden, müßte er einsehen, daß nur seine Eifersucht etwas so Arges, Unverzeihliches in ihrem an sich so begreiflichen Wunsche hatte sehen können, einem Wunsch, der einem gewissen Maß an Kinderei, aber auch einer gewissen Zartheit des Empfindens entstammte, da sie ja nur bei sich bietender Gelegenheit auch einmal den Verdurins für ihre vielen Freundlichkeiten danken und selber Gastgeberin sein wollte.

Er kehrte wieder zu dem Standpunkt zurück – der dem von Liebe und Eifersucht bestimmten entgegengesetzt war, den er aber von Zeit zu Zeit aus einer Art von intellektueller Redlichkeit und um allen Möglichkeiten gerecht zu werden, einzunehmen bemüht war – und versuchte, Odette zu beurteilen, als habe er sie nie geliebt, als sei sie für ihn eine Frau wie jede andere, und das Leben Odettes, sobald er den Rücken gekehrt, nicht etwas anderes, vor ihm Verborgenes, ja eine gegen ihn angezettelte Angelegenheit.

Wieso nahm er eigentlich an, daß sie dort in Bayreuth mit Forcheville und anderen so berauschende Dinge erleben wollte, die sie bei ihm nicht fände und die doch einzig eine Ausgeburt seiner Eifersucht waren? In Bayreuth wie in Paris dachte vielleicht Forcheville, wenn er es überhaupt tat, an ihn nur wie an jemanden, der in Odettes Leben eine große Rolle spielte und hinter dem er zurücktreten mußte, wenn sie bei ihr zusammentrafen. Wenn Forcheville und sie triumphierten, daß sie gegen seinen Willen in Bayreuth seien, so hätte er selbst es nicht anders gewollt, indem er sie überflüssigerweise daran zu hindern versuchte, während es, wenn er ihren – im übrigen ganz vertretbaren – Plan billigte, so aussehen würde, als sei sie dort in Befolgung seines Rates; sie würde sich dann von ihm dort hingeschickt und wohl untergebracht fühlen, und für das Vergnügen, das er ihr bereitete, nämlich die Leute bei sich sehen zu können, die sie so oft zu sich eingeladen hatten, ihm sicherlich dankbar sein.

Wenn er ihr also – anstatt daß sie zerfallen mit ihm und ohne ihn wiedergesehen zu haben abreiste – das Geld schickte, sie zu dieser Reise ermunterte und sich bemühte, sie ihr möglichst angenehm zu gestalten, würde sie strahlend und dankbar zu ihm eilen, er würde die Freude haben, sie zu sehen, die ihm jetzt schon eine ganze Woche versagt geblieben und durch nichts zu ersetzen war. Denn sobald Swann sie sich wieder ohne Grauen vorzustellen vermochte, sobald er von neuem das Lächeln der Güte auf ihrem Antlitz im Geiste vor sich sah, und nicht durch Eifersucht der Wunsch, sie jedem anderen wegzunehmen, seiner Liebe beigemischt war, wurde diese Liebe vor allem wieder zu einem gewissen Vergnügen an den Aufregungen, die Odettes Person ihm schuf, an dem Reiz, der darin bestand, das Heben ihres Blicks, die Art ihres Lächelns und den Tonfall ihrer Stimme wie ein Schauspiel zu bewundern und wie ein Naturphänomen zu erforschen. Dies Vergnügen, das sich von allen anderen so sehr unterschied, hatte schließlich in ihm ein Bedürfnis nach ihr geschaffen, das sie allein durch ihre Gegenwart oder ihre Briefe befriedigen konnte, ein Bedürfnis, das fast ebenso unpersönlich, ebenso künstlich, ebenso pervers war wie ein anderes, das für Swann in diesem neuen Lebensabschnitt charakteristisch wurde, in dem auf die innere Dürre und Depression der letzten Jahre eine übermäßige geistige Gespanntheit gefolgt war, wobei er ebensowenig wußte, welchem Umstand er diese unerwartete Bereicherung seines Lebens zu verdanken hatte wie etwa eine Person von zarter Gesundheit, die von einem gewissen Zeitpunkt an zunimmt, kräftiger wird und eine Zeitlang völliger Genesung entgegenzugehen scheint – ein Bedürfnis, das sich außerhalb der Welt der Dinge bewegte und entwickelte, nämlich das, Musik zu hören und Verständnis dafür zu bekommen.

So fing er, jener merkwürdigen Alchimie seines Leidens gehorchend, durch die er Eifersucht aus Liebe hergestellt hatte, nun an, Zärtlichkeit und Mitleid für Odette zu produzieren. Sie war wieder die bezaubernde und gute Odette geworden. Er empfand Gewissensbisse, daß er so hart mit ihr umgegangen war. Er wünschte sich, daß sie zu ihm käme, zuvor aber wollte er ihr eine Freude machen, um Dankbarkeit ihren Ausdruck bestimmen und ihr Lächeln formen zu sehen.

Daher machte es sich denn auch Odette, da sie gewiß war, ihn nach ein paar Tagen so ergeben und zärtlich wie vorher und auf Versöhnung bedacht wiederzusehen, zur Gewohnheit, ohne alle Angst, ihm zu mißfallen oder ihn zu kränken, wenn

es ihr gerade so paßte, ihm die Gunstbezeigungen vorzuenthalten, an denen ihm am meisten lag.
Vielleicht wußte sie nicht, wie aufrichtig er ihr gegenüber im Augenblick des Bruches gewesen war, als er ihr gesagt hatte, daß er ihr kein Geld schicken und versuchen werde, ihr Schwierigkeiten zu machen. Vielleicht wußte sie ebensowenig, wie sehr er es – wenn nicht ihr, so doch sich selbst gegenüber – in anderen Fällen war, wo er im Interesse der Fortführung ihrer Beziehung Odette zeigen wollte, daß er wohl imstande, auf den Umgang mit ihr zu verzichten, und ein Bruch doch immerhin möglich sei, und daraufhin bechloß, eine Zeitlang nicht zu ihr zu gehen.
Manchmal war das gerade nach ein paar Tagen, wo sie ihm keinen neuen Verdruß bereitet hatte; dann wußte er, daß er aus seinen nächsten Besuchen keine große Beglückung, sondern wahrscheinlich nur irgendwelchen Kummer ziehen würde, der seiner wiedererrungenen Ruhe vermutlich ein Ende bereitete, und schrieb ihr, er sei sehr beschäftigt und könne sie an keinem der Tage sehen, die er ihr vorgeschlagen habe. Nun aber kreuzte sich mit dem seinen ein Brief von ihr, in dem sie ihn ausgerechnet bat, das Rendezvous zu verschieben. Er fragte sich, weshalb; Argwohn und Schmerz suchten ihn wieder heim. In dem neuen Zustand der Erregung vermochte er den in dem vorausgehenden Zustand gefaßten Entschluß nicht einzuhalten, er eilte zu ihr und verlangte, sie nun an sämtlichen folgenden Tagen zu sehen. Und sogar wenn sie nicht von sich aus schrieb, sondern ihm nur antwortete und seinem Ansinnen einer kurzen Trennung zustimmte, genügte das, damit er es nicht mehr aushalten konnte, ohne sie zu sehen. Denn entgegen der Voraussicht Swanns hatte Odettes Zustimmung alles in ihm verändert. Wie alle Menschen, die eine Sache besitzen, hatte er, nur um festzustellen, was wäre, wenn er sie plötzlich nicht mehr besäße, versucht, sie aus seinem Geist zu eliminieren, alles andere jedoch zu belassen, wie es vorher war. Das Nichtvorhandensein einer Sache ist aber

nicht nur das, sie bedeutet nicht ein partielles Fehlen, sondern bringt auch alles andere zum Einstürzen, es ist ein neuer Zustand, den man sich in dem vorhergehenden einfach nicht vorstellen kann.

Ein andermal im Gegenteil – Odette stand kurz vor ihrer Abreise – beschloß er nach einem kleinen Streit, für den er selbst den Vorwand gesucht und gefunden hatte, ihr nicht zu schreiben und sie nicht wiederzusehen, bevor sie von ihrer Reise zurückgekehrt sein würde. Er gab also einer Trennung, deren Hauptteil – da der Reise gewidmet – ganz unvermeidlich war und die durch sein Vorgehen nur etwas eher ihren Anfang nahm, den Anschein eines großen Bruches, den sie vielleicht für endgültig halten würde und den er im Grunde wie eine Wohltat ersehnte. Schon sah er im Geiste Odette, wenn sie weder Besuche noch Briefe von ihm erhielte, unruhig und betrübt, und dies Bild, das seine Eifersucht beschwichtigte, machte es ihm leichter, sich an die Unmöglichkeit zu gewöhnen, sie einstweilen zu sehen. Freilich gab es Augenblicke, in welchen er ganz im Hintergrunde seines Bewußtseins – in den sein Entschluß diese Vorstellung zu verbannen versuchte, da ja die lange Strecke der drei Wochen Abwesenheit dazwischenlag – mit Vergnügen daran dachte, daß er Odette bei ihrer Rückkehr wiedersehen werde, doch auch mit so wenig Ungeduld, daß er sich zu fragen begann, ob er nicht gern diese ihm so leicht fallende Enthaltung doppelt solange ausgedehnt sehen würde. Sie dauerte jetzt noch nicht länger als drei Tage an, also sehr viel weniger Zeit, als er sonst oft verbracht hatte, ohne Odette zu sehen, nur hatte er es sich sonst nicht im voraus vorgenommen. Und doch bewog ihn dann irgendeine kleine unvorhergesehene Schwierigkeit oder ein leichtes physisches Unbehagen, den gegenwärtigen Moment als etwas Außergewöhnliches, außerhalb der Regel Liegendes zu betrachten, in dem man aus Klugheitsgründen die Befriedigung durch ein Vergnügen akzeptieren und den Willensentschluß etwas lockern sollte, bis er wieder sinnvoll wäre, und seinen Vorsatz vorübergehend wieder aufzuheben, sich seinem Zwang zu entziehen; oder es genügte auch schon weniger als das, der Gedanke an eine vergessene Anfrage bei Odette, ob sie mit sich zum Beispiel über die Farbe einig geworden sei, die sie ihrem Wagen geben wolle, oder ob es sich bei einem Börsenpapier um gewöhnliche oder Vorzugsaktien handle, die sie zu kaufen wünsche (es war ja recht und gut, ihr zu zeigen, daß er auch ohne sie auskommen konnte, aber wenn nachher die Farbe noch einmal geändert werden mußte oder die Aktien keine Dividende gaben, wäre auch nichts gewonnen!) um wie ein straff gespanntes Gummiband, das man losläßt, oder die Luft, die in eine geöffnete Luftpumpe einströmt, aus Fernen, in denen sie so lange geweilt hatte, die Idee eines Wiedersehens im Nu in den Bereich des Gegenwärtigen und der unmittelbaren Möglichkeiten zurückschnellen zu lassen.

Sie war wieder da, ohne noch irgendeinem Widerstand begegnet zu sein, und zwar mit so unaufhaltsamer Gewalt, daß es Swann viel leichter gefallen war, die vierzehn Tage, während derer er von Odette getrennt sein würde, zu überstehen, als die zehn Minuten, die der Kutscher zum Anspannen brauchte, damit der Wagen ihn zu ihr führte, und die er in leidenschaftlicher Ungeduld und Freude verbrachte, während er tausendmal sich zärtlich an jener Möglichkeit weidete, sie gleich wiederzusehen, die gerade in dem Augenblick, da sie denkbar fernzuliegen schien, durch eine plötzliche Wendung in seinem nächsten Bewußtseinsbereich unmittelbar vor ihm lag. Die Aussicht war ja jetzt in ihm nicht mehr durch den Wunsch behindert, ihr auf der Stelle zu widerstehen, denn dieser Wunsch bestand bei Swann nicht mehr, seitdem er sich selbst bewiesen hatte – wenigstens bildete er es sich ein – daß er leichthin dazu imstande sei; er hatte jetzt kein Bedenken mehr, einen Trennungsversuch aufzuschieben, dessen Ausführung ihm gesichert schien, sobald er es nur wolle. Dazu trat der Gedanke, sie wiederzusehen, jetzt auch noch mit

Neuheit und Verführung geschmückt und mit einer Frische begabt vor ihn hin, die zuvor durch Gewohnheit abgestumpft, jetzt in der Entwöhnung von nicht drei, sondern von vierzehn Tagen (denn die Dauer eines Verzichts muß im voraus nach dem angenommenen Schlußtermin berechnet werden) neu gefestigt aus dem, was bislang ein vorauszusehendes Vergnügen war, das man leicht einmal aufgibt, ein unverhofftes Glück zu machen wußten, dem man nicht widerstehen kann. Endlich kehrte dieser Gedanke verschönt auch noch dadurch zurück, daß Swann keine Ahnung hatte, was Odette inzwischen angesichts der Tatsache, daß er kein Lebenszeichen gab, gedacht und getan haben mochte, so daß das, was er jetzt antreffen würde, nichts Geringeres war als die passionierende Offenbarung einer fast unbekannten Odette.
Sie aber sah, ebenso wie sie seine Weigerung, ihr Geld zu geben, für eine Finte erachtet hatte, nur einen Vorwand in dem angeblichen Interesse an der Wagenlackierung oder dem Papier, das sie kaufen wollte. Denn sie lebte in Gedanken nicht die verschiedenen Phasen der Krisen nach, die er durchlief, begriff auch bei der Vorstellung, die sie sich davon machte, ihren eigentlichen Mechanismus nicht, sondern glaubte nur an das, was sie im voraus kannte, das notwendige, unausbleibliche und stets gleiche Ende. Daraus ergab sich ein unvollständiges Bild – das aber vielleicht gerade dadurch um so schärfer war – wenn man es von Swanns Standpunkt aus betrachtete, der sich von Odette ebenso unverstanden gefühlt hätte, wie ein Morphinist oder Lungenkranker, die beide in der Überzeugung, daß sie nur, der eine durch ein äußeres Ereignis in dem Augenblick, da er sich von einer eingewurzelten Gewohnheit befreien wollte, der andere durch eine zufällige Indisposition gerade zu dem Zeitpunkt, wo er endlich genesen wäre, einen Rückfall erlitten haben, sich von ihrem Arzt verkannt glauben; denn dieser legt nicht das gleiche Gewicht auf solche angeblichen Zufälligkeiten, die seiner Meinung nach nur Verkleidungen sind, unter denen der verderb-

liche Hang und der Krankheitszustand dem Patienten von neuem bewußt werden; in Wirklichkeit haben sie niemals aufgehört, unheilbar drohend über denen zu schweben, die sich in Träumen von Befreiung durch Einsicht oder von Heilung wiegten. Tatsächlich aber war Swanns Liebe bei jenem Stadium angelangt, wo der Arzt oder bei bestimmten Leiden selbst der kühnste Chirurg sich fragt, ob es noch vernünftig oder möglich sei, den Kranken von seiner Sucht oder seinem Leiden ernstlich befreien zu wollen.

Bestimmt hatte Swann kein unmittelbares Bewußtsein von den Ausmaßen dieser Liebe. Sooft er sie zu sondieren versuchte, kam es ihm vor, als nähme sie dabei ab, als werde sie zu einem Nichts. Zeitweilig zum Beispiel verspürte er wieder das nur mäßige Wohlgefallen oder besser Mißfallen, wie in der Zeit vor seiner Liebe zu Odette, angesichts ihrer zu scharfen Züge und ihrer unfrischen Haut. ›Wirklich ein spürbarer Fortschritt‹, sagte er sich am folgenden Tag; ›wenn ich es recht betrachte, hat es mir gestern überhaupt kein Vergnügen gemacht, bei ihr im Bett zu sein; es ist sonderbar, ich habe sie geradezu häßlich gefunden.‹ Sicher war er aufrichtig, aber seine Liebe reichte weit über die Region des physischen Verlangens hinaus. Odettes Person nahm eigentlich keinen großen Raum mehr darin ein. Wenn sein Blick auf ihre Photographie auf seinem Schreibtisch fiel oder sie ihn besuchen kam, wurde es ihm schwer, ihre Gestalt in Fleisch und Blut oder auf Glanzpapier mit der ständigen schmerzlichen Unruhe seines Innern in Zusammenhang zu bringen. Er sagte sich dann fast staunend: ›Das ist sie‹, als wenn man uns plötzlich, aus uns heraustransponiert, eine unserer Krankheiten zeigte und wir sie gar nicht dem ähnlich fänden, was wir in uns verspüren. ›Sie‹ – er versuchte sich manchmal zu fragen, was das eigentlich sei: denn darin zeigen Liebe und Tod viel eher als in den etwas unbestimmten Zügen, die man gemeinhin dafür anführt, eine Ähnlichkeit, daß wir in der Furcht, ihre Wirklichkeit könne uns entschwinden, dem

Geheimnis der Persönlichkeit immer tiefer nachgehen. Diese Krankheit Swanns aber, seine Liebe, hatte sich so sehr vervielfältigt, war so eng mit allen seinen Gewohnheiten, seinem Handeln und Denken, seiner Gesundheit, seinem Schlaf, seinem Leben, ja selbst mit dem, was er nach seinem Tode ersehnte, verknüpft, sie war so sehr nur noch eins mit ihm, daß man sie nicht aus ihm hätte herausreißen können, ohne ihn selbst fast vollkommen dem Untergang zu weihen: seine Liebe war, wie die Chirurgie es nennt, ›inoperabel‹ geworden.

Durch diese Liebe war Swann so sehr allen anderen Interessen entfremdet, daß er, wenn er zufällig einmal in die Gesellschaft zurückkehrte in der Vorstellung, seine Beziehungen würden etwa wie ein elegantes Gespann, das sie übrigens nicht sehr sachgemäß einzuschätzen gewußt hätte, seiner Person in den Augen Odettes einen gewissen Wert verleihen (was auch gestimmt hätte, wären sie nicht tatsächlich gerade durch seine Liebe im Wert gemindert worden, da diese für Odette alles, was sie berührte, billiger werden ließ allein durch die Tatsache, daß sie selbst ihr alles als weniger kostbar hinstellte), daß er dort neben dem großen Unbehagen, an einem Orte und in einem Milieu zu sein, die Odette nicht kannte, das selbstlose Interesse verspürte, das er an einem Roman oder einem Bild genommen hätte, auf dem die Zerstreuungen der Welt der Müßiggänger dargestellt sind; wie er bei sich selbst zu Hause gern das reibungslose Funktionieren des Haushalts, die Eleganz seiner Garderobe und seiner Dienerschaft, die gute Anlage seiner Werte in der gleichen Weise betrachtete, wie er bei Saint-Simon, einem seiner Lieblingsschriftsteller, von dem ›Mechanismus‹ der Tage in Versailles, dem Menü der Mahlzeiten bei Madame de Maintenon oder dem schlauen Geiz und großen Lebenszuschnitt Lullis las. Wenn man von den geringfügigen Sphären absah, in denen diese Desinteressiertheit nicht vollkommen war, bestand der Grund für das neue Vergnügen, das Swann in diesen Kreisen fand, darin, daß er für einen Augenblick in die spärlichen Bezirke seines Wesens ausweichen konnte, die seiner Liebe, seinem Kummer fremd geblieben waren. In dieser Hinsicht war der Personencharakter, den ihm meine Großtante mit der von seiner individuelleren Persönlichkeit als Charles Swann sehr wohl zu unterscheidenden Bezeichnung ›der junge Swann‹ zulegte, derjenige, in dem er sich zur Zeit am allermeisten behagte. Eines Tages, als er zum Geburtstag der Prinzessin von Parma (besonders, weil sie indirekt Odette gefällig sein konnte, indem sie ihm Plätze für Galavorstellungen und Jubiläumsveranstaltungen verschaffte) als Geschenk Früchte schicken wollte und nicht recht wußte, wie man sie bestellt, hatte er eine Kusine seiner Mutter damit beauftragt, die, entzückt darüber, daß sie eine Besorgung für ihn erledigen durfte, ihm antwortete, sie habe nicht alle Früchte an der gleichen Stelle gekauft, sondern die Trauben bei Crapote, dessen Spezialität sie seien, die Erdbeeren bei Jauret, die Birnen bei Chevet, wo sie am schönsten ausfielen und so fort. »Jede Frucht habe ich einzeln besichtigt und geprüft«, setzte sie hinzu. Tatsächlich hatte er nach den Dankesbezeigungen der Prinzessin sich den Duft der Erdbeeren und den Wohlgeschmack der Birnen vorstellen können. Besonders aber waren die Worte: ›Jede Frucht habe ich einzeln besichtigt und geprüft‹ Balsam für seine Leiden gewesen, da sie sein Bewußtsein in einen Bereich entrückten, in den er sich nur selten begab, obwohl er besonders angemessen war für ihn als den Erben eines reichen guten Bürgerhauses, in dem sich traditionell, stets bei der Hand, um ihm zu Diensten zu sein, wenn es ihm gefiele, die Kenntnis der ›guten Adressen‹ und die Kunst erhielt, eine Bestellung richtig auszuführen.

Gewiß hatte er zu lange vergessen, daß er ›der junge Swann‹ war, um nicht, wenn er es für einen Augenblick wieder wurde, ein lebhafteres Vergnügen zu empfinden als über alles, was er in der übrigen Zeit erfahren hatte und schon sattsam gewohnt war; und wenn die Liebenswürdigkeit der bürgerlichen Kreise, für die er es immer geblieben war, weniger in die Augen fiel als die der Aristokratie (jedoch schmeichelhafter war, da sie hier nie von wirklicher Achtung getrennt auftritt) so konnte doch ein Brief von einer Hoheit, welche fürstlichen Vergnügungen er ihm auch in Aussicht stellen mochte, ihm nicht angenehmer sein als der, in dem man ihn als Trauzeugen oder auch nur Teilnehmer zu einer Hochzeit in der Familie alter Freunde seiner Eltern bat, von denen die einen ihn auch weiterhin öfter sahen – wie zum Beispiel mein Großvater, der ihn ein Jahr vorher zur Hochzeit meiner Mutter eingeladen hatte – die anderen ihn aber persönlich kaum kannten, jedoch glaubten, eine Pflicht der Höflichkeit gegen den Sohn und würdigen Nachfolger des verstorbenen Herrn Swann erfüllen zu müssen.

Durch die alten intimen Beziehungen aber, die er zu ihren Kreisen besaß, gehörten auch die Leute der großen Welt in gewisser Weise zu seinem Haus, seinem Lebenszuschnitt und zu seiner Familie. Er wußte, daß er an seinen glänzenden freundschaftlichen Verbindungen die gleiche Stütze außerhalb von seiner eigenen Person besaß wie an seinem schönen Landbesitz, dem schönen Silber, den schönen Tafeltüchern, die ihm von den Seinen her überkommen waren. Und der Gedanke, daß, wenn ein Schlag ihn träfe, der Herzog von Chartres, Prinz Reuß, der Herzog von Luxemburg und Baron Charlus die Personen wären, die sein Kammerdiener schnellstens herbeiholen würde, spendete ihm ebensoviel Trost wie unserer alten Françoise das Bewußtsein, das sie in einem der ihr gehörigen feinen Leintücher beerdigt werden würde, die mit ihrem Namen gezeichnet und noch nicht (oder aber so unsichtbar, daß man dadurch nur eine um so höhere Meinung von der Sorgfalt der Handarbeit bekommen würde) ausgebessert waren, eine Vorstellung, aus der sie, so oft sie sie sich vor Augen führte, eine gewisse Befriedigung ihrer Eigenliebe, ja sogar eine Art von Behagen zog. Da nun

Swann bei allen Gedanken und Handlungen, die sich auf Odette bezogen, unaufhörlich von dem uneingestandenen Gefühl beherrscht und geleitet wurde, daß er ihr vielleicht nicht weniger lieb, aber doch weniger angenehm zu sehen sei als jeder beliebige andere, als der langweiligste Getreue der Verdurins, begann er, wenn er sich jetzt wieder auf eine Gesellschaft stützte, in der er als der erlesenste Gast betrachtet wurde, in der man alles tat, um ihn ins Haus zu locken, wo man unglücklich war, wenn man ihn nicht zu sehen bekam, wieder an das Vorhandensein eines glücklicheren Lebens zu glauben, fast Lust darauf zu bekommen wie ein Kranker, der seit Monaten bei strikter Diät fest zu Bett liegen muß, wenn er in der Zeitung auf die Speisenfolge eines offiziellen Diners oder die Ankündigung einer Vergnügungsfahrt nach Sizilien stößt.

Während er genötigt war, sich bei den Angehörigen der ersten Gesellschaftskreise zu entschuldigen, wenn er ihnen keine Besuche machte, mußte er Odette im Gegenteil um Verzeihung bitten, wenn er es tat. Dabei bezahlte er sie noch dazu (denn am Ende des Monats fragte er sich, wenn er auch nur einigermaßen häufig bei ihr gewesen war, ob es genug sein würde, wenn er ihr viertausend Francs schickte) und hatte für jeden einen Vorwand, ein Geschenk, das er ihr überbringen wollte, eine Auskunft, die sie brauchte, oder die Behauptung, Monsieur de Charlus, den er gerade auf dem Wege zu ihr getroffen hatte, hätte ihn um seine Begleitung gebeten. Wenn er absolut keinen fand, so bat er Charlus zu ihr hinzugehen und wie ganz von sich aus im Laufe des Gesprächs darauf zu kommen, er müsse Swann dringend sprechen, und zu fragen, ob sie ihn nicht auffordern könne, gleich zu ihr zu kommen; meist aber wartete Swann umsonst, und Monsieur de Charlus teilte ihm am Abend mit, das Mittel habe diesmal versagt. So kam es, daß sie, ganz abgesehen von ihren jetzt so häufigen Abwesenheiten von Paris, auch wenn sie dort war und blieb, ihn nur wenig sah; sie, die, als sie ihn liebte, zu ihm gesagt hatte: ›Ich bin immer frei‹ und ›Was mache ich mir schon aus der Meinung der anderen?‹ führte jetzt unaufhörlich, wenn er sie sehen wollte, konventionelle Bedenken oder andere Verpflichtungen an. Wenn er davon sprach, zu einem Wohltätigkeitsfest, einer Ausstellungseröffnung, einer Premiere gehen zu wollen, bei der auch sie anwesend war, sagte sie ihm, er wolle sich überall mit ihr zeigen, er behandle sie wie eine Prostituierte. Das ging schließlich so weit, daß Swann, um nicht überhaupt darauf verzichten zu müssen, irgendwo mit ihr zusammenzutreffen, eines Tages in seinem kleinen Appartement in der Rue Bellechasse meinen Onkel Adolphe aufsuchte, von dem er wußte, daß sie ihn kannte und schätzte, und dessen Freund er auch selbst gewesen war, um ihn zu bitten, er möge doch seinen Einfluß auf Odette geltend machen. Da sie immer, wenn sie zu Swann von meinem Onkel sprach, einen schwärmerischen Ton anschlug und Dinge sagte wie: ›Ach, er! Er ist nicht wie du, seine Freundschaft für mich ist etwas so Schönes, so Großes, so Besonderes! Er würde niemals so wenig zartfühlend sein, daß er sich mit mir bei öffentlichen Veranstaltungen zeigen wollte‹, daß Swann ganz in Verlegenheit war, zu welchem gewählten Ton er sich aufschwingen müsse, um von ihr zu meinem Onkel zu reden. Er stellte zunächst Odettes Vortrefflichkeit als eine Tatsache a priori, ihre seraphische Engelhaftigkeit als ein Axiom, ihre Tugenden, die unbeweisbar und aus der Erfahrung nicht abzuleiten waren, als eine Offenbarungswahrheit hin. »Ich möchte mit Ihnen reden. Sie sind ja doch jemand, der weiß, wie turmhoch Odette über alle anderen Frauen erhaben, was für ein anbetungswürdiges Wesen, welch ein Engel sie ist. Aber Sie kennen auch das Pariser Leben. Nicht jeder sieht Odette in dem gleichen Licht wie Sie und ich. Da gibt es denn Leute, die finden, daß ich eigentlich eine etwas komische Rolle spiele; sie will mir nicht einmal gestatten, daß ich sie außerhalb, im Theater treffe. Sie könnten doch, wo sie zu Ihnen soviel Vertrauen hat, ihr ein Wort zu meinen Gunsten sagen und ihr die Gewißheit geben, daß sie sich eine übertriebene Vorstellung davon macht, wie sehr bereits ein Gruß von mir ihr bei andern schaden könnte.«

Mein Onkel gab Swann den Rat, sie eine kurze Weile nicht zu sehen, und meinte, er werde ihr daraufhin nur um so lieber sein; Odette aber redete er zu, sie solle ruhig Swann erlauben, daß er sie überall träfe, wo es ihm gefiele. Ein paar Tage später beklagte sich Odette bei Swann, sie habe eine Enttäuschung erlebt, denn mein Onkel sei doch wie alle übrigen Männer: er habe sie mit Gewalt zu nehmen versucht. Sie beruhigte zwar Swann soweit, der im ersten Augenblick meinen Onkel fordern wollte, doch lehnte er künftig ab, ihm die Hand zu geben, wenn er ihn irgendwo traf. Er bedauerte diesen Bruch um so mehr, als er gehofft hatte, durch meinen Onkel Adolphe, wenn er ihn wieder öfter gesehen hätte, gewissen Gerüchten, die über Odettes früheres Leben in Nizza umliefen, auf den Grund zu kommen. Mein Onkel Adolphe nämlich brachte immer den ganzen Winter dort zu. Swann meinte sogar, er habe vielleicht da unten Odettes Bekanntschaft gemacht. Eine belanglose Äußerung, die in seiner Gegenwart über einen Mann gefallen war, der dort Odettes Liebhaber gewesen sei, hatte ihn tief getroffen. Doch Dinge, die er, bevor er sie kannte, furchtbar zu erfahren und unmöglich zu glauben gefunden hätte, waren, sobald er sie einmal wußte, für alle Zeiten in seine Trauer mit einbezogen, er setzte sie voraus und hätte nicht mehr begreifen können, daß sie nicht existierten. Nur brachte jede dieser Einzelheiten an dem Bild, das er sich von seiner Geliebten machte, eine Retusche an. Er glaubte einmal sogar verstehen zu müssen, daß die leichten Sitten Odettes, auf deren Entdeckung er selbst nicht verfallen wäre, ziemlich notorisch seien, und daß sie in Baden-Baden und Nizza, wenn sie früher dort ein paar Monate zugebracht hatte, sogar eine gewisse Berühmtheit in den Sphären des galanten Lebens erlangt habe. Um etwas darüber zu erfahren, versuchte er mit mehreren Angehörigen der Lebewelt in Kontakt zu kommen; diese aber wußten, daß er Odette gut kannte; außerdem befürchtete er, sie von neuem auf den Gedanken an sie zu bringen und damit gleichsam auf ihre Fährte zu setzen. Aber er, dem zuvor nichts so öde vorgekommen war wie alles, was mit dem kosmopolitischen Leben von Baden-Baden oder Nizza zusammenhing, beugte sich jetzt, seitdem er wußte, daß Odette vielleicht früher an diesen Vergnügungsplätzen ein bewegtes Leben geführt hatte, ohne daß er jemals genau erfahren würde, ob sie es nur getan habe, um ihren Bedarf an Geld zu decken, was sie dank seiner Hilfe nicht mehr nötig hatte, oder auf Grund von Liebhabereien, die wieder aufleben konnten, in ohnmächtiger Furcht, blind und von Schwindel gepackt über den bodenlosen Abgrund, in den jene Jahre aus der ersten Zeit der Dritten Republik versunken waren, in denen man den Winter auf der Promenade des Anglais und den Sommer unter den Linden von Baden-Baden verlebte, und fand in ihnen jenen schmerzlichen und grandiosen Reiz, den vielleicht ein Dichter ihnen beigelegt haben würde; er hätte die Mühe nicht gescheut, die kleinen Ereignisse aus der Chronik der Côte d'Azur von damals zu rekonstruieren, wenn sie ihm dazu verholfen hätten, etwas Bestimmtes am Lächeln oder den Blicken – die dabei so ehrlich waren und so schlicht! – von Odette zu verstehen, sondern sich mit größerer Leidenschaft daran begeben als ein Kunsthistoriker, der Quellendokumente über das Florenz des Quattrocento studiert, um tiefer in das Seelenleben der Primavera, der Bella Simonetta oder der Venus von Botticelli einzudringen. Oft schaute er sie schweigend und nachdenklich an; dann sagte sie zu ihm: »Wie traurig du aussiehst!« Es war noch nicht sehr lange her, daß er von der Vorstellung, sie sei ein gutes Geschöpf, so vortrefflich wie die besten, die er je gekannt, zu jener anderen übergegangen war, sie sei eine ausgehaltene Person; umgekehrt war es danach schon vorgekommen, daß er von jener

Odette de Crécy, die in der Lebewelt, bei Männern und bei Frauen vielleicht nur allzu bekannt war, wieder zu dem Antlitz mit der oft so überaus sanften Miene, der menschlich warmen Natur zurückgekehrt war. ›Was besagt es schon‹, pflegte er sich zu sagen, ›daß in Nizza jeder weiß, wer Odette de Crécy ist? Renommees dieser Art werden, selbst wenn sie stimmen, in den Köpfen der anderen hergestellt‹; er dachte, daß ein solch begleitender Text – selbst wenn er authentisch wäre – ja dem Bilde Odettes nur von außen hinzugefügt, nicht wie eine Persönlichkeit unverrückbar und immer weiter Übles wirkend sei; daß das Geschöpf, das vielleicht dazu verleitet worden war, etwas Unrechtes zu tun, eine Frau mit gütigen Augen, einem Herzen voll Mitleid für menschliches Leiden, einem anschmiegenden Körper sei, den er selbst in Armen gehalten und mit Händen berührt hatte, eine Frau, die er eines Tages vielleicht völlig für sich haben würde, wenn es ihm nur gelänge, ihr unentbehrlich zu werden. Da saß sie, oft müde, mit einem Gesicht, aus dem einen Augenblick lang das fieberhaft muntere Beschäftigtsein mit den unbekannten Dingen gewichen war, unter denen Swann so oft litt; sie schob ihr Haar mit den Händen zurück; ihre Stirn, ihr Gesicht trat um so breiter hervor; dann brach plötzlich irgendein schlicht menschlicher Gedanke, ein gutes Gefühl, wie jede Kreatur es hat, wenn sie in einem Augenblick der Ruhe und der Sammlung sich selbst überlassen ist, aus ihren Augen wie ein goldgelber Strahl hervor. Ihr ganzes Antlitz hellte sich auf wie eine graue Landschaft, über der die Wolken, von denen sie überlagert ist, im Augenblick des Sonnenuntergangs sich teilen, um das verklärende Licht über sie fluten zu lassen. Das Leben, das in solchen Augenblicken in Odette war, selbst die Zukunft, die sie träumend im Auge zu haben schien, hätte Swann mit ihr teilen können; keine schlechte Regung mehr schien darin als Rückstand geblieben zu sein. So vereinzelt diese Momente waren, gingen sie doch nicht nutzlos vorbei. In der Erinnerung fügte Swann diese kleinen Bruchstücke zusammen, er ließ die Zwischenräume fort und formte sich dann daraus wie aus reinem Gold eine Odette, die ganz Güte und Gelöstheit war und der er später (wie man im zweiten Teil dieses Werkes sehen wird) Opfer brachte, welche die andere niemals von ihm erlangt haben würde. Doch wie selten waren diese Augenblicke, und wie wenig sah er sie jetzt! Selbst für ihre abendlichen Zusammenkünfte galt, daß sie ihm erst in letzter Minute sagte, ob sie sie ihm gewähren könne oder nicht, denn da sie damit rechnete, daß er immer frei sei, wollte sie erst ganz sicher gehen, daß niemand sonst sie zum Kommen aufforderte. Sie gab dann vor, sie müsse auf eine Antwort von höchster Wichtigkeit für sie warten, und selbst wenn, nachdem Swann schon gekommen war, irgendwelche Freunde im Verlaufe eines bereits angebrochenen Abends sie noch aufforderten, sie im Theater oder hinterher zum Nachtessen zu treffen, machte sie einen Luftsprung vor Freuden und kleidete sich in Eile um. Je weiter ihre Toilette fortschritt, mit jeder Bewegung, die sie vollzog, rückte für Swann der Augenblick näher, da er sie verlassen mußte, da sie in einem unwiderstehlichen Schwung von ihm fortschnellen würde; und wenn sie dann fertig war und ein letztes Mal ihre von Aufmerksamkeit gespannten und erhellten Blicke in den Spiegel versenkte, etwas Rouge auf die Lippen tat, eine Locke auf der Stirn ordnete und ihren himmelblauen Abendmantel mit den goldenen Quasten verlangte, sah Swann so traurig aus, daß sie eine Bewegung der Ungeduld nicht unterdrücken konnte und zu ihm sagte: »So also dankst du mir, daß ich dich bis zur letzten Minute dabehalten habe. Und ich meinte es besonders nett. Es ist gut, daß ich das weiß, ich merke es mir für das nächste Mal!« Zuweilen nahm er sich auf die Gefahr, sie zu verstimmen, vor, ganz genau festzustellen, wohin sie gegangen war; er träumte von einem Abkommen mit Forcheville, der ihm vielleicht Auskunft geben könnte. Wenn er im übrigen wußte, mit wem sie den Abend verbrachte, kam es nur sehr selten vor, daß er nicht bei seinen vielen Beziehungen jemand fand, der, wenn auch nur indirekt, den Mann kannte, mit dem sie ausgegangen war, und ihm diese oder jene Einzelheit schildern konnte. Während er dann an den einen oder anderen seiner Freunde um Aufklärung eines Punktes schrieb, erholte er sich bei dem Gedanken, daß er selbst sich nun keine Fragen mehr zu stellen brauchte, die keine Antwort fanden, daß er die Mühe der Erkundung an einen anderen abgegeben habe. Allerdings war Swann kaum besser daran, wenn er gewisse Auskünfte erhielt. Wissen ist nicht immer gleichbedeutend mit Verhindernkönnen, aber immerhin haben wir die Dinge, die wir wissen, wenn auch nicht in der Hand, so doch im Kopf, wo wir sie nach Belieben einordnen können, und das gibt uns dann die Illusion einer gewissen Macht über sie. Er war jedesmal glücklich, wenn Monsieur de Charlus bei Odette war. Swann wußte, daß zwischen Charlus und ihr nichts vorkommen konnte, daß, wenn Monsieur de Charlus mit ihr ausging, es aus Freundschaft für ihn geschah, und daß er nicht anstehen würde, ihm alles zu erzählen, was sie unternähme. Manchmal hatte sie Swann so kategorisch erklärt, es sei ihr ganz unmöglich, ihn an einem bestimmten Abend noch zu sehen, sie schien so großen Wert auf einen Ausgang zu legen, daß es für Swann eminent wichtig wurde, wenn Charlus sie zu begleiten in der Lage war. Am nächsten Tage zwang er ihn dann, da er ihm nicht viele Fragen zu stellen wagte, dadurch, daß er so tat, als habe er seine erste Antwort nicht verstanden, ihm weitere zu erteilen; nach jeder fühlte er sich leichter, denn er bekam sehr bald heraus, daß Odette den Abend mit den harmlosesten Dingen zugebracht habe. »Aber wie denn, mein lieber Mémé, ich verstehe nicht recht... ihr seid doch nicht direkt von ihrem Hause aus ins Musée Grévin gegangen. Ihr wart doch bestimmt erst noch anderswo. Nein? Ach! Das ist aber komisch! Du ahnst nicht, Mémé, wie mich das alles amüsiert. Das ist aber eine lustige Idee gewesen, hinterher noch ins ›Chat Noir‹ zu gehen, das sieht ihr ähnlich ... Nein? Der Gedanke stammte von dir? Ach, das wundert mich. Wirklich, gar keine schlechte Idee. Sie hat da sicher auch viele Bekannte getroffen? Nein? Sie hat mit niemand gesprochen? Das ist aber sonderbar. Da seid ihr also beide ganz allein geblieben? Ich sehe die Szene vor mir. Du bist wirklich sehr lieb, mein guter Mémé, ich habe dich furchtbar gern.« Swann fühlte sich erleichtert. Für ihn, dem es schon mehrmals passiert war, daß er, wenn er mit gleichgültigen Leuten sprach, denen er kaum zuhörte, plötzlich gewisse Sätze vernahm (zum Beispiel: ›Gestern habe ich Madame de Crécy gesehen, sie war mit einem Herrn, den ich nicht kenne‹) die in seinem Innern sofort feste Gestalt annahmen, sich in ihm einkapselten, ihn quälten und nicht von der Stelle wichen, waren die Worte: ›Sie kannte niemand, sie hat mit niemand gesprochen!‹ unbeschreiblich süß, sie gingen ihm glatt ein, sie waren so flüssig und flüchtig wie leichte Luft, in der man atmen kann! Doch gleich darauf mußte er sich eingestehen, daß Odette ihn schon recht langweilig finden mußte, um seiner Gesellschaft solche Vergnügungen vorzuziehen, deren Belanglosigkeit ihn zwar einerseits beruhigte, andererseits aber auch schmerzte, wie ein Verrat.

Selbst wenn er nicht wissen durfte, wohin sie gegangen war, hätte es ihm zur Überwindung seiner Angst – für die Odettes Gegenwart, das beglückte Gefühl, bei ihr zu sein, das einzige Spezifikum war (ein Spezifikum, das, wie viele Mittel, das Übel auf die Dauer zwar schlimmer machte, aber doch für den Augenblick anästhesierend wirkte) – schon genügt, wofern nur Odette es erlaubte, solange sie fort war, auf ihre Rückkehr in ihrer Wohnung zu warten; in deren tiefem Frieden würden sich dann die Stunden verlieren, die ihm durch bösen Zauber anders erschienen als die übrigen. Aber sie wollte es nicht; er fuhr nach Hause zurück und zwang sich unterwegs, verschiedene Pläne zu machen, er dachte nicht mehr an Odette; es gelang ihm sogar, während er sich auskleidete, sich nahezu heiteren Vorstellungen zu überlassen; in der Hoffnung, am folgenden Tage irgendein Meisterwerk der Kunst zu betrachten, legte er sich zu Bett und löschte sein Licht; aber sobald er bei der Vorbereitung auf den Schlaf aufhörte, einen Zwang auf sich selbst auszuüben, dessen er sich schon nicht mehr bewußt war, so sehr war er daran gewöhnt, strömte ein eisiger Schauer in sein Herz und löste ein Schluchzen in seiner Kehle aus. Er wollte nicht einmal wissen, weshalb, er trocknete sich die Augen und sagte sich lachend dabei: »So ist es recht, jetzt werde ich vollends neurotisch.« Aber er konnte dann nicht mehr ohne ein Gefühl großer Müdigkeit daran denken, daß er am nächsten Tage wiederum anfangen müsse zu ermitteln, was Odette getan hatte, und all seinen Einfluß aufzubieten, um sie vielleicht zu sehen. Diese Notwendigkeit unablässigen Handelns, bei dem kein Wechsel und eigentlich kein Erfolg zu erwarten war, wurde so grausam für ihn, daß er, als er eines Tages bei sich eine Schwellung am Leib bemerkte, fast freudig mit dem Gedanken spielte, es könne ein bösartiger Tumor sein, er habe vielleicht gar nicht nötig, sich noch um irgend etwas zu bekümmern, die Krankheit werde ihn ganz beherrschen, er werde bis zum nahen Ende nur noch ihr Spielball sein. Wenn er in jener Zeit häufig, ohne es sich einzugestehen, den Tod herbeiwünschte, so tatsächlich weniger um der Heftigkeit seiner Leiden als vielmehr der Einförmigkeit seiner Bemühungen zu entrinnen.

Und doch hätte er gern noch die Zeit erlebt, wo er sie nicht mehr lieben, wo sie keinen Grund mehr haben würde, ihm Lügen aufzutischen, und wo er endlich einmal würde erfahren können, ob sie an dem Tage, als er sie am Nachmittag besuchen wollte, gerade mit Forcheville etwas gehabt hätte oder nicht. Tagelang lenkte ihn der Verdacht, sie könne einen anderen lieben, davon ab, sich diese Frage speziell mit Bezug auf Forcheville zu stellen, ja er machte ihn sogar beinahe gleichgültig dagegen, so wie die neuen Formen, in denen ein immer gleicher krankhafter Zustand auftritt, uns einen Augenblick lang von den früheren befreit zu haben scheinen. Es gab sogar Tage, an denen er von keinem Argwohn heimgesucht war. Er glaubte sich geheilt. Aber am folgenden Morgen beim Erwachen fühlte er an der gleichen Stelle ganz den gleichen Schmerz, der für ihn den ganzen Vortag über vom Strom der verschiedenen Eindrücke weggeschwemmt worden war. In Wirklichkeit hatte er sich nicht von der Stelle gerührt, vielmehr hatte ein akuter Anfall dieses Schmerzes ihn aufgeweckt.

Da Odette ihm keine Auskunft über die so wichtigen Dinge gab, von denen sie den ganzen Tag in Anspruch genommen war (seiner Erfahrung nach konnte es sich dabei freilich nur um Vergnügungen handeln) gelang es ihm nicht lange, sich davon eine Vorstellung zu machen, sein Hirn funktionierte eine Weile noch im Leerlauf, dann strich er sich mit den Fingern über die müden Augen, als wolle er das Glas seines Monokels abwischen, er dachte überhaupt nicht mehr. Freilich schwebten über diesem Unbekannten gewisse Beschäftigungen umher, die von Zeit zu Zeit wiederkehrten und auf unbestimmte Art mit entfernten Verwandten oder Freunden von früher in Beziehung standen; da sie die einzigen waren, die Odette oft als Grund dafür anführte, daß er sie nicht sehen könne, schienen sie Swann eine Art von festem, unverrückbarem Rahmen für Odettes Dasein abzugeben. Wenn er sich des Tones erinnerte, in dem sie von Zeit zu Zeit sagte, es sei der Tag, an dem sie mit ihrer Freundin ins Hippodrom gehe, und sich klarmachte, sobald er sich einmal gerade elend fühlte und gedacht hatte: ›Vielleicht würde Odette ein Weilchen zu mir kommen‹, daß es ja gerade dieser Tag sei, sagte er sich: ›Ach nein, da hat es keinen Zweck, sie zu mir zu bitten, ich hätte eher daran denken sollen, es ist ja der Tag, an dem sie mit ihrer Freundin ins Hippodrom geht. Ich spare es mir besser für ein andermal auf, wo es möglich ist; es ist sinnlos, etwas vorzuschlagen, was sich doch nicht einrichten läßt und wovon man von vornherein weiß, daß sie es nicht tut.‹ Diese Verpflichtung, ins Hippodrom zu gehen, die Odette auferlegt war und vor der Swann sich beugte, war nicht nur in sich selbst sakrosankt, sondern ihr Unausweichlichkeitscharakter schien auch alles plausibel und legitim zu machen, was in irgendeinem engen oder losen Zusammenhang damit stand. Wenn Odette auf der Straße von einem Vorübergehenden gegrüßt und Swanns Eifersucht dadurch geweckt worden war, so antwortete sie auf seine Fragen in der Weise, daß sie die Existenz dieses Unbekannten mit den zwei oder drei festen Verpflichtungen, die sie zu erwähnen pflegte, in Verbindung brachte, und sagte etwa: ›Das ist ein Herr, der in der Loge meiner Freundin war, mit der ich ins Hippodrom gehe‹; diese Erklärung brachte sofort Swanns Argwohn zur Ruhe, denn er fand es in der Tat unvermeidbar, daß die Freundin auch andere als Odette in ihre Loge im Hippodrom einlud, hatte aber nie versucht oder erreicht, sich diese anderen vorzustellen. Wie gern hätte er die Bekanntschaft dieser Freundin gemacht, die ins Hippodrom ging und Odette mitnahm! Wie gern hätte er alle seine Beziehungen hergegeben für die zu irgendeiner der Personen, welche Odette gewohnheitsgemäß sah, ob es sich nun um eine Maniküre handelte oder um eine Verkäuferin. Er hätte sich mehr um sie bemüht als um eine Königin, hätten sie ihm doch mit dem Teil vom Leben Odettes, der sich in ihnen verkörperte, das einzig wirksame Beruhigungsmittel für seine Nerven geboten. Mit wieviel Freuden hätte er seine Tage bei den kleinen Leuten zugebracht, mit denen Odette – sei es aus Eigennutz, sei es ganz ohne Hintergedanken – eine Beziehung unterhielt. Wie gern wäre er in den fünften Stock jenes verkommenen und doch mit Neid betrachteten Mietshauses gezogen, in das sich Odette von ihm nicht begleiten ließ; wenn er dort scheinbar als Liebhaber der nicht mehr arbeitenden kleinen Schneiderin lebte, könnte er fast jeden Tag Odettes Besuch erwarten. Er wäre ganz bereit gewesen, eine bescheidene, ja verachtete und doch beglückende, von Ruhe und Freude erfüllte Existenz in diesen fast proletarischen Regionen von Paris zu führen.

Manchmal kam es noch vor, daß Swann auf Odettes Gesicht, wenn sie in seiner Begleitung jemand auf sich zukommen sah, den er nicht kannte, die gleiche Traurigkeit bemerkte wie damals, als er zu ihr gekommen war und sie gerade Forcheville bei sich hatte. Allerdings war das selten; denn im allgemeinen herrschte an den Tagen, wo sie trotz aller Abhaltungen und aller ihrer Befürchtungen, was die Leute meinen könnten, Swann dennoch einmal sah, in ihrer Haltung jetzt eine Art Sicherheit vor, die ganz im Gegensatz zu der früheren ängstlichen Aufgeregtheit stand – und vielleicht eine unbewußte Rache dafür war – die sie in den ersten Zeiten ihrer Bekanntschaft in seiner Gegenwart an den Tag gelegt hatte, und sogar auch wenn sie fern von ihm war, zum Beispiel damals als sie ihren Brief mit den Worten begonnen hatte: ›Lieber Freund, meine Hand zittert so sehr, daß ich kaum zu schreiben vermag‹ (wenigstens behauptete sie es, und etwas davon war vermutlich wahr, so daß sie nur ein wenig zu übertreiben brauchte). Damals gefiel ihr Swann. Man zittert ja immer nur für sich oder für die, die man liebt! Wenn in ihren Händen unser Glück nicht mehr ruht, welche Ruhe, Behaglichkeit und kühne Selbständigkeit können wir dann in ihrer Nähe genießen! Wenn sie mit ihm sprach, ihm schrieb, gebrauchte sie die Wendungen nicht mehr, durch die sie sich die Illusion zu verschaffen versucht hatte, er gehöre ihr an, als sie noch jede Gelegenheit benutzte, ›mein‹ oder ›unser‹ zu sagen, wenn sie von ihm sprach: ›Du bist mein Schatz, dies ist das Parfüm, das zu unserer Freundschaft gehört, bei dem bleibe ich jetzt‹, mit ihm von der Zukunft, ja vom Tode sogar als von etwas zu reden, was sie gemeinsam beträfe. In jener Zeit hatte sie auf alles, was er sagte, bewundernd zur Antwort gegeben: ›Sie? Sie werden niemals wie all die andern sein‹; sie blickte auf seinen langen, etwas kahlen Schädel, bei dessen Anblick die Leute, denen sein Erfolg in der Gesell-

schaft bekannt war, festzustellen pflegten: »Was wollen Sie, er ist nicht eigentlich hübsch, aber er ist fesch: diese Tolle, das Monokel, das Lächeln!« und vielleicht noch mehr von der Neugier, ihn kennenzulernen, als von dem Wunsch bestimmt, seine Geliebte zu werden, hatte sie damals gemeint:
– Wenn ich nur wissen könnte, was in diesem Kopf vorgeht!
Jetzt gab sie auf alles, was Swann vorbrachte, in einem oft gereizten, manchmal nachsichtigen Ton zur Antwort:
– Ach, du bist auch niemals so wie die anderen!
Sie schaute sein Gesicht an, das durch den Kummer nur wenig gealtert war (von dem aber jetzt alle Leute kraft jener Gabe, die gestattet, den Sinn einer Symphonie zu begreifen, wenn man das Programm gelesen, oder die Ähnlichkeit bei einem Kind zu entdecken, dessen Anverwandte man kennt, zu sagen wußten: ›Er ist ja nicht positiv häßlich, wenn man will, aber er ist komisch: dies Monokel, dies Lächeln, dies Toupet ...!‹ wobei sie deutlich in ihrer stark beeinflußbaren Phantasie die unsichtbare Trennungslinie feststellten, die innerhalb von ein paar Monaten den Kopf eines um seiner selbst willen geliebten Mannes anders erscheinen läßt als den eines betrogenen Liebhabers), jetzt sagte sie:
– Oh, wenn ich doch endlich einmal diesen Mann und was in seinem Kopf vorgeht, zur Vernunft bringen könnte.
Immer bereit zu glauben, was er wünschte, wenn nur irgendwie Odettes Verhalten ihm gegenüber noch einen Zweifel offenließ, stürzte er sich voll Eifer auf diese Worte:
– Das kannst du, wenn du willst, sagte er zu ihr.
Und er versuchte ihr klarzumachen, daß ihn zur Ruhe zu bringen, zu lenken, zur Arbeit anzuhalten, eine noble Aufgabe wäre, die viele andere Frauen zu übernehmen sich drängten – in deren Händen allerdings diese noble Aufgabe ihm nur als zudringliche und unleidliche Freiheitsberaubung erschienen wäre. ›Wenn sie mich nicht doch etwas liebte‹, sagte er sich, ›würde sie mich nicht anders haben wollen. Um mich aber zu ändern, muß sie mich häufiger treffen.‹ So sah er noch

in dem Vorwurf, den sie ihm machte, einen Beweis ihres Interesses an ihm, vielleicht sogar ihrer Liebe; tatsächlich gab sie ihm deren jetzt so wenige, daß er gezwungen war, als solche bereits ihr Verbot anzusehen, dies oder jenes zu tun. Eines Tages erklärte sie ihm, sie möge seinen Kutscher nicht, er nehme ihn, Swann, offenbar gegen sie ein, jedenfalls lege er ihr gegenüber nicht die Zuverlässigkeit und Ehrerbietung an den Tag, auf die sie halten müsse. Sie spürte deutlich, daß er gern hören würde, wenn sie sagte: ›Nimm ihn nicht, wenn du zu mir kommst‹, als würde ihm das wohltun wie ein Kuß. Da sie gerade gut aufgelegt war, sagte sie es denn auch; Swann war gerührt. Am Abend im Gespräch mit Monsieur de Charlus, zu dem er beglückenderweise ganz offen von ihr sprechen konnte (denn auch seine belanglosesten Äußerungen selbst Personen gegenüber, die sie gar nicht kannten, bezogen sich in irgendeiner Weise auf sie), sagte er daher:

– Ich glaube doch, sie liebt mich; sie ist so reizend zu mir, und es ist ihr offenbar nicht gleichgültig, was ich tue.

Und wenn er, im Begriff zu ihr zu fahren, mit einem Freund, den er unterwegs irgendwo absetzen wollte, in den Wagen stieg, und jener andere sagte:

– Schau an, du hast ja heute nicht Loredan auf dem Bock? so antwortete ihm Swann mit einer Art von schwermütiger Freude:

– O nein, o nein! Weißt du, ich kann Loredan nicht nehmen, wenn ich in die Rue La Pérouse fahre. Odette mag nicht, wenn er mich fährt, sie findet, er ist nicht der richtige Mann für mich; was soll man da machen, du weißt ja, die Frauen! Ich würde sie sehr damit kränken. Wenn ich mir vorstelle, ich käme mit Rémi an! Mein Gott, was würde das geben!

Gewiß litt Swann unter der neuen gleichgültigen, zerstreuten, reizbaren Art Odettes ihm gegenüber; aber er kannte sein Leiden nicht; da Odette fortschreitend von Tag zu Tag kühler geworden war, hätte er nur durch eine Gegenüberstellung ihres jetzigen und ihres früheren Selbst den Wandel erkennen können, der sich vollzogen hatte. Dieser Wandel war in der Tat die tiefe geheime Wunde seines Inneren, die Tag und Nacht in ihm brannte; sobald er aber spürte, daß seine Gedanken ihr zu nahe kamen, lenkte er sie rasch nach einer anderen Seite ab, um nicht zu sehr zu leiden. Er machte sich wohl theoretisch klar: ›Es hat eine Zeit gegeben, wo Odette mich mehr geliebt hat‹, aber er suchte in Gedanken diese Zeit nicht mehr auf. Ebenso wie es in seinem Arbeitszimmer eine Kommode gab, die er mit Erfolg anzuschauen vermied, indem er beim Betreten und Verlassen des Raumes einen Bogen machte, weil in der einen ihrer Laden die Chrysantheme lag, die sie ihm am ersten Abend, an dem er sie nach Hause brachte, geschenkt hatte, der Brief, in dem sie ihm sagte: ›Warum haben Sie nicht auch Ihr Herz dagelassen, ich hätte es Sie nie wieder abholen lassen‹ und ›Zu welcher Stunde des Tages oder der Nacht Sie mögen, geben Sie mir ein Zeichen und verfügen Sie über mich‹, so gab es in ihm auch eine Stelle, bis zu der er seinen Geist nie vordringen ließ; lieber ließ er ihn den Umweg langer Argumente nehmen, damit er an ihr nicht vorüberkam: hier aber lebte die Erinnerung an seine glücklichen Tage.

Aber alle Vorsichtsmaßnahmen wurden eines Abends zunichte gemacht, als er sich unter die Menschen seiner früheren Kreise begab.

Es war bei der Marquise de Saint-Euverte, bei der letzten Soiree dieses Jahres von mehreren, die sie veranstaltet hatte, um die Künstler vorzustellen, die sie später in ihren Wohltätigkeitskonzerten auftreten ließ. Swann, der eigentlich zu allen hatte gehen wollen, sich aber nachher doch nicht dazu entschloß, hatte, während er sich ankleidete, den Besuch des Baron de Charlus erhalten, der sich erbot, mit ihm zu der Marquise zu gehen, wenn seine Gesellschaft ihm verhelfen könnte, sich etwas weniger zu langweilen und bedrückt zu fühlen. Swann aber hatte ihm zur Antwort gegeben:

– Du kannst dir vorstellen, welch großes Vergnügen es für

mich wäre, dort mit dir zusammen zu sein. Aber das größte Vergnügen, das du mir machen könntest, wäre, statt dessen lieber zu Odette zu gehen. Du weißt ja, welchen ausgezeichneten Einfluß du auf sie hast. Ich glaube, sie ist heute zu Hause, bis sie zu ihrer früheren Schneiderin geht, außerdem hat sie sicher sehr gern, wenn du sie begleitest. Auf alle Fälle triffst du sie bis dahin in ihrer Wohnung an. Versuche sie gut zu unterhalten und auch ihr zur Vernunft zu raten. Wenn du für morgen irgend etwas arrangieren könntest, was ihr Vergnügen macht und was wir zu dritt unternehmen könnten? Versuche auch etwas für den Sommer auszumachen, wir könnten vielleicht zu dreien mit einer Jacht irgendwohin fahren oder so? Heute abend rechne ich ja nicht mehr darauf, sie zu sehen; wenn sie es aber doch wünscht, oder es fällt dir etwas ein, wie man es einrichten könnte, dann brauchst du mir nur ein Wort bis Mitternacht zu Madame de Saint-Euverte oder hinterher zu mir in die Wohnung zu schicken. Hab tausend Dank für alles, was du für mich tust; du weißt, wie gern ich dich mag.

Der Baron versprach, den gewünschten Besuch zu machen, sobald er ihn bis vor die Tür des Palais Saint-Euverte geleitet hätte; Swann kam dort beruhigt durch den Gedanken an, daß Monsieur de Charlus den Abend in der Rue La Pérouse verbringen würde, jedoch in einem Zustand melancholischer Gleichgültigkeit gegen alle Dinge, die mit Odette nichts zu tun hatten, besonders gegen alles Gesellschaftliche, was diesen Dingen – da sein Wille sich in keiner Weise mehr damit beschäftigte – den unabhängigen Reiz des ganz für sich Bestehenden verlieh. Gleich beim Aussteigen aus dem Wagen fand Swann ein Vergnügen daran, im Vordergrund der fiktiven gedrängten Übersicht ihres häuslichen Lebens, welche die Gastgeberinnen den Eingeladenen an solchen Galatagen bieten und bei der sie vor allem auf die Echtheit der Kostüme und der Szenerie Wert legen, die Erben jener ›Tiger‹ Balzacs zu sehen, die Grooms, die bei allen Ausgängen ihrem Herrn zu folgen hatten, jetzt aber mit Dreispitz und hohen Stiefeln draußen vor dem Eingang des Palais auf der Straße standen oder vor den Ställen aufgereiht waren wie Gärtner, die man vor dem Eingang zu den Blumenparterres postiert. Die besondere Neigung, die er immer gehabt hat, Analogien zwischen den lebenden Wesen und den Porträts in den Museen zu suchen, wirkte sich auch jetzt noch bei ihm aus, aber auf eine beständigere und allgemeinere Art: das ganze Gesellschaftsleben kam ihm jetzt, wo er sich völlig losgelöst davon fühlte, wie eine Bilderfolge vor. In der Kleiderablage, die er früher, als er noch ganz Gesellschaftsmensch war, im Abendmantel betreten und im Frack wieder verlassen hatte, ohne daß er wußte, was inzwischen geschehen war, da er in Gedanken während der kurzen Augenblicke, die er dort verbrachte, noch bei dem Fest, das er eben verlassen hatte, oder schon bei dem war, zu dem er sich jetzt begab, fiel ihm zum ersten Male die durch die unvermutete Ankunft eines so späten Gastes noch einmal aufgeweckte, überall verteilte, prächtige, unbeschäftigte Meute hochgewachsener Diener auf, die hier und da auf Bänken und Truhen schliefen und nun ihre edlen, scharfgezeichneten Windhundprofile reckten, sich erhoben und sich um ihn scharten.

Der eine von ihnen, der besonders trutzig wirkte und etwa einem Henker auf gewissen Renaissancebildern glich, die Folterungen darstellen, trat mit unbeweglicher Miene auf ihn zu, um ihm die Sachen abzunehmen. Doch wurde die Härte seines stählernen Blicks durch die Weichheit seiner Baumwollhandschuhe kompensiert, so daß es Swann vorkam, als bezeige er zwar Verachtung für seine Person, desto größeren Respekt jedoch für seinen Hut. Er nahm ihn mit einer Behutsamkeit entgegen, die in ihrer absoluten Korrektheit etwas Gemessenes und Zartes hatte, durch die seine physische Kraft etwas fast Rührendes bekam. Dann reichte er ihn an einen seiner Gehilfen weiter, der, noch ein schüchterner Neuling, die Angst, die ihn beseelte, dadurch verriet, daß er wütende Blicke nach allen Richtungen sandte und das aufgeregte Gebaren

eines gefangenen Tieres in den ersten Stunden seiner Zähmung bewies.
Ein paar Schritte davon entfernt träumte ein großer Lakai in unbeweglicher, statuarischer Haltung zwecklos vor sich hin wie jener rein dekorative Krieger, den man auf den tumultuarischen Schlachtenbildern Mantegnas auf seinen Schild gelehnt sinnend dastehen sieht, während alles neben ihm tobt und einander erwürgt; losgelöst von der Gruppe seiner Gefährten schien er ebenso entschlossen, an dieser Szene keinerlei Anteil zu nehmen, die er unberührt mit seinen grausamen graugrünen Augen verfolgte, als handle es sich um den bethlehemitischen Kindermord oder das Martyrium des heiligen Jakobus. Er schien ganz und gar jenem Geschlecht anzugehören, das inzwischen untergegangen ist – oder hat es immer nur auf der Altarwand von San Zeno oder in den Fresken der Eremitanikirche existiert, wo Swann es gesehen und wo es noch immer träumend weiterlebt? – und das aus der Verbindung einer antiken Statue mit einem paduanischen Modell des Meisters oder irgendeines Dürerschen Germanen hervorgegangen scheint. Die Strähnen seines rostroten, naturkrausen, aber mit Brillantine festgeklebten Haars waren in jener breiten Manier behandelt wie in den Werken der griechischen Bildhauerkunst, in die sich der mantuanische Maler unaufhörlich vertiefte und die, wenn sie schöpferisch auch nur den Menschen darstellt, doch aus seinen schlichten Formen so vielfältige und gleichsam der gesamten belebten Natur entlehnte Bereicherungen zu ziehen weiß, daß ein Haarschopf mit seinen leichten Wellen und den spitzen Schnabelgebilden der Locken oder in Form einer dreifachen natürlich blühenden Flechtenkrone angeordnet gleichzeitig wie ein Algenbündel, ein Taubennest, ein Band aus Hyazinthen oder ein Schlangenknäuel wirkt.
Andere, ebenso riesenhafte, standen auf den Stufen einer monumentalen Treppe, die dank ihrer dekorativen Anwesenheit und marmornen Unbeweglichkeit sehr wohl wie die im Dogenpalast ›Gigantentreppe‹ hätte heißen können und die

Swann mit Trauer im Herzen betrat, weil Odette sie nie emporgestiegen war. Mit welcher Freude hätte er hingegen die düsteren, übelriechenden und halsbrecherischen Stockwerke erklommen, wo die verflossene kleine Schneiderin oben im fünften wohnte und wo er so gern an den Abenden sich aufgehalten hätte, an denen Odette hinkam, daß er glücklich gewesen wäre, seinen Platz dort teurer bezahlen zu dürfen als einen wöchentlichen Orchesterlogenplatz in der Oper; sogar an andern Tagen wäre er gern dort gewesen, um von ihr sprechen und mit Leuten zusammen sein zu können, die sie regelmäßig aufsuchte, wenn er nicht da war, und die ihm eben deswegen von dem Leben seiner Geliebten einen verborgenen Teil innezuhaben schienen, einen natürlicheren, unzugänglicheren und geheimnisträchtigeren. Während man auf jener verpesteten und von Wünschen umwitterten Treppe der ehemaligen Schneiderin, da es keine rückwärtige Stiege für Lieferanten gab, am Abend vor jeder Tür eine leere benutzte Milchkanne auf der Strohmatte bereitstehen sah, waren auf der prunkvollen doch verhaßten Treppe, die Swann in diesem Augenblick erstieg, auf beiden Seiten in verschiedener Höhe, vor jeder Vertiefung, die das Fenster der Portierloge oder die Tür eines Zimmers bildete, als Vertreter der verschiedenen Zweige des Dienstes, die ihnen oblagen, für den Empfang der Gäste ein Concierge, ein Majordomus, ein Silberdiener postiert (brave Leute, die an den übrigen Tagen der Woche verhältnismäßig selbständig in ihren Bereichen hausten, bei sich daheim speisten wie kleine Ladenbesitzer und morgen vielleicht im bürgerlichen Dienst eines Arztes oder Industriellen stehen würden). Aufmerksam darauf bedacht, keine der Anordnungen zu mißachten, die man ihnen gegeben hatte, bevor sie die glänzende Livree anziehen durften, die sie nur in großen Abständen einmal trugen und in der sie sich nicht sehr behaglich fühlten, standen sie wie Heilige in ihrer Nische unter dem Bogen ihres jeweiligen Portals in strahlendem Glanz, der durch eine gewisse Gutmütigkeit, wie sie dem

Volke eigen ist, etwas gemildert wurde; ein weiterer Riese in einer Tracht wie ein Kirchenschweizer stieß seinen Stab jedesmal beim Vorübergehen eines Eintretenden auf den Boden. Als Swann oben an der Treppe angekommen war, auf der ein Bedienter mit bleichem Gesicht und einem kleinen Haarzopf nach Art eines Sakristans von Goya oder einer Gerichtsperson aus dem Bühnenrepertoire hinter ihm herging, mußte er an einem Schreibtisch vorbei, hinter dem ein paar Diener, die wie Notare vor großen Registern saßen, sich erhoben und seinen Namen eintrugen. Dann durchschritt er ein kleines Vestibül, das für den Eintretenden – so wie manchmal bestimmte Räume für ein einziges Kunstwerk reserviert sind, die dann nach diesem benannt werden und in gewollter Kahlheit außer ihm nichts enthalten – gleich einem kostbaren Bildwerk von Benvenuto Cellini, das einen Wachtposten vorstellt, einzig einen jungen Diener aufwies, der mit leicht vorgebeugtem Oberkörper dastand und über seinem roten Koller ein noch röteres Gesicht emporreckte, von dem wahre Ströme von Feuereifer und Schüchternheit ausgingen und der, wie er mit leidenschaftlich gespanntem Blick durch die Aubussonteppiche schaute, die vor dem Saale hingen, in dem musiziert wurde, mit seiner Wachsamkeit und seinem Übereifer, seiner Unerschütterlichkeit oder seinem überweltlichen Glauben – Allegorie der Bestürzung, Inkarnation der Erwartung, Gedächtnismal des Augenblicks vor der Schlacht – aussah, als spähe er wie ein Turmwächter oder Engel von einem Belfried oder einer Kathedrale nach dem Nahen des Feindes oder des Jüngsten Gerichtes aus. Swann blieb nichts mehr zu tun als in den Konzertsaal einzutreten, dessen Tür ihm ein kettenbeladener Türsteher mit einer so tiefen Verneigung öffnete, als überreiche er ihm die Schlüssel einer Stadt. Er aber dachte an das Haus, in dem er sich in diesem Augenblick hätte befinden können, wofern Odette es ihm gestattet hätte, und die halbbewußte Vorstellung von einer leeren Milchkanne auf einer Strohmatte griff ihm ans Herz.

Das Gefühl für männliche Häßlichkeit kehrte bei Swann rasch wieder zurück, als jenseits des Tapisserievorhangs auf das Schauspiel der Bedienten das der Gäste folgte. Aber selbst diese Häßlichkeit von Gesichtern, die er doch so gut kannte, schien ihm neu, seitdem ihre Züge – anstatt für ihn praktisch auszuwertende Anhaltspunkte für die Identifizierung einer Person zu sein, die ihm bis dahin eine bestimmte Menge von wahrzunehmenden Freuden, Verdrussen, die es zu vermeiden galt, oder Höflichkeiten bedeutet hatte, die er erweisen mußte – nur nach ästhetischen Gesichspunkten geordnet in der Autonomie ihrer Linien ruhten. Unter diesen Männern, von denen Swann sich umringt sah, gab es nichts bis zu den Eingläsern, die viele trugen (und von denen er vordem höchstens hätte sagen können, daß eben dieser oder jener sich eines solchen bediente) was nicht jetzt, losgelöst von der Idee einer allen gemeinsamen Gewohnheit, mit einer Art von Individualität ausgestattet erschien. Vielleicht kam es, weil er den General Froberville und den Marquis de Bréauté, die plaudernd am Eingang standen, nur noch wie zwei Figuren auf einem Bild betrachtete, während sie lange für ihn nützliche Freunde gewesen waren, die ihn in den Jockey-Club eingeführt oder Sekundanten bei einem Duell abgegeben hatten, daß das Monokel des Generals, das zwischen den Lidern wie ein Granatsplitter in einem vulgären, narbendurchfurchten, überheblichen Antlitz unter einer scheinbar einäugigen Zyklopenstirn wirkte, Swann wie eine grausige Wunde vorkam, auf die jener zwar stolz sein mochte, deren Zurschaustellung aber etwas Indezentes hatte; während das des Marquis de Bréauté als ein Zeichen der Festlichkeit zu den perlgrauen Handschuhen, dem Chapeauclaque, der weißen Krawatte hinzutrat und die Stelle des sonst üblichen Kneifers (wie auch bei Swann) einnahm, sobald er sich in Gesellschaft begab, und an seiner Rückseite wie ein naturwissenschaftliches Präparat unter einem Mikroskop einen von unendlich vielen feinen Liebenswürdigkeitspartikeln wimmelnden Blick geheftet trug, der

unaufhörlich die hohen Zimmerdecken, die Schönheit des Festes, das interessante Programm und die Vortrefflichkeit der dargebotenen Erfrischungen mit seinem Lächeln bedachte.
– Schau, da sind Sie ja auch einmal wieder, man hat Sie ja seit Ewigkeiten nicht gesehen, sagte der General zu Swann, aus dessen angegriffenen Zügen er folgerte, daß vielleicht eine ernste Erkrankung ihn so lange von der Welt ferngehalten habe; er setzte also hinzu: »Sie sehen gut aus, wissen Sie!«, während Monsieur de Bréauté einem Gesellschaftsschriftsteller, der soeben als sein einziges Instrument der psychologischen Durchdringung und der unerbittlichen Analyse ebenfalls ein Einglas in den Augenwinkel geschoben hatte, die Frage zuwarf:
– Und Sie, mein Lieber, was tun Sie denn hier? worauf der andere mit rollendem R und geheimnisvoll wichtiger Miene die Antwort erteilte:
– Ich brauche das, um kritisch zu beobachten.
Das Monokel des Marquis de Forestelle war winzig klein und randlos, wodurch es ihn zu einer unaufhörlichen schmerzhaften Zusammenziehung des Auges zwang, in dem es wie ein fest eingewachsener ganz überflüssiger Knorpel von unerklärlichem und ungewöhnlichem Stoff aussah, der dem Gesicht des Marquis einen Ausdruck zartsinniger Schwermut gab; die Frauen glaubten ihn daraufhin zu großem Liebesschmerz befähigt. Das Glas von Monsieur de Saint-Candé war von einem enormen Ring umgeben wie der Planet Saturn und bildete den Schwerpunkt eines Gesichts, das jeden Augenblick seine Züge neu um diesen herumgruppierte und sich mitsamt der roten schwabbelnden Nase und dem sarkastischen, wulstlippigen Mund grimassierend auf der Höhe des Feuerwerks von Geist zu halten versuchte, das aus dieser Scherbe zu blitzen schien, die vor den schönsten Blicken der Welt bei snobistischen und sittenlosen jungen Frauen den Vorrang erhielt, weil sie in ihnen Träume von subtil durchdachten Genüssen und einem unerhörten Raffinement der Lust aufkommen ließ;

etwas weiter im Hintergrund wirkte hingegen das von Monsieur de Palancy, der mit seinem dicken Karpfenkopf und den runden Augen sich langsam durch das festliche Treiben schob und von Zeit zu Zeit mit den Kiefern schnappte, als wolle er sich auf diese Weise orientieren, nur so, als sei es ein beiläufiges und vielleicht rein symbolischen Charakter tragendes Stück von der Glaswand seines Aquariums, das er als eine Art von ›pars pro toto‹ mit sich führte, und das Swann, den großen Bewunderer der Giottoschen Tugenden und Laster in Padua, an jenen ›Ungerechten‹ erinnerte, an dessen Seite ein belaubter Zweig an die Wälder gemahnt, in denen er seine verborgene Zufluchtsstätte hat.

Swann hatte sich auf Drängen von Madame de Saint-Euverte weiter nach vorn begeben und, um eine Arie aus ›Orpheus‹ zu hören, die von einem Flötisten vorgetragen wurde, in eine Ecke gesetzt, von der aus sein Blick unglücklicherweise auf zwei nebeneinandersitzende reifere Damen beschränkt blieb, die Marquise de Cambremer und die Vicomtesse de Franquetot, die, da sie Kusinen waren, die Zeit bei solchen festlichen Abendveranstaltungen mit dem Pompadour in der Hand, und von ihren Töchtern gefolgt, damit zubrachten, sich wie auf einem Bahnhof gegenseitig zu suchen, und erst beruhigt waren, wenn sie mit Fächer oder Taschentuch zwei Plätze nebeneinander belegt hatten: Madame de Cambremer hatte nur wenige Beziehungen und war um so glücklicher, eine Gefährtin zu finden. Madame de Franquetot, die im Gegenteil Gott und die Welt kannte, fand es elegant und originell, allen ihren guten Freunden vor Augen zu führen, daß sie ihnen eine Dame unbekannter Herkunft vorzog, mit der sie Jugenderinnerungen teilte. Mit schwermütiger Ironie sah Swann ihnen zu, wie sie das Intermezzo für Klavier von Liszt, ›Die Vogelpredigt des heiligen Franziskus‹, anhörten, das inzwischen das Flötenstück abgelöst hatte, und die schwindelnde Fingerfertigkeit des Virtuosen verfolgten, wobei Madame de Franquetot so ängstlich und bestürzt auf die Tasten blickte, über die seine Hand beweglich dahineilte, als seien sie eine Folge von Trapezen, von denen er aus einer Höhe von achtzig Metern herabstürzen könnte, nicht ohne ihrer Nachbarin Blicke staunenden Nichtwahrhabenwollens zuzuwerfen, die so etwas besagten wie: ›Es ist unglaublich, ich hätte nie gedacht, daß ein Mensch so etwas kann‹, während Madame de Cambremer als Frau, die eine gründliche musikalische Erziehung genossen hatte, mit ihrem Kopf den Takt angab, als sei er der Zeiger eines Metronoms, dessen Schwingungsweite und Tempo von einer Schulter zur andern so groß geworden waren – dazu kam noch jener entrückte und hingegebene Blick, wie man ihn hat, wenn man sich nicht mehr kennt vor Schmerz und die andern gleichsam bedeutet: ›Ich kann nicht anders!‹ – daß sie dauernd mit ihren Ohrgehängen an den Schulterbändern ihrer Taille hängenblieb und die schwarzen Trauben, die sie im Haar trug, zurechtrücken mußte, ohne einen Augenblick mit der Beschleunigung der Bewegung innezuhalten. Auf der anderen Seite der Vicomtesse, aber etwas weiter vorn, saß die Marquise von Gallardon, mit ihrer Lieblingsvorstellung beschäftigt, nämlich der Tatsache ihrer Verschwägerung mit den Guermantes, aus der sie in Gesellschaft und vor sich selbst großen Glanz bezog mit einem Gran von Demütigung vermischt, da die großartigsten Repräsentanten des Hauses sich von ihr etwas zurückhielten, vielleicht weil sie langweilig oder weil sie boshaft war, oder weil sie einer bescheidneren Nebenlinie angehörte, möglicherweise auch aus gar keinem Grund. Wenn sie neben jemand saß, den sie nicht kannte, wie im Augenblick neben Madame de Franquetot, litt sie darunter, daß ihre Verwandtschaft mit den Guermantes sich nicht in äußerlich sichtbaren Zeichen nach Art der Spruchbänder in den Mosaiken byzantinischer Kirchen bekunden konnte, die in einer Kolonne untereinander neben einem dargestellten Heiligen die Worte verzeichnen, die er gleichzeitig sprechen soll. Sie dachte gerade daran, daß ihre junge Kusine des Laumes ihr in den sechs Jahren, die sie verheiratet war, weder einen Besuch gemacht noch eine Einladung geschickt hatte. Der Gedanke daran erfüllte sie mit Empörung, doch auch mit Stolz, denn sie hatte so oft zu anderen Leuten, die sich wunderten, sie bei der Prinzessin nicht zu sehen, gesagt, sie wolle eben nicht Gefahr laufen, dort der Prinzessin Mathilde zu begegnen – was ihre ultralegitimistische Familie ihr nie verziehen hätte – daß sie schließlich glaubte, dies sei wirklich der Grund, weshalb sie ihre junge Kusine nicht besuche. Dennoch erinnerte sie sich, wenn auch nur dunkel, daß sie Madame des Laumes mehrmals gefragt hatte, wie es sich einrichten ließe sie zu treffen, doch schob sie diese etwas demütigende Erinnerung dadurch auf ein ganz anderes Gebiet, daß sie vor sich hinmurmelte: »Es ist ja schließlich nicht an mir, den ersten Schritt zu tun, ich bin zwanzig Jahre älter als sie.« Dank der Magie dieser Worte, die sie sich oft wiederholte, konnte sie stolz die nur lose an ihrem Rumpf sitzenden Schultern nach hinten rücken; auf ihnen ruhte fast waagerecht ihr Kopf nach Art eines ›dressierten‹ Fasanenkopfes, der mit allen Federn auf der Tafel erscheint. Dabei war sie im Grunde stämmig, derb, ja eher rundlich; aber die fortwährenden Zurücksetzungen hatten sie gestrafft wie jene Bäume, die durch ihren schlechten Standort am Rande eines Abgrunds genötigt sind, steil nach hinten zu wachsen, um das Gleichgewicht zu bewahren. Da sie, um sich darüber zu trösten, daß sie nicht völlig dasselbe war wie die anderen Guermantes, sich unaufhörlich zu sagen gezwungen war, daß sie sie nur aus Intransigenz in bezug auf ihre Grundsätze und aus Stolz so wenig sähe, hatte dieser Gedanke schließlich die Modellierung ihres Körpers bestimmt und eine gewisse stattliche Vornehmheit bei ihr herausgebildet, die in den Augen der Bürgerfrauen als Ausdruck des Rassigen galt und manchmal ein flüchtiges Verlangen in dem müden Blick der Lebemänner aufglimmen ließ. Hätte man die Unterhaltung der Marquise de Gallardon jener Art von Analyse unterworfen, durch die man aus der mehr oder minder großen

Häufigkeit der Wiederkehr eines Ausdrucks den Schlüssel eines chiffrierten Textes gewinnt, so hätte man feststellen müssen, daß keine Wendung, selbst die gebräuchlichste nicht, bei ihr so oft vorkam wie ›bei meinen Vettern Guermantes‹, ›bei meiner Tante Guermantes‹, ›die Gesundheit von Elzéar de Guermantes‹, ›die Loge meiner Kusine Guermantes‹. Wenn man zu ihr von einer berühmten Persönlichkeit sprach, so antwortete sie, daß sie diese zwar nicht persönlich kenne, aber hundertmal bei ihrer Tante Guermantes getroffen habe, und zwar brachte sie durch ihren eisigen Ton und ihre Grabesstimme klar zum Ausdruck, daß, wenn sie sie nicht persönlich kennte, dies an ihren unausrottbaren und unübersteigbaren Grundsätzen läge, an die sie hinten mit den Schultern zu rühren schien wie an die Leitersprossen, auf denen Gymnastiklehrer ihre Zöglinge sich flach ausstrecken lassen, um ihren Thorax zu kräftigen.

Nun aber war die Prinzessin des Laumes, die niemand hier bei Madame de Saint-Euverte zu sehen erwartet hatte, soeben angekommen. Um zu zeigen, daß sie in einem Salon, den sie nur aus Leutseligkeit besuchte, ihren überlegenen Rang nicht fühlen lassen wollte, war sie mit diskret gesenkten Schultern eingetreten und schob sich selbst da nur ganz unauffällig hindurch, wo es gar keine Massen zu durchteilen oder niemanden vorbeizulassen galt; sie blieb mit Absicht im Hintergrund, als sei dort ihr Platz, wie ein König, der sich in die Schlange am Theatereingang einreiht, solange die leitenden Herren nicht wissen, daß er anwesend ist; und indem sie ihren Blick ganz schlicht – damit es nicht aussähe, als mache sie auf ihre Anwesenheit aufmerksam und wolle mit besonderer Rücksicht behandelt sein – auf die Betrachtung eines Musters im Teppich oder auf ihrem eigenen Rock beschränkte, stand sie in dem Winkel, der ihr als der bescheidenste erschien (und aus dem sie, wie sie recht gut wußte, mit einem entzückten Ausruf die Marquise de Saint-Euverte sofort herausholen würde, sobald sie sie bemerkte) neben Madame de

Cambremer, die sie nicht einmal kannte. Sie beobachtete die Mimik ihrer melodiebesessenen Nachbarin, ahmte sie aber nicht nach. Nicht etwa, daß die Prinzessin des Laumes, wenn sie schon einmal auf fünf Minuten bei Madame de Saint-Euverte erschien, nicht gewünscht hätte, damit ihr die erwiesene Höflichkeit doppelt angerechnet würde, so liebenswürdig wie möglich zu sein. Aber sie hatte von Natur ein Grauen vor allen Übertreibungen und legte Wert darauf zu zeigen, daß sie ›nicht notwendig habe‹, nach außen hin ihre Gefühle in einer Weise zu bekunden, die nicht das ›Genre‹ des engeren Kreises war, zu dem sie gehörte, die ihr aber andererseits doch Eindruck machte auf Grund jenes gewissen Nachahmungstriebes, der der Schüchternheit nahe benachbart ist und sogar bei von Natur selbstsicheren Menschen durch die Atmosphäre eines ihnen neuen Milieus geweckt wird, auch wenn es sich um ein sozial tieferstehendes handelt. Sie begann sich zu fragen, ob dies Gebärdensystem nicht etwa durch das gespielte Stück bedingt sei, das vielleicht einer ganz anderen Gattung angehörte als alles, was sie bislang gehört hatte, ob ein Verzichten darauf nicht ein Zeichen von Verständnislosigkeit oder eine Unfreundlichkeit gegenüber der Gastgeberin sei, so daß sie endlich, um annähernd ihre widersprechenden Gefühle auszudrücken, wenigstens an ihren Achselbändern rückte, in ihrem blonden Haar die kleinen diamantenüberstreuten Beeren aus Korallen oder rosa Email, die ihr eine reizende schlichte Haartracht schufen, zurechtschob und, während sie mit kalter Neugier ihre stürmische Nachbarin musterte, mit ihrem Fächer einen Augenblick lang den Rhythmus der Musik begleitete, allerdings zum Zeichen ihrer Unabhängigkeit entschieden gegen den Takt. Als der Klavierspieler das Stück von Liszt beendet hatte und ein Prélude von Chopin intonierte, warf Madame de Cambremer ihrer Nachbarin Franquetot einen gerührten Blick zu, der neben der Befriedigung eingeweihten Könnertums eine Anspielung auf vergangene Zeiten enthielt. In ihrer Jugend hatte sie gelernt, mit zärtlichen Fingern die endlos langphrasierten Themen Chopinscher Musik nachzumodellieren, die mit ihren sich windenden Hälsen so freischwebend, so beweglich, so fühlsicher umhertasten, um einen Platz außerhalb und fern von ihrem Ausgangspunkt zu finden, an dem man dennoch hofft, sie mit weichem Schlag wieder landen zu hören, und wirklich kehren sie nach diesem spielerischen Schweifen der Phantasie desto williger – desto vorbedachter, mit um so größerer Präzision, wie auf einem bis in den schrillsten Diskant vibrierenden kristallenen Spiegel – zurück und treffen den Hörer mitten ins Herz.

Da Madame de Cambremer in der Provinz in einer Familie lebte, die wenig Beziehungen zur Gesellschaft unterhielt und kaum jemals Festlichkeiten besuchte, hatte sie sich in der Einsamkeit ihres Landsitzes daran berauscht, den Tanzschritt all der Paare, die sie bei diesen Klängen vor sich sah, bald zu verlangsamen, bald zu beschleunigen, sie wie Blüten umherzustreuen und einen Augenblick darauf im Geiste den Tanzsaal zu verlassen, um draußen den Wind unter den Tannen am Seeufer wehen zu hören und dann auf einmal, mehr noch von allen Träumen verschieden, als ein irdischer Liebhaber es jemals sein könnte, einen zartgegliederten jungen Mann, mit etwas singender, fremder und falscher Stimme, in weißen Handschuhen auf sich zukommen zu sehen. Doch heute schien ihr die verjährte Schönheit dieser Musik ohne Frische und beinahe wie verwelkt. Seit einigen Jahren von den Kennern nicht mehr bewundert, hatte sie Ehre und Zauber eingebüßt, und selbst die Menschen mit schlechtem Geschmack fanden nur noch ein uneingestandenes, mäßiges Vergnügen daran. Madame de Cambremer blickte verstohlen hinter sich. Sie wußte, daß ihre junge Schwiegertochter (voller Respekt vor ihrer neuen Familie, soweit es sich nicht um geistige Dinge handelte, in denen sie, die Harmonielehre getrieben und Griechisch gelernt hatte, ein Übergewicht besaß) Chopin verachtete und darunter litt, wenn sie ihn spielen hörte. Da sie sich aber der Aufsicht dieser Wagnerianerin, die in einiger Entfernung bei einer Gruppe von Personen ihres Alters stand, entronnen fühlte, gab sie sich entzückt ihren Eindrücken hin. Die Prinzessin des Laumes empfand in ganz der gleichen Weise. Ohne von Natur musikalisch zu sein, hatte sie doch fünfzehn Jahre hindurch im Faubourg Saint-Germain den Klavierunterricht einer genialen Frau genossen, die am Ende ihres Lebens in Not geraten war und im Alter von siebzig Jahren wieder angefangen hatte, den Töchtern und Enkelinnen ihrer einstigen Schülerinnen Musikstunden zu erteilen. Sie war nicht mehr am Leben. Aber ihre Methode, ihr schöner Anschlag lebten manchmal noch unter den Händen ihrer Schülerinnen wieder auf, selbst bei denjenigen, die sich im übrigen zu Durchschnittsgeschöpfen entwickelt, die Musik aufgegeben hatten und fast nie mehr eine Taste anrührten. Daher konnte auch Madame des Laumes in voller Sachkenntnis den Kopf wiegen, mit genauer Beurteilung der Art, in der der Pianist das Prélude vortrug, das sie auswendig kannte. Das Ende der begonnenen Melodie sang wie von selbst auf ihren Lippen mit. Sie murmelte »ch-charmant wie immer« mit einem doppelten ›Ch‹ im Anlaut, das eine verfeinerte Wertschätzung ausdrückte und bei dem ihre Lippen sich kräuselten wie schöne Blütenblätter; unwillkürlich stellte sie ihren Blick durch etwas gefühlvoll Schweifendes darin auf die gleiche Nuance ab. Indessen kam in der Marquise de Gallardon die Vorstellung auf, daß es doch schade sei, wie selten sie Gelegenheit habe, der Prinzessin des Laumes zu begegnen; sie wollte ihr so gern einmal eine Lektion erteilen, indem sie ihren Gruß nicht erwiderte. Sie wußte nicht, daß ihre Kusine im Saal anwesend war; mit einer Kopfbewegung machte Madame de Franquetot sie darauf aufmerksam. Sofort stürzte sie sich auf sie, ohne darauf zu achten, daß sie die andern störte; aber in dem Bedürfnis, eine hochmütige und eisige Miene zu bewahren, die allgemein daran erinnern sollte, daß sie eigentlich keine Beziehungen zu einer Person zu unterhalten wünschte, bei der man sich plötzlich der Prinzessin Mathilde gegenüber sehen konnte, und der sie auch nicht einen Schritt entgegenzukommen nötig hatte, da jene ja nicht von ihrer Generation sei, wollte sie doch andererseits diese distanzierte Haltung durch eine Bemerkung ausgleichen, die ihren Schritt rechtfertigte und die Prinzessin zwang, das Gespräch aufzugreifen; als sie schließlich ihrer Kusine gegenüberstand, fragte sie also mit verschlossener Miene, und indem sie ihr die Hand hinhielt wie eine Karte, mit der man notgedrungen ›bedient‹: »Wie geht es deinem Mann?« in so besorgtem Ton, als sei der Prinz mindestens schwer erkrankt. Die Prinzessin brach in ein Lachen aus, das ihr eigentümlich war und das gleichzeitig den Zweck erfüllte, den anderen zu bedeuten, daß sie sich über jemand lustig mache, sie aber auch um so hübscher erscheinen ließ, weil sich der ganze Ausdruck ihres Gesichts in dem lebendigen Mund und dem leuchtenden Blick konzentrierte, und antwortete:

– Aber ganz ausgezeichnet!

Sie lachte immer noch. Doch die Taille straffend und mit kühlerer Miene, immer noch um den Zustand des Prinzen des Laumes besorgt, fuhr Madame de Gallardon zu ihrer Kusine gewendet fort:

– Oriane (hier warf Madame des Laumes einen erstaunten und lächelnden Blick auf einen unsichtbaren Dritten, dem sie offenbar zu verstehen geben wollte, daß sie niemals die Marquise de Gallardon autorisiert habe, sie beim Vornamen zu nennen) ich würde großen Wert darauf legen, daß du morgen abend einen Augenblick zu mir kommst und dir ein Quintett mit Klarinette von Mozart anhörst. Ich möchte deine Meinung darüber wissen.

Sie schien nicht eine Einladung auszusprechen, sondern einen Dienst zu erbitten und die Ansicht der Prinzessin über das Mozart-Quintett einholen zu wollen, als handele es sich um ein neues Gericht einer Köchin, über deren Talent sie gern das Urteil eines Feinschmeckers hörte.

– Aber ich kenne das Quintett, ich kann dir gleich sagen, wie ich es finde ... ich persönlich liebe es sehr!

– Du weißt, meinem Mann geht es nicht sehr gut, seine Leber ... es würde ihm solch Vergnügen machen, dich zu sehen, fuhr Madame de Gallardon fort, nunmehr der Prinzessin eine Pflicht der Nächstenliebe daraus zu machen, daß sie zu ihrer Soiree erschiene.

Die Prinzessin sagte den Leuten nicht gern, sie wolle sie nicht sehen. Täglich drückte sie schriftlich ihr Bedauern darüber aus, daß sie – wegen der unerwarteten Ankunft ihrer Schwiegermutter, einer Einladung ihres Schwagers, eines Opernbesuchs, eines Ausflugs aufs Land – sich das Vergnügen versagen müsse, an einer Abendgesellschaft teilzunehmen, zu der zu gehen ihr nie in den Sinn gekommen wäre. So ließ sie viele Leute sich in dem Glauben wiegen, sie gehöre zu ihrem Bekanntenkreis und hätte sie an sich gern besucht, sei nun aber durch eine der Komplikationen ihres fürstlichen Daseins, die jene geschmeichelt als Konkurrenz für ihre Veranstaltung gelten ließen, daran verhindert. Da sie außerdem zu der geistvollen Clique der Guermantes gehörte, in der noch etwas von jenem heiter sprühenden, allen Gemeinplätzen und konventionellen Gefühlsäußerungen abholden Geist überlebte, der von Mérimée stammt und ein letztes Aufflackern in den Stücken von Meilhac und Halévy erfahren hat – wendete sie diesen auch auf rein gesellschaftliche Beziehungen an und ließ ihn in ihre höflichen Ausreden einfließen, die sie möglichst positiv und präzis formulierte und bei denen sie so nah wie irgend angängig bei der schlichten Wahrheit blieb. Nie verlor sie einer Gastgeberin gegenüber viele Worte, wie gern sie an ihrer Soiree teilgenommen hätte, sondern sie fand es liebenswürdiger, ihr ein paar Tatsachen vor Augen zu halten, von denen abhängen würde, ob sie kommen könne oder nicht.

– Höre, ich will dir sagen, bemerkte sie zu Madame de Gallardon, ich muß morgen zu einer Freundin, die mich vor langem schon auf diesen Tag eingeladen hat. Will sie uns mit ins Theater nehmen, so besteht beim besten Willen keine Möglichkeit, daß ich zu dir komme; wenn wir aber bei ihr bleiben, kann ich, da ich weiß, daß wir allein dort sind, sicher rechtzeitig gehen.

– Sag, hast du gesehen, daß dein Freund Swann hier ist?

– Aber geh, nein, der gute Swann! Ich wußte nicht, daß er gekommen ist, ich will schauen, daß er mich bemerkt.

– Komisch, daß er sogar hier bei der alten Saint-Euverte erscheint, meinte Madame de Gallardon. O ja! ich weiß schon, er ist gescheit, fügte sie hinzu, als meine sie damit, er sei geschickt, aber das macht nichts, ein Jude ausgerechnet bei der Schwester und Schwägerin von zwei Erzbischhöfen!

– Ich muß zu meiner Schande gestehen, daß ich mich nicht daran stoße, bemerkte die Prinzessin des Laumes.

– Ich weiß natürlich, er ist getauft, sogar seine Eltern und Großeltern schon. Aber man sagt ja immer, daß getaufte Juden noch mehr mit ihrer Religion verbunden bleiben als die anderen, daß sie sich nur verstellen, ob das wohl stimmt?

– Ich bin für diese Frage gar nicht kompetent.

Der Pianist, der nach dem Prélude noch zwei weitere Stücke von Chopin zu spielen hatte, war sofort zu einer Polonäse übergegangen. Aber seitdem die Prinzessin durch ihre Kusine wußte, daß Swann anwesend sei, hätte Chopin selbst aus dem Grabe steigen und seine sämtlichen Werke vortragen können, ohne daß sie darauf achtgegeben hätte. Sie gehörte nämlich zu derjenigen Hälfte der Menschheit, die, anstatt wie die anderen auf alle ihnen unbekannten Wesen neugierig zu sein, sich nur für die ihr bekannten interessiert. Wie bei vielen Damen des Faubourg Saint-Germain genügte bei ihr, wo immer sie sich befand, die Gegenwart eines einzigen Menschen aus ihrem gewohnten Milieu, selbst wenn sie ihm nichts zu sagen hatte, um ausschließlich ihre Aufmerksamkeit auf Kosten aller übrigen Anwesenden auf ihn zu konzentrieren. Von diesem Augenblick an machte die Prinzessin in der Hoffnung,

Swann werde sie bemerken, wie eine weiße Maus, der man, um sie zu zähmen, ein Stück Zucker einmal hinhält, dann wieder entzieht, nur noch Kopfbewegungen, in denen tausend Zeichen des Einverständnisses lagen, die zu der Polonäse von Chopin in keiner Beziehung standen, in der Richtung, in der Swann sich befand, und sobald er den Platz wechselte, verlegte sie entsprechend ihren magnetisch angezogenen Blick.
– Oriane, sei mir nicht böse, sagte Madame de Gallardon, die niemals darauf verzichten konnte, ihre größten und glänzendsten gesellschaftlichen Hoffnungen dem dunkeln, auf sofortige Erfüllung gerichteten, ganz privaten Vergnügen aufzuopfern, irgend etwas Unangenehmes zu sagen: Es gibt Leute, die behaupten, dieser Swann sei jemand, den man bei sich nicht empfangen kann, ist das wahr?
– Aber ... du mußt es ja wissen, antwortete die Prinzessin des Laumes, du hast ihn ja schon mindestens fünfzigmal eingeladen, ohne daß er gekommen ist.
Und indem sie ihre tödlich gekränkte Kusine stehen ließ, lachte sie noch einmal so hell auf, daß die Leute, die der Musik zuhörten, sich darüber entrüsteten; aber immerhin zog sie dadurch die Aufmerksamkeit der Marquise de Saint-Euverte auf sich, die aus Höflichkeit in der Nähe des Flügels geblieben war und erst jetzt die Prinzessin bemerkte. Madame de Saint-Euverte war um so entzückter, sie zu sehen, als sie sie noch in Guermantes mit der Pflege ihres kranken Schwiegervaters beschäftigt glaubte.
– Aber nein, Sie, Prinzessin, Sie sind da?
– Ja, ich habe mich in ein Eckchen gesetzt und viel Schönes gehört.
– Wie! Sogar länger sind Sie schon da?
– Aber ja, nur ist mir die Zeit eigentlich kurz vorgekommen, lang höchstens, weil ich Sie noch immer nicht gesehen hatte.
Madame de Saint-Euverte wollte der Prinzessin des Laumes ihren Fauteuil überlassen, doch diese antwortete:
– Nicht doch! Warum denn nur! Ich sitze überall gut!

Mit Absicht wählte sie, um besonders eindringlich die schlichte Haltung einer wahrhaft großen Dame zu manifestieren, einen kleinen lehnenlosen Sitz:

– Da, der Puff ist recht, mehr brauche ich nicht. Da muß ich mich wenigstens gerade halten. O mein Gott, jetzt mache ich schon wieder Lärm, sie werden mich noch auspfeifen.

Indessen steigerte der Pianist immer weiter das Tempo, die musikalische Begeisterung erreichte ihren Höhepunkt, ein Diener bot auf einem Tablett Erfrischungen an und klapperte dabei mit den Löffeln, und wie jede Woche machte ihm Madame de Saint-Euverte, ohne daß er es sah, ein Zeichen, er solle verschwinden. Eine Jungvermählte, die gelernt hatte, daß eine junge Frau nie blasiert aussehen dürfe, lächelte vor Freude und suchte mit dem Blick die Gastgeberin, um ihr ihre Dankbarkeit dafür auszudrücken, daß sie ›an sie gedacht‹ habe bei einem solchen Genuß. Wenn auch mit größerer äußerer Ruhe als Madame de Franquetot verfolgte sie doch das Stück mit Unruhe. Die ihre aber galt weniger dem Pianisten als dem Flügel, auf dem eine bei jedem Fortissimo in heftige Bewegung geratende Kerze unaufhörlich nahe daran war, wenn auch nicht den Schirm in Brand zu setzen, so doch Flecke auf dem Palisanderholz zu machen. Schließlich hielt sie es nicht mehr aus, sie eilte die beiden Stufen zu der Estrade, auf der das Instrument stand, hinauf und sprang hinzu, um die Manschette mit dem Licht abzunehmen. Doch kaum berührte sie sie mit der Hand, als das Stück mit dem Schlußakkord endete und der Klavierspieler sich erhob. Immerhin brachten die kühne Initiative der jungen Frau, der kurze nahe Kontakt zwischen ihr und dem Musikanten allgemein einen günstigen Eindruck hervor.

– Haben Sie gesehen, was diese junge Person da gemacht hat? fragte General de Froberville die Prinzessin des Laumes, zu deren Begrüßung er herangetreten war, als die Marquise de Saint-Euverte sie einen Augenblick verließ. Das ist doch sonderbar. Ist sie selber Musikerin?

– Nein, sie ist eine kleine Madame de Cambremer, antwortete die Prinzessin etwas unbedacht; rasch setzte sie hinzu: Ich wiederhole nur, was ich selbst habe sagen hören, ich habe keine Ahnung, wer es war, ich hörte nur hinter mir so eine Bemerkung, die Cambremers seien Gutsnachbarn von Madame de Saint-Euverte, aber ich glaube, kein Mensch kennt sie. Es sind halt so ›Leute vom Lande‹! Im übrigen weiß ich nicht, ob Sie in der glanzvollen Gesellschaft hier sehr zu Hause sind, ich selbst kenne alle diese erstaunlichen Leute nicht einmal mit Namen. Was meinen Sie, womit die ihre Zeit verbringen, wenn sie nicht bei den Soireen von Madame de Saint-Euverte sind? Offenbar bezieht sie sie gleichzeitig mit den Musikern, den Stühlen und den Erfrischungen. Aber geben Sie zu, diese ›von Belloir gestellten‹ Gäste sind wirklich erstklassig. Daß sie sich das wirklich getraut, jede Woche solche Statisten zu mieten. Es ist kaum zu glauben!
– Oh! Aber Cambremer ist ein Name, den es gibt, er ist sogar alt, meinte der General.
– Ich habe nichts dagegen, daß er alt ist, gab die Prinzessin kühl zurück, ›euphonisch‹ jedenfalls ist er nicht. Sie setzte dabei das Wort ›euphonisch‹ gleichsam in Anführungsstriche, was eine kleine affektierte Manier der Coterie Guermantes dartellte.
– Finden Sie? Aber die junge Frau ist doch allerliebst, sagte der General, der kein Auge von Madame de Cambremer ließ. Meinen Sie nicht auch?
– Sie spielt sich zu sehr auf, ich finde das bei einer so jungen Person nicht richtig, denn ich kann mir nicht denken, daß sie ›von meiner Generation‹ ist, antwortete Madame des Laumes (diese Wendung nämlich war bei den Gallardon und Guermantes gleichermaßen beliebt).
Als aber die Prinzessin bemerkte, daß Monsieur de Froberville Madame de Cambremer auch weiterhin anstarrte, setzte sie, halb aus Bosheit gegen jene, halb aus Liebenswürdigkeit dem General gegenüber hinzu: »Ich meine, nicht richtig...

ihrem Mann gegenüber! Ich bedaure, daß ich sie nicht kenne, da Sie so offenbar für sie eingenommen sind, ich hätte Sie ihr gern vorgestellt.« Sie sagte das, obgleich sie wahrscheinlich nichts dergleichen getan hätte, wäre sie auch mit Madame de Cambremer gut bekannt gewesen. »Ich glaube, ich muß mich jetzt von Ihnen verabschieden, eine Freundin von mir hat Geburtstag, da muß ich gratulieren«, bemerkte sie schlicht und wahrheitsgemäß, wobei sie allerdings die gesellschaftliche Veranstaltung, zu der sie sich begab, auf die Maße einer bloßen Zeremonie reduzierte, deren Beobachtung zwar langweilig, jedoch unerläßlich und durch die Pflicht der Menschenfreundlichkeit geboten sei. »Außerdem treffe ich da Basin«, setzte sie hinzu, »der, während ich hier war, Freunde besucht hat, die Sie auch kennen, glaube ich; sie heißen ›Jena‹ wie die Brücke.«

– Zunächst ist das der Name eines Sieges gewesen, Prinzessin, sagte der General. Wissen Sie, für einen alten Haudegen, wie ich einer bin, setzte er hinzu, indem er sein Monokel, um es abzuwischen, in der gleichen Weise abnahm, wie man einen Verband wechselt, während die Prinzessin den Blick abwendete, ist dieser napoleonische Adel zwar natürlich auch eine Sache für sich, aber doch sehr schön in seiner Art; jedenfalls sind es Leute, die sich als Helden geschlagen haben.

– Aber ich habe die größte Hochachtung vor Helden, sagte die Prinzessin in einem leicht ironisch gefärbten Ton; wenn ich nicht mit Basin zu diesen Jenas gehe, so einfach deswegen, weil ich sie nicht kenne. Basin kennt sie und mag sie sehr gern. Nein, nein, nicht was Sie denken, es ist kein Flirt, ich habe keinen Grund, etwa dagegen zu sein! Was würde es auch schon nützen, wenn ich dagegen wäre! fügte sie in melancholischem Ton hinzu, denn jeder wußte, daß Prinz des Laumers am ersten Tage nach seiner Heirat mit ihr seine entzükkende Kusine schon wieder betrogen hatte. Aber hier ist es anders, es sind Leute, die er von früher kennt, sie nützen ihm irgendwie, ich finde das ganz recht. Ich übrigen muß ich sagen,

daß schon allein, was er mir von ihrem Hause erzählt hat ... Stellen Sie sich vor, sie sind ganz in Empire eingerichtet!
– Aber das ist natürlich, Prinzessin, es werden halt die Möbel ihrer Großeltern sein.
– Dagegen sage ich ja auch nichts, nur wird es nicht schöner dadurch. Ich verstehe sehr gut, daß man möglicherweise keine hübschen Sachen besitzt, aber deswegen braucht man doch noch keine lächerlichen aufzustellen. Ich kann nun mal nicht anders, ich finde, es gibt nichts Protzigeres und Parvenühafteres als diesen grausigen Stil mit den Kommoden, die mit Schwanenköpfen verziert sind, als wären es Badewannen.
– Aber ich glaube doch, sie haben auch schöne Sachen, sie sollen den berühmten Mosaiktisch haben, an dem irgendein Vertrag unterzeichnet worden ist, ich glaube, der von ...
– Ach was! Vom historischen Gesichtspunkt aus mögen die Sachen interessant sein, dagegen sage ich ja nichts. Aber schön? ... sie sind nun eben mal fürchterlich! Auch ich habe solche Stücke, die Basin von dem Montesquious geerbt hat. Nur lagern wir sie in Guermantes auf dem Speicher, wo kein Mensch sie sieht. Doch gut, darum handelt es sich ja nicht; ich würde auch mit Basin zu ihnen hinlaufen und sie mitten unter ihren Sphinxen und Kupferbeschlägen besuchen, wenn ich sie kennte ... aber ich kenne sie nicht! Als ich klein war, hat man mir gesagt, es sei nicht artig, zu Leuten zu gehen, die man nicht kennt, fügte sie kindisch eigensinnig hinzu. Ich tue nur, was mir gesagt worden ist. Können Sie sich die guten Leute vorstellen, wenn sie plötzlich jemand zu sich hereinkommen sähen, den sie gar nicht kennen? Sie würden mich vielleicht sehr wenig nett empfangen.
Aus Koketterie lächelte sie um so reizender bei dieser Unterstellung und schaute den General mit blauen, sanften, träumenden Blicken an.
– Oh, was das anbelangt ... Sie wissen ganz genau, Prinzessin, sie wären vor Freude außer sich ...

– Aber nicht doch, weshalb denn? fiel sie ihm lebhaft ins Wort; entweder wollte sie so tun, als wüßte sie nicht, daß es so sei, weil sie eben eine der ganz großen Damen von Frankreich war, oder weil sie es gern von dem General noch einmal hören wollte. Weshalb? Wie wollen Sie das denn wissen? Es wäre ihnen vielleicht denkbar unangenehm. Ich weiß nicht, mir selbst zum Beispiel ist es schon unangenehm, wenn ich die Leute sehen muß, die ich kenne; ich glaube, wenn ich nun auch noch die, die ich nicht kenne, sehen müßte, und wenn es zehnmal ›Helden‹ sind, würde ich verrückt. Außerdem, wissen Sie, wenn es sich nicht um alte Freunde wie Sie handelt, die man ohnehin kennt, glaube ich nicht, daß Heldentum in Gesellschaft etwas besonders Handliches ist. Schon so langweilt es mich entsetzlich, wenn ich Diners bei mir arrangieren muß, aber wenn ich mich dabei auch noch von Spartacus sollte zu Tisch führen lassen ... Nein, nein, Vercingetorix zum Beispiel würde ich nicht mal einladen, wenn wir dreizehn wären. Höchstens bei ganz großen Réunions. Und da ich die nicht gebe...

– Ah, Prinzessin, nicht umsonst sind Sie eine Guermantes. Sie haben wirklich den Esprit der Guermantes!

– Man sagt immer, der Esprit *der* Guermantes, ich weiß eigentlich nicht, warum. Sie kennen also auch andere von der Familie, die ihn haben, fügte sie mit einem perlenden Lachen der Ausgelassenheit hinzu; ihre Züge lagen gesammelt unter dem feinen Netz ihrer angeregten Stimmung, ihre Augen blitzten, aufglänzend in einem sonnigen Strahlen von Heiterkeit, das einzig bei allen Bemerkungen ausbrach, die – und kämen sie aus ihrem eigenen Munde – zum Preis ihres Geistes und ihrer Schönheit vorgebracht wurden. Sehen Sie mal, da ist Swann, es sieht so aus, als begrüße er Ihre Cambremer; da ... jetzt steht er neben der alten Saint-Euverte, sehen Sie denn nicht! Bitten Sie ihn doch, daß er Sie bekannt macht mit ihr. Aber beeilen Sie sich, es sieht geradeso aus, als wolle er eben gehen!

– Haben Sie bemerkt, sagte der General, wie furchtbar schlecht er aussieht letzthin?
– Der liebe Charles! Ach, endlich kommt er, ich glaubte schon, er wolle mich nicht sehen!
Swann mochte die Prinzessin des Laumes sehr gern, außerdem erinnerte ihn ihr Anblick immer an Guermantes, einen Besitz unmittelbar bei Combray und an jene ganze Landschaft, an der er so sehr hing und in der er sich nie mehr aufhielt, weil er sich von Odette nicht entfernen wollte. Er drückte sich ihr gegenüber in einer Weise aus, die halb dem Künstlerjargon, halb dem galanten Ton der Salons entsprach und die er ganz natürlich wiederfand, sobald er auch nur für kurze Zeit in sein altes Milieu zurückgekehrt war – außerdem spielte seine ganz private Sehnsucht nach dem Lande mit hinein:
– Ach! sagte er so, daß er gleichzeitig von Madame de Saint-Euverte, mit der er noch sprach, und von Madame des Laumes, die er meinte, gehört werden konnte, da kommt ja die bezaubernde Prinzessin! Sehen Sie, sie ist, um die ›Vogelpredigt‹ von Liszt zu hören, wie eine reizende kleine Meise eigens aus Guermantes herübergeflattert und hat nur noch gerade Zeit gehabt, ein paar Vogelkirschen und Weißdornbeeren mit ein paar Tautröpfchen und ein bißchen Reif, über den die Herzogin sicher seufzt, für ihr Haar abzupflücken. Das sieht wirklich wunderhübsch aus, liebe Prinzessin.
– Wie? Die Prinzessin ist von Guermantes eigens hergekommen! Das ist mehr, als ich erwarten konnte! Ich hatte keine Ahnung, ich weiß gar nicht, was ich da sagen soll, rief naiverweise Madame de Saint-Euverte aus, die zu wenig an Swanns Redeweise gewöhnt war. Aber wirklich, es sieht so aus wie ... wie soll ich sagen ... Kastanien sind es nicht! Eine reizende Idee! Aber woher soll die Prinzessin denn unser Programm gekannt haben! Die Musiker hatten es ja nicht einmal mir anvertraut.
Swann, der Frauen, denen er in galanten Wendungen den Hof zu machen pflegte, immer Dinge von raffinierter Erfin-

dung sagte, die viele nicht verstanden, hielt es nicht für nötig, Madame de Saint-Euverte darüber aufzuklären, daß er nur bildlich gesprochen habe. Die Prinzessin hingegen lachte hell heraus, denn Swanns Art von Geist war in ihrem engeren Kreise sehr geschätzt, außerdem war sie außerstande, ein Kompliment anzuhören, das ihr galt, ohne es äußerst reizvoll und unwiderstehlich launig und lustig zu finden.
– Gut, gut! Ich bin begeistert, Charles, daß meine Beerchen Ihnen gefallen. Warum begrüßen Sie denn diese Cambremer? Sind Sie etwa auch Nachbarn?
Als Madame de Saint-Euverte sah, daß die Prinzessin sich mit Swann angeregt unterhielt, zog sie sich zurück.
– Aber Sie doch auch, Prinzessin.
– So? Ja, haben diese Leute denn überall Landbesitz? Da tauschte ich gern mit ihnen.
– Ich meine nicht die Cambremers, sondern die Eltern der jungen Frau; sie ist eine geborene Legrandin, die aus Combray stammt. Wissen Sie überhaupt, Prinzessin, daß Sie Gräfin von Combray sind und daß das Kapitel Ihnen einen Grundzins schuldet?
– Was das Kapitel mir schuldet, weiß ich nicht, aber ich weiß, daß mir der Pfarrer jedes Jahr hundert Francs aus der Tasche zieht, worauf ich sehr gern verzichten würde. Diese Cambremers jedenfalls haben einen seltsamen Namen. Er hört noch gerade zur rechten Zeit auf, aber schon spät genug.
– Der Anfang ist auch schon bedenklich, meinte Swann.
– Eine zweifache Abkürzung, wenn man will! ...
– Sie stammt von jemand, der sehr wütend war, aber wußte, was sich schickt, und schon das erste Wort halb verschluckt hat.
– Aber wenn er dann doch das zweite anbrechen mußte, hätte er lieber das erste vollständig bringen und dann Schluß machen sollen. Eine reizende Art von Witzen erlauben wir uns da, lieber Charles, aber wie traurig, daß man Sie nie mehr sieht, setzte sie schmeichelnd hinzu, es plaudert sich doch mit

Ihnen so nett. Stellen Sie sich vor, Froberville, dieser Idiot, verstand nicht einmal, daß Cambremer ein fataler Name ist. Sie werden mir zugeben, daß das Leben alles andere ist als schön. Nur wenn ich Sie sehe, höre ich einen Augenblick mich zu langweilen auf.

Zweifellos war das nicht wahr. Aber Swann und die Prinzessin hatten eine gleiche Art, die kleinen Dinge des Lebens zu sehen, und die Wirkung – wenn nicht Ursache – war eine große Ähnlichkeit der Ausdruckswahl, ja sogar der Aussprache. Diese Ähnlichkeit drängte sich nicht sehr auf, da ihrer beider Stimmen denkbar verschieden waren. Aber wenn man in Gedanken Swanns Äußerungen von dem sie umhüllenden volleren Stimmklang löste und von dem Schnurrbart absah, hinter dem sie hervorkamen, wurde einem klar, daß es sich bei beiden um das gleiche Genre von Bemerkungen, den gleichen Tonfall, die ganze, gleiche, der Coterie Guermantes eigentümliche Art handelte. In bezug auf wichtige Dinge stimmten Swann und die Prinzessin in keinem Punkte überein. Aber seit Swann so traurig und unaufhörlich im Zustand jener Erregung und Rührung war, die dem Augenblick vorausgeht, wo man in Tränen ausbricht, hatte er das gleiche Bedürfnis, von seinem Kummer zu sprechen, wie ein Mörder es fühlt, von seinem Verbrechen zu reden. Als die Prinzessin zu ihm sagte, das Leben sei alles andere als schön, empfand er das gleiche sanfte Wohlgefühl, als redete sie zu ihm von Odette.

– Ja, das Leben ist grauenhaft. Wir müssen uns wieder öfter sehen, ma chère amie. Was den Umgang mit Ihnen so angenehm macht, ist, daß Sie nicht lustig sind. Wir sollten einmal wieder einen Abend zusammen sein.

– Und ob wir das sollten. Aber warum kommen Sie nicht nach Guermantes? Meine Schwiegermutter wäre wer weiß wie froh. Die Gegend gilt als häßlich, aber ich muß Ihnen sagen, mir mißfällt die Landschaft nicht, ich hasse ›malerische‹ Regionen.

– Und ob es dort schön ist! Ich bewundere die Landschaft sogar sehr. Sie ist fast zu schön, zu lebendig für mich im Augenblick. Es ist eine Szenerie, in der man glücklich sein sollte. Vielleicht kommt es daher, daß ich selbst dort gelebt habe: alles spricht mich so stark dort an. Wenn sich ein Lüftchen regt, wenn es im Kornfeld rauscht, habe ich das Gefühl, daß jemand kommt, daß eine Botschaft auf dem Wege zu mir ist; und die kleinen Häuser am Uferrand ... ich wäre sehr unglücklich dort.
Oh, mein guter Charles, passen Sie auf, die furchtbare Rampillon hat mich entdeckt, verstecken Sie mich und sagen Sie mir rasch, was mit ihr vorgefallen ist, ihre Tochter hat sich verheiratet oder ihr Freund, oder beide ... vielleicht miteinander! ... Ach nein, richtig, jetzt besinne ich mich, ihr Fürst hat sie verlassen ... tun Sie so, als sprechen Sie mit mir, damit diese Berenike nicht kommt und mich zum Diner einladen will. Im übrigen verschwinde ich jetzt. Hören Sie, mein lieber Charles, wollen Sie sich nicht jetzt, wo ich Sie endlich einmal sehe, entführen lassen und mit mir zur Prinzessin von Parma gehen, sie würde sich so freuen, und Basin auch, mit dem ich mich dort treffe. Wenn man nicht manchmal durch Mémé etwas von Ihnen hörte ... Sie dürfen nicht vergessen, ich sehe Sie ja überhaupt nicht mehr!
Swann aber lehnte ab; da er Monsieur de Charlus gesagt hatte, er werde direkt von Madame de Saint-Euverte nach Hause gehen, legte er keinen Wert darauf, durch einen Besuch bei der Prinzessin von Parma möglicherweise um eine Botschaft zu kommen, auf deren Überbringung durch einen Diener er schon den ganzen Abend gehofft hatte und die er nun vielleicht zu Hause beim Concierge finden würde. »Der arme Swann«, sagte an jenem Abend die Prinzessin zu ihrem Gatten, »er ist immer sehr nett, aber er sieht furchtbar traurig aus. Du wirst es selber sehen, er hat mir versprochen, daß er dieser Tage zu uns zum Abendessen kommt. Ich finde ja im Grunde lächerlich, daß ein so gescheiter Mann sich um eine

solche Person soviel Kummer macht. Nicht einmal interessant ist sie, es heißt, sie sei furchtbar dumm«, setzte sie mit der überlegenen Klugheit derjenigen, die nicht lieben, hinzu, die alle der Meinung sind, ein Mann von Geist solle nur um eine Frau unglücklich sein, die es auch verdient. Mit dem gleichen Recht wundert man sich, daß sich jemand herbeiläßt, wegen einer so unscheinbaren Kreatur, wie der Kommabazillus es ist, an Cholera zu erkranken.

Swann wollte gehen, aber in dem Augenblick, als er gerade glaubte, sich losgemacht zu haben, bat ihn General Froberville, ihn mit Madame de Cambremer bekannt zu machen, und er mußte noch einmal mit ihm in den Saal zurück, um nach ihr zu suchen.

– Was meinen Sie, Swann, ehe ich von den Wilden massakriert würde, möchte ich lieber der Mann dieser Dame sein; was halten Sie davon?

Die Worte ›von den Wilden massakriert‹ bohrten sich schmerzhaft in Swanns Herz; auf der Stelle hatte er das Bedürfnis, das Gespräch mit dem General fortzusetzen:

– Oh, sagte er, manch schönes Leben hat dieses Ende gefunden ... Sie wissen ja ... dieser Seefahrer, dessen Asche Dumont d'Urville mitgebracht hat, La Pérouse ... (und schon war Swann so glücklich, als spräche er von Odette). Das ist eine anziehende Gestalt, die mich immer interessiert hat, dieser La Pérouse, setzte er melancholisch hinzu.

– Richtig, richtig! La Pérouse, sagte der General. Ein bekannter Name. Eine Straße heißt nach ihm.

– Kennen Sie jemand in der Rue La Pérouse? fragte Swann lebhaft zurück.

– Nur Madame de Chanlivault, die Schwester des guten Chaussepierre. Wir hatten neulich einen reizenden Theaterabend bei ihr. Das ist ein Salon, der eines Tages sehr elegant sein wird, Sie werden sehen!

– So! Sie wohnt in der Rue La Pérouse. Das ist sympathisch, es ist eine hübsche Straße, sie hat so etwas Schwermütiges.

– Sagen Sie das nicht, Sie sind offenbar in letzter Zeit nicht dagewesen; schwermütig ist da gar nichts mehr, es wird mächtig gebaut in der ganzen Gegend.

Als Swann endlich den General der jungen Madame de Cambremer vorstellte, ließ sie, da sie den Namen Froberville zum ersten Male hörte, ein flüchtiges Lächeln freudigen Erstaunens auf ihren Zügen erscheinen, als habe sie nie von jemand anderem reden hören; denn da sie die Freunde ihrer jetzigen Familie nicht kannte, glaubte sie bei jeder neuen Erscheinung, die man ihr vorführte, es könne einer von ihnen sein, und da sie es für ein Zeichen besonderen Taktes hielt, so zu tun, als habe sie schon viel von dem Betreffenden gehört, reichte sie ihm die Hand in jener zögernden Art, die die natürliche Reserve andeuten sollte, zu der man sie erzogen hatte und die sie erst überwinden mußte, gleichzeitig aber auch die spontane Sympathie, die über die Hemmung siegte. Daher erklärten denn auch ihre Schwiegereltern, die sie noch für die glanzvollsten Repräsentanten Frankreichs hielt, sie sei ein ,Engel, um so mehr, als sie bei ihrer Einwilligung in diese Heirat ihres Sohnes lieber der Anziehungskraft ihrer trefflichen Eigenschaften als der ihres großen Vermögens gefolgt sein wollten.

– Man sieht gleich, daß Sie eine von Grund auf musikalische Seele sind, Madame, sagte der General in unbewußter Anspielung auf den Zwischenfall mit der Lichtmanschette.

Doch das Konzert nahm weiter seinen Gang, und Swann mußte einsehen, daß er vor dem Ende der neuen Programmnummer nicht werde gehen können. Er litt darunter, hier mit diesen Leuten eingesperrt zu sein, deren Dummheit und Lächerlichkeit ihn um so schmerzlicher berührten, als sie, in Unwissenheit über seine Liebe – und wenn sie davon gewußt hätten, außerstande, sich dafür zu interessieren und etwas anderes zu tun, als darüber zu lächeln wie über eine Kinderei oder sie zu beklagen wie eine Narrheit – sie ihm unter dem Gesichtspunkt eines ganz subjektiven Zustandes erscheinen ließen, der einzig für ihn bestände und dessen Wirklichkeit durch nichts Äußeres bekräftigt würde; er litt ganz besonders und mit einer Intensität, daß selbst der Klang der Instrumente ihm Lust machte, vor Schmerzen aufzuschreien, unter der Tatsache, daß er nun den Aufenthalt an einem Orte noch länger ausdehnen mußte, an den Odette niemals kommen würde, wo niemand, wo nichts sie kannte, von dem sie in jeder Weise abwesend war.

Aber plötzlich war es, als sei sie eingetreten, und dies ihr Erscheinen bereitete ihm einen Schmerz, der ihn so reißend durchfuhr, daß er die Hand an sein Herz führen mußte. Die Geige hatte eine Folge hoher Töne erreicht, auf denen sie unbeirrt verharrte wie in langer Erwartung, als sähe sie beseligt den Gegenstand ihres Sehnens von ferne näher kommen und versuche nun in verzweifeltem Bestreben, bis zu seiner Ankunft auszuhalten, ihn zu empfangen, bevor ihr die Kraft versagte, ihm noch mit äußerstem Bemühen die Wege offenzuhalten, damit er auf ihnen eingehen könne wie durch eine Tür, die man aufzustemmen versucht, da sie sonst zufallen würde. Bevor noch Swann Zeit hatte zu begreifen und sich sagen konnte: ›Es ist das kleine Thema von Vinteuil, ich darf nicht hinhören!‹, wachten alle seine Erinnerungen aus der Zeit, da Odette in ihn verliebt war, die er bis zu diesem Tage unsichtbar in den Tiefen seines Innern zurückzuhalten vermocht hatte, getäuscht durch diesen flüchtigen Sonnenstrahl aus der Zeit der Liebe, die sie damit zurückgekehrt glaubten, auf, erhoben sich mit mächtigem Flügelschlag und sangen ihm, ohne Erbarmen für seine jetzige Unseligkeit, die vergessenen Strophen des Glückes tönend ins Ohr.

An Stelle abstrakter Vorstellungen wie ›damals, als ich glücklich war‹, ›die Zeit, da sie mich noch liebte‹, die er sich oft mit diesen Worten im Geiste vorgestellt hatte, ohne dabei allzuviel Schmerz zu empfinden, denn nur bestimmte Auszüge der Vergangenheit waren darin niedergelegt, tauchte jetzt wieder alles vor ihm auf, was die unverkennbare, flüchtige Essenz dieses Glücks in sich aufgespeichert hatte; er sah wieder die schneeig weißen, gelockten Blütenblätter der Chrysantheme, die sie ihm in den Wagen geworfen und die er an seine Lippen gepreßt hatte – die in Reliefbuchstaben eingeprägte Aufschrift ›Maison Dorée‹ auf jenem Brief, in dem er die Worte las: ›Meine Hand zittert so sehr‹ – das leichte Zusammenziehen der Brauen, mit dem sie ihn angefleht hatte: ›Wird es auch nicht allzulange dauern, bis ich von Ihnen höre?‹; er verspürte den Geruch des heißen Eisens, mit dem der Friseur seine ›Bürste‹ gerade richtete, während Loredan die kleine Arbeiterin abholte, den Duft der Gewitterregen, die in jenem Frühling so häufig niedergegangen waren, die fröstelnde Heimfahrt in seinem offenen Wagen im Mondschein, das ganze Maschengefüge aus Denkgewohnheiten, jahreszeitlichen Impressionen, Reaktionen der Körperhaut, die damals über den Ablauf der Wochen wie ein gleichförmiges Netz gebreitet waren, unter dem sein Leib gefangenlag. Damals tat er einer lustvollen Neugier Genüge, indem er die Freuden der Menschen zur Kenntnis nahm, die ganz aus der Liebe leben. Er hatte geglaubt, es dabei belassen zu können und nicht in die Lage zu kommen vermeint, auch ihren Schmerz zu erfahren; wie trat jetzt der Zauber Odettes so völlig hinter dem furchtbaren Grauen zurück, das jenen zu einem trüben Dunstkreis auseinanderzuziehen schien, hinter der ungeheuerlichen Angst, nicht jeden Augenblick zu wissen, was sie tat, sie nicht überall und zu jeder Zeit ganz für sich allein zu haben! Ach, er erinnerte sich, in welchem Ton sie ausgerufen hatte: ›Aber immer kann ich Sie sehen, ich bin immer frei!‹ – sie, die es jetzt niemals mehr war! an das Interesse, die Neugier, die sie für sein Dasein an den Tag gelegt, den leidenschaftlichen Wunsch, den sie bekundet hatte, er möge ihr die Gunst erweisen – die damals in ihm eine Art Furcht wie vor einer möglicherweise ärgerlichen Beeinträchtigung auslöste – ihr Zugang dazu zu gewähren; wie sie ihn hatte bitten müssen, damit er sich zu den Verdurins mitnehmen ließ; und wie, als er sie einmal im Monat zu sich kommen ließ, sie ihm jedesmal, bevor er nachgab, wiederholen mußte, wie bezaubernd es sein würde, sich alle Tage zu sehen, ein Brauch, von dem sie damals träumte – während er ihm nur wie eine lästige Störung seiner Gewohnheiten erschien – gegen den dann aber sie eine Abneigung bekam, so daß sie schließlich damit brach, als er für ihn zu einem unbezwinglichen, schmerzhaften Bedürfnis geworden war! Er hatte nur allzu recht gehabt, als er ihr bei ihrer dritten Zusammenkunft, damals, als sie immer wieder sagte: ›Warum lassen Sie mich nicht öfter kommen?‹ galant und lächelnd geantwortet hatte: ›Aus Furcht zu leiden.‹ Jetzt, ach! kam es auch noch öfter vor, daß sie ihm von einem Restaurant oder Hotel aus schrieb auf Papier, das oben den betreffenden Namen trug; jetzt aber waren diese Buchstaben für ihn wie brennende Feuermale. ›Sie schreibt aus dem Hotel Vouillemont? Weshalb mag sie da sein? Mit wem? Was hat sich dort zugetragen?‹ Er dachte an die Gasflammen, die auf dem Boulevard des Italiens ausgelöscht wurden, als er sie wider alle Hoffnung unter den irrenden Schatten getroffen hatte in jener Nacht, die ihm fast übernatürlich vorgekommen war und die tatsächlich – als eine Nacht aus der Zeit, wo er sich nicht einmal zu fragen brauchte, ob er sie durch sein Suchen und Wiederfinden nicht verstimmen würde, so sicher durfte er damals sein, daß es für sie keine größere Freude gab als die, ihn zu sehen und mit ihm nach Hause zu gehen – einer geheimnisvollen Welt angehörte, in die man nie zurückkehren kann, wenn einmal die Pforten wieder geschlossen sind. Und Swann sah vor diesem wiederdurchlebten Glück unbeweglich einen Unglücklichen stehen, der, weil er ihn nicht gleich erkannte, sein Mitgefühl erregte, so daß er die Augen senken mußte, damit niemand sah, daß sie voll Tränen standen. Dieser Unglückliche war er selbst.

Als er es begriffen hatte, hörte sein Mitleid zwar auf, aber er fühlte sich eifersüchtig auf jenes andere Selbst, das sie geliebt hatte, eifersüchtig auch auf die, von denen er sich, ohne deswegen allzusehr zu leiden, oft gesagt hatte: ›sie liebt sie vielleicht‹, jetzt, wo er die unbestimmte Idee des Liebens, in der noch selbst keine Liebe liegt, mit den Chysanthemenblüten und dem Briefkopf der Maison Dorée vertauscht hatte, die ihrerseits voll davon waren. Als sein Leiden zu heftig wurde, strich er sich mit der Hand über die Stirn, ließ sein Monokel fallen und rieb das Glas. Hätte er sich in diesem Augenblick gesehen, so würde er bestimmt in seine Sammlung bezeichnender Eingläser auch das seine aufgenommen haben, das er ablegte, als wolle er damit einen lästigen Gedanken abstreifen, und auf dessen beschlagener Oberfläche er mit dem Taschentuch einen Kummer wegzuwischen versuchte.

Es liegt ein Timbre im Klang der Geige – wenn man das Instrument nicht sieht und das, was man hört, nicht auf seinen Anblick beziehen kann, der die Klangfarbe unwillkürlich modifiziert – das so sehr dem gewisser Altstimmen gleicht, daß man der Täuschung erliegen kann, es sei eine Singstimme zu dem Konzert hinzugetreten. Man hebt dann den Blick und sieht nur die Geigenkörper, Schreine, so kostbar wie chinesische Holzarbeit, aber für Augenblicke wird man dennoch wieder durch den betörenden Ruf der Sirene irregeführt; manchmal glaubt man auch, einen gefangenen Geist zu hören, der sich in dem von geheimem Wissen verzaubert erbebenden Behältnis regt und sträubt wie der Teufel im Weihwasserbecken; manchmal endlich scheint durch die Luft ein Wesen, rein und aus überirdischen Welten stammend, zu entschweben, indem es eine unsichtbare Botschaft vor uns abrollen läßt.

Es war, als ob die Instrumente das kleine Thema weniger spielten, als daß sie es vielmehr nach den Riten, die es verlangte, heraufbeschworen, um für kurze Zeit sein geisterhaftes Erscheinen zu bewirken und ihm Dauer zu verleihen, und Swann, der es nicht klarer zu erkennen vermochte, als gehöre es einer Welt ultravioletter Strahlungen an, und nur den leisen kühlen Hauch der Verwandlung in der gegenwärtigen Blindheit erfuhr, mit der er geschlagen wurde, sobald er in seine Nähe kam, spürte dennoch seine Gegenwart wie die einer schützenden Gottheit, die die Vertraute seiner Liebe wäre und die, um inmitten der Menge bis zu ihm vordringen und abseits mit ihm sprechen zu können, die Verkleidung dieser klangvollen Materialisation angenommen habe. Und während sie leicht, mit beschwichtigendem Raunen, wie ein Duft vorüberstrich, ihm sagte, was sie zu sagen hatte, bewegte er in seinem Herzen jedes Wort dieser Botschaft, beklagte, sie so rasch vorüberfliehen zu sehen, und formte unwillkürlich die Lippen zu einem Kuß, den er dem flüchtig und mit süßem Laut entschwebenden Genius aufdrücken wollte. Noch mehr auf sich selbst zurückgeworfen, noch einsamer fühlte er sich, da diese Stimme, die zu ihm sprach, mit gedämpftem Laut von Odette redete. Denn er meinte nicht mehr wie einst, daß die Melodie von ihm und Odette nichts wisse. Zu oft war sie Zeugin ihrer Freuden gewesen! Freilich hatte sie ihn auch oft vor deren Vergänglichkeit gewarnt. Doch während er in jenen Zeiten das Leid in ihrem Lächeln, in ihrem illusionslos klaren Stimmklang erriet, fand er heute eher darin die Anmut fast heiterer Resignation. Von jenen Kümmernissen, von denen sie früher schon sprach und die sie, ohne daß er glaubte, von ihnen berührt zu werden, in ihrem rasch und gewunden strömenden Lauf dahintrug, schien sie jetzt, da sie die seinen geworden waren, ohne daß er hoffen durfte, sich jemals daraus zu lösen, wie einstmals von seinem Glück zu sagen: ›Was ist das schon? Es ist alles nichts.‹ Und zum ersten Male dachte Swann mit Mitleid und Zärtlichkeit an Vinteuil, jenen unbekannten, erhabenen Bruder im Leid, der so großen Schmerz hatte erfahren müssen; wie mochte sein Leben gewesen sein? Aus welchen Leidenstiefen hatte er die Gotteskraft geschöpft, dies grenzenlose Schöpfertum? Wenn das kleine Thema ihm jetzt von der Eitelkeit seines Kummers sprach, fand Swann eine süße Tröstung in jener gleichen

Weisheit, die ihm eben noch unerträglich erschienen war, als er sie auf den Mienen gleichgültiger Menschen zu lesen meinte, die seine Liebe als eine Entgleisung ansahen, der keine Wichtigkeit beizumessen war. Diese kleine Melodie nämlich sah darin, welche Meinung sie auch sonst über die kurze Dauer solcher Seelenzustände haben mochte, nicht wie alle diese Leute etwas weniger Ernstes, als das wirkliche Leben es ist, sondern im Gegenteil etwas, was so sehr darüber erhaben sei, daß nur dies allein sich auszudrücken lohne. Die Reize einer zuinnerst gefühlten Trauer versuchte sie nachzubilden, ja von neuem zu schaffen, und ihr tiefstes Wesen sogar, das doch völlig unmittelbar ist und jedem anderen als dem, der sie an sich erlebt hat, eitel erscheinen muß, hatte sie erfaßt und sichtbar gemacht, so daß alle Zuhörer – wofern sie nur im geringsten musikalisch waren – ihren Wert bekennen und ihre göttliche Süße kosten mußten, sie alle, die im Leben bei jeder Einzelliebe, die sie in ihrer Nähe würden entstehen sehen, sie doch wieder ebenso schmählich verkennen würden. Zweifellos konnte die Form, in der sie diese Reize aufgezeichnet hatte, nicht vernunftmäßig analysiert werden. Aber seit mehr als einem Jahr, nachdem die Liebe zur Musik, die ihm so viele Reichtümer seiner Seele offenbart hatte, wenigstens für einige Zeit in ihm aufgekommen war, hielt Swann die musikalischen Motive für wirkliche Ideen aus einer anderen Welt, einer anderen Ordnung angehörig, von Dunkel eingehüllte, unbekannte, mit den Mitteln des Geistes nicht zugängliche Ideen, die dadurch jedoch nicht weniger voneinander unterschieden waren, ungleich an Bedeutung und Wert. Wenn er sich das Thema aus der Sonate von Vinteuil nach jenem Abend bei den Verdurins wieder vorspielen ließ und herauszufinden versuchte, wieso es ihm von allen Seiten entgegenschlug und ihn einhüllte wie ein Duft, wie Zärtlichkeit des Gefühls, war er sich klargeworden, daß durch den geringen Abstand zwischen den fünf Noten, aus denen es bestand, und der unaufhörlichen Wiederkehr von zweien von ihnen dieser bestimmte Eindruck von stets sich zurücknehmender fröstelnder Süße darin zustande kam; in Wirklichkeit aber wußte er, daß er in dieser Weise nicht über das Thema selbst argumentierte, sondern über schlichtere Werte, durch die er für ein bequemeres Verständnis die geheimnisvolle Wesenheit ersetzte, die er noch vor der Bekanntschaft mit den Verdurins an jenem Abend erkannt hatte, als er die Sonate zum ersten Male hörte. Er wußte, daß sogar noch die Vorstellung von dem Klavier den Hintergrund fälschte, auf dem er die Dinge der Musik sich bewegen sah, daß das eigentliche Feld, das dem Musiker offensteht, nicht die Klaviatur mit ihren sieben Tönen ist, sondern ein unendliches Manual, das noch ganz unermessen ist, in dem er nur hier und da, durch dichtes unerforschtes Dunkel getrennt, einige von Millionen Klangtasten der Zärtlichkeit, der Leidenschaft, der göttlichen Heiterkeit, aus denen es sich zusammensetzt, verschieden voneinander wie ein Weltall vom anderen, von einigen großen Künstlern entdeckt worden sind, die, indem sie in uns ein Echo des Themas, das sie anschlagen, wecken, uns den Dienst erweisen, daß wir durch sie sehen, welchen Reichtum, welche Fülle der Vielheit uns unbewußt jene große undurchwanderte, entmutigend ziellose Nacht unserer Seele birgt, die wir für Leere halten und für Nichts. Vinteuil war einer dieser begnadeten Musiker gewesen. In seinem kleinen Thema spürte man unter der dunklen Oberfläche einen so unverrückbaren, einzigartigen Inhalt, dem es eine so neue und originale Kraft verlieh, daß alle, die es gehört hatten, es da in sich aufbewahrten, wo die Ideen des Geistes ihre Stätte haben. Swann hatte beim Gedanken daran eine so besondere Vorstellung von Liebe und Glück, wie etwa wenn die ›Princesse de Clèves‹ oder ›René‹ sie ihm vor Augen stellten. Selbst wenn er nicht an das kleine Thema dachte, war es latent in seinem Geiste vorhanden in der gleichen Weise wie gewisse andere Begriffe, für die es nicht ihresgleichen gibt, wie die Vorstellung von Licht, von Ton, von Tastbarkeit oder physischer Lust, die den reichen Grundbestand bilden, in denen die Bezirke unseres Innern sich differenzieren und die ihren Schmuck ausmachen. Vielleicht verlieren wir sie einmal, vielleicht erlöschen sie bei unserer Rückkehr ins Nichts. Aber solange wir leben, können wir nicht mehr dazu tun, daß wir sie nicht gekannt haben, als etwa mit Bezug auf ein reales Objekt, so wie wir zum Beispiel an dem Licht der Lampe nicht zweifeln können, die vor den verwandelten Gegenständen unseres Zimmers entzündet wird, aus dem im gleichen Augenblick alles Dunkel entschwindet, ja selbst die Erinnerung daran. Dadurch aber hatte das Thema von Vinteuil wie irgendein Motiv aus ›Tristan‹, das ebenso eine Ausweitung unsrer Gefühlswelt bedeutet, Anteil bekommen an unserem sterblichen Geschick, etwas Menschliches angenommen, das zutiefst rührend war. Sein Los war von da mit der Zukunft, der Wirklichkeit unserer Seele verknüpft, zu deren erlesensten und kompliziertesten Besitztümern es gehörte. Vielleicht ist das Nichts das Wahre, und all unser Träumen hat kein wirkliches Sein; dann aber wissen wir aus dem Gefühl, daß diese musikalischen Ideen und alles, was in Beziehung auf sie entsteht, ebenfalls nichts ist. Wir gehen dahin, doch als Geiseln haben wir diese Gefangenen göttlichen Geschlechts, die unser Schicksal teilen. Der Tod mit ihnen aber hat weniger Bitternis, ist weniger ruhmlos, ja er erscheint vielleicht nicht einmal mehr so gewiß.

Swann hatte also nicht unrecht zu glauben, daß das Thema der Sonate wirklich existiere. Gewiß war es menschlich in dieser Sicht, dennoch aber gehörte es einer Ordnung übernatürlicher Wesen an, die wir niemals gesehen haben und doch mit Entzücken erkennen, wenn es einem Erforscher des Unsichtbaren gelingt, eines davon einzufangen und es von seiner Götterwelt her einen Augenblick über der unsern erstrahlen zu lassen. Das aber hatte Vinteuil mit seinem kleinen Thema erlangt. Swann fühlte, daß der Komponist nicht mehr getan hatte, als es mit den Mitteln der Musik freizulegen, sichtbar werden zu lassen, seine Liniensysteme ehrfurchtsvoll mit liebender, behutsam zarter Hand nachzuzeichnen, die so sicher war, daß der Ton sich jeden Augenblick änderte, sich verwischte, um einen Schatten anzudeuten, und sich von neuem belebte, wenn er einer kühner geführten Kontur auf der Spur bleiben wollte. Ein Beweis, daß Swann sich nicht täuschte, wenn er an die Existenz dieses Themas glaubte, war, daß jeder auch nur ein wenig empfindliche Liebhaber dieser Musik sofort den Betrug gemerkt hätte, wenn etwa Vinteuil in einem Nachlassen seines Vermögens, die Formen genau zu erkennen und nachzubilden, versucht hätte, hier und da aus Eigenem etwas hinzuzutun, um über die Lücken seiner Vision oder das Versagen der Hand täuschend hinwegzugleiten.

Das Thema war verschwunden. Swann wußte, daß es am Schluß des letzten Satzes wiederkehren würde nach einer langen Passage, die Madame Verdurins Pianist gewöhnlich übersprang. Es gab hier noch wundervolle Ideen, die Swann beim ersten Hören nicht erkannt hatte, sondern jetzt erst bemerkte, als hätten sie im Vorraum seiner Erinnerung die gleichmachende Verkleidung des Neuen abgelegt. Swann lauschte auf all die Einzelmotive, die schließlich in dem Thema zusammenfließen würden wie die Prämissen in einem notwendig sich ergebenden Schluß; er wohnte seinem Entstehen bei. ›Eine ebenso geniale Kühnheit vielleicht‹, sagte er sich, ›wie die eines Lavoisier, eines Ampère! Auch Vinteuil experimentiert und entdeckt die geheimen Gesetze einer noch unbekannten Kraft, durch unerforschte Gebiete lenkt er dem einzig möglichen Ziel das unsichtbare Gespann entgegen, dem er sich anvertraut und das er selber niemals erkennen wird!‹ Welch einen schönen Dialog zwischen Klavier und Geige hörte Swann zu Beginn des letzten Satzes mit an! Das Fehlen menschlicher Worte ließ bei weitem nicht der Phantasie zuviel Raum, wie man hätte glauben können, sondern hielt sie vollkommen fern; niemals noch war die gesprochene Rede so unbeugsam durch Notwendigkeit bestimmt, kannte sie in solchem Maße die Eindeutigkeit der Fragen, die Evidenz der Antwort darauf. Erst klagte das Klavier wie in Verlassenheit gleich einem Vogel, der seine Gefährtin vermißt; die Geige hörte und gab Antwort von einem benachbarten Baum. Es war wie nach der Erschaffung der Welt, als gäbe es noch nichts als diese beiden auf Erden, oder vielmehr wie in einer für alles andere verschlossenen, aus der Logik eines Schöpfers erbauten, in der nur immer diese beiden sein würden, der Welt dieser Sonate. War es ein Vogel, war es die noch unfertige Seele der werdenden kleinen Melodie, war es eine Fee, dieses unsichtbar seufzende Wesen, dessen Klage das Klavier so zärtlich eindringlich wiederholte? Seine Schmerzensrufe brachen so plötzlich hervor, daß der Geigenspieler eilends den Bogen ansetzen mußte, um sie aufzugreifen. Er schien den Wundervogel beschwören, bezähmen, betören zu wollen. Schon war er in seine Seele geschlüpft, schon weste und regte sich das ins Sein beschworene kleine Thema im wahrhaft besessenen Leib des Violinisten wie in dem eines Mediums. Swann wußte, es werde noch einmal seine Stimme erheben. Und er war jetzt so deutlich in zwei Wesen geteilt, daß die Erwartung des unmittelbar bevorstehenden Augenblicks, wo er sich ihm gegenüber befinden würde, ihn in einem Schluchzen erschauern ließ wie eine schöne Strophe oder eine traurige Nachricht; nicht wenn wir allein sind freilich, sondern wenn wir sie Freunden mitteilen, in denen wir uns erkennen wie einen anderen, dessen wahrscheinliche Rührung uns im voraus das Herz erweicht. Es kehrte zurück, aber diesmal nur, um in der Luft zu schweben und einen Augenblick lang wie unbeweglich zu kreisen und gleich darauf abzubrechen. Swann aber verlor keinen Augenblick von seinem so kurzen Verweilen. Es schwebte wie eine irisierende Kugel, die sich selber trägt. Wie ein Regenbogen, dessen Leuchten immer schwächer wird, abklingt und dann vor dem völligen Verlöschen noch einmal einen Augenblick erblüht wie niemals zuvor, so fügte es zu den beiden bislang wahrnehmbaren Farben andre durchsichtige Stränge hinzu, alle Nuancen des Spektrums, und brachte sie zum Erklingen. Swann wagte nicht, sich zu rühren, und hätte auch die andern davon zurückhalten mögen, als könne die leiseste Bewegung den übernatürlichen, köstlichen und zerbrechlichen Klang beeinträchtigen, der schon so nah am Vergehen war. Tatsächlich dachte niemand daran, irgend etwas zu sagen. Die unsägliche Sprache eines einzigen Abwesenden, eines Toten vielleicht (Swann wußte nicht, ob Vinteuil noch lebte) schwebte gegenwärtig über den Riten der Zelebrierenden und reichte aus, die Aufmerksamkeit von dreihundert Personen in Schach zu halten, und machte dieses Podium, auf dem eine Seele beschworen wurde, zu einem der edelsten Altäre, auf dem je eine magische Handlung vorgenommen worden ist. So daß, als das Thema schließlich in den darauffolgenden Motiven zerflatterte, die an seine Stelle traten, Swann, der im ersten Augenblick unangenehm berührt war, als er die Comtesse de Monteriender, die für ihre naiven Äußerungen bekannt war, sich zu ihm neigen sah, ihm ihre Eindrücke anzuvertrauen, bevor die Sonate noch beendet war, nicht anders konnte als lächeln und vielleicht auch einen tiefen Sinn, der ihr entging, in den Worten fand, die sie verwendete. In Staunen gesetzt durch die Virtuosität der Spieler, rief die Gräfin zu Swann gewendet aus: »Das ist ja fabelhaft, ich habe niemals etwas erlebt, was mir solchen Eindruck gemacht hätte ...« Aber ein Exaktheitsbedenken veranlaßte sie, zurückhaltender und gleichsam korrigierend hinzuzusetzen: »seit ... seit dem Tischrücken damals!«

Von diesem Abend an begriff Swann, daß Odettes Gefühle für ihn nicht wiederkehren, daß seine Hoffnungen auf Glück sich niemals erfüllen würden. Und an den Tagen, wo sie zufällig noch einmal nett und zärtlich zu ihm war und einige Aufmerksamkeit an ihn wendete, notierte er dann diese scheinbaren, trügerischen Zeichen einer leichten Rückwendung zu ihm mit jenem gerührten aber skeptischen Eifer und der im Grunde verzweifelten Freude derjenigen, die bei der Pflege eines Freundes im letzten Stadium einer unheilbaren Krankheit als große Besonderheiten vermerken: ›Gestern hat er selbst die Ausgaben nachgerechnet und uns sogar darauf aufmerksam gemacht, daß wir uns verrechnet hatten; er hat mit Appetit ein Ei gegessen, und wenn er es gut verträgt, soll er morgen ein Schnitzel bekommen‹, obwohl sie wissen, daß diese Dinge am Vorabend des unvermeidlichen Endes keine Bedeutung mehr haben. Zweifellos war Swann gewiß, daß Odette ihm, wenn er jetzt fern von ihr gelebt hätte, schließlich gleichgültig geworden wäre, so daß er sie mit einer Art von Erleichterung hätte Paris für immer verlassen sehen; er hätte dann die Kraft besessen zu bleiben, doch die, selbst zu gehen, hatte er nicht.

Er dachte des öfteren daran. Jetzt, da er sich wieder an seine Vermeer-Studie gemacht hatte, hätte er allen Grund gehabt, wenigstens für ein paar Tage nach Den Haag, nach Dresden oder Braunschweig zu reisen. Er war überzeugt, daß eine ›Diana mit ihren Nymphen‹, die vom Mauritshuis auf der Versteigerung Goldschmidt als ein Nicolas Maes angekauft worden war, in Wirklichkeit von Vermeer stammte. Er hätte gern das Bild an Ort und Stelle untersucht, um seine These zu stützen. Aber Paris verlassen, solange Odette da war, und selbst wenn sie abwesend wäre – denn an neuen Orten, wo die Empfindungen noch nicht durch die Gewohnheit abgeschwächt sind, verstärkt und belebt sich ein Schmerz – war für ihn ein so grausames Vorhaben, daß er nur deshalb so unaufhörlich daran denken konnte, weil er ganz genau wußte, er werde es doch nicht tun. Aber es kam vor, daß ihm im Schlaf diese Absicht zu reisen wieder vor Augen trat – ohne daß er sich daran erinnerte, daß diese Reise unmöglich sei – und im Traum verwirklichte sie sich auch. Eines Nachts träumte er, er verreise für ein Jahr; aus der Wagentür sich einem jungen Mann zuneigend, der auf dem Bahnsteig stand und ihm weinend Lebewohl sagte, suchte Swann ihn dafür zu gewinnen, daß er mit ihm reise. Der Zug setzte sich in Bewegung, die Angst weckte ihn auf, er rief sich ins Gedächtnis zurück, daß er ja gar nicht verreise, daß er Odette am gleichen Abend sehen werde, auch am folgenden und überhaupt beinahe jeden Tag. Da pries er in seinem Herzen, noch ganz unter dem Eindruck des Traumes, die besonderen Umstände seines Lebens, die ihn unabhängig machten, dank denen er in Odettes Nähe bleiben und auch erreichen konnte, daß sie ihm gestattete, sie zuweilen zu sehen; und als er sich alle Vorteile seiner Situation einzeln vor Augen stellte – sein Vermögen, das sie zu unerläßlich in Anspruch nehmen mußte, um nicht vor einem Bruch zurückzuschrecken (wobei sie sogar, wie behauptet wurde, den Hintergedanken hätte, sich von ihm heiraten zu lassen) die Freundschaft von Monsieur de Charlus, der in Wirklichkeit niemals viel für ihn bei Odette erreicht hatte, aber ihm die sanfte Genugtuung verschaffte zu wissen, daß sie von ihm in schmeichelhaften Wendungen reden hörte dank diesem Freund, dem sie so große Achtung entgegenbrachte, seine Intelligenz sogar, die er ganz darauf verwendete, jeden Tag etwas Neues auszudenken, was seine Gegenwart für Odette angenehm, ja notwendig machen könnte – dachte er daran, was aus ihm geworden wäre, wenn er das alles nicht hätte, wenn er wie so viele andere arm, bescheiden, aller Möglichkeiten beraubt und gezwungen, jeden Broterwerb anzunehmen, oder mit Eltern, mit einer Frau belastet wäre, dann hätte er vielleicht Odette verlassen müssen, und der Traum, dessen Grauen ihm noch in den Gliedern lag, zur Wahrheit geworden wäre, und sagte sich: ›Man weiß nicht, wie glücklich man ist. Man ist nie so unglücklich, wie man glaubt.‹ Dann aber stellte er sich vor, daß diese Existenz nun schon Jahre andauerte, daß er als Äußerstes hoffen durfte, daß es noch lange so ginge, daß er seine Arbeit, seine Vergnügungen, seine Freunde, sein ganzes Leben endlich der täglichen Erwartung einer Begegnung zum Opfer brächte, aus der nichts Glückliches für ihn hervorgehen könne; und er fragte sich, ob er sich auch nicht täusche, ob nicht gerade alles, was diese Verbindung begünstigt und den Bruch verhindert hätte, seinem Schicksal abträglich gewesen sei, ob nicht das wünschenswerte Ereignis gerade dasjenige wäre, an dem er sich nur freute, solange es einzig im Traume eintrat: daß er ginge; er sagte sich, daß man sein Unglück nicht kennt und niemals so glücklich ist, wie man glaubt.

Manchmal hoffte er, sie werde ohne zu leiden bei einem Unfall umkommen, da sie ja von morgens bis abends soviel auf Straßen und Landstraßen unterwegs war. Und da sie immer heil und gesund wieder nach Hause kam, bewunderte er, wie geschmeidig und kraftvoll der menschliche Körper doch sei, daß er unaufhörlich alle ihn umlauernden Gefahren (die Swann zahllos schienen, seitdem sein geheimes Wünschen sie überall unterstellte) von sich abhielt, ihnen ein Schnippchen schlug und den Menschen gestattete, nahezu ungestraft ihren Werken der Lüge und ihrem Trachten nach Genuß nachzugehen. Swann fühlte sich im Herzen jenem Mohammed II. verwandt, dessen Porträt von Bellini ihm so erfreulich war; dieser Sultan hatte, als er innewurde, daß er eine seiner Frauen bis zum Wahnsinn liebte, sie kurzerhand erdolcht, um – wie sein venezianischer Biograph ganz naiv berichtet – die Freiheit seines Geistes wiederzuerlangen. Dann wiederum entrüstete er sich, daß er so ausschließlich auf sich bedacht sei, und die Leiden, die er erduldete, schienen ihm keines Mitleids wert, da er selbst Odettes Leben so gering veranschlagt hatte.

Da er sich nicht endgültig von ihr trennen konnte, hätte wenigstens ein pausenloses Zusammensein mit ihr seinen Kummer beschwichtigt und vielleicht seine Liebe zum Erlöschen gebracht. Wenn sie schon Paris nicht für immer verlassen wollte, hätte er gern gesehen, sie verließe es nie. Da er nun wenigstens wußte, daß die einzige längere Abwesenheit, die sie jeweils plante, immer für August und September vorgesehen war, hatte er mehrere Monate im voraus Muße, den

bitteren Gedanken daran auf die ganze Zukunft zu verteilen, die er vorwegnehmend in sich trug und die, aus Tagen zusammengesetzt, die den gegenwärtigen glichen, durchsichtig und kalt in seinem Geiste zirkulierte, wo sie der Trauer Nahrung gab, ohne ihm dabei allzu spürbare Leiden zu bereiten. Doch diese im Innern vorbereitete Zukunft, ihr farbloser, frei dahinfließender Strom konnte durch ein einziges Wort Odettes, das bis in die Tiefen seines Wesens drang, zu Eis erstarren, aufgehalten werden, sich verfestigen, ganz und gar gefrieren; Swann spürte sie dann in sich wie eine ungeheure blockartige Masse, die gegen die Innenwände seines Wesens drückte, als wollte sie sie zersprengen. Eines Tages nämlich hatte Odette lächelnd und mit spöttisch beobachtendem Blick zu ihm gesagt: »Forcheville hat zu Pfingsten eine schöne Reise vor. Er will nach Ägypten gehen«, und Swann hatte sofort begriffen, daß das bedeutete: ›Pfingsten gehe ich mit Forcheville nach Ägypten.‹ Und tatsächlich, als Swann ein paar Tage darauf zu ihr sagte: »Wie ist es denn mit dieser Reise, die du mit Forcheville nach Ägypten machen willst«, antwortete sie unbedacht: »Ja, lieber Junge, wir reisen am neunzehnten; wir werden dir eine Karte schicken mit den Pyramiden darauf.« Da hätte er gern wissen mögen, ob sie Forchevilles Geliebte war, am liebsten sie selbst danach gefragt. Er wußte, daß sie, abergläubisch wie sie war, gewisse Dinge nicht abschwören würde, und außerdem fiel die Furcht, die ihn so lange zurückgehalten hatte, nämlich Odette durch seine Fragen zu reizen, jetzt fort, nachdem er die Hoffnung aufgegeben hatte, jemals wieder von ihr geliebt zu werden.
Eines Tages bekam er einen anonymen Brief, in dem ihm mitgeteilt wurde, Odette sei die Geliebte zahlloser Männer gewesen (von denen einige aufgeführt wurden, darunter Forcheville, Monsieur de Bréauté und der Maler) und auch von Frauen, außerdem suche sie Stundenhotels auf. Es bereitete ihm Qualen zu denken, daß unter seinen Freunden jemand imstande sein sollte, ihm diesen Brief zu schreiben

(denn aus gewissen Einzelheiten ging bei dem, der diese Zeilen geschrieben hatte, eine intime Kenntnis von Swanns Leben hervor). Er dachte nach, wer es sein könnte. Aber er hatte niemals die ihm unbekannten Handlungen der anderen beargwöhnt, das heißt solche, die durch kein sichtbares Band mit ihren Worten verknüpft waren. Wenn er wissen wollte, ob er die unbekannte Region, in der diese schmähliche Handlung hatte entstehen können, eher in der Wesensart von Monsieur de Charlus, Monsicur des Laumes, Monsier d'Orsan, wie sie sich nach außen zeigten, zu suchen habe, sah er, da keiner von ihnen jemals in seiner Gegenwart das Schreiben anonymer Briefe gutgeheißen, vielmehr alles, was sie geäußert hatten, einschloß, daß sie es mißbilligten, keine Gründe, weshalb er diese Infamie eher mit der Natur des einen als des anderen in Verbindung bringen sollte. Die des Baron de Charlus neigte ein wenig zur Extravaganz, war aber im Grunde herzensgut; die des Prinzes des Laumes etwas trocken, aber gesund und ehrenhaft. Was Monsieur d'Orsan anbetraf, so war Swann niemals jemanden begegnet, der selbst unter den traurigsten Umständen ihm mit so aufrichtig gefühlten Worten und einem so unbefangenen und richtigen Verhalten entgegengetreten wäre. Das ging so weit, daß er die etwas unvornehme Rolle, die Monsieur d'Orsan in einer zwischen ihm und einer reichen Frau bestehenden Beziehung angeblich spielte, so wenig begreifen konnte, daß er jedesmal, wenn er an ihn dachte, von diesem schlechten Ruf absehen mußte, der mit so vielen eindeutigen Beweisen des Zartgefühls unvereinbar war. Einen Augenblick hatte Swann das Gefühl, daß sein Geist sich verwirrte, er dachte an etwas anderes, um wieder klarer zu sehen. Dann fand er den Mut, zu seinen Überlegungen nochmals zurückzukehren. Da er aber niemand Bestimmten verdächtigen konnte, mußte er wohl oder übel alle verdächtigen. Monsieur de Charlus war ihm alles in allem zugetan und hatte ein gutes Herz. Aber er war ein Neurastheniker, er würde vielleicht morgen

Tränen vergießen, weil er erfuhr, sein Freund Swann sei krank, ihm aber heute aus Eifersucht oder irgendeiner fixen Idee heraus alles Böse wünschen. Im Grunde war diese Menschensorte ja die schlimmste von allen. Gewiß, der Prinz des Laumes war weit entfernt, Swann so zu lieben wie Monsieur de Charlus. Aber gerade deswegen konnte er auch nicht so empfindlich wie jener sein; außerdem war er zweifellos eine kalte Natur, gleich unfähig zur Schurkerei wie zu großen Taten; Swann bedauerte, daß er sich im Leben nur an solche Art von Menschen angeschlossen habe. Dann bedachte er, daß einzig Güte die Menschen daran hindert, ihrem Nächsten Böses zuzufügen, und daß er im Grunde nur für die der seinen ähnlichen Naturen einstehen könne, wie es bezüglich des Herzens wenigstens die von Charlus war. Der bloße Gedanke, Swann solchen Kummer zu machen, hätte jenen aufs tiefste verstört. Aber bei einem fühllosen Menschen, der einer ganz anderen Menschengattung angehörte, wie dem Prinzen des Laumes, konnte man nicht voraussehen, zu welchen Handlungen Beweggründe ihn führen könnten, die einer von der Swanns so völlig verschiedenen Wesensart entstammten. Ein Herz haben ist alles, und das jedenfalls hatte Monsieur de Charlus. Auch d'Orsan konnte man es nicht absprechen, und seine kordialen, wenn auch nicht intimen Beziehungen zu Swann, welche auf der angenehmen Konversation beruhten, die sie miteinander führten, weil sie über alles die gleichen Ansichten hegten, bildeten eine zuverlässigere Grundlage als die etwas exaltierte Anhänglichkeit des Baron de Charlus, die auch zu Akten der Leidenschaft führen konnte, guten oder schlechten. Wenn es jemand gab, von dem Swann sich immer verstanden und auf eine diskrete Art geliebt wußte, so war es Monsieur d'Orsan. Ja, aber dies etwas zweifelhafte Leben, das er führen sollte? Swann bedauerte, daß er so wenig darauf achtgegeben, ja sogar oft im Scherz geäußert hatte, er hege niemals so lebhafte Gefühle der Sympathie und Hochachtung wie in Gesellschaft eines

Gauners. ›Nicht umsonst‹, sagte er sich jetzt, ›beurteilen die Menschen, seitdem sie sich überhaupt mit der Kritik ihres Nächsten abgeben, diesen nach seinen Handlungen. Nur das gilt und keineswegs, was wir sagen und denken. Charlus oder des Laumes können diese oder jene Charakterfehler besitzen, sie sind doch Ehrenmänner. D'Orsan hat vielleicht keine, aber er ist kein Ehrenmann. Er hätte ja auch noch ein zweites Mal etwas Schlechtes tun können.‹ Dann richtete sich Swanns Verdacht auf Rémi, der allerdings den Brief nur hätte inspirieren können; diese Fährte schien ihm einen Augenblick die richtige zu sein. Zunächst hatte Loredan Gründe, Odette übelzuwollen. Und wie sollte man eigentlich nicht annehmen, daß unsere Dienstboten, die in einer der unseren untergeordneten Situation leben, die in unsere angenehme Lage und unsere Fehler Reichtümer und Laster hineinphantasieren, um derentwillen sie uns beneiden und verachten, nicht zwangsläufig dazu kommen, anders zu handeln als die Menschen unserer eigenen Welt? Auch meinen Großvater verdächtigte er. Hatte er sich nicht jedesmal, wenn Swann seine Hilfe in Anspruch nehmen wollte, ablehnend verhalten? Außerdem würde er vielleicht mit seinen bürgerlichen Anschauungen zu Swanns Bestem zu handeln glauben. Dann richtete sich sein Argwohn auch noch gegen Bergotte, den Maler, die Verdurins, und er bewunderte beiläufig wieder einmal die Klugheit der großen Welt, die mit den Künstlermilieus nichts zu tun haben wollte, wo solche Dinge möglich waren, ja vielleicht sogar als amüsante Späße zugegeben wurden; dann wieder fielen ihm Züge der Rechtschaffenheit im Gesamtbild dieser Boheme ein, und er verglich sie mit dem Nutznießer-, ja Schelmendasein, zu dem Geldmangel, Luxusbedürfnis oder Genußgier oft Aristokraten verleiten. Kurz, dieser anonyme Brief bewies, daß es unter seinen Bekannten jemanden gab, der zu Gemeinheiten fähig war, aber er sah keinen besseren Grund, weshalb dieser Streich eher unter der von andern unerforschten trügerischen

Patina des warmherzigen als des kalten Menschen, des Künstlers als des Bürgers, des großen Herren als des Lakaien zu suchen sein sollte. Welches Kriterium gab es für die richtige Beurteilung der Menschen? Im Grunde war in seinem Bekanntenkreis niemand, der einer Infamie nicht fähig sein könnte. Sollte er einfach mit allen in Bausch und Bogen brechen? Sein Geist verschleierte sich; er strich sich zwei- oder dreimal mit der Hand über die Stirn und putzte sein Monokel mit dem Taschentuch ab, und in dem Gedanken, daß schließlich Leute, die ebensoviel wert waren wie er, mit Monsieur de Charlus, dem Prinzen des Laumes und den übrigen umgingen, sagte er sich, daß das zwar vielleicht nicht bedeute, daß sie unfähig zu einer Gemeinheit seien, wohl aber daß eine Lebensnotwendigkeit, der jeder sich unterwirft, darin bestehe, mit Leuten umzugehen, welche zu einer solchen Handlung vielleicht nicht unfähig seien. Daraufhin drückte er auch weiterhin allen Freunden, die er beargwöhnt hatte, die Hand, mit dem rein formalen Vorbehalt, daß sie möglicherweise versucht hatten, ihn zur Verzweiflung zu treiben.
Was den Inhalt des Briefes anbetraf, so beunruhigte er sich nicht, denn nicht eine der darin ausgesprochenen Anschuldigungen gegen Odette hatte einen Schatten von Wahrscheinlichkeit für sich. Wie viele Menschen war Swann ziemlich trägen Geistes und ohne jede Erfindungsgabe. In Form einer allgemeinen Lebensweisheit war ihm zwar wohl bekannt, daß das menschliche Leben reich an Widersprüchen sei, aber bei jedem Einzelwesen stellte er sich dennoch vor, daß der ihm unbekannte Teil von dessen Leben mit dem ihm bekannten völlig identisch sein müsse. Er rekonstruierte sich alles, was man ihm verschwieg, mit Hilfe dessen, was ihm von dem gleichen Menschen gesagt worden war. Wenn er in den Augenblicken, die Odette in seiner Nähe verbrachte, mit ihr von einer schnöden Handlungsweise oder den undelikaten Gefühlen eines anderen sprach, so verurteilte sie sie auf Grund der gleichen Grundsätze, die Swann immer von seinen

Eltern hatte predigen hören und denen er treu geblieben war; dann ordnete sie die Blumen in einer Vase, trank eine Tasse Tee und erkundigte sich besorgt nach dem Fortgang von Swanns Arbeiten. Diese Gewohnheiten nun dehnte Swann in Gedanken auch auf das übrige Leben Odettes aus, er wiederholte nur diese Gebärden, wenn er sich die Momente ausmalen wollte, die sie fern von ihm verbrachte. Wenn sie ihm jemand so vor Augen gestellt hätte, wie sie mit ihm war oder vielmehr lange Zeit gewesen war, jedoch mit einem andern Mann, so hätte er Schmerz empfunden, denn dieses Bild wäre ihm glaubhaft erschienen. Aber daß sie mit Kupplerinnen in Verbindung stand, Orgien mit anderen Frauen beging, das schmutzige Dasein verworfener Kreaturen führte, wäre ihm als Wahnidee erschienen, die ja Gott sei Dank durch die Chrysanthemen, an die er zurückdachte, die vielen Tee-Einladungen, ihre tugendhafte Entrüstung auf der Stelle widerlegt wurden. Nur von Zeit zu Zeit gab er Odette zu verstehen, daß die Leute boshaft genug seien, ihm alles zu erzählen, was sie tue und lasse; und dadurch, daß er eine unbedeutende, aber wahre Einzelheit, die er zufällig erfahren hatte, so vorbrachte, als sei sie ein nur aus Versehen ihm entschlüpftes Detail aus einer vollständigen Rekonstruktion von Odettes Leben, die er insgeheim in sich herumtrage, flößte er ihr die Meinung ein, er sei über Dinge orientiert, die er in Wirklichkeit nicht wußte und nicht einmal argwöhnte, denn wenn er oft Odette beschwor, der Wahrheit die Ehre zu geben, so war es nur, ob es ihm nun bewußt war oder nicht, damit Odette ihm alles mitteilte, was sie tat. Zweifellos liebte er, wie er Odette gegenüber behauptete, die Aufrichtigkeit, aber er liebte sie als eine Zwischenträgerin, die ihn über das Leben, das seine Geliebte führte, auf dem laufenden hielt. So hatte auch seine Liebe zur Aufrichtigkeit, da sie keineswegs selbstlos war, ihn nicht besser gemacht. Die Wahrheit, die er liebte, war die, die ihm Odette gestehen würde; um aber an diese Wahrheit zu kommen, war jene selbe Lüge ihm recht, die er Odette unaufhörlich als den sicheren Weg ausmalte, der jede menschliche Kreatur zur Herabwürdigung führe. Alles in allem log er genauso viel wie Odette, da er zwar unglücklicher als sie, aber nicht weniger egoistisch war. Und sie, wenn sie Swann in dieser Weise Dinge, die sie getan hatte, ihr vorerzählen hörte, sah ihn mißtrauisch an und tat für alle Fälle empört, damit es nicht scheine, als fühle sie sich ertappt und schäme sich ihrer Handlungen.

Eines Tages hatte er in einer der längsten Ruheperioden, die er ohne Eifersuchtsanfälle durchlebt hatte, zugesagt, mit der Prinzessin des Laumes ins Theater zu gehen. Als er die Zeitung aufschlug, um zu sehen, was gespielt würde, bedeutete für ihn der Anblick des Titels ›Les Filles de Marbre‹ von Théodore Barrière einen so grausamen Schlag, daß er eine Sekunde zurückprallte und den Kopf wendete. Als er es hier wie von Rampenlicht angestrahlt und an dieser ganz neuen Stelle vor sich sah, erhielt das Wort ›Marmor‹, das ihm sonst gar nicht mehr auffiel, so oft war es ihm vor Augen gekommen, einen ganz neuen Aspekt und rief ihm eine Geschichte, die Odette früher einmal erzählt hatte, in die Erinnerung zurück: es handelte sich um einen Besuch im Salon des Palais de l'Industrie mit Madame Verdurin, bei dem diese geäußert hatte: ›Sieh dich vor, ich kann dich zum Auftauen bringen, du bist nicht von Marmor.‹ Odette hatte ihm gegenüber behauptet, es sei nur ein Scherz gewesen, und er hatte die Sache denn auch auf sich beruhen lassen. Damals aber hatte er ihr noch mehr vertraut als jetzt. Der anonyme Brief jedoch erwähnte gerade Liebschaften dieser Art. Er wagte nicht, noch einen weiteren Blick auf diese Seite der Zeitung zu werfen, sondern entfaltete sie ganz und wendete die Blätter um, damit er nicht noch einmal den Titel ›Les Fille de Marbre‹ sehen müßte. Mechanisch überflog er die Nachrichten aus der Provinz. Im Kanal hatte ein Sturm gewütet, es war von Verwüstungen in Dieppe, Cabourg und Beuzeval die Rede. Wiederum war es für ihn wie ein Schlag.

Der Name Beuzeval rief in seinem Bewußtsein den eines anderen Ortes in jener Gegend wach, Beuzeville, an den mit einem Bindestrich ein anderer hinzugesetzt ist, nämlich Bréauté; er hatte ihn oft auf den Karten gesehen, machte sich aber jetzt zum ersten Male klar, daß es ja der Name seines Freundes Monsieur de Bréauté sei, von dem der anonyme Brief behauptete, er sei einer der Liebhaber Odettes. Wenn man es recht bedachte, war die Unterstellung für Bréauté nicht eben unwahrscheinlich, während die Sache mit Madame Verdurin einfach unmöglich schien. Aus der Tatsache, daß Odette manchmal log, konnte man nicht ableiten, daß sie niemals die Wahrheit sprach, und in den Gesprächen zwischen ihr und Madame Verdurin, von denen sie berichtete, hatte er deutlich jene Art von albernen, wenn auch bedenklichen Scherzen erkannt, wie Frauen in ihrer Unerfahrenheit und Unkenntnis des Lasters sie austauschen, und in denen sich gerade ihre Ahnungslosigkeit zeigt; Frauen noch dazu, die – wie zum Beispiel Odette – denkbar weit davon entfernt sind, schwärmerisch zärtliche Gefühle für andere ihresgleichen zu hegen. Andererseits paßte die Empörung, mit der sie den Argwohn, den ihre Erzählung unwillkürlich einen Augenblick in ihm geweckt hatte, von sich wies, gut zu allem, was er von den Neigungen und dem Temperament seiner Geliebten wußte. In diesem Augenblick nun aber erinnerte sich Swann in einer jener Eingebungen der Eifersucht, die jenen gleichen, die dem Dichter oder Gelehrten, der erst über einen Reim oder eine vereinzelte Beobachtung verfügt, die Idee oder das Gesetz offenbaren, aus denen ihnen auf einmal ihre Schöpferkraft erwächst, zum ersten Male an einen Ausspruch Odettes, der bereits zwei Jahre zurücklag: ›Oh, im Augenblick existiert für Madame Verdurin überhaupt niemand außer mir, ich bin ihr Liebling, sie küßt mich ab, ich soll alle ihre Besorgungen mit ihr machen, sie möchte, daß wir uns duzen.‹ Weit entfernt, den Satz damals schon im Zusammenhang mit den absurden, sich lasterhaft gebärdenden

Äußerungen zu sehen, die Odette ihm wiederholt hatte, nahm er ihn zu jener Zeit nur als Beweis einer etwas übersteigerten Freundschaft hin. Nun aber trat mit einem Male die Erinnerung an die übertrieben zärtlichen Gefühle von Frau Verdurin zu der Erinnerung an jene geschmacklose Unterhaltung hinzu. Er konnte sie in seinem Bewußtsein nicht mehr voneinander trennen und sah sie auch in der Wirklichkeit auf das innigste verquickt, wobei jene Zärtlichkeit den scherzhaften Reden etwas Ernstes beimischte und diese wiederum jenem Gefühl seine Unschuld benahmen. Er ging zu Odette. In einiger Entfernung von ihr setzte er sich hin. Er wagte nicht, sie zu küssen, da er nicht wußte, ob bei ihr oder ihm Zuneigung oder Haß aus einem Kuß entstände. Er sah schweigend zu, wie ihre Liebe starb. Plötzlich faßte er einen Entschluß.

– Odette, mein Herz, sagte er, ich weiß, ich bin ein schrecklicher Mensch, aber ich muß dich einmal nach ein paar Dingen fragen. Du weißt doch, was für eine Idee ich damals über dich und Madame Verdurin hatte? Sage mir, ob es wahr ist, oder ob etwas Ähnliches mit einer anderen Frau gewesen ist.

Sie schüttelte den Kopf und preßte die Lippen zusammen, ein Zeichen, das viele Leute anwenden, um auszudrücken, daß sie irgendwohin nicht gehen werden, daß sie keine Lust haben, wenn jemand sie fragt: ›Schauen Sie sich den Festzug an, gehen Sie zur Parade?‹ Aber da dies Kopfschütteln gewöhnlich für ein erst zukünftiges Ereignis verwendet wird, wirkt es als Verneinung von etwas Gewesenem merkwürdig unbestimmt. Außerdem erweckt es eher die Vorstellung von persönlicher Abneigung gegen das Thema als von einer eigentlichen Ablehnung oder moralischen Unmöglichkeit der Sache. Als Swann sah, daß Odette ihm mit dieser Art von Zeichen zu verstehen gab, es stimme nicht, begriff er, daß es wahr sein könnte.

– Ich habe es dir ja gesagt, du weißt es doch, fügte sie mit betrübter, ja unglücklicher Miene hinzu.

– Ja, ich weiß, aber bist du auch ganz sicher? Sage nicht: ›Du

weißt es doch‹, sondern sage: ›Ich habe niemals solche Dinge mit irgendeiner Frau getan.‹
Wie eine Lektion wiederholte sie in ironischem Ton, als wolle sie ihn nur loswerden:
– Ich habe niemals solche Dinge mit irgendeiner Frau getan.
– Kannst du es mir bei deiner Medaille der Madonna di Laghetto schwören?
Swann wußte, daß Odette bei dieser Medaille niemals falsch schwören würde.
– Ach! Du bringst mich ja um, rief sie aus und entzog sich, indem sie aufsprang, dem Drängen dieser Frage. Bist du bald fertig damit? Du scheinst fest entschlossen, es dahin zu bringen, daß ich dich hassen, dich verabscheuen muß? Da sieht man es ja, ich wollte mir dir wieder sein wie früher in unserer besten Zeit, und das ist der Dank dafür!
Er aber gab nicht nach wie ein Chirurg, der mit seinem Eingriff nur da das Ende eines Krampfes abwartet (welcher die Aktion vorübergehend unmöglich macht), sich aber nicht davon abbringen läßt.
– Du hast völlig unrecht, wenn du meinst, ich sei dir im geringsten böse deswegen, Odette, sagte er im Tone trügerisch sanfter Überredung zu ihr. Ich spreche immer nur zu dir von Sachen, die ich weiß, und ich weiß stets mehr, als du glaubst. Du nur kannst durch ein Geständnis mildern, was mich sonst dich zu hassen zwingt, solange ich es nämlich nur von den anderen höre. Mein Groll gegen dich rührt nicht aus deinen Handlungen her – ich verzeihe dir alles, denn ich liebe dich ja – sondern aus deiner sinnlosen Unaufrichtigkeit, mit der du Dinge abstreitest, die ich mit Sicherheit weiß. Aber wie soll ich dich denn weiterhin lieben, wenn ich sehe, daß du mir gegenüber eine Sache behauptest und beschwörst, und ich weiß genau, sie ist falsch? Wenn du nur willst, ist die ganze Sache in einer Sekunde erledigt, du hörst von mir kein Wort mehr davon. Sage mir bei deiner Medaille, ja oder nein, ob du so etwas getan hast.

– Aber ich weiß es nicht mehr, rief sie wütend aus, vielleicht vor sehr langer Zeit einmal, ohne zu wissen, was ich tat, zwei- oder dreimal vielleicht.
Swann hatte alle Möglichkeiten ins Auge gefaßt. Die Wirklichkeit ist also etwas, was gar keine Beziehung zu den Möglichkeiten hat, nicht mehr als ein Messerstich, den wir empfangen, zu den über unserm Kopf dahinziehenden Wolken, da ja diese Worte: ›Zwei- oder dreimal vielleicht‹ sich wie ein kreuzförmiger Schnitt in sein Herz eingruben. Es war seltsam zu erleben, wie diese Worte ›zwei- oder dreimal‹, nichts als Worte, die in einer gewissen Entfernung in die Luft gesprochen wurden, einem so das Herz zerreißen konnten, als ob sie es wirklich träfen, und einen krank machten wie ein Gift, das man tatsächlich schluckte. Unwillkürlich dachte Swann an die Worte, die er bei Madame de Saint-Euverte gehört hatte: ›Das ist der stärkste Eindruck, den ich hatte ... seit dem Tischrücken damals.‹ Das Leiden, das er verspürte, glich in nichts dem, was er sich vorgestellt hatte, nicht nur, weil er sich selbst in seinen Stunden ärgsten Mißtrauens mit der Phantasie niemals so weit vorgewagt hatte, sondern auch weil, wenn er an dergleichen gedacht hatte, die Sache doch ganz im Ungewissen, Nebelhaften blieb, noch frei von dieser besonderen Art von Grauen, die jetzt den Worten ›zwei- oder dreimal vielleicht‹ entströmte, frei auch von jeder speziellen Grausamkeit, die so ganz anders war als alles, was er sich vorgestellt hatte, wie eine Krankheit, die einen zum ersten Male überfällt. Und doch war ihm diese Odette, von der alles Leiden kam, deswegen nicht weniger lieb, sondern im Gegenteil kostbarer noch, als ob in dem Maße, wie sein Leiden wuchs, auch der Wert des Beruhigungsmittels immer höher stiege, des Gegengifts, über das einzig und allein diese Frau verfügte. Er wollte mehr auf sie achtgeben, wie auf eine Krankheit, die sich als schwerer herausstellt, als man erst angenommen hat. Er wollte, daß diese Sache, die sie ›zwei- oder dreimal‹ getan zu haben behaup-

tete, sich niemals wiederholte. Dazu aber mußte er über Odette aufmerksamer wachen. Es heißt oft, daß man, wenn man einem Freund die Fehler seiner Geliebten zur Kenntnis bringt, ihn nur um so stärker an sie bindet, weil er das Gehörte einfach nicht glauben will, wieviel mehr aber noch, wenn er es glaubt! ›Aber‹, fragte sich Swann, ›wie soll ich sie wirksam schützen?‹ Er konnte sie vielleicht von einer bestimmten Frau fernhalten, aber es gab hundert andere, und er begriff jetzt, welcher Wahnsinn es gewesen war, als er an jenem Abend, da er Odette bei den Verdurins nicht antraf, den Wunsch in sich hatte entstehen lassen, ein anderes Wesen zu besitzen, was immer unmöglich ist. Zu seinem Glück besaß Swann unter der Flut der neuen Leiden, die wie eine wild anstürmende Horde in seine Seele eindrangen, eine ältere, ruhigere Schicht seiner Natur, die unermüdlich schweigend tätig war wie die Zellen eines verwundeten Organismus, die sich sofort daranmachen, die verletzten Gewebe wiederherzustellen, oder die Muskeln eines gelähmten Gliedes, die das Bestreben haben, ihre Bewegungsfähigkeit wiederzuerlangen. Diese älteren Ureinwohner seiner Seele wendeten einen Augenblick alle Kräfte Swanns für die verborgene Wiederherstellungsarbeit auf, die einem Genesenden, einem Operierten die Illusion der Ruhe gibt. Diesmal vollzog sich die Entspannung weniger als gewöhnlich in Swanns Hirn als vielmehr in seinem Herzen. Aber alle Dinge des Lebens, die einmal existiert haben, zeigen die Tendenz, wieder zu erstehen, und wie ein verendendes Tier, das von einem letzten Anfall des Krampfes geschüttelt wird, der schon beendet schien, so zeichnete in Swanns einen Augenblick lang schon weniger versehrtes Herz noch einmal das gleiche Leiden das gleiche schneidende Kreuz. Er dachte an die Vollmondabende zurück, als er in seinen Wagen gelehnt sich zur Rue La Pérouse tragen ließ; er durchlebte mit Lust noch einmal die bewegten Gefühle des Verliebten, der noch nichts wußte von der vergifteten Frucht, die sie tragen würden. Doch alle diese

Gedanken hielten nur eine Sekunde an, nur solange er brauchte, die Hand zum Herzen zu führen, den stockenden Atem zu beleben und hinter einem Lächeln seine Qual zu verbergen. Schon fing er wieder an, sich neue Fragen zu stellen. Denn seine Eifersucht, die sich mehr mühte als ein Feind, der ihm einen Schlag hätte zufügen wollen, ihm nur ja den grausamsten Schmerz zum Bewußtsein zu führen, den er je erfahren hatte, fand, er habe noch immer nicht genug gelitten, und suchte ihm eine noch tiefere Wunde beizubringen. Wie eine böse Gottheit trieb sie mit ihren Einflüsterungen Swann seinem Verderben entgegen. Es lag nicht an ihm, sondern an Odette, wenn zunächst seine Qual sich noch nicht verschlimmerte.

– Liebes, sagte er, es ist also gut; war etwas mit einer Person, die ich kenne?

– Aber nein, ich schwöre dir, übrigens glaube ich, ich habe übertrieben, es ist eigentlich nie so weit gekommen.

Er lächelte und fing von neuem an:

– Was willst du? Es macht mir gar nichts aus, nur schade, daß du mir den Namen nicht sagen kannst. Wenn ich mir vorstellen könnte, mit wem es gewesen ist, würde ich gar nicht mehr an die Sache denken. Ich sage es nur deinetwegen, weil ich dich dann nicht mehr damit plagen würde. Es hat immer etwas Beruhigendes, wenn man sich die Dinge vorstellen kann! Unangenehm ist nur, was sich nicht ausmalen läßt. Aber du warst nun schon so nett, da will ich nicht weiter in dich dringen. Ich danke dir von ganzem Herzen für alles Liebe, was du an mir tust. Es ist gut jetzt. Nur noch eine Frage: Wie lange liegt es zurück?

– Aber, Charles, siehst du denn nicht, wie du mich damit quälst! Das sind uralte Geschichten. Ich habe gar nicht mehr daran gedacht, es ist, als ob du mich mit Gewalt von neuem darauf bringen willst. Was du davon schon hättest, meinte sie unbewußt töricht, aber mit einer Bosheit, die nicht ohne Absicht war.

– Ich wollte ja nur wissen, ob es war, als du mich schon kanntest. Aber das wäre ja nur natürlich; war es hier im Hause? Du kannst mir nicht einen bestimmten Abend nennen, damit ich mir vorstellen kann, was da gerade war? Du mußt dir doch selber sagen, Odette, mein Liebes, es ist doch ausgeschlossen, daß du nicht mehr weißt, mit wem es war.

– Aber ich weiß es nicht mehr, ich glaube, es war einmal im Bois, wo du dann nachgekommen bist und uns auf der Insel getroffen hast. Du hattest bei der Prinzessin des Laumes zu Abend gegessen, fügte sie hinzu, froh, ein Detail beibringen zu können, welches für ihre Wahrhaftigkeit sprach. An einem Nachbartisch saß eine Frau, die ich sehr lange nicht gesehen hatte. Sie hat zu mir gesagt: ›Kommen Sie doch mit mir da hinter den kleinen Felsen, man sieht dort so schön den Mondschein auf dem Wasser spielen.‹ Erst habe ich gegähnt und gesagt: ›Ach nein, ich bin müde und fühle mich hier sehr wohl.‹ Da behauptete sie, ein so schöner Mondschein sei noch gar nicht gewesen. Ich habe geantwortet: ›Alles Bluff!‹ Ich wußte gleich, was sie wollte.

Odette erzählte das alles beinahe lachend, sei es, daß es ihr ganz natürlich vorkam, oder sei es, daß sie glaubte, die Sache bekäme dadurch weniger Gewicht, oder um nur ja nicht nach schlechtem Gewissen zu wirken. Als sie Swanns Miene sah, änderte sie sofort ihren Ton:

– Du bist ein schrecklicher Mensch, es macht dir Spaß, mich zu quälen; du bringst mich dazu, daß ich dir Unwahrheiten erzähle, nur damit du mich in Ruhe läßt.

Dieser zweite gegen Swann geführte Schlag war schlimmer als der erste. Niemals hatte er vermutet, daß die Sache vor so kurzer Zeit und gleichsam unter seinen Augen geschehen sei, ohne daß er es gemerkt hatte, nicht in einer Vergangenheit, wo er sie noch nicht kannte, sondern an einem jener Abende, an die er sich gut erinnern konnte, die er mit Odette verlebt hatte; er hatte sie so wohl zu kennen geglaubt, aber rückblickend bekamen sie nun etwas Heimliches und Grauenvolles; mitten unter ihnen klaffte wie eine Spalte jener Augenblick auf der Insel im Bois. Odette war zwar nicht gescheit, aber sie besaß den Reiz der Natürlichkeit. Sie hatte die ganze Szene so harmlos erzählt und mimisch dargestellt, daß Swann atemlos alles an sich vorbeiziehen sah: Odettes Gähnen, den kleinen Felsen. Er hörte sie – lachend leider! – antworten: ›Alles Bluff!‹ Er spürte, daß sie an diesem Abend nichts mehr sagen würde, daß er im Augenblick keine weitere Enthüllung von ihr erwarten durfte; er sagte:

– Mein armes Liebes, sei mir nicht böse, ich merke, daß ich dich quäle, aber jetzt ist es vorbei, ich denke nicht mehr daran.

Sie aber sah, daß seine Blicke auf die Dinge geheftet blieben, die er nicht wußte, und auf die Vergangenheit ihrer Liebe, die in seiner Erinnerung einförmig und freundlich dagelegen hatte und die jetzt von jener Minute im Bois beim Mondschein, nach dem Abendessen bei der Prinzessin des Laumes, wie eine Wunde aufgerissen wurde. Aber er hatte sich so sehr daran gewöhnt, das Leben interessant zu finden – die kuriosen Entdeckungen zu bestaunen, die man darin machte – daß er noch, als er in einem Maße litt, daß er glaubte, er könne nicht lange mehr solchen Schmerz ertragen, sich sagte: ›Das Leben ist wirklich erstaunlich und hält immer Überraschungen bereit; das Laster ist offenbar viel verbreiteter, als man meint. Da ist nun hier diese Frau, zu der ich Vertrauen hatte, die so schlicht und so redlich wirkt, selbst wenn sie leichtfertig ist, die einem so normal und gesund in ihren Neigungen vorkommt: auf eine ganz unwahrscheinliche Verleumdung hin frage ich sie, und das wenige, was sie mir gesteht, ist schon viel mehr, als ich vermuten konnte.‹ Aber es gelang ihm doch nicht, sich auf solche selbstlosen Betrachtungen zu beschränken. Er versuchte, genau die Bedeutung dessen abzuschätzen, was sie ihm erzählte, um daraus schließen zu können, ob sie diese Dinge häufig getan und ob sie sie wieder tun könnte. Er wiederholte sich die Worte, die sie gebraucht hatte: ›Ich merkte, worauf sie hinauswollte.‹ – ›Zwei- oder dreimal.‹ – ›Alles Bluff!‹ aber sie hatten in Swanns Bewußtsein nichts von ihrer Schärfe verloren, jede dieser Wendungen gab ihm einen Stich. Lange Zeit hindurch verhielt er sich wie ein Kranker, der es nicht lassen kann, jede Minute die Bewegung zu machen, die für ihn schmerzhaft ist, und sagte sich unaufhörlich vor: ›Ich fühle mich hier sehr wohl.‹ – ›Alles Bluff!‹ aber sein Leiden nahm derart zu, daß er innehalten mußte. Er wunderte sich, daß Dinge, die er immr leichtfertig, fast amüsiert hingenommen hatte, jetzt so schwerwiegend geworden waren wie eine Krankheit, an der man sterben kann. Er kannte freilich Frauen, die er hätte bitten können, ein Auge auf Odette zu haben. Aber wie sollte er hoffen, daß sie den gleichen Standpunkt einnehmen würden wie er und nicht vielmehr den, der so lange sein eigener gewesen war und durch den er sich stets in seinen Liebesaffären hatte bestimmen lassen; daß sie nicht lachend sagten: ›Dieser eifersüchtige Kerl will nur die anderen um ihr Vergnügen bringen.‹ Welche Falltür hatte sich plötzlich aufgetan und ihn (der doch früher aus seiner Liebe zu Odette nur zarte Freuden gezogen hatte) rauh in diesen neuen Höllenkreis entsandt, von dem er nicht wußte, ob er ihn je wieder verlassen würde? Arme Odette! Er war nicht böse auf sie. Sie selbst war nur zur Hälfte schuld. Sagte man denn nicht, daß ihre eigene Mutter sie, als sie noch ein halbes Kind war, in Nizza einem reichen Engländer überantwortet habe? Aber welche schmerzliche Wahrheit enthielten nunmehr für ihne jene Zeilen aus dem ›Tagebuch eines Dichters‹ von Alfred de Vigny, über die er früher gleichgültig hinweggelesen hatte: ›Wenn man sich von Liebe zu einer Frau ergriffen fühlt, sollte man sich fragen: In welcher Umgebung lebt sie? Wie ist ihr Dasein verlaufen? Alles Glück des Lebens hängt davon ab.‹ Swann staunte, daß einfache Wendungen, die er sich in Gedanken immer wieder vorsprach wie ›Alles Bluff!‹ – ›Ich merkte, worauf sie hinauswollte‹, ihm so wehtun konnten. Aber allmählich sah er ein, daß das, was er für schlichte Worte hielt, Teile jener Vorrichtung waren, die das Leiden, das er bei Odettes Erzählung verspürt hatte, aufgespeichert hielt und zu jeder Zeit von neuem auf ihn loslassen konnte. Denn es war immer das gleiche Leiden, das er nur stets wie ein neues empfand. Es half ihm nichts, daß er jetzt alles wußte – er mochte sogar mit fortschreitender Zeit schon ein wenig vergessen, ja verziehen haben – im Augenblick, wo er sich diese Worte wiederholte, machte das alte Leiden ihn wieder so, wie er gewesen war, bevor Odette gesprochen hatte: unwissend und vertrauend; seine grausame Eifersucht versetzte ihn, damit Odettes Geständnis ihn auch ja richtig träfe, in die Situation eines Menschen, der noch von gar nichts weiß, und noch nach mehreren Monaten erschütterte ihn diese alte Geschichte wie eine ganz neue Enthüllung. Er bewunderte die furchtbare, immer neue Produktivität seiner Erinnerung. Erst von den nachlassenden Kräften dieser Unheilsgebärerin, deren Fruchtbarkeit mit dem Alter abnimmt, konnte er eine Linderung seiner Marter erhoffen. Aber wenn einmal eines der von Odette gesprochenen Worte seine Kraft, ihn zu versehren, etwas erschöpft zu haben schien, löste irgendein anderes, an dem sich Swann bislang weniger gestoßen hatte, ein noch fast neues jenes abgenutzte ab und traf ihn mit ungeschwächter Kraft. Die Erinnerung an den Abend, als er mit der Prinzessin des Laumes zur Nacht gegessen hatte, war ihm schmerzlich geblieben, aber er bildete gleichsam nur das Zentrum seines Leidens, von dem es nach allen Seiten in die Tage vorher und nachher ausstrahlte. Und an welchen Punkt davon er auch in seinen Erinnerungen rührte, jene ganze Saison, in der die Verdurins so oft auf der Insel im Bois zu Abend gegessen hatten, war eine einzige hochneuralgische Zone, so empfindlich, daß die Neugier, die die Eifersucht in ihm weckte, durch die Angst vor neuen Martern aufgehoben wurde, die er sich, wenn er ihr nachgab, vielleicht zuziehen würde. Er machte sich klar, daß der ganze Lebensabschnitt Odettes vor der

Begegnung mit ihm, jene Periode, die er sich niemals recht hatte vorstellen wollen, nicht die von ihm in ungewissen Umrissen erschaute abstrakte Zeitstrecke war, sondern aus ganz bestimmten mit konkreten Begebenheiten angefüllten Jahren bestand. Er aber fürchtete, daß diese farblose, verfließende und somit erträgliche Vergangenheit dadurch, daß er sie näher kennenlernte, eine greifbare widerwärtige Gestalt, ein individuelles teuflisches Antlitz erhalten könnte. Er mühte sich also weiterhin, sie nicht deutlich vor sich zu sehen, weniger aus Trägheit des Denkens als aus Angst zu leiden. Er hoffte eines Tages den Namen der Insel im Bois und der Prinzessin des Laumes hören zu können, ohne jenen alten zerreißenden Schmerz zu verspüren, und fand es unvorsichtig, aus Odette neue Worte, neue Ortsnamen, weitere Umstände herauszulocken, die wahrscheinlich seinen kaum beschwichtigten Gram in anderer Gestalt wiederaufleben ließen.

Dinge jedoch, von denen er kaum etwas wußte, deren nähere Kenntnis er jetzt aber fürchtete, enthüllte aus eignem Antrieb Odette ihm häufig selbst, ganz ohne es zu merken; tatsächlich war der Abstand, den Odettes Laster zwischen ihrem wirklichen Leben und dem verhältnismäßig harmlosen schuf, von dem Swann geglaubt hatte und sehr häufig auch jetzt noch glaubte, daß sie es führe, ihr selber nicht in vollem Ausmaß bewußt: ein dem Laster ergebenes Wesen, das vor den Menschen, die davon nichts wissen sollen, immer die gleichen Tugenden zur Schau trägt, verliert den Überblick darüber, wie sehr diese Laster, deren unaufhörliches Anwachsen sich ihm selber unbewußt vollzieht, es allmählich von den normalen Lebensgewohnheiten abdrängen. Dadurch, daß sie in Odettes Bewußtsein so dicht mit der Erinnerung an Handlungen, die sie vor Swann verbarg, zusammenwohnten, teilten sie auch den anderen ihre Farbe und ihr Wesen mit, ohne daß sie selbst etwas Befremdendes an ihnen feststellte und ohne daß jene in der speziellen Umgebung, in der sie bei ihr beheimatet waren, irgendwie auffallend wurden; wenn sie aber zu Swann davon sprach, war er aufs tiefste über die Atmosphäre entsetzt, aus der sie offenbar kamen. Eines Tages versuchte er, Odette möglichst schonungsvoll zu fragen, ob sie jemals mit einer ›Kupplerin‹ zu tun gehabt habe. Im Grunde war er überzeugt, es sei nicht der Fall gewesen; erst die Lektüre des anonymen Briefes hatte diesen Gedanken überhaupt in ihm aufkommen lassen, aber nur in einer rein mechanischen Form, ohne in seinem Bewußtsein im geringsten Glauben zu finden; aber er war doch in ihm hängengeblieben, und um die rein formale, aber doch lästige Gegenwart dieses Argwohns loszuwerden, wünschte sich Swann, daß Odette ihn selbst in ihm ausrottete. »O nein! Nicht daß sie mir nicht nachgelaufen wären«, setzte sie mit einem Lächeln befriedigter Eitelkeit hinzu, deren Unfaßbarkeit für Swann ihr nicht mehr zum Bewußtsein kam. »Noch gestern hat hier eine mehr als zwei Stunden auf mich gewartet, sie versprach mir jeden Preis, den ich verlangen würde. Offenbar hat irgendein Gesandter ihr gesagt: ›Wenn Sie sie mir nicht bringen, nehme ich mir das Leben.‹ Erst habe ich ihr sagen lassen, ich sei ausgegangen, aber schließlich habe ich sie selbst hinausbefördern müssen. Ich wünschte, du hättest mitangesehen, wie ich es ihr gegeben habe; meine Jungfer, die mich vom Nebenzimmer aus hörte, hat mir nachher gesagt, ich hätte sie regelrecht angeschrien: ›Aber wo ich Ihnen doch sage, daß ich nicht will! Ich bin nun einmal so, ich mag das nicht. Ich kann doch tun und lassen, was ich will, oder nicht? Wenn ich noch Geld brauchte, will ich nicht sagen . . .‹ Der Portier hat Order, sie nicht mehr ins Haus zu lassen, er soll jedesmal sagen, ich sei auf dem Land. Ach, ich wünschte, du hättest von einem Versteck aus zugehört. Ich glaube, du wärest zufrieden gewesen, Liebling. Auch deine kleine Odette hat ihre guten Seiten, wenn sie auch noch so abscheulich sein soll.«

Im übrigen dienten auch ihre Geständnisse, wenn sie Swann solche machte in dem Glauben, er hätte bestimmte Vergehen von ihr entdeckt, ihm eher als Ausgangspunkt für neue Zweifel, als daß sie den alten ein Ende bereiteten, denn sie entsprachen diesen niemals ganz. Wenn auch Odette aus ihrer Beichte alles Wesentliche ausließ, so blieb doch in den Nebenumständen irgend etwas, was Swann nie vermutet hätte, was ihm ganz neue Möglichkeiten enthüllte und das Problem der Eifersucht für ihn wiederum in ein neues Licht rückte. Diese Geständnisse aber konnte er nicht vergessen. Wie einen Leichnam führte seine Seele sie in ihren Strömungen mit, warf sie ans Ufer, nahm sie wiegend wieder auf und blieb vergiftet davon.

Einmal sprach sie vor ihm von einem Besuch, den Forcheville ihr am Tage des Paris-Murcia-Festes gemacht habe. »Wie, da kanntest du ihn schon? Ach ja, natürlich«, setzte er hinzu, um sich den Anschein zu geben, als habe er es gewußt. Und auf einmal erbebte er bei dem Gedanken, sie habe vielleicht an jenem Tage des Paris-Murcia-Festes, an dem er den Brief von ihr erhalten hatte, den er als Kostbarkeit bei sich aufbewahrte, in der Maison d'Or mit Forcheville dejeuniert. Sie schwor, es sei nicht der Fall gewesen. »Aber die Maison d'Or erinnert mich doch an irgend etwas, wovon ich später gemerkt habe, es sei nicht wahr«, fuhr er fort, um sie unsicher zu machen. »Ja, weil ich an dem Abend nicht da war, wo ich behauptet habe, ich käme von dort; weißt du, als du mich bei Prévost gesucht hattest«, antwortete sie (weil sie aus seiner Miene entnahm, daß er es bereits wisse) mit einer Entschiedenheit, in der nicht eigentlich Zynismus, sondern eher Schüchternheit lag, eine gewisse Angst, Swann zu verstimmen, die sie aus Eigenliebe gleichwohl verbergen wollte, dann auch der Wunsch, ihm zu zeigen, sie könne durchaus offen ihm gegenüber sein. Daraufhin traf sie ihn denn auch mit der kraftvollen Akkuratesse eines Henkers, wiewohl ohne alle Grausamkeit, denn Odette war sich nicht bewußt, welchen Schmerz sie Swann bereitete; sie fing sogar zu lachen an, allerdings vielleicht deshalb, um nicht verlegen oder beschämt zu wirken. »Es stimmt, ich war nicht in der Maison Dorée, ich kam gerade von Forcheville. Ich war wirklich bei Prévost gewesen, ich habe dir nichts Falsches gesagt, er hatte mich dort getroffen und mir vorgeschlagen, ich solle mir bei ihm seine Stiche anschauen. Aber dann war inzwischen bei ihm ein Besuch eingetroffen. Ich habe dir gesagt, ich käme aus der Maison d'Or, weil ich fürchtete, du würdest dich vielleicht ärgern. Du sieht, ich habe es nur in bester Absicht getan. Und wenn es unrecht war, gestehe ich es dir jedenfalls offen ein. Was für ein Interesse sollte ich haben, dir nicht auch zu sagen, daß ich mit ihm am Tage des Paris-Murcia-Festes zusammen zu Mittag gegessen hätte, wenn es wirklich so wäre? Noch dazu, wo wir uns ja damals noch gar nicht so sehr gut kannten, sag doch selbst, chéri.« Er lächelte sie mit der unmotivierten Feigheit des kraftlosen Menschenwesens an, das diese niederschmetternden Worte aus ihm gemacht hatten. Also auch schon in jenen Monaten, an die er kaum jemals zurückzudenken gewagt hatte, weil er allzu glücklich gewesen war, in jenen Monaten, da sie ihn geliebt, hatte sie ihn schon belogen! Wie viele andere Augenblicke noch als diesen, wo sie ihm gesagt hatte, sie käme aus der Maison Dorée (es war der erste Abend gewesen, an dem sie ›Cattleya gespielt‹ hatten) mochte es gegeben haben, die hehlerisch eine Lüge versteckten, von der Swann nichts ahnte. Er erinnerte sich, daß sie eines Abends zu ihm gesagt hatte: ›Ich brauche ja Madame Verdurin nur zu sagen, mein Kleid sei nicht fertig geworden oder mein Wagen habe sich verspätet. Eine Ausrede findet sich doch immer.‹ Auch ihm hatte sie wahrscheinlich häufig ein paar Worte hingeworfen, die eine Verspätung erklären, die Verschiebung einer Verabredung rechtfertigen sollten; sicher hatten sie, ohne daß er es damals ahnte, irgend etwas verdeckt, was sie mit einem andern plante, zu dem sie bestimmt gesagt hatte: ›Ich brauche Swann nur zu sagen, mein Kleid sei nicht fertig gewesen oder mein Wagen zu spät gekommen, eine Ausrede findet sich schon.‹ Und hinter seinen süßesten Erinnerungen, hinter den einfachsten Worten, die Odette ihm früher gesagt und an die er wie an das Evangelium geglaubt hatte, den täglichen kleinen Vorhaben, von denen sie ihm erzählt hatte, den gewohntesten Stätten, dem Haus der Schneiderin, der Avenue du Bois, dem Hippodrom vermutete er jetzt (verhüllt und begünstigt durch die überschüssige Zeit, die selbst in sorgfältig rekonstruierten Tagesläufen noch einen gewissen Spielraum läßt) die mögliche unterirdische Gegenwart von Lügengeweben, die ihm jetzt alles vergällten, was ihm das Liebste gewesen war (die schönsten Abende, die Rue La Pérouse sogar, die Odette offenbar immer zu anderen Stunden verlassen hatte, als sie ihm gegenüber behauptete); überall trugen sie etwas von dem düsteren Grauen hin, das er bei ihrem Geständnis bezüglich der Maison Dorée empfunden hatte, und brachten wie die unreinen Tiere beim Untergang von Ninive Stein für Stein seine ganze Vergangenheit ins Wanken. Wenn er sich von nun an jedesmal wegwandte, sobald sein Gedächtnis den grausamen Namen der Maison Dorée heraufführte, so war es nicht mehr wie vor ganz kurzem noch bei der Soiree von Madame de Saint-Euverte, weil er ihn an ein Glück, das er seither verloren hatte, sondern weil er ihn an ein Unglück erinnerte, von dem er erst neuerdings wußte. Dann wurde es mit dem Namen der Maison Dorée wie mit der Insel im Bois, er bereitete Swann keine Leiden mehr. Denn das, was wir für unsere Liebe, unsere Eifersucht halten, ist nicht ein und dieselbe fortlaufende, unteilbare Leidenschaft, sie setzt sich vielmehr aus einer Unendlichkeit aufeinanderfolgender Liebes- und Eifersuchtszustände zusammen, die nur kurzlebig sind, aber durch ihren nie endenden Ablauf den Eindruck der Folge und die Illusion einer Einheit gewähren. Die Zählebigkeit von Swanns Liebe, die Beständigkeit seiner Eifersucht waren aus unendlich vielen Wünschen und unendlich vielen Zweifeln gemacht, die alle abgelebt und treulos von ihm gewichen waren; alle aber hatten Odette zum Gegenstand gehabt. Hätte er sie wirklich einmal lange nicht gesehen, so wären die abgestorbenen nicht mehr durch andere ersetzt worden. Aber Odettes Gegenwart säte in Swanns Herz abwechselnd neuen Argwohn und neue Zärtlichkeitsgefühle.

An manchen Abenden legte sie unvermittelt ihm gegenüber wieder eine Liebenswürdigkeit an den Tag, die sie ihn fast streng auf der Stelle wahrnehmen hieß, unter Androhung der Möglichkeit, daß er sie in Jahren nicht mehr bei ihr wiederantreffen werde; er mußte dann sofort mit zu ihr gehen und ›Cattleya spielen‹, und dies Verlangen nach ihm, das sie so plötzlich zu verspüren behauptete, trat so jäh, so unerklärlich und so gebieterisch auf, die Zärtlichkeiten, die sie dabei an ihn verschwendete, waren so betont und so ungewohnt, daß dieses brutale Überströmen ohne rechte Überzeugungskraft Swann beinahe ebenso schmerzte wie Lüge oder Grausamkeit. Eines Abends, als er in dieser Weise auf ihren förmlichen Befehl mit zu ihr gegangen war, und während sie ihre Küsse mit Worten der Leidenschaft untermischte, die zu ihrer sonstigen Kühle in krassem Widerspruch standen, meinte er auf einmal ein Geräusch zu hören; er stand auf, suchte überall, konnte aber nichts finden; doch hatte er nicht das Herz, zu ihr zurückzukehren, worauf sie außer sich vor Zorn eine Vase zerschlug und zu ihm sagte: »Mit dir ist auch nie etwas anzufangen!« Er aber blieb im unklaren darüber, ob sie irgend jemand versteckt hatte, dessen Eifersucht sie erregen oder dessen Sinne sie entzünden wollte.

Manchmal suchte er irgendein Maison de Rendezvous auf in der Hoffnung, etwas über sie zu erfahren, allerdings, ohne ihren Namen zu nennen. »Ich habe da eine Kleine, die Ihnen gefallen wird«, sagte die Inhaberin. Und dann verbrachte er eine Stunde in melancholischem Gespräch mit einem armen Mädchen, das sich wunderte, daß er weiter nichts wollte. Eine junge, ganz entzückende Person sagte eines Tages zu ihm: »Am liebsten hätte ich einen Freund, er könnte sicher sein, daß ich dann nie mehr mit einem anderen ginge.« »Wirklich? Meinst du, es könne möglich sein, daß es einer Frau ernstlich etwas ausmacht, wenn man sie liebt, so daß sie einen dann nicht mehr betröge?« wollte Swann angstvoll wissen. – »Aber sicher! Das hängt vom Charakter ab!« Swann konnte nicht anders, er sagte diesen Mädchen das gleiche, was er der Prinzessin des Laumes gesagt hätte. Zu der, die einen Freund suchte, bemerkte er mit einem Lächeln: »Das ist hübsch, du hast heut blaue Augen angezogen, sie passen ganz genau zur Farbe deines Gürtels.« – »Sie haben auch blaue Manschetten.« – »Eine schöne Unterhaltung führen wir, wenn man bedenkt, wo wir hier sind! Langweile ich dich auch nicht? Du hast vielleicht zu tun?« – »Nein, ich habe beliebig Zeit. Wenn Sie mich langweilten, würde ich es sagen. Im Gegenteil, ich höre Ihnen gern zu.« – »Das ist sehr schmeichelhaft für mich. Nicht wahr, wir unterhalten uns doch sehr gut?« meinte er, als die ›Madame‹ ins Zimmer trat. »Aber gewiß, das hatte ich mir gedacht. Wie brav diese Kinder sind! So ist das neuerdings: Man kommt zum Plaudern zu mir. Der Fürst hat es neulich erst gesagt, er fühlt sich hier viel wohler als bei seiner Frau. Es scheint, daß sie jetzt in der besten Gesellschaft ein Genre Frauen haben ... es ist ein Skandal! Aber ich bin diskret, ich lasse euch allein.« Und damit überließ sie Swann dem Mädchen mit den blauen Augen. Er stand bald auf und sagte adieu, sie interessierte ihn nicht, denn sie wußte ja nichts von Odette.

Da der Maler erkrankt war, hatte Doktor Cottard ihm zu einer Seereise geraten; mehrere Getreue sprachen davon, ihn dabei zu begleiten; die Verdurins konnten sich nicht entschließen, allein zurückzubleiben, sie mieteten eine Jacht, erwarben sie dann sogar, und auf diese Weise machte Odette eine Reihe von kleinen Seereisen mit. Jedesmal, wenn sie ein Weilchen fort war, fühlte Swann, daß er anfing, sich von ihr zu lösen, aber es war, als stehe diese geistige Distanz im direkten Verhältnis zur materiellen Entfernung, denn sobald er Odette wieder in Paris wußte, hielt er es nicht aus, ohne sie zu sehen. Einmal, als sie – so glaubten sie wenigstens! – nur für vier Wochen verreist waren, gingen sie, sei es, daß sie erst unterwegs Lust dazu bekamen oder daß Herr Verdurin im voraus das Ganze seiner Frau zu Gefallen so arrangiert und die Getreuen erst von Fall zu Fall näher unterrichtet hatte, von Algier aus zuerst nach Tunis, dann nach Italien, dann nach Griechenland und von da aus nach Konstantinopel und Kleinasien. Die Reise dauerte fast ein Jahr. Swann war vollkommen ruhig, beinahe glücklich sogar. Obwohl Madame Verdurin den Pianisten und Doktor Cottard zu überzeugen versucht hatte, daß die Tante des einen und die Patienten des anderen sie nicht brauchen würden und daß es auf alle Fälle unvorsichtig wäre, Madame Cottard nach Paris zurückkehren zu lassen, wo, wie Monsieur Verdurin behauptete, Revolution sei, mußte sie ihnen doch in Konstantinopel die Freiheit wiedergeben. Der Maler reiste mit Cottards zurück. Eines Tages, kurz nach der Heimkehr der drei Reisenden, sah Swann einen Omnibus in Richtung Jardin du Luxembourg vorüberfahren, wo er zu tun hatte; er sprang hinein und fand sich mit einem Male Madame Cottard gegenüber, die in großer Toilette, mit einem Reihergesteck am Hut, im Seidenkleid, mit Muff, als Schirm den Entoutcas sowie mit Visitenkartentasche und weißen, frisch gereinigten Handschuhen auf der Besuchstournee war. Mit diesen Insignien bekleidet ging sie, wenn trockenes Wetter war, zu Fuß von einem Hause zum anderen, soweit sie im gleichen Stadtviertel gelegen waren; doch um sich in ein anderes ›Quartier‹ zu begeben, benutzte sie den Omnibus und seine Umsteigemöglichkeiten. Im ersten Augenblick, noch bevor bei ihr die angeborene Liebenswürdigkeit der Frau die Steifheit der Kleinbürgerin hatte durchbrechen können, und ehe sie sich noch recht klar darüber war, ob sie zu Swann von den Verdurins sprechen sollte, führte sie ganz natürlich mit ihrer sanften, langsamen, etwas timiden Stimme, die augenblicksweise vom Lärm des Vehikels vollkommen überdeckt wurde, Reden, die sie in den fünfundzwanzig Häusern, deren Stockwerke sie an einem Tage durchmaß, mit anhörte und selbst wiederholte:

– Ich frage Sie gar nicht erst, Monsieur Swann, ob Sie, der Sie doch so über alles auf dem laufenden sind, bei den ›Mirlitons‹ das Porträt von Machard gesehen haben, zu dem alle Leute hinströmen. Ich bin gespannt, was halten Sie davon? Stehen Sie im Lager derer, die es bewundern, oder mißbilligen Sie es? In allen Salons ist nur noch von Machards Porträt die Rede; man ist nicht schick, man ist nicht auf der Höhe, wenn man nicht seine Meinung über dies Bild abgeben kann.

Als Swann erklärt hatte, er habe das Porträt nicht gesehen, fürchtete Madame Cottard, ihn dadurch verletzt zu haben, daß sie ihn zu diesem Eingeständnis nötigte.

– So ist es recht, Sie geben es wenigstens offen zu. Sie rechnen es sich nicht zur Unehre an, wenn Sie das Porträt von Machard noch nicht gesehen haben. Ich finde das sehr richtig von Ihnen. Nun, ich habe es gesehen, die Meinungen sind geteilt, manche finden es etwas geleckt, etwas konditorhaft; ich selbst muß gestehen, ich finde es ideal. Wie die blauen und gelben Frauen, die unser Freund Tiche malt, ist es allerdings nicht. Aber ich muß offen sagen, auf die Gefahr hin, daß Sie mich ein bißchen rückständig finden, aber ich sage es, wie ich es empfinde, ich habe kein Verständnis dafür. Mein Gott, ich erkenne natürlich an, daß in dem Porträt meines Mannes irgend etwas steckt, es ist auch weniger seltsam als die, die er gewöhnlich malt, aber er hat ihm auch einen blauen Schnurrbart gegeben. Hingegen dieser Machard! Sehen Sie, gerade der Mann der Freundin, zu der ich im Augenblick gehe (ich habe dadurch das große Vergnügen, die Fahrt mit Ihnen zu machen) hat ihr versprochen, sobald er in die Akademie aufgenommen wird (er ist ein Kollege des Doktors) ihr Porträt von Machard malen zu lassen. Aber das wird wohl ein schöner Traum bleiben! Ich habe eine andere Freundin, die behauptet, sie ziehe Leloir vor. Ich verstehe ja nicht genug davon, und Leloir ist vielleicht der noch größere Könner. Aber ich finde, die wichtigste Eigenschaft eines Porträts,

zumal wenn es zehntausend Francs kostet, bleibt doch, daß es ähnlich ist, und zwar auf eine angenehme Art.
Nachdem sie diese Äußerungen getan hatte, zu denen sie die Stattlichkeit ihrer Reiheragraffe, das Monogramm auf ihrer Visitenkartentasche, die kleine von der Färberei mit Tinte eingezeichnete Ziffer in ihren Handschuhen und ihre Hemmung, von den Verdurins zu sprechen, zu inspirieren schien, hörte Madame Cottard, als sie sah, daß es bis zur Ecke der Rue Bonaparte, wo der Omnibusschaffner sie absetzen sollte, noch ziemlich weit sei, endlich auf die Stimme ihres Herzens, die andere Worte in Bereitschaft hielt.
– Die Ohren haben Ihnen klingen müssen, Monsieur Swann, sagte sie, während der Reise, die wir mit Madame Verdurin gemacht haben. Unaufhörlich war von Ihnen die Rede.
Swann war sehr erstaunt, er hatte vermutet, daß sein Name vor Madame Verdurin nie genannt werden dürfte.
– Im übrigen, setzte Madame Cottard hinzu, war Madame de Crécy mit von der Partie, und damit ist ja schon alles gesagt. Wo Odette auch ist, sie hält es niemals lange aus, ohne von Ihnen zu reden, und Sie können sich denken, Herr Swann, daß sie nichts Schlechtes sagt! Wie? Sie scheinen zu zweifeln? fragte sie angesichts einer skeptischen Gebärde Swanns.
Fortgerissen von der Aufrichtigkeit ihrer Überzeugung und ohne sich im übrigen irgend etwas Böses dabei zu denken, sondern nur als spräche sie von der herzlichen Zuneigung, wie sie Freunde untereinander hegen, fuhr sie fort:
– Sie vergöttert Sie ja! Ach, ich glaube, man dürfte in ihrer Gegenwart nicht das geringste gegen Sie vorzubringen wagen! Da käme man schön an! Bei jeder Gelegenheit, zum Beispiel wenn wir Bilder ansahen, sagte sie: ›Oh, wenn er jetzt da wäre, er wüßte ganz genau, ob das echt ist oder nicht. So gut wie er weiß das keiner.‹ Immerzu fragte sie sich: ›Was mag er jetzt wohl tun? Wenn er nur etwas arbeitete! Es ist zu schade, ein so begabter Mensch, aber leider faul. (Sie verzeihen mir, wenn ich das wiederhole, nicht wahr?) In diesem

Augenblick sehe ich ihn vor mir, er denkt gewiß an uns und fragt sich, wo wir sind.‹ Sie hat sogar etwas gesagt, was ich ganz reizend fand; Herr Verdurin meinte nämlich: ›Aber wie können Sie denn sehen, was er in diesem Augenblick tut, wo Sie doch achthundert Meilen von ihm entfernt sind?‹ Da hat Odette gesagt: ›Dem Auge einer Freundin ist nichts unmöglich.‹ – Nein, ich schwöre Ihnen, ich sage das nicht, um Ihnen etwa zu schmeicheln, Sie haben eine wirkliche Freundin an ihr, wie man sie selten findet. Ich will Ihnen auch noch verraten, wenn Sie es noch nicht wissen, daß Sie bei ihr der einzige sind. Madame Verdurin sagte noch am letzten Tage zu mir (Sie wissen ja, am Abend vor der Abreise plaudert man am allerintimsten miteinander): ›Ich will nicht behaupten, daß Odette nicht an uns hängt, aber alles, was wir ihr sagen, hat kein Gewicht neben dem, was Monsieur Swann sagen würde.‹ Oh, mein Gott, jetzt macht mir schon der Schaffner ein Zeichen, beinahe hätte ich mich verplaudert und die Rue Bonaparte verpaßt... würden Sie so freundlich sein und mir rasch noch sagen, ob mein Reiher auch geradesitzt?

Und Madame Cottard nahm ihre weiß behandschuhte Rechte aus dem Muff, um sie Swann zu reichen, ein Umsteigefahrschein entflatterte ihr, eine Vision von ›high-life‹ erfüllte den Omnibus, mit dem Geruch von Reinigungsmitteln vermischt. Swann verspürte eine überflutende Zärtlichkeit für sie, ebenso für Madame Verdurin (und beinahe auch für Odette, denn sein Gefühl für sie war jetzt frei von Schmerz und daher kaum noch Liebe zu nennen) während er ihr von der Plattform aus mit gerührten Blicken nachsah; mutig, mit hohem Reiher und baumelndem Muff, mit der einen Hand den Rock raffend und in der anderen den Schirm und die Visitenkartentasche haltend, deren Monogramm sie sehen ließ, verschwand sie in der Rue Bonaparte.

Als Gegengewicht gegen die krankhaften Gefühle, die Swann Odette entgegenbrachte, hatte Madame Cottard, die sich hierin als eine bessere Therapeutin erwies, als ihr Gatte es gewesen wäre, ihm daneben andere normalere einzuimpfen versucht: Gefühle der Freundschaft und Dankbarkeit, die in seinem Geiste Odette menschlicher machen mußten (auch mehr wie andere Frauen, welche ihm solche Gefühle ebenfalls einflößen konnten) und die ihre endgültige Umwandlung in jene mit friedlicher Zuneigung geliebte Odette beschleunigten, die ihn einmal nach einem Fest bei dem Maler mit Forcheville auf ein Glas Orangeade in ihre Wohnung mitgenommen hatte und an deren Seite Swann sich damals ein glückliches Leben erträumte.

Früher hatte er oft mit Schrecken daran gedacht, daß er eines Tages aufhören werde, in Odette verliebt zu sein; er hatte sich vorgenommen, gut aufzupassen, und sobald er ein Nachlassen seiner Liebe verspüren würde, sich daran anzuklammern und sie festzuhalten. Nun aber setzte gleichzeitig mit dem Schwächerwerden seiner Neigung auch eine Verminderung seines Wunsches, verliebt zu bleiben, ein. Denn man kann sich nicht ändern, das heißt eine andere Person werden und dennoch den Gefühlen derjenigen unterstehen, die man nicht mehr ist. Manchmal verpürte er, wenn er in der Zeitung den Namen eines der Männer fand, von denen er vermutete, daß sie Odettes Liebhaber gewesen wären, noch einmal eine Regung von Eifersucht. Aber sie war nur sehr leicht, und da sie ihm bewies, daß er noch nicht gänzlich aus jener Periode heraus war, in der er so sehr gelitten hatte – in der er freilich auch eine so sinnlich beglückende Art des Fühlens gekannt hatte – und daß die Zufälle des Weges ihm vielleicht gestatten würden, hier und da noch von ferne ihre Schönheiten zu genießen, verschaffte ihm diese Eifersucht eine eher angenehme Erregung, so wie etwa dem Pariser, der betrübten Sinnes Venedig verläßt und nach Frankreich zurückkehrt, ein letzter Moskito beweist, daß Italien und der Sommer noch nicht so ferne sind. Doch die meiste Zeit war es so, daß er, sofern er sich Mühe gab, wenn auch nicht in dieser so eigenartigen Epoche seines Lebens zu verbleiben, so doch, solange es noch möglich wäre, eine klare Sicht von ihr zu haben, feststellen mußte, daß es schon nicht mehr ging; er hätte diese Liebe, von der er sich entfernte, wie eine Landschaft sehen mögen, die allmählich entschwand; aber es ist so schwer, sich zu spalten und eine wirkliche Ansicht von einem Gefühl zu haben, das man nicht mehr in sich hegt, so daß bald alles in seinem Hirn in Dunkelheit verschwamm; er sah nichts mehr und wollte nichts mehr sehen; er nahm das Augenglas ab und rieb ein wenig daran; er sagte sich, es sei besser, etwas auszuruhen, es sei auch nach einem Weilchen noch Zeit, und verkroch sich wie ein Reisender, der ohne Neugier, stumpf und starr, im Halbschlaf seinen Hut über die Augen schiebt, um in dem Eisenbahnwagen zu schlafen, der ihn immer schneller aus dem Lande entführt, in dem er so lange gelebt hat und das er nicht hatte verlassen wollen ohne einen letzten Abschiedsblick. Wie der Reisende auch, der erst in Frankreich erwacht, bemerkte Swann, wenn er zufällig in seiner Nähe auf einen Beweis dafür traf, Forcheville sei Odettes Liebhaber gewesen, daß er keinen Schmerz mehr verspürte, daß die Liebe schon fern war, und bedauerte, daß er den Augenblick nicht wahrgenommen hatte, wo er sie für immer hinter sich ließ. Und ebenso wie er vor seinem ersten Kuß versucht hatte, sich Odettes Gesicht einzuprägen, wie es so lange für ihn gewesen war, ehe die Erinnerung an diesen Kuß es für immer verwandelte, so hätte er jetzt gern, in Gedanken wenigstens, während sie noch existierte, von jener Odette Abschied genommen, die ihm Liebe und Eifersucht eingeflößt hatte, die ihm Leiden bescherte und die er nun niemals mehr wiedersehen würde. Aber er täuschte sich. Er sollte ihr einige Wochen später noch einmal wiederbegegnen. Es war im Schlaf, in der Dämmerung eines Traums. Er ging mit Madame Verdurin, dem Doktor, einem jungen Mann im Fes, dessen Identität er nicht feststellen konnte, dem Maler, Odette, Napoleon III. und meinem Großvater auf einem Wege spazieren, der dicht am Meer entlangführte, manchmal sehr hoch, manchmal aber auch nur ein paar Meter darüber, so daß man unaufhörlich wechselnd emporstieg und abwärts ging. Die Spaziergänger, die sich im Abstieg befanden, waren für die nicht sichtbar, die gerade aufwärts gingen; das ohnehin schwache Tageslicht nahm noch weiter ab, und es schien, daß schwarze Nacht sich schnell herniedersenkte. Manchmal brandeten die Wogen bis an den Rand des Weges empor, und Swann fühlte auf der Wange eisigkalte Spritzer davon. Odette wollte, daß er sie abtrocknete, aber er konnte nicht und fühlte sich ihr gegenüber aus diesem Grunde verlegen, wie auch weil er im Nachthemd war. Er hoffte, man werde es bei der Dunkelheit nicht bemerken, aber Madame Verdurin fixierte ihn dennoch eine ganze Weile mit befremdetem Blick, inzwischen aber verwandelten sich ihre Züge, ihre Nase wurde ganz lang, und ein großer Schnauzbart schmückte ihr Gesicht. Er wendete sich ab, um nach Odette zu sehen; ihre Wangen waren bleich und mit kleinen roten Flecken übersät, ihre Züge wirkten schlaff, sie hatte Ringe unter den Augen, aber sie schaute ihn mit zärtlichen Blicken an, die sich loszulösen und wie Tränen auf ihn zu fallen schienen, und er liebte sie so sehr, daß er sie auf der Stelle hätte entführen mögen. Auf einmal wendete Odette ihr Handgelenk um, sie blickte auf eine kleine Uhr und sagte: »Ich muß jetzt gehen«, sie verabschiedete sich von allen auf die gleiche Weise, ohne Swann auf die Seite zu ziehen und ohne ihm zu sagen, wo er sie am Abend oder an einem anderen Tag würde treffen können. Er wagte nicht, sie danach zu fragen, er wäre ihr gern nachgegangen, mußte aber, ohne sich nach ihr umzuwenden, lächelnd Madame Verdurin auf eine Frage Antwort geben; sein Herz schlug fürchterlich. Er verspürte eine Art von Haß auf Odette, er hätte ihr die eben noch so sehr geliebten Augen auskratzen, ihre unfrischen Wangen wütend zerfleischen mögen. Er ging mit Madame Verdurin weiter aufwärts, das heißt entfernte sich mit jedem Schritt von Odette, die in umgekehrter Richtung abwärts ging. Nach einer Sekunde schon war sie stundenlang fort. Der Maler machte Swann darauf aufmerksam, daß Napoleon III. sich einen Augenblick nach ihr entfernt habe. »Es war gewiß zwischen ihnen so ausgemacht«, setzte er hinzu, »sie treffen sich sicher unten am Strand, haben aber nicht gleichzeitig Adieu sagen wollen, damit es nicht so auffällt. Sie ist seine Geliebte.« Der junge Unbekannte fing zu weinen an. Swann suchte ihn zu trösten. »Schließlich hat sie recht», sagte er, indem er jenem die Augen trocknete und ihm den Fes abnahm, damit er es leichter hätte, »ich habe es ihr selbst mindestens zehnmal geraten. Weshalb traurig sein? Er ist gerade der Mann, der sie richtig versteht.« So redete Swann sich selber zu, denn der junge Mann, den er zunächst nicht hatte identifizieren können, war niemand anders als er selbst; wie manche Romanschriftsteller hatte er seine Person auf zwei Gestalten verteilt, diejenige, die träumte, und eine andere, die er mit einem Fes auf dem Kopfe vor sich sah.

Was Napoleon III. anging, so war es Forcheville, dem er infolge einer vagen Ideenassoziation, nach einer leichten Retusche der Züge des Barons und auf Grund des Großkordons der Ehrenlegion, den er um den Hals trug, diesen Namen aufgeheftet hatte; in Wirklichkeit aber und in allem, was diese Traumfigur für ihn bedeutete, war es eben Forcheville. Denn aus unvollständigen und wechselnden Bildern zog der schlummernde Swann falsche Folgerungen, wobei er zudem im Augenblick eine so starke Schöpferkraft besaß, daß er sich einfach wie gewisse niedere Organismen durch Teilung vermehren konnte; mit der Wärme, die er in seiner eignen Handfläche verspürte, modellierte er die Höhlung einer fremden Hand, die er zu drücken glaubte, und aus Gefühlen und Impressionen, die ihm noch nicht bewußt wurden, ließ er etwas wie Peripetien entstehen, die in logischer Verkettung zur gegebenen Zeit im Traum die Person erzeugten, die seine Liebe übernehmen oder ihm zum Erwachen verhelfen sollte. Es wurde plötzlich vollends finster um ihn, die Sturmglocke läutete, Küstenbewohner eilten vorbei, die sich aus brennenden Häusern retteten; Swann hörte das Dröhnen der Wogen, die bis auf den Weg heraufschlugen, und mit der gleichen Heftigkeit schlug ihm das Herz in der Brust vor Angst. Plötzlich nahm das Tempo dieses Herzklopfens rasend zu, er verspürte einen Schmerz und unerklärliche Übelkeit; ein mit Brandwunden bedeckter Bauer rief ihm im Vorübereilen zu: »Kommen Sie, fragen Sie Charlus, wo Odette den Rest des Abends mit ihrem Begleiter verbracht hat, er ist ja früher bei ihr gewesen, ihm verheimlicht sie nichts. Sie haben auch das Feuer angelegt.« Aber es war bereits sein Kammerdiener, der ihn mit den Worten wecken kam:

– Monsieur, es ist acht Uhr, der Friseur war da, ich habe ihm gesagt, er soll in einer Stunde wiederkommen.

Aber diese Worte waren, als sie die ihn noch umfangenden Wogen des Schlafes durchdrangen, nur auf jener Art von Umweg in Swanns Bewußtsein gelangt, durch den ein Lichtstrahl auf dem Grunde des Wassers wie eine Sonne erscheint; ebenso hatte einen Augenblick zuvor das Geräusch der Schelle in den Tiefen dieses Abgrunds den Klang einer Sturmglocke angenommen und die Episode mit der Feuersbrunst ausgelöst. Nun aber verfloß die Szenerie, die er vor Augen gehabt hatte, in nichts, er schlug die Augen auf und hörte zum letzten Mal noch ein Meeresbrausen, das sich in der Ferne verlor. Er berührte seine Wange, die vollkommen trocken war. Und doch erinnerte er sich an das Gefühl der Nässe und den Salzgeschmack.Er stand auf und kleidete sich an. Er hatte den Friseur schon so früh bestellt, weil er am Vortage meinem Großvater geschrieben hatte, er werde am Nachmittag nach Combray kommen, denn er hatte gehört, daß Madame de Cambremer – die frühere Mademoiselle Legrandin – dort ein paar Tage verbringen werde. Da er in seiner Erinnerung zwischen dem Zauber dieses jungen Gesichts und dem einer Landschaft, die er so lange nicht mehr gesehen, eine Verbindung hergestellt hatte, bildeten sie zusammen einen Anreiz für ihn, der ihn schließlich bewog, Paris ein paar Tage zu verlassen. Da die verschiedenen Zufälle, die uns mit bestimmten Personen zusammenführen, nicht mit der Zeit unserer Liebe zu ihnen zusammenfallen, sondern sich bereits, bevor noch jene angebrochen ist, ergeben und ebenso andauern können, wenn sie abgelaufen ist, nehmen sie rückblickend in unseren Augen den Charakter einer Vorahnung, einer Vorhersage an. In dieser Weise hatte Swann sich oft wieder Odettes Bild vor Augen gestellt, wie er sie damals im Theater gesehen hatte, an jenem ersten Abend, als er noch nicht damit rechnete, sie je wieder zu erblicken – und so auch dachte er jetzt an den Abend bei Madame de Saint-Euverte zurück, wo er den General Froberville Madame de Cambremer vorgestellt hatte. Die Interessen unseres Lebens sind so vielfältig verflochten, daß nicht selten bei einer gleichen Gelegenheit die Richtpunkte eines noch nicht bestehenden Glücks bereits festgelegt sind, wenn wir an einem noch immer wachsenden Kummer leiden. Das hätte für Swann natürlich auch anderswo geschehen können als bei Madame de Saint-Euverte. Wer kann wissen, ob nicht an jenem Abend sogar, wäre er anderswo gewesen, andere Freuden sich angebahnt, andere Leiden ihn betroffen hätten, die ihm späterhin ebenso unvermeidlich vorgekommen wären? Was aber ihm wirklich so erschien, war das, was geschehen war, und er neigte beinahe dazu, etwas Schicksalhaftes darin zu sehen, daß er sich entschlossen hatte, die Soiree der Marquise zu besuchen, da nämlich sein Geist in dem Verlangen, den Erfindungsreichtum des Lebens zu bewundern, und unfähig, sich lange eine schwierige Frage vorzulegen oder festzustellen, was am wünschenswertesten gewesen sei, in den Leiden, die er an jenem Abend durchlebt, und den noch ungeahnten Freuden, die darunter schon keimten – und die sich nur schwer gegeneinander abwägen ließen – eine Art notwendiger Verkettung erkennen wollte.

Aber während er eine Stunde nach seinem Erwachen dem

Friseur die nötigen Anweisungen gab, damit seine ›Bürste‹ im Wagen nicht zu Schaden kommen konnte, dachte er an seinen Traum zurück; er sah wieder, wie er sie vor kurzem noch ganz nahe bei sich gefühlt, Odettes bleichen Teint, ihre zu mageren Wangen, die schlaffen Züge, die müden Augen vor sich, alles was er – im Laufe der vielen aufeinanderfolgenden Liebesstunden, die seine Dauerliebe zu Odette zu einem einzigen langen Vergessen jenes ersten Bildes gemacht hatten – nach den ersten Zeiten seiner Verbindung mit ihr nicht mehr bemerkt, dessen genauen Eindruck aber offenbar seine Erinnerung im Schlafe wieder herzustellen versucht hatte. Und mit jener zeitweilig bei ihm auftauchenden ›Muflerie‹, einer gewissen derben Offenheit – sie kam besonders zum Vorschein, wenn er weniger unglücklich war – die gleichzeitig sein seelisches Niveau etwas herunterdrückte, sagte er fast empört zu sich selbst: ›Wenn ich denke, daß ich mir Jahre meines Lebens verdorben habe, daß ich sterben wollte, daß ich meine größte Leidenschaft erlebt habe, alles wegen einer Frau, die mir nicht gefiel, die nicht mein Genre war!‹

Bibliothek Suhrkamp

Verzeichnis der letzten Nummern

431 Raymond Queneau, Zazie in der Metro
433 William Butler Yeats, Die geheime Rose
434 Juan Rulfo, Pedro Páramo
435 André Breton, L'Amour fou
436 Marie Luise Kaschnitz, Gedichte
437 Jerzy Szaniawski, Der weiße Rabe
438 Ludwig Hohl, Nuancen und Details
439 Mario Vargas Llosa, Die kleinen Hunde
440 Thomas Bernhard, Der Präsident
441 Hermann Hesse – Thomas Mann, Briefwechsel
442 Hugo Ball, Flametti
443 Adolfo Bioy Casares, Morels Erfindung
444 Hermann Hesse, Wanderung
445 Ödön von Horváth, Don Juan
446 Flann O'Brien, Der dritte Polizist
447 Giuseppe Tomasi di Lampedusa, Der Leopard
448 Robert Musil, Die Verwirrungen des Zöglings Törleß
449 Elias Canetti, Der Überlebende
450 Robert Walser, Geschwister Tanner
451 Alfred Döblin, Berlin Alexanderplatz
452 Gertrude Stein, Paris Frankreich
453 Johannes R. Becher, Gedichte
454 Federico García Lorca, Bluthochzeit/Yerma
455 Ilja Ehrenburg, Julio Jurenito
456 Boris Pasternak, Kontra-Oktave
457 Juan Carlos Onetti, Die Werft
458 Anna Seghers, Die schönsten Sagen vom Räuber Woynok
459 Harry Levin, James Joyce
464 Franz Kafka, Der Heizer
465 Wolfgang Hildesheimer, Masante
466 Evelyn Waugh, Wiedersehen mit Brideshead
467 Gershom Scholem, Walter Benjamin
468 Rainer Maria Rilke, Duineser Elegien
469 Hugo von Hofmannsthal/Rainer Maria Rilke, Briefwechsel
470 Alain, Die Pflicht glücklich zu sein
471 Wolfgang Schadewaldt, Der Gott von Delphi
472 Hermann Hesse, Legenden
473 H. C. Artmann, Gedichte
474 Paul Valéry, Zur Theorie der Dichtkunst
476 Erhart Kästner, Aufstand der Dinge
477 Stanisław Lem, Der futurologische Kongreß
478 Theodor Haecker, Tag- und Nachtbücher

479 Peter Szondi, Satz und Gegensatz
480 Tania Blixen, Babettes Gastmahl
481 Friedo Lampe, Septembergewitter
482 Heinrich Zimmer, Kunstform und Yoga
483 Hermann Hesse, Musik
486 Marie Luise Kaschnitz, Orte
487 Hans-Georg Gadamer, Vernunft im Zeitalter der Wissenschaft
488 Yukio Mishima, Nach dem Bankett
489 Thomas Bernhard, Amras
490 Robert Walser, Der Gehülfe
491 Patricia Highsmith, Als die Flotte im Hafen lag
492 Julien Green, Der Geisterseher
493 Stefan Zweig, Die Monotonisierung der Welt
494 Samuel Beckett, That Time/Damals
495 Thomas Bernhard, Die Berühmten
496 Günter Eich, Marionettenspiele
497 August Strindberg, Am offenen Meer
498 Joseph Roth, Die Legende vom heiligen Trinker
499 Hermann Lenz, Dame und Scharfrichter
500 Wolfgang Koeppen, Jugend
501 Andrej Belyj, Petersburg
503 Cortázar, Geschichten der Cronopien und Famen
504 Juan Rulfo, Der Llano in Flammen
505 Carlos Fuentes, Zwei Novellen
506 Augusto Roa Bastos, Menschensohn
508 Alejo Carpentier, Barockkonzert
509 Elisabeth Borchers, Gedichte
510 Jurek Becker, Jakob der Lügner
512 James Joyce, Die Toten/The Dead
513 August Strindberg, Fräulein Julie
514 Sigmund Freud, Eine Kindheitserinnerung des Leonardo da Vinci
515 Robert Walser, Jakob von Gunten
519 Rainer Maria Rilke, Gedichte an die Nacht
520 Else Lasker-Schüler, Mein Herz
521 Marcel Schwob, Roman der 22 Lebensläufe
522 Mircea Eliade, Die Pelerine
523 Hans Erich Nossack, Der Untergang
524 Jerzy Andrzejewski, Jetzt kommt über dich das Ende
525 Günter Eich, Aus dem Chinesischen
526 Gustaf Gründgens, Wirklichkeit des Theaters
527 Martin Walser, Ehen in Philippsburg
528 René Schickele, Die Flaschenpost
529 Flann O'Brien, Das Barmen
533 Wolfgang Hildesheimer, Biosphärenklänge
534 Ingeborg Bachmann, Malina
535 Ludwig Wittgenstein, Vermischte Bemerkungen
536 Zbigniew Herbert, Ein Barbar in einem Garten

537 Rainer Maria Rilke, Ewald Tragy
538 Robert Walser, Die Rose
539 Malcolm Lowry, Die letzte Adresse
540 Boris Vian, Die Gischt der Tage
541 Hermann Hesse, Josef Knechts Lebensläufe
542 Hermann Hesse, Magie des Buches
543 Hermann Lenz, Spiegelhütte
544 Federico García Lorca, Gedichte
545 Ricarda Huch, Der letzte Sommer
546 Wilhelm Lehmann, Gedichte
547 Walter Benjamin, Deutsche Menschen
548 Bohumil Hrabal, Tanzstunden für Erwachsene und Fortgeschrittene
549 Nelly Sachs, Gedichte
550 Ernst Penzoldt, Kleiner Erdenwurm
551 Octavio Paz, Gedichte
552 Luigi Pirandello, Einer, Keiner, Hunderttausend
553 Strindberg, Traumspiel
554 Carl Seelig, Wanderungen mit Robert Walser
555 Gershom Scholem, Von Berlin nach Jerusalem
556 Thomas Bernhard, Immanuel Kant
557 Ludwig Hohl, Varia
559 Raymond Roussel, Locus Solus
560 Jean Gebser, Rilke und Spanien
561 Stanisław Lem, Die Maske · Herr F.
562 Raymond Chandler, Straßenbekanntschaft Noon Street
563 Konstantin Paustowskij, Erzählungen vom Leben
564 Rudolf Kassner, Zahl und Gesicht
565 Hugo von Hofmannsthal, Das Salzburger große Welttheater
567 Siegfried Kracauer, Georg
568 Valery Larbaud, Glückliche Liebende . . .
570 Graciliano Ramos, Angst
571 Karl Kraus, Über die Sprache
572 Rudolf Alexander Schröder, Ausgewählte Gedichte
573 Hans Carossa, Rumänisches Tagebuch
574 Marcel Proust, Combray
575 Theodor W. Adorno, Berg
576 Vladislav Vančura, Der Bäcker Jan Marhoul
577 Mircea Eliade, Die drei Grazien
578 Georg Kaiser, Villa Aurea
579 Gertrude Stein, Zarte Knöpfe
580 Elias Canetti, Aufzeichnungen
581 Max Frisch, Montauk
582 Samuel Beckett, Um abermals zu enden
583 Mao Tse-tung, 39 Gedichte
584 Ernst Kreuder, Die Gesellschaft vom Dachboden
585 Peter Weiss, Der Schatten des Körpers des Kutschers

586 Herman Bang, Das weiße Haus
587 Herman Bang, Das graue Haus
588 Hermann Broch, Menschenrecht und Demokratie
589 D. H. Lawrence, Auferstehungsgeschichte
590 Flann O'Brien, Zwei Vögel beim Schwimmen
591 André Gide, Die Rückkehr des verlorenen Sohnes
592 Jean Gebser, Lorca oder das Reich der Mütter
593 Robert Walser, Der Spaziergang
594 Natalia Ginzburg, Caro Michele
595 Raquel de Queiroz, Das Jahr 15
596 Hans Carossa, Ausgewählte Gedichte
597 Mircea Eliade, Der Hundertjährige
599 Hans Mayer, Doktor Faust und Don Juan
600 Thomas Bernhard, Ja
601 Marcel Proust, Der Gleichgültige
602 Hans Magnus Enzensberger, Mausoleum
603 Stanisław Lem, Golem XIV
604 Max Frisch, Der Traum des Apothekers von Locarno
605 Ludwig Hohl, Vom Arbeiten · Bild
606 Herman Bang, Exzentrische Existenzen
607 Guillaume Apollinaire, Bestiarium
608 Hermann Hesse, Klingsors letzter Sommer
609 René Schickele, Die Witwe Bosca
610 Machado de Assis, Der Irrenarzt
611 Wladimir Trendrjakow, Die Nacht nach der Entlassung
612 Peter Handke, Die Angst des Tormanns beim Elfmeter
613 André Gide, Die Aufzeichnungen und Gedichte des André Walter
614 Bernhard Guttmann, Das alte Ohr
616 Ludwig Wittgenstein, Bemerkungen über die Farben
617 Paul Nizon, Stolz
618 Alexander Lernet-Holenia, Die Auferstehung des Maltravers
619 Jean Tardieu, Mein imaginäres Museum
620 Arno Holz/Johannes Schlaf, Papa Hamlet
621 Hans Erich Nossack, Vier Etüden
622 Reinhold Schneider, Las Casas vor Karl V.
624 Ludwig Hohl, Bergfahrt
625 Hermann Lenz, Das doppelte Gesicht
627 Vladimir Nabokov, Lushins Verteidigung
628 Donald Barthelme, Komm wieder Dr. Caligari
629 Louis Aragon, Libertinage, die Ausschweifung
630 Ödön von Horváth, Sechsunddreißig Stunden
631 Bernard Shaw, Sozialismus für Millionäre
632 Meinrad Inglin, Werner Amberg. Die Geschichte seiner Kindheit
633 Lloyd deMause, Über die Geschichte der Kindheit
634 Rainer Maria Rilke, Die Sonette an Orpheus
635 Aldous Huxley, Das Lächeln der Gioconda
636 François Mauriac, Die Tat der Thérèse Desqueyroux

637 Wolf von Niebelschütz, Über Dichtung
638 Henry de Montherlant, Die kleine Infantin
639 Yasushi Inoue, Eroberungszüge
640 August Strindberg, Das rote Zimmer
641 Ernst Simon, Entscheidung zum Judentum
642 Albert Ehrenstein, Briefe an Gott
643 E. M. Cioran, Über das reaktionäre Denken
645 Marie Luise Kaschnitz, Beschreibung eines Dorfes
646 Thomas Bernhard, Der Weltverbesserer
647 Wolfgang Hildesheimer, Exerzitien mit Papst Johannes
648 Volker Braun, Unvollendete Geschichte
649 Hans Carossa, Ein Tag im Spätsommer 1947
650 Jean-Paul Sartre, Die Wörter
651 Regina Ullmann, Ausgewählte Erzählungen
652 Stéphane Mallarmé, Eines Faunen Nachmittag
653 Flann O'Brien, Das harte Leben
654 Valery Larbaud, Fermina Márquez
655 Robert Walser, Geschichten
656 Max Kommerell, Der Lampenschirm aus den drei Taschentüchern
657 Samuel Beckett, Bruchstücke
658 Carl Spitteler, Imago
659 Wolfgang Koeppen, Das Treibhaus
660 Ernst Weiß, Franziska
661 Grigol Robakidse, Kaukasische Novellen
662 Muriel Spark, Die Ballade von Peckham Rye
663 Hans Erich Nossack, Der Neugierige
665 Mircea Eliade, Fräulein Christine
666 Yasushi Inoue, Die Berg-Azaleen auf dem Hira-Gipfel
667 Max Herrmann-Neiße, Der Todeskandidat
668 Ramón del Valle-Inclán, Frühlingssonate
669 Marguerite Duras, Ganze Tage in den Bäumen
670 Ding Ling, Das Tagebuch der Sophia
671 Yehudi Menuhin, Kunst und Wissenschaft als verwandte Begriffe
672 Karl Krolow, Gedichte
673 Giovanni Papini, Ein erledigter Mensch
674 Bernhard Kellermann, Der Tunnel
675 Ludwig Hohl, Das Wort faßt nicht jeden
678 Julien Green, Moira
679 Georges Simenon, Der Präsident
680 Rudolf Jakob Humm, Die Inseln
682 Hans Henny Jahnn, Die Nacht aus Blei
683 Luigi Malerba, Geschichten vom Ufer des Tibers
685 Reinhold Schneider, Verhüllter Tag
688 Hans Carossa, Führung und Geleit
689 Ferdinand Ebner, Das Wort und die geistigen Realitäten
696 Odysseas Elytis, Ausgewählte Gedichte
697 Wisława Szymborska: Deshalb leben wir

Bibliothek Suhrkamp

Alphabetisches Verzeichnis